CHRISTIAN BUDER

Die Eistoten

THRILLER

atb aufbau taschenbuch

FSC
www.fsc.org
MIX
Papier aus verantwortungsvollen Quellen
FSC® C083411

ISBN 978-3-7466-2995-7

Aufbau Taschenbuch ist eine Marke
der Aufbau Verlag GmbH & Co. KG

1. Auflage 2013

Umschlaggestaltung morgen, Kai Dieterich
unter Verwendung mehrerer Motive: iStockphoto: © Pavel Bolotov
und © Mafaldita, © nadezhda1906/Fotolia
Satz LVD GmbH, Berlin
Druck und Binden CPI – Clausen & Bosse, Leck
Printed in Germany

www.aufbau-verlag.de

Nicht wie die Welt ist, ist das Mystische, sondern dass sie ist.

Ludwig Wittgenstein

TEIL EINS

Böse Zeichen

1.

Die eisige Luft stach in ihren Lungen. Ihre Schritte verlangsamten sich, als der Schnee tiefer wurde. Der Schnee lag schwer auf den geduckten Fichten. Ihre Augen brannten von der eisigen Kälte. Sie konnte ihn nicht sehen. Doch er kam näher. Äste brachen unter der Schneedecke. Sie peitschten zurück, und der Schnee auf den Ästen fiel dumpf auf den Boden. Ein Schatten bewegte sich. Wo sie sich auch versteckte, ihre Spuren verrieten sie. Geh nicht allein in den Wald!, hat ihre Mutter ihr immer gesagt. Aber es war nicht ihre Schuld. Geh mit niemandem mit! Gib keinem Fremden die Hand! Keinem Fremden … »Mama, ich kann nichts dafür. Er war es, er ganz allein.«

Warum hatte sie nicht auf ihre Mutter gehört?

Jetzt war er um sie – der Wald, er hielt ihre Beine fest, erstickte ihre Schreie. Sie kämpfte sich durch den schweren Schnee. Hinter ihr hörte sie schon seinen Atem. Sie ruderte mit den Armen und fiel nach vorn in den Schnee. Zwei, drei, vier Schritte konnte sie den Abstand vergrößern, dann brach sie bis zum Schenkel ein. Eine Latschenkiefer unter dem Schnee. Die Äste verhakten sich an ihren Beinen. Fuß für Fuß zog sie aus dem Schnee. Der Wald hielt sie fest. Sie drückte sich mit den Händen ab, doch ihre Füße klemmten in unsichtbaren Schlingen unter dem Schnee. Die Kälte hatte ihre Finger gefühllos gemacht. Sie schrie. Ihre Stimme steckte im Schnee wie ihre Beine. Er war hinter ihr. Sie drehte sich nicht um. Sie wollte sein Gesicht nicht sehen. Es war bleich und weiß gewesen. Dann diese Augen, die noch schrecklicher waren als der Wald.

Dich gibt es gar nicht!

Dich gibt es gar nicht!

Und der Schnee hielt sie fest, als er seine Hände nach ihr ausstreckte. Ihre Beine gaben nach. Sie fiel kopfüber in den Pulverschnee. Sie hatte seinen metallischen Geschmack auf den Lippen. Sie kämpfte sich auf und verlor wieder das Gleichgewicht. Sie spürte die Kälte des Schnees auf ihren Wangen. Für einen Moment lag sie regungslos da und dachte, dass alles nur ein Traum war. Sie lag zu Hause in ihrem Bett, die Hello-Kitty-Decke bis zur Nase hochgezogen, die ersten Lichtstrahlen kitzelten auf ihrer Nase. Morgen war Weihnachten. Der schönste Tag im Jahr. Unter dem Christbaum lagen schon die Geschenke. Im Haus duftete es nach Zimtsternen und Vanillekipferln. Es war warm unter ihrem Bett. Sie hatte schlecht geträumt. Sie träumte, dass sie durch den Wald rannte. Etwas jagte sie. Sie konnte es nicht sehen. Der Wald hielt sie fest. Es war so schrecklich. Sie öffnete die Augen, dass der Traum verschwand. Als der Traum verschwand, kam der Geruch des Schnees und des Waldes zurück. Hinter ihr knirschte der Schnee. Er war da.

Sie presste ihre Augen zusammen, als sie aus dem Schnee gerissen wurde. Das Wesen war über ihr. Solange sie es nicht ansah, so lange war es in ihrem Traum, so lange war der Wald nicht, so lange war die Kälte nicht, so lange waren diese schrecklichen Augen nicht …

Er stand jetzt genau über ihr. Sein Fuß drückte auf ihre Brust, sie wollte schreien, doch ihre Lungen waren zusammengepresst. In ihrem Brustkorb knackte es. Das Goldkettchen mit dem heiligen Christoph an ihrem Hals riss. An ihren Schenkeln lief es warm nach unten. Ihre Hose war nass. Dann blickte sie in diese toten Augen. Sie lag auf dem Rücken. Um ihren Hals legten sich eisige Finger. Sie wehrte sich nicht mehr. Alles war still um sie. Die Stimmen in den Wipfeln flüsterten ihr zu: *Du gehörst uns. Du kehrst nie wieder zurück.* An ihrem Hals fühlte sie die Finger, dann einen Stich. Ihre Arme und Beine gehorchten ihr nicht mehr. Sie waren eins mit dem Waldboden. Über ihr der Himmel, dunkel mit Wolkenfetzen.

Die Kirchenglocke drang von weit her durch den Wald. Sie rang nach Atem, doch etwas verstopfte ihre Kehle, warm und klebrig. Sie hustete, je mehr sie aber hustete, desto tiefer floss die Flüssigkeit in ihre Lungen, und dann kam die Kälte. Die Melodie der Glocken verstummte. Er stand über ihr. Sie schloss ihre Augen. Das weiße Licht durchdrang ihre Lider. Der weiße Schmerz kroch in ihr hoch. Er würde ihr wehtun, schrecklich weh. Sie folgte seinen Bewegungen, und dann wusste sie, was kam. Doch da war noch etwas anderes. Und es half auch nichts, die Augen zu schließen.

2.

Soweit Alice denken konnte, gab es sie schon immer, und sie war schon immer in Hintereck.

Die 682 Bewohner von Hintereck hatten sich nie über die Geschichte ihres Dorfes Gedanken gemacht. Daran änderte sich auch nichts mit dem aufkommenden Alpentourismus, dem Hotel »Alpblick« und den Liftanlagen, die den Berghängen ein Aussehen gaben, als hätte ein Chirurg sie notdürftig zusammengeflickt. Auch in den Archiven in Sonthofen oder Hindelang wurde das Dorf nicht erwähnt. Es war so, als wäre es einfach durch die Geschichte gefallen. So suchte man in Hintereck vergeblich nach Tafeln mit historischen Daten, die dem Fremden das Bewusstsein einflüsterten, dass er sich an einem Ort befand, der auch schon vor ein paar hundert Jahren ein Ort gewesen war.

Alice war erstaunt, dass die Menschen in Hintereck nie darüber nachdachten, ob ihr Leben anders aussähe, wenn sie nicht in Hintereck geboren wären. Andererseits konnte sie sich nicht vorstellen, wie die Hintereckler wären, wenn sie nicht in Hintereck, sondern in Paris oder Chicago leben würden. Als sie zehn Jahre alt war, las Alice Gullivers Reisen und fand, dass es ungesund war, immer im selben Ort zu leben. Der Himmel ist überall blau, und die Menschen sind überall abscheulich, meinte ihr Vater, wenn sie mit ihren Reise- und Umzugsplänen kam. Alice hatte eine Nacht über der Antwort ihres Vaters geschlafen und ihm dann am Frühstückstisch ihre Gedanken eröffnet. Ihr Vater schlürfte seinen Kaffee und hielt seinen Kopf in der Allgäuer Zeitung versenkt.

»Kann ich etwas fragen?«

Ihr Vater blickte hinter seiner Zeitung hervor. Ihre Frage war völlig unnütz. Klar, aber sie diente auch nur dazu, um die Aufmerksamkeit ihres Vaters zu haben. Er hatte sein müdes Lächeln aufgesetzt, das er jeden Morgen zeigte und das erst nach der zweiten Tasse verschwand.

»Es ist nicht richtig, dass der Himmel überall blau ist.«

»Das ist keine Frage.«

»Das stimmt. Ich stelle in Frage, was du mir gesagt hast.«

»Was habe ich denn gesagt?«

»Na, dass der Himmel überall blau ist und die Menschen überall abscheulich sind.«

»Das sagt man halt so. Verdammt, Sonthofen steigt dieses Jahr wieder nicht auf. Diese Grantler.« Er wollte sich wieder der Zeitung widmen. Die Sportseite war ihm vor Dienstantritt wichtiger.

»Heißt das, dass es nicht stimmt?«

»Nein, nur dass man dies so sagt, wenn jemand glaubt, dass es woanders immer besser ist.«

»Wenn man aber nie woanders war, wie konnte man dann sicher sein, dass es nicht stimmt?«

»Was nicht stimmt?« Ihr Vater klang genervt und schenkte sich Kaffee nach.

»Na, dass es eben woanders wirklich besser ist.«

»Fräulein Schlaumeier, das musst du erst einmal beweisen.«

»Dazu muss ich aber erst woanders leben, um es beweisen zu können.«

»Musst du eigentlich immer widersprechen? Das ist anstrengend.«

»Ich weiß, ich bin anstrengend, und Amalia ist die brave Tochter.«

»Ihr seid beide brav. Ich liebe euch beide. Nur Amalia quält mich nicht dauernd mit sinnlosen Fragen.«

»Sie hat auch gar keine Zeit«, schrie Alice gereizt über so viel Missachtung. Wie konnte ihr Vater nur den Sportteil dieses lausigen Alpenblattes ihren Überlegungen vorziehen? »Sie ist ja von früh bis spät damit beschäftigt, ihre Wimpern anzumalen und ihre Pickel zuzukleistern.«

»Hör auf, über deine Schwester zu lästern. Wenn du sechzehn bist, dann machst du das auch.«

»Woher willst du wissen, was ich mit sechzehn mache. Außerdem …«

»Was außerdem?« Ihr Vater hatte sein überlegenes Grinsen aufgesetzt – über die heimliche Freude, Alice auf die Palme gebracht zu haben.

»Außerdem ist die Analogie mit dem Himmel völlig idiotisch.« Das Wort »Analogie« hatte sie extra in Großvaters vierzigbändiger Brockhaus-Enzyklopädie nachgeschlagen.

»Analogie ... Da wirft jemand mit Fremdwörtern um sich. Es ist aber nicht bestreitbar, dass der Himmel überall blau ist, oder?«

»Schon, aber du könntest genauso sagen, dass Wasser bei 100 Grad kocht oder der menschliche Körper normalerweise 36,8 Grad Temperatur hat. All das stimmt, hat aber nichts damit zu tun, dass die Bewohner in einem anderen Land Kühe anbeten, anstatt sie zu essen, oder dass Menschen sich gegenseitig aufessen. Dein Vergleich ist ... völlig daneben.«

Ihr Vater hatte seine Uniform schon angezogen. Er legte den Gürtel mit seiner Dienstwaffe an und trank – wie jeden Morgen – den letzten Schluck Kaffee im Stehen.

»Viel Spaß in der Schule.«

»Viel Spaß beim Verbrecher-Jagen.«

»Ich jage keine Verbrecher, sondern Parksünder, die vor Weihnachten im Parkverbot stehen.«

»Letzter Schultag«, rief Amalia aus dem Bad, das sie seit gut einer halben Stunde besetzt hielt.

Alice warf sich ihren warmen Mantel um die Schultern. Heute gab es keinen Unterricht mehr. In den ersten zwei Stunden schauten sie einen Film an. Wahrscheinlich wieder einer dieser langweiligen Filme mit Jugendfreigabe, die ihr Lehrer ausgesucht hatte. Sie machte sich auf den Weg. Danach das Weihnachtssingen mit dem Pfarrer, der auch gleichzeitig Religionslehrer war.

Durch Hintereck führte eine Straße, die Talstraße hieß. Von dieser zweigten sich antennenartig Wege ab, die alle am Berghang endeten oder wieder auf die Talstraße führten. Der einzige Platz im Dorf war der Kirchplatz. Auf ihm stand das einzige Denkmal. Ein vermooster Stein mit eingravierten Namen der Kriegstoten. *Den Toten zur Erinnerung, den Lebenden zur Mahnung*. Jedes Jahr legte dort der Hindelanger Verein zur Kriegsdenkmalpflege einen Kranz nieder, der dann ein Jahr Zeit hatte zu verrotten. Ebenso wie die Blumen vor dem hölzernen Straßenkreuz, das in der letzten Kurve vor Hintereck verwitterte. Jedes Jahr lagen dort Rosen unter dem namenlosen Kreuz. So wie keiner sich mehr an die Bedeutung des Kreuzes in Hintereck erinnerte, so wenig interessierte es auch, wer dort die welken Blumen austauschte.

Die Kirche war neben dem Wirtshaus »Der Schwarze Bichl« der meistbesuchte Ort im Dorf. Das Hotel hatte zwar mehr Gäste im Monat als das Dorf Einwohner, doch zählten die Bewohner das Hotel nicht zum Dorf.

Die Dorfschule hatte zwei Klassenzimmer, in denen ungefähr vierzig Schüler unterrichtet wurden. Das Schulgebäude glich einer Lagerhalle mit hohen schmalen Fenstern, die nur gekippt werden konnten. Am letzten Schultag im Dezember vor den Weihnachtsferien sangen die Schüler in drei Gruppen vor der Schule. *Stille Nacht, heilige Nacht* und *O du fröhliche*. Einige Eltern waren gekommen und hörten ihren Kindern zu. Der Kindergesang, den nicht der Lehrer, sondern Pfarrer Bez anstimmte, hallte über den Kirchhof und verlor sich in den dunklen Fichtenwäldern am Fuß des Berghanges. Weihnachtsstimmung in den Fenstern. Rote gefaltete Sterne, leuchtende Engel. In den Gärten glitzerten Tannenbäume, die mit Lametta und LED-Leuchten vollgehängt wurden.

Niemand ahnte zu diesem Zeitpunkt, was wenige Stunden vor dem 24. Dezember geschehen würde. Während die Bewohner sich auf die Geburt des Heilands vorbereiteten und die letzten Geschenke unter den Christbaum legten, griff etwas Böses nach ihnen. So würde es später der Pfarrer benennen, doch das Böse hatte viele Namen, und es tauchte da auf, wo man es am wenigsten vermutete. Nur Alice hatte eine Veränderung bemerkt.

Alles begann, schrieb sie in ihr Notizbuch, *als plötzlich die Hunde im Dorf verstummten.*

3.

23. Dezember

Der Wetterbericht hatte für Heiligabend Schnee vorausgesagt. Nur war nicht viel davon zu sehen. Die Gipfel des Breitenbergs und der Mittagsspitze waren schneebedeckt und glichen in der Mittagssonne Zuckerhüten. Der Mann im Radio sprach von einem milden Jahrhundertwinter. Klimawandel. Der Sprecher des Alpenvereins befürchtete Einbußen beim Tourismus, wenn es nicht bald kälter werden würde. Alice hatte dem Bericht nur halb zugehört und ihren Schulranzen auf ihr Bett geworfen, um zu ihrem jährlichen Spaziergang aufzubrechen. Weihnachten konnte man auch ohne Schnee feiern, dachte sie.

Die matschige Wiese gluckste unter ihren Schritten. Es war sogar unwahrscheinlich, dass die Geburt von Jesus in einer weißen Winterlandschaft stattgefunden hatte. Sonst hätten die Grippenfiguren in der Kirche Pelzmäntel an, und die Heiligen Drei Könige wären mit Schlitten gekommen. Der Weihnachtsbaum war eher eine Weihnachtspalme. Also war der Klimawandel für den Heiligen Abend gar nicht so schlimm.

Auf der anderen Seite der Wiese blieb Alice stehen und blickte sich um. Normalerweise sammelte sich um diese Tageszeit das Gebell von Hunden im Tal. Das Gekläffe vermischte sich mit dem Echo der steilen Felsen und wurde zu einem infernalischen Chor. Nur heute nicht. Es war still, viel zu still.

Die Dächer Hinterecks lagen bereits unter ihr und warteten geduckt auf den Schnee. Alice orientierte sich kurz an dem Fichtenwald und der Wegkreuzung. Ihr Haus lag höher als die anderen. Deutlich konnte sie die grauen Holzschindeln erkennen, das gestapelte Holz an der Südseite, den Hackstock, den Brunnen, in dem sich im Sommer das Bergwasser staute, und die geschlossenen Fensterläden im ersten Stock. Das Fenster, das ihr Vater nicht mehr öffnete seit jener Nacht. Ein Zimmer, in dem ewige Dunkelheit herrschte, im dem es noch nach ihrer Mama roch, ihren Kleidern, in dem noch die Geschenke lagen, die Alice nie ausgepackt hatte.

Sie setzte sich auf eine abgestorbene Wurzel einer Latschenkiefer. An dieser Stelle hatten sie ihre Mutter noch in der Nacht gefunden. Ihr Vater hatte sie erst allein im Dorf gesucht. Als Letzte hatte die Lebensmittelhändlerin Emma Kuhl sie gesehen. Sie konnte nur aussagen, dass ihre Mutter es eilig hatte. Nach zwei Stunden vergeblicher Suche alarmierte ihr Vater die Bereitschaft seiner Dienststelle in Hindelang. Er hatte an Weihnachten frei. Sein jüngerer Kollege Franz Bimke hatte Dienst. Nach drei Stunden Suche fand ein Hund ihre Mutter.

»Du musst jetzt stark sein«, hatte ihr Vater zu ihr gesagt. Er hatte noch mehr gesagt, aber daran konnte sich Alice nicht mehr erinnern. Sie begriff auch nicht, dass ihre Mutter nie wieder zurückkehren würde. Doch Alice gab sich nicht mit der Erklärung zufrieden, dass ihre Mutter tot war. Sie lernte, dass es nicht einfach war, die Wahrheit von den Erwachsenen zu erfahren. »Etwas Schlimmes ist ihr zugestoßen« oder »Sie ist bei den Engeln …«, hörte sie immer wieder. Erst ihr Großvater sagte das Wort, das keiner zu ihr sagte: »Deine Mutter ist tot.«

Menschen starben nicht einfach so. Und Alice begriff, dass es einen Unterschied zwischen Sterben und Tod gab. Der Tod war für alle gleich, doch das Sterben war immer anders. Manche alte Menschen wie ihre Großmutter starben, weil sie alt und krank waren. Sie gingen aus wie eine niedergebrannte Kerze.

Andere hatten einen Unfall wie die zwei Wanderer aus Ulm, die letztes Jahr im Sommer am Imberger Horn abgestürzt waren. Sie hatten sich mit Selbstauslöser auf einem Felsvorsprung fotografiert, doch als es klick machte, hatte die Kamera nur den blauen Himmel fotografiert. Dann gab es Menschen, die starben, weil andere Menschen sie töteten. Das schlimmste Verbrechen: Mord. Doch das schlimme Wort wollte keiner zu ihr sagen. Sie redeten von einem schlimmen Unfall. So als könnte Alice dadurch in einer Welt ohne Mord aufwachsen. So als gäbe es das Zimmer mit dem ewig verschlossenen Fensterladen nicht. Keiner wollte die Wahrheit sagen. Vielleicht auch, weil keiner sie kannte.

Alice folgte dem Weg durch das Fichtenwäldchen. Einige Stellen waren glitschig, und auf dem Felsen rutschte sie öfters aus. Kein passender Zeitpunkt vor den Ferien, sich den Fuß zu brechen. Der Weg machte eine Schleife. Der spröde Sockel mit der steinernen Schwarzen war noch hundert Meter vor ihr. Seit sie mit Tom diesen Ort entdeckt hatte, war es ihr noch nie in den Sinn gekommen, dass die Schwarze eine Marienfigur war. Verkohlt von dem Brand, der die alte Gruberhütte bis auf die Grundmauern zerstört hatte. Nur die steinerne Marienfigur hatte den Brand überstanden. Sie stand zum Schutz der Berghütte an einer Ecke des Hauses. Die Metallhalterungen für die Kerzen waren in der Hitze geschmolzen. Zurück blieb die Schwarze. An manchen Tagen verabredete sie sich mit Tom auch nur am Kohlstein oder bei der Kohlmaria. Von dort hatte man einen herrlichen Ausblick auf das Dorf und auf die Kirche mit ihrem Friedhof.

Der weiße Stein nahe der Kirchmauer war das Grab ihrer Mutter. Der einzig weiße Grabstein. Ihr Vater sagte, dass über die Jahre alle Grabsteine grau wurden, wie die Erinnerungen an die Toten. Aber Alice hatte zu wenige Erinnerungen an ihre

Mutter, als dass sie sie einfach vergessen konnte. Seit vier Jahren fror ihre Mutter jeden Winter in der Erde. Wenn die Toten überhaupt froren. Ihr Großvater meinte, dass die Toten nichts mehr spürten, aber mit Sicherheit konnte er das auch nicht sagen. Es bleibe von den Toten nichts mehr übrig, was frieren könne, war seine Erklärung, mit der er Alices Frage für beantwortet erklärte. Und die Seele friere nicht. Auch darüber konnte Großvater keine exakte Auskunft geben.

Der Himmel zog sich zwischen den Bergen zusammen. Wolken verschanzten sich knapp unterhalb der Gipfel, so als planten sie einen Angriff auf das Dorf. Vielleicht hatte der Wetterbericht doch recht, und es schneite Heiligabend. Wie am Heiligen Abend, als ihre Mutter nicht mehr zurückgekommen war. Nein, Alice würde ihre Mama niemals vergessen. Grabsteine verblassen, nicht jedoch die Erinnerungen, die sie gern gehabt hätte.

»Wir müssen uns damit abfinden«, tröstete sie ihr Vater. Doch das Wort »abfinden« war ihr so suspekt wie das Wort »Tod«. Ihr Vater konnte auch nicht näher erklären, was es hieß, sich damit abzufinden. Das gehörte zu den Standardsätzen von »Das sagt man halt so …«. Ihre Mutter war tot. Sie lag drei Meter tief im Boden, und im Sommer wuchs Löwenzahn zu ihr hinunter. »Ausgerutscht … mit dem Kopf auf einen Felsen … bewusstlos … und die Eiseskälte. Kein Mord.« Ihr Vater, die junge Frau von seiner Dienststelle, die sich als Psychologin ausgab, und auch die Nachbarn erzählten Alice, dass ihre Mutter gestorben war, weil sie ausgerutscht und dann erfroren war. Hätte sie nicht den Umweg über das obere Feld genommen, hätte man sie früher gefunden. Jeder versuchte, sie zu beruhigen, damals … Doch Alice war überzeugt, dass ihre Mutter keinen Unfall gehabt hatte. Die Polizei hatte den Mörder nie gefunden, weil sie ihn nie gesucht hatte. Nur ihr Großvater schwieg.

Und er schwieg auch, als ihr Vater ihn bat, seiner Enkelin gut zuzureden. Doch da kannte der Vater den eigenen Vater schlecht. Großvater redete, was er dachte. Sein Schweigen hatte eine Bedeutung.

Im Dorf kamen bald Gerüchte auf, dass Alices Mutter einen Liebhaber gehabt hatte und dass sie gar nicht ausgerutscht war. Die Leute redeten viel. Der Stammtisch half ihnen wieder beim Vergessen. Was dann als Erinnerung weiterbestand, hatte mit der Wahrheit nichts mehr zu tun. Doch wer kannte sie schon? Alice hatte sich nur eines eingeprägt: das Schweigen des Großvaters.

Mit sieben Jahren, an ihrem ersten Schultag, hatte sie ihrem Großvater ihre Hypothese unterbreitet. Und sie gebrauchte das Wort »Hypothese«, weil sie es aus den Krimis im Fernsehen kannte. Sie hatte sich jedes Wort überlegt. Nach dem ersten Satz hatte ihr Großvater seine Pfeife aus dem Mund genommen. Beide schauten sie über die Wiese, auf der die letzten Sonnenstrahlen von Wolken vertrieben wurden. Es war mit einem Schlag kalt geworden.

»Mama ist ermordet worden.«

Ihr Großvater schwieg.

»Jemand aus dem Dorf hat sie ermordet.«

Seine Pfeife ging aus, und mit den letzten Sonnenstrahlen verschwand auch der entspannte Gesichtsausdruck ihres Großvaters.

»Denn zu dieser Zeit waren die Zugangsstraßen gesperrt gewesen. Und am Heiligabend war in Hintereck kein Tourist unterwegs. Erst recht nicht nachts.«

Warum wollte ihr Vater ihr nicht glauben, dass es kein Unfall war? Es war auch kein Fremder gewesen. Der Mörder ihrer Mutter kam aus dem Dorf. Er lebte mitten unter ihnen.

4.

23. Dezember. 18 Uhr

Wolkenfetzen trieben über den dunklen Tannen. Es gab kaum noch Licht im Tal. In den Gärten gingen die ersten beleuchteten Christbäume an. Es war kalt, erster Schnee fiel. Alice hatte sich dicke Handschuhe angezogen und eine Fellmütze mit Ohrenschützern. Ihr Vater hatte noch Dienst. Auf dem Tisch lag eine Liste mit Anweisungen.

Nichts im Kühlschrank anrühren. Ist für morgen. Weihnachtsessen.

Opa erinnern. Weihnachtsmarkt.

Fensterläden schließen.

Kellertür verriegeln.

Mimi füttern. Katzenfutter auf dem Tisch.

Kies vor dem Eingang streuen.

Licht aus.

Viel Spaß mit Opa auf dem Weihnachtsmarkt. (Sag ihm, dass du keinen Glühwein trinken darfst und dass er fährt.)

Papa

Alice steckte die Liste ein und folgte dem schmalen Trampelpfad, der zu Großvaters Hütte führte. Auf der befestigten Straße lief man fast zehn Minuten. Über den Murmelsteig, wie Alice den Weg nannte, weil sie dort einmal ein Murmeltier gesehen hatte, waren es keine fünf Minuten. Die feuchte Erde begann zu gefrieren. Die Berge verschwanden hinter einem weißlichen Schleier. Alice kannte den Weg auswendig, dennoch lief sie vorsichtig, um nicht zu stolpern.

Wenigstens war es schon kalt genug, dass keine feuchte Erde an ihren Schuhen klebte. Geduckt wie eine Eidechse, saß Pepone auf dem Kopf einer Marienfigur. Pepone war eine der Katzen, die Hintereck bevölkerten. Der Vorteil an Dörfern war, dass man nicht nur die Einwohner, sondern auch die Katzen beim Namen kannte. Den namenlosen Katzen hatte sie kurzerhand Namen gegeben. So war auch Pepone von Alice getauft worden. Jede Namensgebung war ein schwieriger Moment. Alice hatte dabei nicht mit dem Widerspruch der Katzen zu tun, sondern mit den Namen selbst. Welcher Name passte zu einer bestimmten Katze? Der Name bekam plötzlich etwas Willkürliches. Wie alle Namen. So als würden die Katzen dadurch ein Stück menschlicher. Aber das war völliger Quatsch, dachte sie. Die Katzen führten ihr Leben zwischen den sonnengewärmten Mauern, den Häusern ihrer angeblichen Besitzer und den Feldern jenseits der Namen. Auch war es ihnen egal, ob sie von jemandem besessen wurden. Für die Katzen waren ihre Besitzer nur Personal. Zufällige Quellen der Nahrungsbeschaffung. So dachte Alice zuerst, den Katzen keine Namen zu geben. Sie entschied sich dann jedoch für die Taufe, um sie besser unterscheiden zu können.

Jeder bekam seinen Namen nach Charakter und Gewohnheiten. Pepone war ein hitziger Kater. Wie der italienische kommunistische Bürgermeister in dem Film »Don Camillo«. Al Capone war eine schwarz-weiße Katze mit dem Hang, andere Katzen gefügig zu machen. Alice hatte bisher noch nicht herausgefunden, wie es die Katze schaffte, dass selbst die alteingesessenen Bauernkatzen vor Al Capone duckten und sich vor ihm auf den Rücken warfen. Selbst kräftigere Katzen, die sonst dominant jeden Gartenzaun verteidigten, lagen vor Al Capone im Staub. Keine der Katzen fragte sich, warum Al Capone so mächtig war. Für Alice gab es darauf auch keine befriedigende Antwort. Die einzige Erklärung war eben, dass keiner sich diese Frage stellte. Auf die Welt der Menschen in Hintereck übertragen, kam Alice zu der Schlussfolgerung, dass niemand so mächtig war wie Al Capone. Der Herr der Gartenzäune.

Ähnlich lag der Fall beim Bürgermeister Egon Hofwanger. Er war seit Jahrzehnten Bürgermeister von Hindelang. Hintereck gehörte offiziell zur Gemeinde Hindelang. »Im Hindelanger Gemeinderat hockten nur Deppen«, sagte der Gruber am Stammtisch. »Europaaaa, pah, mit der Bagasch kriegen wir noch eine Moschee auf den Kirchplatz.« Die Wahlkampfparole Hofwangers war seit Jahrzehnten: »Mit mir net.« Obwohl keiner genau wusste, was er damit meinte, wählten ihn die Hinterecker immer wieder, und dies, obwohl Hofwanger bei den Gemeinderatssitzungen nur schlief und geistig in der Vorkriegszeit gefangen war. Ihr Großvater meinte, dass Hofwanger gerade deshalb gewählt wurde. Er sei ungefährlich und verhindere, dass ein Schlimmerer nachkomme. Hofwangers Macht bestand darin, dass er harmlos war. Vielleicht war es ja bei den Katzen genauso.

Alice schaute, ob ihre Schuhe schmutzig waren, obwohl das im Auto ihres Großvaters nichts ausmachte. Es roch immer nach Wald und Matsch. Auf dem Rücksitz lagen Säge, Hackbeile und Rindenmesser. In dem alten japanischen Jeep hatte sich über Jahre der Geruch von Harz und Tannennadeln eingenistet. Es war das einzige Auto, in dem es Alice nicht schlecht wurde. Die letzten Meter rannte sie, um ihren Großvater nicht zu verpassen. Schließlich sollte er sie am Haus abholen. Schon sah sie das Schindelhaus, das von Holz umschichtet war. Die Lampe am Eingang brannte. Im Hof werkelte Großvater. Er schlug mit einem Hammer auf die Dachrinne. Als er Alice aus dem Wäldchen treten sah, griff er sich an den Kopf.

Mit dem Schnee kam auch die Kälte. Wo am Nachmittag noch Pfützen in der Sonne glitzerten, waren jetzt glatte Eisspiegel. Hintereck erstarrte. Die Ostrach rauschte und brach in die Stille der unbewegten Fichten, die ihre Arme unter dem ersten Schnee senkten. Der Geländewagen rutschte kurz am Hang.

»Dein Vater hat gesagt, dass es heute später wird. Die Polizei hat alle Hände voll zu tun, Besoffene aus dem Verkehr zu ziehen. Glühweinopfer. Dein Vater kommt nicht vor zehn Uhr abends, hat er mir gesagt. Wir können uns also Zeit lassen.«

Weihnachtsmarkt – das hieß für Alice Lebkuchen, Zuckeräpfel, Magenbrot, der Duft von Zimtsternen und gebrannten Mandeln. Kinder mit ihren Eltern, mit ihren Müttern … *Der schwarze Weihnachtsstern lag halb ausgeschnitten noch immer im ewig dunklen Zimmer, dort, wo Mama ihn angefangen hatte.*

Der Weihnachtsmarkt konnte ihr gestohlen bleiben.

Auf der Talstraße zogen zwei Männer einen Christbaum in Richtung Kirche. Im Scheinwerferlicht tauchten ihre Anoraks und Skimützen plötzlich aus dem Schneegestöber auf.

»Verdammt«, fluchte Alices Großvater und riss das Steuer herum. Alice dachte, dass er die beiden Männer meinte, die ihm beinahe unter die Räder gekommen wären. Doch Großvater starrte zur Kirche. Seine Lippen bewegten sich so, als fluche er in Gedanken weiter. Alice schaute angestrengt in die Richtung, in die ihr Großvater gebannt starrte. Es dauerte eine Weile, bis sie es auch sah.

An der Kirchenpforte stand Pfarrer Bez. Verzweifelt rieb er an der schweren Holztür. Als er sich bückte, um den Lappen in einem dampfenden Eimer auszuwringen, erkannte Alice, was der Pfarrer abzuwaschen versuchte. Über die gesamte Breite der Pforte war eine blutrote *11* gemalt. Die Farbe war schon getrocknet, so dass die Anstrengungen des Pfarrers vergeblich waren.

»Jemand hat etwas auf die Kirchentür geschmiert.«

»So ist es wohl«, grummelte der Großvater.

»Warum schmiert jemand an Weihnachten eine 11 auf die Kirchenpforte? Was hat die 11 mit Weihnachten zu tun?«

Ihr Großvater gab Gas und schwieg. Die Lichter verschwanden. Nur noch die Scheinwerfer stachen durch die weißen Schleier.

Alice dachte, dass sie nie in Hindelang ankommen würden. Ihr Großvater sagte die ganze Fahrt kein Wort mehr. Etwas Dunkles lag in seinem Blick.

Das Gedränge zwischen den Holzbuden war so groß, dass Alice ihren Großvater mehrmals aus den Augen verlor. Der Weihnachtsbaum war noch größer als im vorigen Jahr. Er überragte die Laternen und die Häuser um den Platz. Ein Nikolaus mit Rupfensack auf dem Rücken bahnte sich seinen Weg durch die Ansammlung von Wintermänteln. Hohohoho … Alice stieg auf einen Betonpfosten, um über die Köpfe sehen zu können. Die Atemwolken der Besucher sammelten sich im Schein der Laternen und elektrischen Weihnachtskerzen. Ein eisiger Hauch aus Hunderten Lungen, der über dem Markt hing. Von ihrem Großvater war weit und breit nichts zu sehen. Der Nikolaus bimmelte, und Alice fragte sich, warum der Mann im roten Kostüm mit dem weißen Wattebart die Glocke vor sein Gesicht hielt, so als wollte er damit Fliegen verscheuchen. Der Geruch von Mandelbrot und Lakritze stieg in ihre Nase. Lang aufgerollte Lakritze, die auf den Tischen der Händler in allen Farben leuchteten. Und sie sah ihre Mutter, wie sie eine Rolle Bärendreck mit den Zähnen festhielt. Es war das erste Mal, dass Alice Lakritze gekostet hatte. Die einzige Süßigkeit, die ihr schmeckte … die ihr damals schmeckte.

Die Lakritze kann nichts dafür, dass ich tot bin.

5.

Alice war froh, als sie das Klimbim des Weihnachtsmarktes hinter sich ließen. Die Weihnachtsbeleuchtung nahm ab. Bald war die Straße menschenleer, und die Spuren im Schnee waren nur noch vereinzelte Fußabdrücke. Ihr Großvater hatte Mühe, ihr zu folgen. Sie kannte den Weg auswendig.

Das Antiquariat »Teifi« war der einzige Fleck in Hindelang, der es verdiente, aus der Nähe betrachtet zu werden. Es gehörte einem Israeli, der seit fünfzig Jahren in Hindelang wohnte. Ihr Großvater verbrachte Stunden auf dem Sofa vor dem Kachelofen.

»Nein, Großvater, ich will kein Kinderbuch.« Alice hatte schon den überhitzten und von Zigarettenqualm stinkenden Raum betreten, als ihr Großvater die Stufen hochstieg und sich auf dem Metallrost den Schnee von den Schuhen klopfte.

Alice hatte ein Buch von einem amerikanischen Profiler aus dem Regal gezogen. »Das Aufspüren eines Serienmörders« von 1974. Der Profiler hieß Lee Hatman. Aufgrund seiner Analysen konnten vier Serienmörder in Chicago und Boston verhaftet werden. Ein Kapitel interessierte Alice besonders: »Aus der Sicht des Serienmörders – die Normalität einer Tötungsmaschine«.

Das Antiquariat glich einem langen Schlauch. Bücherregale bis zur Decke an jeder Seite, davor Rollhocker, um an die oberen Reihen zu kommen. Alte Bücher rochen anders als neue. So als hätte sich ein allmählicher Verwesungsprozess breitgemacht. Auch Bücher starben, dachte Alice, nur viel langsamer. Und selbst sterbend hatten sie noch viel zu erzählen. Der Bücherschlauch verzweigte sich in andere Räume, die noch enger und vollgestopfter waren. Neben einem Korbstuhl, den die Krallen einer Katze über längere Zeit bearbeitet haben mussten, glotzte eine Büste in das trübe Licht der fensterlosen Bücherreihen. Die Büste war aus Gips und auf Alt gemacht. Das fehlende Ohr konnte einfach nur abgebrochen sein oder eine beabsichtigte Beschädigung. Wie eine echte Antike. Alice hatte nie verstanden, was manche Menschen an altem Zeugs so begeistern konnte, dass sie sogar Nachbildungen kauften, die künstlich beschädigt waren. »Kruscht« nannte ihr Vater das. Darunter fiel bei ihrem Vater allerdings viel mehr als nur altes und auf Alt gemachtes Gerümpel. Großvaters Haus bestünde, so Vater, zu 99 % aus Kruscht. Das 1 % war der Rasenmäher und das Fahrrad. An seinem Kruscht erkennst du den Menschen, sagte ihr Vater. Umso mehr ein Grund, um ihn zu behalten, dachte Alice. Die Buchstaben auf dem Sockel der Büste waren kaum mehr leserlich: Πλάτων.

»Platon«, sagte ihr Großvater, beiläufig wie der Audioguide im Museum. »Kennst du ihn?«

»Ich bin ihm bisher nur einmal begegnet«, antwortete Alice.

»Ach, du bist ihm begegnet ...«

»Ein- oder zweimal, auf einem Schulausflug nach Neuschwanstein. Er stand in einer Touristengruppe, die man in einer Viertelstunde durch das Schloss führt. Er meinte, ich solle sein Buch über die Weltentstehung lesen.« Sie nickte und berührte die Büste. »Gutes Buch. Geschrieben wie das Gerede am Stammtisch. Lauter Dialoge. Nur dass damals der Stammtisch nicht so stumpfsinnig war. Die unterhielten sich über die Entstehung der Welt und über das Verschwinden von Atlantis. Platon dachte, dass es zwei Welten gab. Eine perfekte Welt der Ideen. Der Plan. Und die sichtbare Welt war der mehr oder weniger verpfuschte Entwurf.«

»Dann gab es auch ein perfektes Hintereck«, witzelte ihr Großvater.

»Ein perfektes Hintereck wäre kein Hintereck mehr.«

Sie lachten beide. Teifi stand daneben und war über ihre Heiterkeit sichtlich genervt. In einem Antiquariat galten schließlich dieselben Regeln wie in einer Bibliothek oder einer Kirche.

»Wenn Platon heute so aussehen würde, dann hielte man ihn

für einen Taliban. In die USA dürfte er nicht einreisen. Bestenfalls im Allgäu würde er nicht auffallen. Der Bart vom Wirt des ›Schwarzen Bichl‹ sah auch so aus.«

»Dieses Buch will ich auch noch.«

Der Antiquar nahm es in die Hand. »›Spuren lesen. Aus dem Alltag der Spurensicherung von Norman Pepper‹. Bist du dafür nicht noch zu klein?«

Warum müssen Kinder sich immer rechtfertigen, wenn sie sich für etwas interessieren? Er hat es nicht einmal gelesen ... alter Klugscheißer. Warum Leute, die Bücher verkaufen, auch noch so tun, als wüssten sie, was drinsteht? Für sein Alter konnte man genauso wenig wie für seine Körpergröße oder seine Augenfarbe. Wie dieser Mann der Bücher nur so viel Schmarrn reden konnte!

»Und was lesen elfjährige Mädchen in der Regel so?«

»Na, Pippi Langstrumpf oder Herr der Ringe ...« Der Antiquar grinste.

»Dann können Sie ab heute sagen«, sagte Alice überdeutlich, »dass elfjährige Mädchen Bücher über Serienmörder lesen. So, und das kommt noch obendrauf.«

Sie nahm ein ledergebundenes Buch von dem Tisch am Eingang. Es war schwer. Der Einband war vergilbt. Die Schrift des Titels war verblasst, aber noch lesbar.

»›Philosophische Untersuchungen, von Ludwig Wittgenstein‹ ... Was willst du denn damit?«

»Geben Sie es mir, wenn ich Ihnen die erste Seite auswendig zitiere?«

»Das ist eine Goldrandausgabe aus dem Jahre 1953, ledergebunden. Die kostet 180 Euro.«

»Sie kneifen.«

»Ich verwette keine teuren Sammlerstücke. Für 100 Euro ...«

»Ich will es gar nicht.«

»Hast du nicht gesagt, dass du es willst?«, meinte ihr Großvater.

»Ja, aber das habe ich nur gesagt, damit dieser Herr Wittgenstein auf die Liste der Bücher für elfjährige Mädchen gesetzt wird. Außerdem …«

Das überhebliche Grinsen des Antiquars erlosch, als Alice das Buch wie einen toten Vogel aufspreizte und die Blätter nach unten hingen.

»Was zum Teufel machst du …«

»Wenn dies eine Originalausgabe von 1953 wäre, dann hätte sie keine Klebebindung, sondern eine Fadenheftung. Das ist eine billige Ausgabe.«

Der Antiquar riss ihr das Buch aus der Hand. »Wenn dieser Wittgenstein wüsste, wie du mit seinem Buch umgehst, dann würde er sich …«

»Es würde ihn nicht die Bohne interessieren«, sagte Alice und blickte zu dem hageren Mann, der unter der Laterne vor dem Laden stand. Ludwig Wittgenstein hatte sich noch nie für materielle Dinge interessiert. Auf der Rückseite ihrer Taschenbuchausgabe war ein Bild des jungen Wittgenstein. Der Mann unter der Laterne hatte dieselben nach innen blickenden Augen, dasselbe lange kantige Gesicht, doch es war gezeichnet.

Als seine Spuren eines Tages wie aus dem Nichts im Schnee neben ihr waren, hatte da eine traurige Gestalt gestanden. Ludwig Wittgenstein tauchte an den unpraktischsten Orten auf. In der Schule, beim Abendessen oder in einer Talkshow im Fernsehen, unsichtbar für Millionen von Fernsehzuschauern.

Als er ihr erzählte, dass er alle Probleme in der Philosophie gelöst und daraufhin sein ganzes Vermögen verschenkt habe, glaubte sie ihm zunächst nicht. Dann hielt sie ihn für bekloppt und schließlich für genial. Nur gab es niemanden sonst, der tote Philosophen sehen konnte. Und Alices erster Gedanke war, dass es sich so anfühlen musste, wenn man verrückt wurde. Dann überlegte sie, dass man Fledermäuse ja auch nicht für verrückt erklärte, nur weil sie Ultraschall hören konnten. Allein auf die wichtigste Frage hatte ihr Wittgenstein noch keine Antwort gegeben: Warum konnte nur sie ihn sehen und mit ihm sprechen?

Bücher waren Zimmer, in die man ging, und dann stand man plötzlich auf einer Wiese vor einem Bergpanorama. Es gab normale Bücher, wo die Wörter ausgelöscht wurden, wenn man sie las. Und dann gab es noch die Bücher von Philosophen. Gedanken, die Tausende von Jahren alt waren. Alice konnte sich nicht erinnern, wann es das erste Mal geschehen war. Doch so richtig bewusst wurde es ihr erst mit Wittgenstein. Sie hatte den ersten Teil seines Tractatus gelesen. Unverdaulicher Stil. Wie konnte man nur so grauenhaftes Zeugs zusammenschreiben? Schlimmer als die Blaskapelle in Hintereck oder die verbrannten Hendl im »Schwarzen Bichl«. Sie hatte es laut gesagt oder nur gedacht, als er plötzlich neben ihr schritt. Seine Spuren im Schnee fingen einfach neben Alices Spuren an, als wäre er vom Himmel gefallen. Ein mageres Gesicht, ein Anzug, der aus der Altkleidersammlung stammte, die Ärmel waren abgewetzt und mit Kreide verschmiert. So wie bei einem Lehrer. Der hagere Mann stellte sich als Ludwig Wittgenstein vor. »Ich habe dieses Zeugs geschrieben.«

Seit jenem Tag hatte Wittgenstein sie nicht mehr verlassen. Er war ihr ewiger Nachbar geworden. Wittgenstein zeigte sich manchmal, wenn er mit ihr sprach. Manchmal auch nicht. Da redete er nur in Träumen zu ihr, oder er ging mitten im Fernsehkrimi durch das Bild oder schaute aus dem Fenster, als ein Reporter aus dem zerbombten Beirut berichtete. Wittgenstein war überall, und er war es auch, wenn ihn Alice nicht sah. Es hatte sie nie gestört, dass Wittgenstein bereits seit 1951 tot war.

Von da an wusste Alice, dass sie tote Philosophen erwecken konnte. Sie waren um sie. Bisher hatte sich nur Wittgenstein zu erkennen gegeben. Die anderen waren da irgendwo unter den Touristen und Bergwanderern. Platon mit Holzstock oder Herakles in der Seilbahn. Ob die anderen Menschen sie sehen konnten, wusste Alice nicht. Warum nur Wittgenstein sie ansprach, war ihr noch ein Rätsel. Vielleicht um ihr zu sagen, dass sie nicht verrückt war. Dass jeder Philosoph über Jahrtausende mit anderen reden konnte. Sie waren eine große Familie. Nur was Alice in dieser Familie zu suchen hatte, war ihr unklar. Wittgenstein beruhigte sie: »Das Verstehen kommt mit dem Denken und nicht mit dem Wissen.«

»Und wozu Philosophie?«, fragte Alice.

»Licht in ein oder das andere Gehirn zu werfen ist nicht unmöglich, aber freilich nicht wahrscheinlich.«

Was aber noch nicht erklärte, warum er gerade sie ausgewählt hatte. Sie war zwar schon elf, hatte aber noch nichts Weltbewegendes gedacht und geschrieben. Irgendeinen Grund musste es jedoch geben. Es gab immer einen Grund, und jeder Mensch handelte nach Gründen, selbst tote Philosophen. Ihre Verwirrung amüsierte Wittgenstein, der ansonsten der humorloseste Mensch war, den Alice je getroffen hatte.

Großvater hatte Teifis Antiquariat schon verlassen und zog an seiner Pfeife. Alice nahm ihre Bücher unter den Arm und ging wortlos an dem Antiquar vorbei. Sie zog ihre Mütze auf, als etwas sie zurückriss. Sie hatte keine Zeit zu reagieren und wäre nach hinten gefallen, wenn Teifi seinen Griff gelockert hätte.

»Sie tun mir weh!«

Die schwarzen Knopfaugen des Antiquars starrten sie aus einem weißen Gesicht an. Er drehte ihr Handgelenk nach oben, so dass sie sich unter ihm wand und seinen Atem riechen musste. Eine Mischung aus Mundwasser und Rotwein.

»Ich rate dir, dass du deinen vorlauten Mund nicht zu weit aufmachst.«

»Lassen Sie mich ...«

Teifi ließ sie los. »Wenn du dich in die Angelegenheiten von Erwachsenen einmischst, dann wirst du wie eine Erwachsene behandelt. Und glaube mir, das willst du nicht ...«

»Ich lasse mir nichts verbieten.«

»Dann trage die Konsequenzen ... und jetzt verschwinde.«

Was hatte den Antiquar so erschreckt? Die Tatsache, dass er sie mit dem Buch über den Tisch ziehen wollte? Teifi hatte gewartet, bis Großvater außer Sichtweite war, um ihr den Arm zu verdrehen. Von welchen Angelegenheiten redete er? Alices Bemerkung hatte Teifi kurz die Kontrolle verlieren lassen wie jemand, der Angst hatte und diese Angst mit großer Mühe verbarg, wie jemand, der etwas zu verheimlichen hatte und Fragen verabscheute.

6.

Auf dem Rückweg war die Straße nach Hintereck von einer dichten Schneedecke bedeckt. Als der Wagen in die vereiste Hofeinfahrt zu ihrem Haus einbog, sah Alice die geduckte Gestalt auf der Treppe. Es war Tom. Eingepackt in seinem blauen Polaranorak und seinen roten Moonboots, glich er dem Michelin-Männchen. Er hatte auf sie gewartet und gefroren.

»Jingle Bells. Aus den über dreihundert Lautsprechern im Hotel. Das ist Gehirnwäsche«, sagte Tom. »Dasselbe Geschwätz, dieselben Lieder, dieselben roten Gesichter und der Pfarrer, der so viel Wein intus hat, dass er kaum mehr stehen kann.«

»Brauchtum, hat mein Vater heute gesagt. Das ist uraltes Brauchtum. In Wirklichkeit immer derselbe Mist«, ergänzte Alice.

»Wäre besser, wenn man jedes Jahr die Geburt eines anderen Menschen feierte. Es gibt ja genug davon.«

»Fällt dir einer ein?«

»Tim Berners-Lee ...«

»Wer?«

»Erfinder des World-Wide-Web ... oder Léon Bollée, der Erfinder der Rechenmaschine.«

»Jedes Weihnachten ein anderer Erfinder ... gute Idee. Statt einem Christbaum gäbe es dann jedes Jahr riesige Pappcomputer, die blinken ...«

»Ja, oder U-Boote oder ein Riesenmonopoly, das Charles Brace Darrow erfunden hatte.«

»Dein Gedächtnis möchte ich haben.«

»Lauter nutzloses Wissen.«

»Man weiß heute doch nie, was morgen von Nutzen ist. Lass uns ins Dorf gehen. Der ›Schwarze Bichl‹ schließt bald.«

Der »Schwarze Bichl« war die einzige Dorfkneipe in Hintereck, die, seit Alice denken konnte, Josef Tanneis gehörte, einem Wirt, der Worte hasste und hinter seiner Theke Gläser spülte und Bier einschenkte. Seinen Mund machte er nur dann auf, wenn jemand randalierte oder nicht zahlen wollte.

Die Kneipe hatte Josef Tanneis von seinem Vater geerbt, einem gebürtigen Tiroler. Obwohl Josef Tanneis in Hintereck geboren wurde, galt er immer noch als Zugereister. Alices Großvater beschrieb den »Schwarzen Bichl« als Endstation des Lebens. »Wer dort mehr als einmal im Monat sitzt, geht nirgendwo mehr hin. Der wöchentliche Stammtisch ist eine Schachpartie, die von keiner Seite mehr gewonnen werden kann, mit dem Unterschied, dass die Spieler noch irgendwie glauben, dass es vorangeht. Hier spielt sich die Tragik des Lebens ab«, sagte ihr Großvater.

Im Sommer setzte sich Alice mit Tom in die Nähe des Stammtisches, der unter den alten Kastanien stand, und lauschte den Gesprächen der Alten. Ihr fiel auf, dass mindestens einmal im Monat einer der Stammtischältesten einen Streit vom Zaun brach. Am streitsüchtigsten waren Karl Oberschrat und Anton Haas, die beiden Ältesten, nachdem Georg Zugl, ihr früherer Lehrer und Vorgänger von Dr. Lehmko, überraschend nach einem Unfall an der Kreissäge gestorben war. Alice hatte erst nicht verstanden, warum es unter den Männern zum Streit gekommen war. Sie stellte fest, dass der Grund niemals nachvollziehbar war. Auch Wittgenstein musste hier passen. Oberschrat und Haas waren die Wortführer, was auch daran liegen konnte, dass sie das lauteste Sprechorgan hatten.

Die meisten Gespräche hatten kein Ziel. Jemand redete von den Benzinpreisen, wobei das Wort »Mineralölkonzerne« fiel. Von da an spannte sich der Bogen zur Politik und von der Politik zum korrupten Bauamt, das dafür sorgte, dass die Blumenkästen in den Häusern die gleiche Farbe hatten, es aber zuließen, dass die Alpenlandschaft zunehmend betoniert wurde, und am Ende landete das Gespräch wie ein weggeworfenes Guzlepapier beim Faschingsverein oder der Hinterecker Blaskapelle. Sie erzählten dieselben Geschichten in unterschiedlichen Versionen, und doch lief die Welt wieder in Hintereck zusammen.

»Niemand kann mich zwingen, einen Schwulen als Kanzler zu wählen«, rief Haas, »oder mir verbieten, eine Zigarre zu rauchen, nur weil die Deppen in Berlin das Klima retten wollen. Und der Präsident der Amerikaner raucht täglich drei Zigarren. Die scheren sich einen Dreck ums Klima.«

Sie redeten, um nicht vergessen zu werden, und hofften, dass sie durch die Erzählungen am Stammtisch auch nach ihrem Tod noch am Leben blieben. Mehr aus Furcht als aus Respekt setzte sich daher auch keiner auf den leeren Stuhl, auf dem Georg Zugl zu Lebzeiten gesessen hatte. Sie bestellten ihm ein Hefeweizen, das nach jeder Runde ausgetrunken wurde, meistens von Karl Oberschrat.

Tom drückte die Tür zum Schankraum auf. Es war erst halb neun Uhr. Der Wirt warf Tom und Alice einen missbilligenden Blick zu. Eine Kneipe war nichts für Kinder. Werdet nicht so wie diese da … Tom bestellte eine Cola. Der »Schwarze Bichl« war selten voll, aber praktisch nie leer. Es gab immer jemanden, der an der Theke stand oder seine Zwiebelsuppe am Fenster schlürfte.

Alice wusste, was am Stammtisch geplaudert wurde. Als sie Tom sahen, war plötzlich das Hotel Gesprächsthema. Die Männer redeten davon, dass ihre Fremdenzimmer leer waren und dass das Wasser schmutziger sei, seit das Hotel in den Hang gebaut worden war. Am Stammtisch des »Schwarzen Bichl« wurde über alles gesprochen, was irgendwie in Hintereck einmal erwähnt wurde. So als wäre der Stammtisch ein Echo, das die Stimmen erst nach Tagen wieder freigab. Nur über eines redeten sie nicht: über den Tod von Alices Mutter.

»Auf wen setzt du?«, fragte Alice.

Tom hob die Schultern. »Schwierig heute. Die scheinen noch ganz ruhig zu sein.«

»Ich tippe auf den Oberschrat.«

»Warum den Oberschrat?«

»Das erfährst du nachher … sonst wäre es ja keine Wette.«

»Gut, dann setze ich auf den Georg Zugl.«

»Der ist tot. Eine unmögliche Wette kann ich nicht annehmen. Zugl kann nicht mehr mit dem Streit beginnen.«

»Das sagst du, aber die Toten können wohl einen Streit verursachen.«

»Nein, es zählen nur die Lebenden.«

»Gut, dann tippe ich auf den Haas.«

Eine Weile vergaßen sie den Stammtisch.

»Weißt du, wer die Kirchentür vollgeschmiert hat?« Alice trank ihre Cola aus.

Tom schüttelte den Kopf. »Nein. Der Pfarrer hat den ganzen Abend gewischt und hat doch noch nicht alle Zeichen entfernt. Überall eine riesige 11.«

»Habe ich gesehen, als wir auf den Weihnachtsmarkt gefahren sind.«

»Sicher ein Streich von diesen Drecksäcken, Atze und Matze.«

»Warum sollten die Oberschrat-Brüder die Kirche vollschmieren? Wenn ihr Vater das erfährt, dann schlägt er sie windelweich. Nein, das ist etwas anderes. Hier ist etwas im Gange.«

»Du siehst wieder irgendwelche Symbole, und am Ende waren es doch nur die Oberschrat-Brüder.«

»Nein, das ist kein Streich.«

»Der Pfarrer hat jedenfalls Glück gehabt. Die Zeichen wurden nicht mit wasserfester Farbe hingeschrieben, sondern mit Blut.«

»Woher weißt du das?«

»Ich habe gehört, wie der Pfarrer es einer Frau erzählt hat, die aus der Kirche gekommen ist. ›Es schmiert wie Schweineblut.‹«

Von der Tür kam eisige Luft. Sogar am Stammtisch unterbrach man kurz das Gerede und nutzte die Gelegenheit, die Gläser zu leeren. Oberschrat trank das Glas des toten Zugl aus. Tanneis blickte zur Tür. Alice hörte nur Toms Seufzer. *Herrje.*

In der Tür stand ihr Klassenlehrer. Dr. Adibert Lehmko oder einfach K. O., wie die Schüler ihn nannten, und schüttelte sich den Schnee von den Schultern. Er ließ den Blick kurz durch die Schankstube wandern und setzte sich ans Fenster. Tanneis ging wortlos zu ihm, nahm wortlos die Bestellung auf und brachte ebenso wortlos einen Grog.

Doch es war Zeit für die Wette, einen Zeitvertreib, den Alice im letzten Sommer begonnen hatte, als am Stammtisch erst heftig debattiert, dann geschrien worden war, bevor sich zwei betrunkene alte Männer an den Haaren zogen. Die Besonderheit dieses Stammtisches war, dass jedes Mal Streit ausbrach. Die Themen änderten sich, nur der Streit blieb.

Tom verschränkte die Arme und flüsterte zu Alice: »Heute passiert gar nichts. Ihnen sind die Themen ausgegangen.«

»Ein Grund für einen Streit findet sich immer«, sagte Alice und wunderte sich ebenfalls über die anhaltende konzentrierte Ruhe am Stammtisch. Sie hatte gerade darüber nachgedacht, wie die Wette zu werten sei, wenn überhaupt nicht gestritten wurde, als es am Tisch lauter wurde. Entscheidend war, wer den Streit begann und wer zuerst handgreiflich wurde. Bisher war Haas führend. Als jeder von ihnen zu seinem Weizenglas griff, machte sich eine unangenehme Stille breit. Alice zählte die Sekunden. Sechs Sekunden herrschte Stille im »Schwarzen Bichl«.

»Jemand hat mir den Hund vergiftet«, murmelte Oberschrat.

»Der ist dir halt verreckt«, erwiderte Haas und grinste spöttisch über den Tisch.

»Der ist nicht verreckt, sondern vergiftet worden. Von irgendeinem Drecksack, der keine Viecher mag.«

»Du hast deinen Hund nicht anders behandelt wie deine Frau. Kein Wunder, dass ...«

»Halt dein blödes Maul, sonst ...«

»Sonst was?«

Haas streckte seinen Kopf angriffslustig über sein Bierglas. »Bis dass der Tod euch scheidet ... Das musst du dir mal hinter die Ohren schreiben.«

»Halt dein blödes Maul!«

Oberschrat winkte nur ab. Rüttli versuchte vergebens, Haas zu beruhigen, und Wegener lehnte sich zurück. »Wir wissen doch, was du machst mit die Weiber. Nicht einmal an ihrem Geburtstag warst bei ihr, nicht einmal da.«

»Halt jetzt das Maul.«

»Das Maul lass ich mir nicht …«

Oberschrat sprang auf und zog Haas über den Tisch. Wegener konnte sein Glas retten, ein leeres Weizenglas schwankte und fiel auf den Boden.

Tom seufzte.

Alice streckte ihm ihre offene Hand hin. »Ich wusste es doch …«

»Du hast geraten«, sagte Tom.

Sie zogen ihre Mützen und Mäntel an. Die eisige Luft schnitt in ihre Gesichter. Sie schlugen den Weg nach Hause ein, doch Alice zögerte.

»Lass uns zur Kirche gehen.«

»Die ist schon zu … fast halb zehn.«

»Sei kein Spielverderber, los.«

Tom trottete Alice hinterher. An einigen Stellen schlitterten sie über festgefrorene Pfützen.

»Gib zu, dass du vorher geraten hast.«

»Hab ich nicht.«

»Du konntest nicht wissen, dass der Oberschrat auf den Haas losgeht. Wahrscheinlich wusste Oberschrat selbst nicht, dass er heute am Stammtisch auf den Haas losgeht.«

»Menschen wissen selbst oft nicht, warum sie etwas tun …«

»Der Oberschrat war sauer, weil der Haas ihn provozierte, und weil er sauer war, hat er ihn über den Tisch gezogen.«

»Aber es ist jedes Mal etwas anderes. Beim letzten Mal haben sie sich wegen dem Maibaum in die Haare gekriegt …«

Karl Oberschrat hatte die Schwester von Anton Haas geheiratet. Vor zehn Jahren hatte ihre Hand zu zittern begonnen, zwei Jahre später ließ Karl Oberschrat sie in ein Pflegeheim einweisen. Parkinson. Für Karl Oberschrat war damit seine Aufgabe erledigt. »Was kann ich dafür, wenn sie verrückt wird?«, rechtfertigte er die Tatsache, dass er seine Frau nicht besuchte. Seine Frau hatte den Verstand verloren. Sie war nicht mehr seine Frau, sie war nicht mehr diejenige, die er geheiratet hatte. Auch wenn Haas das Gegenteil behauptete.

»Es ist Weihnachten«, erklärte Alice, »und Oberschrat hat seine Frau nicht besucht wie jedes Jahr. Das bringt Haas auf die Palme. Manche Menschen sind berechenbar.«

Vor dem Haupteingang der Kirche hatte das Wasser, mit dem der Pfarrer die Schmierereien abgewaschen hatte, den Schnee rot gefärbt. Ganz hatte er die 11 nicht entfernen können. Das Blut war tief in die Poren der Holzpforte eingedrungen.

Derjenige, der die Pforte beschmiert hatte, hatte es eilig gehabt. Alice suchte die Ränder ab. Überall Spritzer. Er musste mit einem Behälter zur Kirche gekommen sein. Es musste jemand gewesen sein, der nicht auffiel.

»Alice …«

Sie drehte sich um. Tom stand fünf oder sechs Meter entfernt an der Längsseite der Kirche. Sein rechter Arm zeigte auf die Mauer. Eine andere 11.

»Das heißt nichts Gutes …«, murmelte Alice vor sich hin.

»Wer schmiert die Kirche voll einen Tag vor Weihnachten, wenn alle im Dorf in der Kirche sein werden?«

»Vielleicht gerade deshalb.«

Tom hatte sich verabschiedet und verschwand auf dem dunklen Pfad, der steil hinter den Fichten anstieg. Die Straße zum Hotel war zwar geräumt, schlängelte sich aber in unendlichen

Mäandern nach oben. Der Pfad zur verbrannten Mutter Gottes war erheblich kürzer.

Als Alice am Haus war, stand ihr Großvater schon in der Tür. Die Kirchturmglocke schlug zehn Uhr.

»Dein Vater hat angerufen«, sagte er. »Ich habe ihm gesagt, dass du vor dem Haus im Schnee spielst.«

Alice klopfte den Schnee von ihren Schuhen. Durch die offene Tür drangen Licht und Wärme. Sie schenkte ihrem Großvater ein verschwörerisches Lächeln. Sie hatte die Schuhe noch nicht ausgezogen, als sie sich umdrehte und in die Dunkelheit blickte.

»Hast du das gehört, Opa?«

»Ich höre gar nichts.«

»Genau das meine ich ja. Es fehlt etwas. Die Glocke schlug zehn und danach nichts ...«

»Wenn sie danach noch einmal schlägt, dann ist es elf«, spöttelte ihr Großvater, »oder es brennt im Dorf.«

»Nein, ich meine die Hunde. Kein Gekläffe, nichts. Schon den ganzen Tag habe ich nicht einen Hund bellen gehört. Das ist doch seltsam, oder?«

»Ich empfinde es als eine Wohltat.«

Die Wärme im Haus ließ Alice die Dunkelheit draußen vergessen. Amalia hing wie immer am Telefon. Sie gab sich solche Mühe, so zu tun, als wäre es ein Anruf, den sie nur nebenbei annahm. Doch sogar ihr Vater konnte nicht übersehen, wie Amalia praktisch danach gierte, den Hörer in die Hand zu bekommen und mit dem tragbaren Telefon in ihr Zimmer zu verschwinden. Die Gelegenheit für einen passenden Kommentar, die Alice nicht verstreichen lassen wollte.

»Warum schminkst du dich eigentlich, bevor du telefonierst? Dein Schatzi kann dich eh nicht sehen.«

»Halt bloß ...«, zischte Amalia und biss sich auf die Lippen.

Alice hörte noch den letzten Halbsatz: »... meine Schwester, ja, sie ist wirklich eine Pest.«

Die letzte Nacht vor Heiligabend.

Am Fenster hatten sich Eisblumen gebildet. Die Dunkelheit draußen wirkte jetzt noch dichter. Die eisige Kälte und die Dunkelheit waren in Wahrheit die Welt. Die Wärme, der Ofen, ihr Großvater, ihr Vater, das waren nur kleine Inseln. Es war ein ständiger Kampf gegen die eisige Dunkelheit, gegen die einzige Wirklichkeit. Und schließlich verlor jeder diesen Kampf. Wie ihre Mutter.

Alice spürte, wie der Schlaf nach ihr griff, aus der Dunkelheit, die von draußen hereindrang, jenseits der Eisblumen. Sie sank in einen Schlaf, von dem ihr nur ein Traum am nächsten Tag bleiben sollte. Eine Horde Hunde rannte durch die leeren Straßen von Hintereck, dann quer über den Friedhof. Alice wusste nicht, ob die Hunde etwas jagten oder vor etwas flohen. Sie wusste nur, dass sie Angst hatten.

7.

24. Dezember

»Sie ist elf Jahre alt, verstehst du, elfffff.«

Die Stimme ihres Vaters. Alice zog sich an und trottete über die alten Bohlen zur Treppe, die ins Untergeschoss führte. An ihren Füßen huschte ein Schatten vorüber. Hobbes, der zwölf Jahre alte Kater. Ihre Mutter hatte ihn auf einem Rastplatz gefunden. Er war ausgehungert und krank. Selbst heute noch litt er unter einer merkwürdigen Krankheit, die ihn mit offenen Augen schlafen ließ.

Alice lauschte, wer noch unten sein konnte. Viele Möglichkeiten gab es nicht. An ein oder zwei Wortfetzen erkannte sie ihren Großvater. Schlagartig wurde ihr bewusst, was geschehen war. Sie hätte sich ohrfeigen können. Verdammt, verdammt ... Sie hatte ihren Rucksack mit den Büchern unten stehen lassen.

»Kannst du ihr nicht etwas kaufen, was ihrer Altersklasse entspricht? Ich weiß nicht, Harry Potter oder Pippi Langstrumpf.«

»Alice ist kein normales Kind«, antwortete ihr Großvater, »falls dir das entgangen ist. Sie langweilt sich mit dieser empfohlenen Kinderliteratur. Sie ist begabt.«

»Sie ist nicht begabt, sondern traumatisiert.«

»Das haben dir die Psychologen eingeredet.«

»Das sind wenigstens Spezialisten. Die wissen, von was sie reden.«

»Schon gut, aber hör doch einmal auf deine Tochter als nur auf irgendwelche Spezialisten.«

»Ich weiß nur eines, diese Art von Büchern, die du ihr dauernd kaufst, hinter meinem Rücken ... Das lässt sie noch weiter in ihre Phantasiewelt abdriften.«

»Es sind Fachbücher und keine Fantasy-Bücher.«

»Sie versteht noch nicht, was sie mit diesem Wissen anfangen soll. Sie hat sich nicht mit dem Tod ihrer Mutter abgefunden. Es ist schwer, nicht nur für Alice. Sie glaubt, dass ihre Mutter ermordet wurde. Sie verwendet jede freie Minute damit, Sherlock Holmes zu spielen, aber nicht wie Kinder es tun, sondern sie glaubt daran. Alice kann sich nicht mit diesem tragischen Unfall abfinden.«

»Die beste Art für Alice, damit fertig zu werden, ist, die Realität mit kriminalistischen Methoden zu untersuchen. Du kannst sie nicht mit ein paar Kindererklärungen abspeisen. Dafür ist Alice viel zu klug.«

»Sie ist elf, das ist alles. Und im neuen Jahr liest sie mir so was nicht mehr.«

»Du machst einen Fehler, wenn du Alice das verbietest, ohne mit ihr zu reden.«

»Ich werde mit ihr reden.«

»Du solltest ihr vor allem zuhören.«

»Danke für deine Ratschläge. Aber ich habe schon einen Termin bei einem Kinderpsychologen gemacht.«

»Alice braucht keinen Psychologen. Sie braucht einen Vater, der ihr zuhört.«

Alice hatte Lust, sich den ganzen Heiligabend einzusperren. Warten, bis der Rummel vorbei war, die gespenstische Stille auf den Straßen, wenn hinter den geschmückten Fenstern gelacht und gesungen wurde. Dann schlich von den Bergen wieder die eisige Kälte in die Nacht. Sie war so dunkel wie ein Grab.

Die Stimme ihres Vaters war verstummt, so als hätte ihn ein böser Geist verlassen.

Von ihrem Zimmer aus sah Alice im Sommer auf eine Wiese und den Berghang, der hinter dem Fichtenwäldchen anstieg. Den ganzen Sommer über waren dort Kuhglocken, vereinzelte Stimmen von Bergwanderern, die von der Wollersalp abstiegen. Der Schnee hatte die Landschaft erstarren lassen. Kantige Schwarzweißzeichnungen, weiße Flächen und die darüberliegende Nacht. Minuten mussten vergangen sein, als sie eine Veränderung in sich spürte. Es war, als hätte sie zu lange hinaus in die Nacht gestarrt und als würde die Nacht nun in sie hineinblicken. Wieder lauschte sie ... Da war nichts. Sie öffnete das Fenster. Die Kälte strich ihr über die Wangen. Sie hatte sich nicht getäuscht. In dieser Nacht bellte kein einziger Hund. Nicht einmal die beiden Jagdhunde Wegeners, die immer bei Einbruch der Dunkelheit kläfften.

Alice schloss das Fenster. Sie dachte an die Schmierereien an der Kirche und die verzweifelten Bemühungen des Pfarrers, alles wegzuwischen. Was hatte die 11 nur zu bedeuten? Das war kein Kinderstreich. Steckte ein Fremder dahinter? Doch aus welchem Grund sollte ein Fremder die Dorfkirche beschmieren?

Auf einmal durchzuckte sie eine Idee. Sie leerte ihre alten Kisten auf dem Boden aus, in denen sie die Erinnerungsstücke ihrer Mutter aufbewahrt hatte. Die Haarspange, eine Hautcreme und eine Haarbürste. Ihre Schätze. Ihre Mutter hatte sie ihr gekauft, als sie zusammen in der Stadt gewesen waren. *Wenn du mal größer bist …* Du wirst mich nie sehen, Mama, wenn ich groß bin. Alice streckte ihre Hand zum Boden der Kiste. Die Fotoalben hatte sie in Plastiktüten eingepackt. Sie nahm das Album, das sie vom Dachboden geholt hatte. Ihr Vater hatte es dort deponiert. Es war das Fotoalbum aus dem Jahr, als ihre Mutter starb.

Alice schlug die Seite auf, auf der *Weihnachten 2004* stand. Sie ging die einzelnen Fotos durch, bis sie es entdeckte, ganz deutlich. Es war kein Zweifel. Und Alice war sich sicher, dass es sich nicht um einen Zufall handelte.

Nur wer glaubt dir schon? Du bist allein.

Weihnachten 2004. Die Schrift über den Fotos gehörte ihrem Vater. Die Fotos zeigten die Kirche. Auf dem ersten war nichts Außergewöhnliches zu erkennen. Die Pforte war geöffnet. Leute in dicken Mänteln drängten zum Ausgang. Die Aufnahme war bei Tageslicht gemacht worden, was darauf schließen ließ, dass es sich um das Ende des Nachmittagsgottesdiensts handelte. Die Stufen waren von Neuschnee bedeckt. Es musste also geschneit haben während des Gottesdienstes. Das zweite Foto musste am selben Tag entstanden sein. Nur ein paar Stunden später. Wer hatte die Aufnahme gemacht? Ihr Vater, ihre Mutter? Auf den Stufen hatte sich die Schneedecke verdichtet. Es war bereits dunkel. Der Himmel hatte eine matt dunkelgraue Farbe, so als hätte jemand Altöl ausgegossen. Die Aufnahme wurde mit Blitzlicht gemacht.

Alice wischte mit dem Finger über das Bild. Die weißen Punkte waren kein Staub, sondern Schneeflocken. Doch was Alices Hand zittern ließ, waren nicht diese beiden Bilder, auf denen kein Mensch zu erkennen war, sondern die Pforte. Sie war geschlossen, und in dicken Pinselstrichen brannte dort auf dem dunklen Holz eine rote 11.

Das Foto musste gegen 16 Uhr oder 16.30 Uhr gemacht worden sein. Drei Stunden später war ihre Mutter tot. Wenn ihre Mutter die Aufnahme gemacht hatte, dann musste es einen Grund gegeben haben, dachte Alice. Wozu fotografierte sie die geschlossene Kirchentür mit den Schmierereien? Sie war am 24. Dezember im Dorf, um noch ein paar Kleinigkeiten zu besorgen. Dafür hatte sie den Fotoapparat dabei? Und nach ihrem Tod ließ ihr Vater die Fotos entwickeln und klebte sie ins Fotoalbum? Ein Album, das dann auf dem Dachboden verschimmeln sollte, hätte Alice es nicht zufällig gefunden. All das gab keinen Sinn.

Alice fühlte, wie sich die Gedanken beschleunigten, sich aneinanderdrängten, als wollten sie alle gemeinsam durch ein winziges Schlüsselloch. Wer außer ihrer Mutter konnte dies Foto schon gemacht haben? Und wenn sie jemand dabei beobachtet hatte? Vielleicht hatte sie in diesem Augenblick etwas gesehen, was sie nicht sehen durfte.

Als man die Leiche ihre Mutter gefunden hatte, fand man keinen Fotoapparat bei ihr. Sie musste ihn jedoch bei sich gehabt haben, wenn sie die Fotos geschossen hatte. Warum hatte ihre Mutter Fotos von der verschmierten Kirchenpforte gemacht?

In diesem Augenblick hörte sie die Stimme ihres Vaters auf dem Gang.

Alice schaffte es noch gerade, ihre Unschuldsmiene aufzusetzen, als die Tür aufflog. Ihr Vater nahm das Fotoalbum und stellte es in den Schrank zurück, den Tabuschrank. Dort bewahrte ihr Vater seine Erinnerungen an ihre Mutter auf. Alice hatte nie verstanden, warum er ihr verboten hatte, den Schrank zu öffnen. Natürlich hatte sie den Schrank schon oft durchsucht. Die Pflicht einer Detektivin. Die Fotoalben, das Hochzeitsbild mit Goldrahmen, ihr rotes Lieblingskleid, Tonfiguren, die ihre Mutter aus dem Urlaub mitgebracht hatte, ihre Lesebrille, eine Perlenkette und verschiedene bunte Ringe, die sie in Madrid gekauft hatte.

Ihr Vater musste ihr gefolgt sein, als sie die Treppe hochgegangen war. Zu spät für Erklärungen. *In flagranti delicto.* In den Flammen des Verbrechens, auf frischer Tat … Halt die Klappe, Alice.

»Ich wollte etwas nachschauen«, sagte sie leise und gab sich Mühe, betreten zu wirken.

»An diesem Schrank hast du nichts verloren. Oder muss ich jetzt schon im eigenen Haus die Türen vor meiner eigenen Tochter verschließen?«

Sie schüttelte den Kopf. »Es gibt da ein Foto von Weihnachten … Ich wollte es mir ansehen.«

»Was für eine Foto?«

»Mama hat es an dem Tag gemacht, als es passierte.«

»Du kannst das Foto haben«, sagte ihr Vater. Die Härte war aus seiner Stimme gewichen. »Nur wenn du mir versprichst, dass du nicht mehr an den Schrank gehst.«

Man kann Dinge schwören, um sich nicht daran zu halten, wenn man die Finger hinter dem Rücken kreuzt. Das war blanker Unsinn. Abergläubischer Firlefanz. Für Alice waren Versprechen, an die man sich nicht halten musste, ganz einfach taktische Versprechen. Sie dienten einem höheren Ziel.

»Hast du die Fotos eingeklebt, die Mama noch am Tag ihres …«

»Unfalls«, ergänzte ihr Vater.

»… gemacht hatte?«

»Nein, das war Großvater.«

»Aber du hast den Film entwickeln lassen?«

»Ich habe den Film nicht entwickeln lassen.«

»Wer war es dann?«

Aus dem Badezimmer drang Amalias Stimme. Sie telefonierte und ließ das Radio dabei laufen. Störgeräusche. Dasselbe machte sie, wenn sie auf dem Klo war und Blähungen hatte.

»Die Fotos steckten im Briefkasten.«

»Und wer hat sie da reingesteckt?«

»Jemand aus dem Dorf. Warum willst du das wissen?«

»Jemand wirft einfach Fotos in den Briefkasten?«

»Sie waren in einem Umschlag, ohne Absender.«

»Kam dir das nicht seltsam vor?«

»Jetzt fängst du schon wieder an, Alice. Es gibt keinen unbekannten Mörder. Mama starb an den Folgen eines Unfalls. Sieh das doch endlich ein.«

Niemand interessierte sich dafür, warum jemand Bilder von der verschmierten Kirchenpforte gemacht hatte. Noch weniger interessierte es ihren Vater, wer die Fotos in den Briefkasten gesteckt hatte. Oder er wusste es und verschwieg es.

8.

»Ich muss mit dir reden.«

In die Gummizelle …

Alice legte ihren Löffel beiseite. Nur ihr Großvater schlürfte weiter seine Suppe, als wäre er gar nicht im Raum. Vor dem

Fenster sanken dicke Schneeflocken zu Boden, scheinbar ohne Widerstand. Auf dem Fensterbrett hatten sich über Nacht weiche Häufchen gebildet.

»Weißt du, Mama fehlt mir genauso wie dir. Es vergeht kein Tag, an dem ich nicht an sie denke.«

Ihr Großvater schlürfte weiter seine Suppe.

»Aber wir müssen uns mit ihrem Tod abfinden«, sagte ihr Vater, »auch wenn es schwer ist.«

Damit findet man keine Mörder …

»Es war ein tragischer Unfall, der uns deine Mutter weggenommen hat.«

»Das war kein Unfall«, platzte Alice heraus.

»Ich bin Polizist, glaub mir, ich hätte alles getan, um den Schuldigen zu bestrafen, wenn es einen gegeben hätte.«

»Warum sagst du das?«

»Weil du glaubst, dass ein böser Mann uns deine Mama weggenommen hat.«

»Behandle mich nicht wie ein Kind.«

Ihr Großvater grinste über seiner Suppe.

»Du bist ein Kind«, erwiderte ihr Vater.

»Ich bin elf.«

»Und mit elf solltest du nicht Sachen lesen, die noch nicht für dein Alter bestimmt sind. Bücher über polizeiliche Spurensicherung, eine Studie über einen Serienmörder …«

»Schließlich ist mein Vater Polizist«, erwiderte Alice.

»Die Töchter von meinen Kollegen spielen mit Barbiepuppen und wünschen sich einen Gameboy. Noch keiner hat mir erzählt, dass ihre Töchter Bücher über Kriminalistik lesen.«

»Gut, ab morgen wünsche ich mir einen Gameboy und lese Pferdebücher wie die anderen Mädchen in meiner Klasse. Wenn dich das beruhigt.«

»Ich will dir helfen …«

»Du willst mich ins Irrenhaus sperren.«

»Wie kommst du denn auf die Idee?«

Alice verdrehte ihre Augen, so dass nur noch das Weiße zu sehen war. »Weil ich verrückt bin ...«

Vor ihrem geistigen Auge sah sie die Gänge der psychiatrischen Klinik in Kempten. Die Verrückten, die dort, mit Teddys ans Ohr gepresst, in den Gängen herumliefen, Irre, die sich für Cäsar oder Mao hielten, Selbstverstümmler, denen man Boxhandschuhe angezogen hatte, paranoide Mörder und Kinderschänder, selbstmordgefährdete Kinder und sie mittendrin. Alice überlegte, ob die Verrückten überhaupt wussten, dass sie verrückt waren. Wenn Cäsar nun wirklich Cäsar war? Eine Art Reinkarnation? Oder wie wollte man beweisen, dass ein Mann, der sich für Jesus hielt, nicht wirklich ein anderer auferstandener Jesus war? Und warum sperrte man nicht die Menschen ein, die fest daran glaubten, dass ein Mensch wieder von den Toten auferstanden war?

Und wenn du gar nicht merkst, dass du verrückt bist? Vielleicht saß sie gerade in diesem Augenblick in einer Gummizelle und nicht am Weihnachtstisch.

Es gab nur einen fast todsicheren Beweis, dass man nicht träumte oder verrückt war: den Zwicktest. Wenn man sich selbst zwickte und den Schmerz spürte, dann war man wach. Wenn man nichts spürte, dann träumte man. Wenn man sich zwickte und jemand anders schrie, dann war man verrückt. Sie nahm unauffällig ihr Ohrläppchen zwischen Daumen und Zeigefinger und kniff zu. Die Welt war in Ordnung.

Der Mittagstisch glich dank ihrem Vater einem Gemälde. Nichts bewegte sich, selbst die Kerze brannte nicht nieder, und Alice hatte die erschreckende Vorstellung, ihr ganzes Leben lang elf Jahre alt zu sein. Sie hatte sich mit ihren Büchern auf ihr

Bett gelegt. Draußen hatte sich eine winterliche Landschaft ausgebreitet. Weiß und regungslos. Nur das Fichtenwäldchen auf der anderen Seite der Weide und die steilen Felsen dahinter klafften aus der weißen Leinwand. Es schneite wieder.

Theodor Robert Cowell, auch bekannt als Theodor Robert Bundy oder Ted Bundy. Einer der bekanntesten Serienmörder der USA. Alice vertiefte sich in das Leben Bundys und stellte sich vor, was man von Bundy sehen würde, wenn man nichts über seine Morde wüsste. Einen charmanten, redegewandten Mann, der eine gewisse Autorität ausstrahlte. Sie nahm sich ihren Notizblock und schrieb *NIEMAND* auf die erste Seite. Wenn man einen Serienmörder sucht, dann muss man nach einem NIEMAND suchen. Serienkiller sind deshalb so schwer zu fassen, weil es kein Motiv gibt. Das Problem war nicht Pornografie, meinte der Serienmörder Bundy in seinem letzten Interview vor seiner Hinrichtung, sondern Ted Bundy. In einer Anekdote erzählte Bundys Tante, dass ihr damals noch kleiner Neffe zwei Gesichter hatte. Er konnte sich von einem auf den anderen Moment in einen anderen Menschen verwandeln mit einem Gesichtsausdruck, der ihm völlig fremd war. Sie hatte Angst bekommen, als sie plötzlich allein auf einem verlassenen Bahnsteig neben einem Jungen stand, den sie nicht mehr kannte.

Alice notierte sich die Stelle. Wie kann ein und derselbe Mensch sich in einen anderen verwandeln? Was hatte sich innerhalb von Sekunden verändert? Alice notierte: *Menschen sind nicht das, was sie vorgeben zu sein. Nur sie selbst wissen, dass ihr eigentliches Wesen ein anderes ist. Aber auch das andere Wesen musste einen Grund haben, warum es tat, was es tat.*

In Bundys Interview fand Alice ein Motiv, das ihr zunächst gar nicht als Motiv erschien. Die Lust auf Grausamkeit oder andere zu quälen war wiederum nur die Beschreibung einer menschlichen Neigung. Alice glaubte zunächst nicht richtig gelesen zu haben, doch der Autor verglich den Serienmörder Bundy mit einem Dieb, der nicht stahl, weil er etwas brauchte, sondern weil er es besitzen wollte. *Das Größte war für mich das Besitzen von dem, was auch immer ich gestohlen hatte.* Ein wenig weiter: *Der ultimative Besitz war es, Leben zu nehmen … und dann der physische Besitz von dem, was übrig bleibt. Es wird ein Teil von dir selbst. Das, was du getötet hast, gehört dir, du und es, ihr werdet ein Teil …*

Serienmörder hatten keinen Sinn für richtig oder falsch. Sie konnten sich jedoch perfekt an ihre Umwelt anpassen und so tun als ob. Kindermörder bewegten sich gerne in der Umgebung von Kindern. Sie arbeiteten für Kinderschutzeinrichtungen und setzten sich gegen Kindergewalt ein, so dass jeder glaubte, dass sie auf der richtigen Seite standen. In Wirklichkeit sahen sie sich jenseits von Richtig und Falsch. *Schuld ist etwas für Schwache.* Für Bundy war Schuld nur ein hohles Wort … *das gar nichts löste.*

Es mag verletzend klingen, doch ich bin in der beneidenswerten Position, in der Schuld mich nichts angeht.

Selbst wenn Bundy vor ihr stünde, würde sie ihn nicht erkennen.

Manchmal manipuliert er selbst mich, erklärte einer der Psychiater, die Bundy untersuchten.

Am Ende des Kapitels über Bundy schrieb der Autor: *Wir haben Bundy hingerichtet, doch er selbst sagte kurz vor seiner Hinrichtung, dass er nur einer von vielen ist, die unter euch leben.*

Alice klappte das Buch zu. Das Telefon klingelte.

»Alice, können wir uns treffen?« Tom sprach leise, so als wäre er nicht allein.

»Heute ist Weihnachten. Bist du nicht zu Hause bei deinen Eltern?«

»Meinen Eltern würde nicht einmal auffallen, wenn ich für

eine Woche verschwinde. Sie sind so mit der Weihnachtsfeier des Hotels beschäftigt. Aber es gibt da etwas ...«

»Ich weiß nicht, ob ich wegkann«, flüsterte Alice. Ihr Vater telefonierte mit seinem Handy.

»Es ist wichtig. Ich glaube, es geschieht etwas im Dorf.«

»Was ist los, Tom?«

»Ich kann nicht reden. In einer halben Stunde bei der verkohlten Maria.«

»Ich möchte noch ans Grab meiner Mutter ...«

»Bei dem Schnee? Außerdem sieht uns da jeder.«

»Dann bei der verkohlten Maria.«

Die ängstliche Stimme Toms beunruhigte sie. Tom gehörte nicht zu den mutigen Kämpfern. Er hatte Angst vor allem und jedem, aber er hatte sie noch nie angerufen, weil er Angst hatte. Tom hatte nicht nur Angst, er hatte auch Angst, Angst zu haben. Dabei hatte er immer ein merkwürdig kindliches Lachen. Heute war jedoch kein Lachen in seiner Stimme, nur Zittern.

Er ist einer von vielen, die unter euch leben.

Von der verkohlten Maria hatte Alice den besten Ausblick über das Dorf. Sie trat auf der Stelle. Die Kälte kroch im Stehen unbemerkt unter ihren Anorak und in ihre Winterstiefel. Tom kam wie immer zu spät. Sie fror sich die Beine blau, weil er nicht von seinem Computer wegkam. In Gedanken erriet sie die Ausrede, die ihm diesmal einfallen würde – wie in der Schule: *Der Mercedes meines Vaters hatte einen Motorschaden ...* Dabei holte ihn sein Vater mit dem Wagen von der Schule ab, der Herr Direktor vom »Alpblick«. Der Mann, den keiner im Dorf mochte und dem jeder die Hand schüttelte. Wenn Tom etwas von seinem Vater brauchte, dann schickte er ihm eine E-Mail oder eine SMS. »Ich habe Eltern«, hatte er ihr einmal erklärt, »aber meine Erziehung hat Windows übernommen.«

Endlich hörte sie Schritte. Tom stapfte zäh über den Schotterweg, so laut, dass er jedes Murmeltier im Tal aus dem Winterschlaf aufgeschreckt hätte.

»Alice …«, rief er ihr zu und wedelte mit einem Blatt Papier herum.

»Meine Füße sind eingefroren. Kannst du nicht einmal …«

»Entschuldige«, sagte Tom und gab sich keine Mühe, das *Sch* in seinem Mund auszuformen, obwohl sein Vater ein Vermögen für einen Logopäden aus Sonthofen ausgab. Das verstümmelte »Sch« in Toms Mund war so launisch wie das Hinterecker Bergwetter.

»Hey, Vorsicht.« Sie packte Toms Hand, der mit einem Fuß schon auf der schräg abfallenden Plattform war. Im Sommer waren dort nur Gras und Steine. Im Winter war es eine eisige Rutschbahn, die in einem zwanzig Meter senkrechten Nichts aufhörte. Der Weg über der Wand war für Wanderer gesperrt worden, nachdem eine schwergewichtige Frau ausgerutscht und über die Kante abgestürzt war. Zwanzig Meter freier Fall. Die Frau schlug inmitten einer Schafherde auf, brach sich beide Beine, ihr Genick und das Genick eines Schafes. Gesperrt, war der Ort an der verkohlten Madonna schnell zugewuchert. Brombeerbüsche und Gestrüpp hatten den Zugang verdeckt.

Der Himmel riss auf. Die Sonne brach sich in Milliarden von Schneekristallen. Alice ging voraus auf dem Hühnersteig, der eigentlich kein Weg war wie die meisten Wege außerhalb der markierten Wanderwege in Hintereck. Ohne die Jungtannen wäre er zu steil und zu rutschig. Doch die Äste der geduckten Bäume dienten als Haltegriffe, die sie abwechselnd festhielten. Nach wenigen Minuten sah Alice den Friedhof aus den Wipfeln auftauchen und den weißen Grabstein ihrer Mutter.

Der Schnee war rot, wo sie Mama gefunden hatten.

9.

Das gusseiserne Friedhofstor quietschte. Die schmalen Wege zwischen den Gräbern waren nicht geräumt. Alice konnte den Weg zwischen den Grabsteinen nur erahnen. Wie Zahnstummel ragten die Steine aus dem Schnee.

Sie suchte den Weg auf den unpraktisch geschlungenen Pfaden, bis sie vor dem Grab ihrer Mutter stand. Ein weißer Engel aus Marmor war in den Stein eingraviert.

Heidi Pokel. 1970 – 2004. Geliebte Ehefrau und Mutter. Du fehlst uns.

Alice blickte verstört auf die Spuren ihrer Schritte zurück. Neben Toms Spuren waren es die einzigen, die vom Tor kamen. Die beiden Rosen, die parallel nebeneinanderlagen, konnten noch nicht lange daliegen, sonst hätte der Schnee sie bedeckt. Jemand musste sie vor weniger als einer Stunde abgelegt haben. Ihr Vater war die ganze Zeit im Haus gewesen. Er wäre auch durch das Friedhofstor gekommen. Alice ging um das Grab und sah den Fußabdruck eines großen Schuhs. Von vorn konnte man den Abdruck nicht erkennen. Wer auch immer die Rosen dort abgelegt hatte, war über die Friedhofsmauer an der Rückseite der Kirche geklettert. Doch wozu das umständliche Klettern, wenn man durch das Tor gelangen konnte? Die einzige Erklärung war, dass derjenige nicht gesehen werden wollte. Das Friedhofstor war von der Straße aus einsehbar. Die hintere Mauer ging zum Berghang.

Alice beugte sich zu dem Schuhabdruck im Schnee und vermaß ihn mit ihren Fingern. Drei Hände und vier Finger lang und sechs Finger breit. Es war der rechte Schuhabdruck. Der unbekannte Rosenspender hatte sich nach vorn beugen müssen, um die Rosen abzulegen. Über die Ferse des Abdrucks zog sich ein Strich, der von einem Riss in der Sohle stammen konnte.

Alice fand nur einen Abdruck. Die Erklärung war einfach. Der oder die Unbekannte hatte sich an der Mauer der Kirche entlanggedrückt, um so den Schnee zu vermeiden. Nur am Grab musste die Person einen Schritt nach vorn machen. Alice folgte der Kirchenmauer. Keine Spur, dafür eine Reihe von Fußstapfen, die vom Pfarrer stammen mussten, als er die Schmierereien abgewaschen hatte, die auch auf der Rückseite der Kirche noch zu sehen waren. An einer Stelle der Friedhofsmauer war der Schnee abgekehrt worden. Hier musste der Unbekannte über die Mauer geklettert sein.

»Du hast doch gesagt, dass deine Mutter keine Blumen mochte?«

»Mochte sie auch nicht.«

»Warum legst du dann welche auf ihr Grab?«

»Sie sind nicht von mir. Sie sind von jemandem, der nicht wusste, dass Mama keine Blumen mochte. Schon gar nicht auf Gräbern. Das meint jedenfalls mein Vater.«

»Ein Unbekannter hat sie also dahin gelegt?«

»Ja, jemand, der auch keine Spuren hinterlassen wollte. Ich habe nur einen Fußabdruck gefunden. Hast du dein Handy dabei? Ich will ein Foto machen.«

»Klar.« Tom reichte ihr sein Handy.

Sie hatte kaum die Stelle erreicht, wo sie den Fußabdruck entdeckt hatte, als sie über sich ein Geräusch hörte, als zerrisse ein dicker Stoff. Sie spürte, wie sie zur Seite gerissen wurde und mit dem Gesicht in den Schnee fiel. Ein dumpfer Schlag folgte. Tom lag neben ihr im Schnee. Er hatte sich auf sie geworfen, Bruchteile einer Sekunde, bevor die Ladung aus Schnee und Eis vom Dach der Kirche abgerutscht war. Dort, wo der Fußabdruck war, türmte sich ein kleiner Berg aus armlangen Eiszapfen und Eisplatten auf.

»Verdammt, der Fußabdruck …«

»Du solltest froh sein, dass du jetzt nicht da warst, wo der Fußabdruck war.«

Alice zitterten die Knie. Tom hatte recht. Die Dachlawine hätte sie fast erschlagen.

»Warum muss die Lawine genau in dem Augenblick runterkommen, wenn ich da stehe?«

»Wir können sie nicht mehr befragen«, spöttelte Tom, »sie rührt sich nicht mehr.«

»Idiot!«

»Du kannst dich später bei mir bedanken. Geschenke werden auch angenommen.«

»Mann, wegen dir bin ich überhaupt hier … wegen dir wäre ich beinahe neben dem Grab meiner Mutter erschlagen worden. Was war so wichtig, dass du es mir nicht am Telefon sagen konntest?«

»Lass uns woandershin gehen.«

»Tu nicht so verschwörerisch.«

»Gut.« Tom holte Luft. »Kennst du Lupo?«

»Das ist der Hund deiner Mutter, oder?«

»Ja, das Maskottchen des Hotels. Er schläft immer auf der Bank vor dem Hotel in der Sonne. Im Winter ist er in der Wohnung. Er ist immer irgendwo im Hotel. Er hat so seine täglichen Rituale. Doch seit zwei Tagen habe ich ihn nicht gesehen. Mit den Weihnachtsvorbereitungen im Hotel war so viel Trubel, dass er sich wahrscheinlich verzogen hat. Das dachte ich. Heute Morgen habe ich ihn gefunden. Tot, mit Schaum vor dem Maul. Mein Vater hat den Tierarzt gerufen. Rattengift. Jemand hat ihn vergiftet und ihn dann in einen Kellerch…ch…schacht geworfen.«

»Ganz ruhig. Wie hast du ihn gefunden?«

»Die Kellerklappe stand offen. Von außen kommt man da nur ran, wenn man einen Schlüssel hat, doch das Vorhängeschloss fehlte. Da lag er, festgefroren. Mein Vater hat ihn mit einer Spitzhacke vom Boden weghauen müssen. Der Tierarzt meinte, Lupo hätte auch selbst in die Klappe fallen können, nachdem er das Gift gefressen hatte.«

»Benutzen deine Eltern Rattengift?«

»Soviel ich weiß, nicht. Der Hausmeister fängt die Ratten mit Lebendfallen und ersäuft sie dann.«

»Es ist also genauso gut möglich, dass Lupo Rattengift gefressen hat, das der Hausmeister vielleicht ausgelegt hat.«

Tom nickte. »Möglich, doch es ist schon ein seltsamer Zufall, dass auch der Hund vom Oberschrat tot ist. Sein Hund lag einfach tot vorm Häuschen. Der Oberschrat hat sich nicht viel dabei gedacht. Sein Hund war ja schon alt. Aber das ist noch nicht alles. Ich bin den ganzen Vormittag im Dorf gewesen, und du wirst es nicht glauben: Der Hund vom Oberschrat war nicht der einzige, der anscheinend in dieser Nacht gestorben ist. Ich habe bei neun Leuten geklingelt, von denen ich wusste, dass sie einen Hund haben. Bei acht Leuten ist der Hund in dieser Nacht oder am Vortag gestorben. Vergiftet. Bis auf den Hund vom Metzger, Josef Welk. Sein Hund war im Garten. Er hat so eine Klappe im Haus. Als er seinen Hund um Mitternacht rief, kam er nicht. Welk hat ihn im Garten gefunden. Erschlagen.«

»Du willst sagen, da hat jemand gestern Nacht die Hunde im Dorf umgebracht?«

»Ich weiß nicht, wie viele es waren. Das kommt erst später raus, wenn die Leute drüber reden. Aber es wäre ein unglaublicher Zufall …«

»Wenn sie reden … Du weißt ja, wie sie sind. Die verdächtigen lieber irgendjemanden, als dass sie miteinander reden.« Alice sah schweigend über die Gräberreihen. »Deshalb habe ich diese Nacht keinen Hund gehört. Es war totenstill im Dorf.«

»Glaubst du, es ist ein Serienmörder? Ein Serienkiller, der es auf Hunde abgesehen hat?«

»Eher jemand, den das Bellen im Dorf aufgeregt hat und der an Weihnachten seine Ruhe haben wollte.«

»Stille Nacht, heilige Nacht …« Tom sang so falsch, dass er gleich wieder aufhörte. »Nicht zu vergessen, die Scheißhaufen auf den Weiden und auf dem Trottoir. Sie sagen, wenn Hunde auf die Weide scheißen und die Kühe das fressen, dann bringt die Kuh Kälber zur Welt mit einem Hundegebiss.«

»So ein Schmarrn. Das glaubst du doch wohl selber nicht. Und in was verwandelst du dich, wenn du Hundescheiße frisst?«

»Na, in einen Werwolf – was sonst?«

»Du solltest weniger Filme schauen.«

»Aber ich kann mir einfach nicht vorstellen, dass jemand so gemein ist und die Hunde abmurkst, nur weil sie am Abend bellen. Das ist krank.«

»Oder jemand hatte etwas vor, und das Gebell hätte ihn verraten.«

»An Weihnachten?«, fragte Tom entrüstet. »Was sollte jemand an Weihnachten vorhaben? In diesem Dorf, am Arsch der Welt?«

Alice hatte keine Erklärung. Genauso wenig hatte sie eine Ahnung, wer die Rosen auf das Grab ihrer Mutter gelegt hatte. Jemand, der sich die Mühe gemacht hatte, von hinten über die Mauer zu klettern, um nicht gesehen zu werden. Mit etwas mehr Phantasie konnte man die Art, wie beide Rosen auf dem Grab ihrer Mutter hingelegt waren, auch als 11 lesen – wie die Schmierereien auf der Kirchenpforte.

10.

»Das ist die Strafe der Strebenden«, keuchte er und blickte dem Schneepflug hinterher.

Tom sah erst dem Fahrzeug nach und dann auf den Schneehaufen vor ihm. Grau und schmutzig türmte sich der Schnee am Straßenrand. Der Schneepflug fuhr bis zum Ende des Tals. Auf dem Rückweg schob er die Eisbrocken und Schneeklumpen wieder zurück, die einige Dorfbewohner vor ihren Garagenausfahrten auf die Straße warfen. Einer von ihnen war der Pfarrer, der Einzige, der nicht fluchte und dem Fahrer nicht die Pest auf den Hals wünschte. Seine Nase war rot gefroren, und Alice konnte selbst durch die Kälte den Alkohol in seinem Atem riechen.

»Hätten Sie gewartet, bis der Schneepflug vorbei ist, dann hätten Sie nicht die doppelte Arbeit«, sagte Tom.

»Menschliches Tun ist sinnlos«, antwortete der Pfarrer mit leerem Blick.

»Nur schlechtes Timing«, meinte Tom und zeigte in die Richtung, aus der der Schneepflug gekommen war. »Er fährt durchs Dorf, zwei Kilometer weiter dreht er um und kommt zurück. Morgen ist es dasselbe.«

»Kennst du den Sisyphos?«

»Klar«, antwortete Tom, »das ist doch der Typ, der einen Stein den Berg raufrollt. Kaum ist er oben angelangt, rollt der Stein wieder nach unten. Und so geht das endlos weiter.«

»Richtig, was wir auch anstreben, am Ende unseres Tuns gibt es keinen Sinn außer Gott. So kommt der Schneepflug morgen wieder, und ich werde dastehen mit meiner Schaufel wie Sisyphos.«

Alice stieg auf einen der Schneehaufen, von wo aus sie dem Pfarrer direkt in die Augen schauen konnte. So also sah es aus, wenn man erwachsen war. Die Menschen waren mehr oder weniger gleich hoch oder gleich niedrig.

»Nur dass man sich Sisyphos als glücklichen Menschen vorstellen muss«, warf Alice ein.

Der Pfarrer blickte verwundert zu Alice, die ihn ein wenig überragte. »Ich sehe dich heute in der Abendmesse, dich und deinen Vater.«

»Mal sehen … wenn nichts Besseres im Fernsehen kommt.«

»So ein kluges Mädchen sollte nicht zu viel Fernsehen schauen.«

»Wissen Sie, wer die Kirchenpforte verschmiert hat?«, fragte Alice und stieg dabei noch höher auf den Schneehaufen.

Der Pfarrer zuckte verlegen. Seine Augen wanderten die leere Straße entlang, als läge die Antwort in der Ferne, am Ende des Tals.

»Und die 11«, fügte Alice hinzu, »was hat das zu bedeuten?«

»Etwas Böses ist nach Hintereck gekommen.« Der Pfarrer zitterte. Alice hatte die Veränderung in seiner Stimme bemerkt. »Ich hoffe, der Sünder wird umkehren und beichten.«

Mit diesen Worten drehte sich der Pfarrer um und ging zurück in Richtung Kirche. Alice stieg von dem Schneehaufen herunter. Die Fußabdrücke des Pfarrers hoben sich deutlich ab. Sie hatten die Größe des Abdrucks neben dem Grab ihrer Mutter. Sie nahm ihre Finger und zählte. Doch die Sohle war intakt, kein Riss.

Es war 14.34 Uhr, als Tom von der Friedhofsmauer auf den verschneiten Feldweg einbog. Sie überquerten den Fluss, dessen Ränder von bizarren Eisformationen umbaut war. Von der Brücke aus machte Tom noch eine Bemerkung, die Alice später im Gedächtnis haftenblieb.

»Auf der anderen Seite der Brücke hört die Zivilisation auf.«

Im Winter zeigte sich der Fichtenwald in der Tat feindlich. Umgekippte Baumstämme, undurchdringliches Unterholz und der unsichtbare felsige Untergrund verwandelten den Wald in eine Stolperfalle. Alice hatte Tom später nie gefragt, warum er diesen Weg eingeschlagen hatte. Um 14.45 Uhr bog er von dem Waldweg, der um das Dorf zum Hotel führte, in den Wald ab. Alice warf einen nervösen Blick auf ihre Uhr. Ihr Vater erwartete sie um 16 Uhr zu Hause. Im Sommer gab es eine Abkürzung. Im Winter war diese Abkürzung allerdings eine Schlitterpartie auf vereisten Felsen. Die Äste der Bäume hingen tief. Dicke Schneematten drückten sie nach unten. Das Licht drang nicht mehr von oben durch die dichten Kronen der Bäume, sondern schien über die weißen Schneefelder zu fließen. Starr standen die kahlen Stämme der Fichten da.

Alice hatte Tom eingeholt. In dem Moment, als Tom sie entgeistert anschaute, so als wüsste er selbst nicht, was ihn geritten hatte, quer durch den Wald zu laufen, hätte sie noch umdrehen können. Sie hätten einfach nur ihren eigenen Spuren folgen müssen und wären in ein paar Minuten wieder an der Brücke gewesen.

Sie drehten nicht um.

Der Vorteil an Hintereck war, dass man jeden Punkt im Dorf innerhalb von Minuten erreichen konnte und, wenn man in eine Richtung lief, das Dorf innerhalb von zehn Minuten hinter einem lag. Es führte nur eine Straße nach Hintereck. Alle anderen Wege verloren sich im Wald oder endeten am Berghang, wo sie sich in schmale Wanderpfade verwandelten. Im Winter gab es keine Wege mehr, und die Straße war bei Schnee nur noch durch die lackierten Begrenzungsstäbe zu erkennen, als hätten Archäologen eine längst verschüttete Stadt abgesteckt.

Toms Abkürzung erwies sich als fataler Irrtum. Alice fragte sich, warum sie ihm gefolgt war. Er konnte den Polizeicomputer hacken oder sich seitenweise Daten auswendig merken, doch er hatte keinerlei Orientierungssinn. Dies war umso verblüffender, weil er Landkarten in seinem Kopf abfotografieren konnte. Alle diese Karten im Kopf brachten ihm nichts, solange er nicht wusste, wo er sich befand.

Es war zu spät. Tom setzte sich auf einen Baumstumpf und hob die Hände.

»Meine Abkürzung zum Hotel ist perfekt. Ich bin sie zweimal auf der Wanderkarte durchgegangen. 1:25 000. Aber in diesem Schnee. Ich weiß nicht mehr, wo wir sind.«

»Im Wald.«

»Das weiß ich auch. Ich weiß sogar, wo wir falsch abgebogen sind.«

»Ich kann mich nicht erinnern, dass wir abgebogen sind. Aber ich erinnere mich, dass wir jedes Mal im Wald steckenbleiben, wenn du vorangehst.«

»Es ist dieser verdammte Schnee. Auf den Karten gibt es keinen Schnee. Es sieht alles so anders aus.«

»Es ist Heiligabend, mein Vater hat gekocht, Opa zupft gelangweilt am Christbaum, Amalia fönt sich seit drei Stunden, und wenn alle so richtig genervt sind, setzen wir uns hin und machen einen auf Familie. Das ist schrecklich, doch wenn ich in einer Stunde nicht zu Hause bin, dann habe ich Hausarrest, bis ich volljährig werde.«

»Nur keine Panik.«

»Ich gehe jetzt voran.«

Alice duckte sich durch das dichte Unterholz. Hinter ihr keuchte Tom. Als sie auf eine Lichtung kamen, horchte sie kurz auf. Tom wollte etwas sagen. Sie legte ihm ihre Hand auf den Mund. Erst war nichts zu hören. Tom zuckte mit den Schultern, bis das Geräusch wieder kam. Seine Augen weiteten sich. Das Knacken kam näher. Ein Reh, das Hunger hatte. Nur etwas in dieser Größe konnte die morschen Äste unter dem Schnee brechen lassen. Irgendwas folgte ihnen durch den Wald. Nein, wir können nicht zurück, sagte Alice Tom nur mit ihren Augen.

»Los, lauf«, flüsterte sie und zeigte auf die andere Seite der Lichtung.

Sie rannten ungefähr zehn Minuten lang. Tom stolperte einige Male über eine Wurzel unterhalb der Schneedecke. Alice stapfte weiter durch den Schnee. Ihre Wangen brannten von den zurückschnellenden Ästen.

»Wir hätten auch ganz einfach unsere Spur zurücklaufen können«, sagte Tom mit vorwurfsvoller Miene. »Was soll das? Meine Schuhe sind jetzt ganz nass.«

Alice lief weiter. Sie blickte sich wieder um. Das Geräusch hinter ihnen war genauso verschwunden, wie es aufgetaucht war. Ihre Füße standen auf hartem Untergrund. Der Bach war zugefroren, und unter dem Pulverschnee glänzte die Oberfläche des Eises. Sie folgten dem Wasserlauf. Alices Intuition hatte sie nicht im Stich gelassen. Der Bach war ein Zulauf zum Mögler See, einem Fischweiher, den das Dorf an Peter Wegener verpachtet hatte.

Der See war zugefroren. Allerdings wollte Alice nicht darauf wetten, dass die Eisschicht schon dick genug war, um auf ihr gehen zu können. Das Ufer war eingezäunt. Überall standen Schilder. *Fischen polizeilich verboten. Privatbesitz. Schutt abladen polizeilich verboten.* Nach ein paar Schritten drehte sie sich zu Tom um. Er war weg. Sie ging ihren Spuren nach, bis sie Toms Fußabdrücke fand, die plötzlich nach rechts in den Wald abbogen. Was zum Teufel machte er dort?

Dann sah sie ihn, wie angewurzelt in eine Richtung starrend, die Arme nach unten gestreckt, den Mund weit offen. Sie rief ihn, doch Tom antwortete nicht. Nach einigen Sekunden erst drehte er seinen Kopf zu ihr und deutete gleichzeitig auf einen umgekippten Baum, dessen Wurzel aus dem gefrorenen Morast ragte. Ihre Blicke folgten Toms Finger, bis sie es auch sah.

11.

Ihre Augen waren geöffnet. Der Schnee hatte ihre Haare bedeckt, und die Haut ihres Halses war grau. Die Leiche des Mädchens zeichnete sich kaum von der umgekippten Wurzel ab. Doch was Alice als Erstes auffiel, war, dass die Tote dastand – steif und aufrecht, beide Arme vor der Brust verschränkt, als wäre sie in einer trotzigen Haltung erstarrt.

»Ist sie …?«, fragte Tom.

»Tot«, erklärte Alice. »Mausetot.«

Tom machte zwei Schritte auf die Leiche zu. Alice zog ihn wirsch an seinem Schal zurück.

»Du wirst noch alle Spuren kaputtmachen.«

»Ja, aber wenn sie doch noch lebt. Wir müssen ihr helfen.«

»Sie ist tot. Oder hast du schon einmal jemanden mit so einer Hautfarbe gesehen? Blaue Lippen … und auf der Stirn haben sich sogar Eiskristalle gebildet. Würde sie noch leben, dann wäre der Schnee auf ihrem Gesicht geschmolzen.«

»Aber warum hat sie ihre Augen offen? Wie die ausgestopften Hirschköpfe im Jagdsaal im Hotel.«

Kein Scherz. Keine versteckte Kamera. Kein Filmteam, kein Make-up. Vor ihnen in drei Metern Entfernung war die Leiche eines Mädchens, das nicht älter war als Alice. Es trug einen roten Schneeanzug, silberne Moonboots. Nur der Kopf war frei. Die schwarzen Haare waren zu einem Zopf nach hinten gebunden. Die Haare waren gefroren. Neben ihren Füßen lag eine rote Skimütze und eine Brille.

Tom öffnete seinen Mund. Ein heiseres Stottern drang über seine Lippen.

»Die sieht so echt aus …verdammt, sie sieht so echt aus wie die Zombies in ›Die Nacht der lebenden Toten‹. Und wenn es nur ein Trick ist?«

»Das ist kein Trick. Das ist eine echte Leiche.«

»Eine echte tote Leiche«, wiederholte Tom abwesend.

»Leichen sind immer tot.«

»Nicht wie in ›Die Nacht der lebenden Toten‹.«

»Du solltest weniger Filme schauen. Es gibt keine Zombies.«

»Alice, wir müssen die Polizei rufen, den Notarzt, die Feuerwehr …«

Anfangs hatten Alices Knie gezittert. Sie hatte bisher erst zwei Tote gesehen. Lulu, ihren Hamster, der an einem heißen Sommertag tot in seinem Käfig lag, und ihre Großmutter, die aber nicht tot ausgesehen hatte. Alice erinnerte sich an ihr weißes Gesicht, die zusammengepressten Lippen und die Augenlider, hinter denen keine Augäpfel mehr zu sein schienen. Sie hatte gewirkt, als schliefe sie, nur dass sie vergessen hatte aufzuwachen, als Alice sie in die Wange gekniffen hatte. Mit dem Tod kann man nicht reden, dachte sie damals. Der Tod schwieg wie ein Flussstein. Nur Angst hatte sie keine. Ihr Vater hatte sie zu Hause lassen wollen. »Dafür bist du noch zu klein«, hatte er gemeint. Zu klein für was? Sie hatte leider nicht genug Zeit gehabt, um noch mehr als Kneifen auszuprobieren. Mit Kneifen konnte man Schlafende aufwecken. Doch Alice hatte das Gefühl, dass das tote Mädchen vor ihnen im Schnee nie mehr aufwachen würde. Andererseits, wie konnte sie da so sicher sein? War es nicht so wie mit der Wahrheit, dass alle Schwäne weiß waren? Waren sie nicht alle weiß, bis jemand einen schwarzen gesehen hatte? Bis es ein Heilmittel gegen den Tod gab, so lange musste sie davon ausgehen, dass keiner mehr zurückkam.

So dass sich nur eine Frage stellte: Wer hatte das Mädchen ermordet?

Sie hatte das Wort »Mord« noch nicht ausgesprochen, als ihr ein Schauer über den Rücken lief. Vielleicht hätte sie in diesem Augenblick einfach auf Tom hören sollen. Auch wenn Tom von seinen eigenen Furzen zusammenzuckte.

»Wir müssen die Polizei rufen! Alice, hörst du mir überhaupt zu?«

»Spinn jetzt nicht rum.«

»Das ist kein Spiel, Alice, das ist todernst. Wenn wir nicht verschwinden, dann sehen wir bald so aus wie sie … genauso grau und tot.«

»Was wird die Polizei schon tun?«

Sie kann die Toten nicht auferwecken.

»Dort sind Ermittler und der ganze Scheiß mit Spurensicherung und so.«

»So wie sie bei meiner Mutter gesucht haben.«

»Deine Mutter ist bei einem Unfall gestorben.«

»Du weißt, dass das nicht stimmt«, schrie sie ihn an. Das wollte man ihr einreden. Gehirnwäsche, bis sie daran glaubte. Dann noch zum Psychotherapeuten. Auch der Psychotherapeut konnte ihr nicht erklären, wie die Bilder, die ihre Mutter am Tag ihres Todes gemacht hatte, in ihren Briefkasten gekommen waren.

»Wir brauchen keine Polizei. Wir ermitteln selbst.«

»Ich ruf die Polizei.«

»Tom!« Sie nahm das Handy aus seiner Hand und schaltete es aus. Dann blickte sie ihn an. »Wir geben uns einen Tag Vorsprung, dann informieren wir die Polizei. Wir werden selbst den Mörder finden.«

»Du bist verrückt, Alice, völlig durchgeknallt.«

»Willst du mich im Stich lassen?«

»Habe ich eine Wahl?«

»Nein. Sonst rede ich mit dir kein Wort mehr.«

Tom machte einen Schritt auf die Leiche zu. Alice hielt ihn zurück.

»Vorsicht, die Spuren.«

»Welche Spuren?«

Alice hatte sich auf einen Meter der Leiche genähert. Aus der Nähe wirkte die Haut der Toten gläsern. Adern überzogen wie ein dunkles Geflecht Hals und Gesicht.

»Eines steht fest«, sagte Alice, »sie ist nicht in dieser Haltung gestorben.«

»Wie kommst du darauf?«

»Weil man nicht im Stehen stirbt und dann stehenbleibt. Noch dazu mit verschränkten Armen. Auch der Kopf ... Sie hat ihn zu uns gedreht, so als würde sie über ihre Schulter zu uns schauen.«

»Sie kann erfroren sein. Jedes Jahr sterben in den Bergen Leute, die man dann im Frühling hart gefroren findet.«

»Aber keiner stirbt im Stehen und bleibt dann noch so lange lebendig, bis der *rigor mortis* einsetzt.«

»Der was?«

»Die Totenstarre.«

»Du glaubst, jemand hat sie umgebracht und dann so hingestellt? Wie eine Puppe?«

»Von alleine ist sie jedenfalls nicht in dieser Position gestorben.«

Alice ging in einem Abstand von einem Meter um die Leiche herum, als ihr etwas auffiel. Kaum zu sehen. Der Schatten einer knorrigen Kiefer verdeckte es. Tom redete weiter, aus Angst. Alices Blicke waren wie gebannt. Der Schuhabdruck war die einzige sichtbare Spur im Schnee. Auf der Leiche lag nicht viel Neuschnee. Sie befand sich hier also noch nicht lange. Eigentlich hätte es mehr Spuren geben müssen. Auch wenn man davon ausging, dass die Tote selbst hergekommen war, hätte man zumindest ihre Spuren finden müssen. Es gab aber keine Abdrücke. Nur diesen einen Abdruck. Sie beugte sich vor und zog einen Ast beiseite. Jemand hatte sich viel Mühe gegeben, jede Spur zu verwischen. Nur diesen einen Abdruck hatte er übersehen. Der Abdruck war gut erhalten. Kein Schnee. Die Ränder waren scharf. Die Fußspur war tief eingetreten. Das war aber nicht das, was Alice wie ein Hammerschlag traf. Der Abdruck zeigte eine Querlinie, die von einem Riss in der Sohle stammen konnte. Sie legte ihre Finger an den Fußabdruck. Dieselbe Größe. Für Alice bestand kein Zweifel. Der Fußabdruck war derselbe wie der Abdruck am Grab ihrer Mutter.

In diesem Augenblick schreckte sie hoch. Aus den niedrigen Tannen hinter ihnen kam ein lautes Knacken. Schnelle Schritte. Alice hatte an alles gedacht, nur nicht daran, dass der Mörder vielleicht noch in der Nähe war.

12.

»Alice, ich kann mich nicht bewegen«, sagte Tom, »meine Beine gehorchen nicht.«

Alle Muskeln im Körper waren angespannt, schlagartig. Keine Bewegung mehr möglich. Der einzige Muskel, der sich entspannte, war sein Schließmuskel. Tom war erstarrt, als hätte ihn eine Kamera inmitten einer Bewegung festgehalten. Alice spürte nur ihr Herz, als sie die Äste brechen hörte. Die Tote hatte ihre Augen auf sie gerichtet, und obwohl Alice wusste, dass Tote nichts mehr sehen, fühlte sie sich beobachtet.

Ich habe keine Angst. Angst existiert nicht auf dieser Welt. Sie ist eine Illusion.

Was würde Wittgenstein sagen? Sie versuchte sich auf Wittgensteins Tractatus zu konzentrieren, doch ihr Gehirn reagierte, als wäre es aus Kaugummi. Schnee fiel von den oberen Ästen und stürzte in Kaskaden auf die niedrigeren Äste. Im Augenblick, als ein dunkler Schatten aus dem Dickicht nach ihnen griff, hörte sie Tom schreien. Bruchteile von Sekunden später stürzte er durch den tiefen Schnee auf den zugefrorenen See. Alice war zu nah. Wittgenstein ... verdammt. Der Hirsch überragte sie um zwei Köpfe. An seinem Geweih hing Gestrüpp. Er schüttelte sich den Schnee vom Kopf. Der Hirsch starrte sie aus seinen schwarzen Augen an, ohne Angst. Sie konnte ihren Blick nicht von dem Hirsch abwenden. Es war, als wartete jeder auf eine Bewegung, ein Zwinkern. Wie das Zwinkerspiel, das Amalia mit ihr immer spielte. Doch die Augen des Hirsches waren anders als die eines Menschen. Schwärzer und tiefer. Dahinter war die Unerbittlichkeit des Waldes, die Nächte allein in der Dunkelheit.

Alice war wieder allein. Drei Schritte von der Toten entfernt. Die Fußspuren des Hirsches hatten tiefe Löcher hinterlassen. Ihr Gefühl sagte ihr, dass sie schleunigst Tom folgen sollte. Er winkte ihr von der Mitte des Sees. Ihre Neugier brannte jedoch zu stark. Wie konnte sie sonst die Wahrheit erfahren, wenn sie den Sachverhalt nicht prüfte? Wittgenstein würde ihr recht geben. Ohne Tatsachen gab es keinen Satz. Ohne Satz keine Wahrheit. Ohne Tatsachen also auch keine Wahrheit.

Sie musste zurück, an der Leiche vorbei. Der Schuhabdruck war weniger tief, als sie gedacht hatte. Sie schaute auf ihren eigenen und verglich. Der Abdruck in der Nähe des toten Mädchens war nur einen Finger tiefer als ihr eigener. Der größere Schuh verhinderte, dass er tiefer einsank. Doch derjenige, der diese Spur hinterlassen hatte, war jedenfalls kein Schwergewicht. Sie suchte nach weiteren Abdrücken. In unmittelbarer Nähe war nichts mehr zu sehen. Sie lief die Umgebung in einem Radius von zwei Metern ab, und da fand sie einen zweiten Fußabdruck. Der Mörder war durch das Dickicht gekommen. Aus der Richtung des Waldhauses. Sie fand noch weitere Spuren. Sie vergaß Tom, der auf dem See stand und nichts mehr von ihr sah. Der Schnee wurde harsch. Es war nasser Schnee, der sofort gefroren war. Dennoch sanken die Schritte tief ein, obwohl Alices Schritte nur ein trocknes Knacken verursachten. Da fiel ihr auf, dass es keine Schleifspuren gab. Der Mörder musste die Tote auf der Schulter getragen haben, was erklärte, dass die Abdrücke am Tatort weniger tief waren als die Spuren im Wald.

Die Spur hörte abrupt in den Spurrillen eines Holzwegs auf. Die Reifenspuren hatten die Fußspuren gelöscht. »Oder ...«, sagte Alice laut vor sich hin, »der Mörder war selbst mit dem Traktor gekommen.«

Sie nahm den Weg zur Waldhütte. Die Traktorspuren walzten sich durch das Eis. Braune Erde bröckelte unter dem Schnee hervor. Vor der Waldhütte nahm die Anzahl der Spuren zu. Reifenspuren, Fußspuren, Rehe, Fußabdrücke und die massive Spur der Waldfahrzeuge.

Am See sah sie Tom. Er lief gemächlich übers Wasser. Jesus hätte es nicht besser gekonnt. Nur hatte Tom einen komischen Eiergang. Wenigstens gab es keine Diskussion mehr über den Weg. Den Weg vom See kannte Alice im Schlaf.

»Verschwinden wir, Alice«, rief ihr Tom zu.

»Warum bist du abgehauen?«

»Ich bin nicht abgehauen«, wehrte sich Tom.

»Ach, und warum warst du auf einmal weg?«

»Was war da im Wald?«

»Das ist ein Geheimnis zwischen mir und dem Wald.«

»Alice, du verstehst nicht. Wir haben eine Leiche gefunden. Ein totes Mädchen. Mitten im Wald. Das ist kein Spiel. Wir müssen die Polizei rufen.«

»Wir warten …«

»Und wenn uns der Mörder gesehen hat? Wenn er uns als unliebsame Zeugen beseitigt, wenn er uns nachts im Bett mit einer Schalldämpferpistole erschießt, wenn wir plötzlich einen Unfall haben?«

»Wird er nicht.«

»Und warum?«

»Ganz einfach, weil er sein Opfer absichtlich hier aufgestellt hat. Er wollte, dass man sie findet. Hast du dein supermodernes Fotohandy dabei?«

»Nein. Und wenn, dann würdest du es nicht bekommen.«

»Mach dir keine Sorgen. Wir sagen nur ein oder zwei Tage nichts. Dann rufen wir die Polizei. Nur zwei Tage. Verstehst du, das ist ein echter Fall …«

»Ja, eben …«

»… hier können wir richtig ermitteln.«

»Ich will nach Hause.«

»Wir hätten die Tote durchsuchen müssen.«

»Bist du verrückt?«

»Ich habe das Gefühl, dass ich irgendetwas übersehen habe.«

Als sie den Wald hinter sich gelassen hatten und die ersten Häuser sahen, dämmerte es bereits. Tom nahm den Weg zum Hotel. Alice bog in Richtung Kirche ab.

Der Weihnachtsschmuck in den Fenstern war nur noch ein schwacher Glimmer inmitten der Dunkelheit, die jetzt über das Dorf kam. Heiligabend war zu dem geworden, was er schon immer war, ein Fest, bei dem man Gänse köpfte, Hasen die Haut abzog und Menschen ermordete. Am Ende der Steigung tauchte ihr Haus auf. Der Range Rover des Großvaters stand davor. In Amalias Zimmer brannte Licht, was hieß, dass sie wieder am Telefon hing.

Alice musste an die offenen Augen des toten Mädchens denken. Vor ein paar Tagen hatten diese Augen noch die Simpsons im Fernsehen angeschaut, vor ein paar Tagen war die Tote am Morgen erwacht, als der Wecker klingelte. Jetzt stand sie, zu einer Eissäule erstarrt, im Wald, in der Kälte, allein, mit Augen, die sich nicht schlossen, nie mehr.

Zum ersten Mal ahnte Alice, dass ihr auch Wittgenstein nicht helfen konnte.

TEIL ZWEI

Die 11

13.

19 Uhr

»Was ist los, Alice?«, fragte ihr Großvater, ohne aufzusehen. Das Messer hämmerte auf dem Schneidebrett. »Du siehst ganz bleich aus.«

Die Zwiebel zerfiel in feinste Scheiben. Der Anblick der Klinge ließ Alice frösteln. Es war plötzlich eine tödliche Waffe, ideal, um die Hälse von Kindern aufzuschlitzen. Der Mixer mit den zermahlenen Sonnenblumenkernen und den Avocados glich einem Folterinstrument, mit dem man Kinderhände verstümmelte. Und das Häufchen Hackfleisch auf dem Teller vervollständigte das Bild, dass hier auf dem Tisch ein grausames Verbrechen stattgefunden hatte. Das Blut tropfte von dem Schneidebrett. Es war dunkel, aber noch nicht geronnen. Und die Vorstellung, dass es noch vor kurzem durch einen lebenden Körper geflossen war, bewirkte, dass sich Alice der Magen umdrehte.

»Es ist nichts.«

»Kannst du das gefrorene Hähnchen …«

Alice hörte nicht weiter, was ihr Großvater sagte. Sie rannte los, und kaum hatte sie die Tür der Toilette hinter sich geschlossen, übergab sie sich in die Kloschüssel.

Ihr Vater war noch draußen und holte Holz. Alice ging in sein Büro und schaltete den Computer an. Sie hatte zehn Minuten, um ihre Mails zu checken. Tom hatte ihr eine verschlüsselte Nachricht gesandt. SSL-Verschlüsselung. Ohne ihren USB-Stick mit dem Code konnte sie die Nachricht nicht öffnen. Nur die Überschrift der Mail war zu lesen. *Die Eistoten.* Stand da »Toten«? Wenn ihr die Sache über den Kopf wuchs? Da draußen im Wald lag ein totes Mädchen. Tom hatte vielleicht recht. Sie sollten sofort die Polizei verständigen.

Alice hörte, wie ihr Vater seine Schuhe abklopfte. Sie fuhr den Computer herunter. Als das Fenster mit ihrem E-Mail-Account noch eine Anfrage schickte, ob es wirklich geschlossen werden sollte, fiel es ihr auf. Die verschlüsselte Mail war vor einer halben Stunde versandt worden. Doch das war unmöglich. Tom brauchte mindestens zwanzig Minuten bis ins Hotel. Bei dem Schnee konnte er noch nicht angekommen sein. Sie rannte aus dem Büro und griff nach dem Telefon. Ihr Vater hatte einen Stapel Holz auf dem Arm und ging an ihr vorbei ins Wohnzimmer. Heb schon ab.

Die Klospülung wurde gezogen, zweimal, dreimal. Niemand machte solch einen Staatsakt beim Scheißen wie ihre Schwester Amalia. Tom meldete sich.

»Hast du meine Mail bekommen?«, fragte er.

»Ich konnte sie nicht aufmachen. Verschlüsselt. Zum Entziffern brauche ich meinen USB-Stick. Aber wie kommt es, dass du mir schon eine Nachricht geschickt hast?«

»Mit meinem iPhone. Auf dem Nachhauseweg habe ich ein wenig im Internet gesurft. Ich brauchte nicht einmal in den Polizeicomputer oder ins Archiv rein. Aber was ich gefunden habe, ist unglaublich …«

»Wo bist du jetzt?«

»Ich bin auf dem Parkplatz des Hotels.«

»Weißt du, wer die Tote ist?«

»Nein, das nicht … Aber im Allgäuer Blatt fand ich einen Artikel, der sich mit Toten zwischen Weihnachten und Neujahr beschäftigt. *Die Eistoten* heißt der Artikel. Von J. M.«

»In Hintereck?«

»Nicht nur. Auch in Sonthofen, Kempten, Hindelang. Der Journalist meint, es liegt an den Touristen, die überall herumklettern, und dass die Leute an den Feiertagen weniger achtgeben.«

»Autofahrer, die zu schnell fahren oder mit zu viel Glühwein in der Birne.«

»Keine Autofahrer. Die Toten, von denen J. M. spricht, sind alle erfroren. Eine Frau auf einer Parkbank, eine andere ist im Park eingeschlafen, ein junges Pärchen ist in einem Schuppen erfroren. Dabei war Alkohol im Spiel. Es gibt eine richtige Kette von Toten. Von der Toten auf der Parkbank ist auch ein Foto abgebildet. Und das ist seltsam. Sie sieht nicht tot aus. Genauso wenig wie … Du weißt schon. Auch die Tote auf der Parkbank hat ihre Arme verschränkt. Ich meine, so stirbt man doch nicht.«

»Es sei denn, jemand hat ihren Tod inszeniert.«

»Ich habe dir den Artikel geschickt und noch andere Fotos von Toten, die ich gefunden habe. Die Polizei hat in keinem Fall ermittelt. Es waren alles Unfälle.«

»Unfälle … das habe ich schon öfters gehört.«

»Ich muss los.«

»Versuch herauszufinden, wer das tote Mädchen war. Ich werde meinem Vater auf den Zahn fühlen.«

»Ich werde Alpträume haben, Alice. Wie steckst du das einfach so weg?«

Indem ich kotze. Reines Nervenfieber. Nur die Aufregung.

»Ich bin private Ermittlerin …«

»Frohe Weihnachten, Alice, pass auf dich auf.«

Sie legte genau in dem Augenblick auf, als Amalia den Flur entlangstolzierte.

»Hast du endlich austelefoniert«, sagte Amalia und griff nach dem Hörer des tragbaren Telefons.

»Damit ist die Leitung für die nächsten drei Stunden tot. Für unsinniges Liebesgequatsche.«

»Ach, von Liebe hast du doch keine Ahnung und wirst es auch nie haben. Schau dich doch bloß mal im Spiegel an. Wer so ein Gesicht hat, der kriegt nicht einmal aus Mitleid nen Typen. Liebe, pah! Ich fasse es nicht.«

»In der Liebe gibt man jemandem etwas, das man nicht hat und der andere nicht will. Lacan.«

Amalia runzelte die Stirn. »Dass du nichts hast, das wundert mich nicht, Klugscheißerin.«

»Und wenn du eines Tages zur Erkenntnis vordringen wirst, dass der Kopf nicht dafür da ist, dass Haare darauf wachsen, dann wirst du auch diesen Satz verstehen.«

»Ich kann dich auch ganz einfach packen und dir eine Backpfeife geben, Schwesterchen.«

»Hallo«, unterbrach ihr Vater, »könnt ihr endlich mal aufhören zu streiten? Es ist Weihnachten. Macht euch lieber mal in der Küche nützlich und helft Großvater.«

19.21 Uhr

Amalias Stuhl war noch verwaist, und dies würde er auch bleiben, bis der Akku des tragbaren Telefons leer war. Großvater hatte das Hähnchen aus dem Ofen geholt und mit Butter bestrichen. Alice hatte beschlossen, ab sofort Vegetarierin zu werden. Allein die Vorstellung, dass sich in diesem Augenblick nahezu alle Bewohner in Hintereck über den Kadaver eines Tieres hermachten, schnürte ihr die Kehle zu.

»Kannst du deine Schwester holen?«, sagte ihr Vater. »Wir essen in fünf Minuten. Opa schneidet schon das Hähnchen auf.«

»Sie weiß, dass heute Weihnachten ist und dass wir essen. Aber in ungefähr zehn Minuten ist sowieso der Akku leer.«

»Sei ein bisschen netter zu Amalia. Schließlich ist sie deine Schwester.«

»Ich bin mehr als nett zu ihr. Ich toleriere ihre Dummheit.«

»Bitte, Alice, tue mir einen Gefallen.«

»Ja, ja, ich gehe schon.«

Ihre Schwester kam erst nach zehn Minuten, als der Akku leer war. Der Weg war umsonst. Aber es war Weihnachten. Da zählten Gesten, auch wenn sie sinnlos waren. Großvater hatte einen Tannenzweig dekoriert als Ersatz für den fehlenden Christbaum.

»Austelefoniert?«, bemerkte ihr Vater, als Amalia sich an den Tisch setzte.

»Es wäre einfacher«, fügte Alice hinzu, »sie würde ihren Lover zum Essen einladen.«

Amalia warf ihre Gabel neben den Teller. »Du kleiner Giftzwerg, warum kannst du nicht einfach mal die Klappe halten?«

»Er kann ja nichts für sein Aussehen.« Alice kicherte.

»Ich habe keinen Lover.«

»Übrigens stehen deine Haare immer ab, wenn du lügst.«

Unwillkürlich griff Amalia in ihre Haare. Alice hob die Hand mit ihrer Gabel und zeigte auf Amalia. »Quod erat demonstrandum. Was zu beweisen war.«

»Papa, ich werde aufstehen, wenn sie nicht damit aufhört.«

»Alice, heute ist Weihnachten. Bitte.«

»Das Fest der Liebe, ich weiß.«

Kaum hatte sich ihr Vater der Zerlegung des Hühnchens gewidmet, hatte Alice die Bilder der Toten vor sich. Als er ihr das Flügelchen geben wollte, hielt sie die Hand ausgestreckt über ihren Teller.

»Nein, danke, ich bin Vegetarierin.«

»Seit wann denn das?«, fragte ihr Großvater erstaunt.

»Seit heute.«

»Hast du etwas gegen meinen Braten?«

»Nein, ich habe mich nur entschlossen, keine Tierkadaver mehr zu essen.«

»Iiiigiiitt«, rief Amalia, »da kann einem ja der Appetit vergehen.«

»Alice, wenn du das jetzt nur machst, um uns zu ärgern, dann ist dir das gelungen.«

»Um dich zu ärgern«, ergänzte Alice, »denn nur du regst dich ja auf.«

»Wenn sie nicht will«, beschwichtigte ihr Großvater, »es gibt ja auch noch Kartoffeln und Bohnen.«

»Du musst natürlich jede Laune verteidigen«, erwiderte ihr Vater, und hätte ihr Großvater in diesem Moment nicht hintergeschluckt, was er auf den Lippen hatte, wäre das Essen an diesem Heiligabend in einem Streit geendet.

»Ich will einfach keine Kadaver mehr essen. Ist das ein Verbrechen?«

»Nenn unser Essen nicht Kadaver«, sagte ihr Vater.

»Mit dem Benennen eines Dings ist noch nichts getan, meint Wittgenstein. Das Huhn wird nicht lebendiger, wenn man es Brathühnchen nennt oder Chicken am Spieß.«

»Dein Wittgenstein hatte wie du einen an der Klatsche«, geiferte Amalia, »ballaballa, psychokrank, verrückt, kapiert?«

»Ich habe doch nur gesagt, dass ich keine Lust auf Fleisch habe.«

»Das hättest du aber auch schon gestern sagen können.«

»Gestern wusste ich es noch nicht.«

»Und warum weißt du es heute?«

»Manche Meinungen und Weltanschauungen ändern sich und vor allem aus der Sicht des Huhns.«

»Kannst du nicht einmal in normalen Sätzen reden, Alice?«

»Jetzt sind meine Sätze nicht normal, nur weil ich kein Huhn mag.«

»Das meinte ich nicht«, sagte ihr Vater und schnitt die Keule vom Hähnchen. »Ich habe nur etwas dagegen, dass du dich zur Anwältin der Hühnchen aufspielst, weil du jetzt Vegetarierin bist. Vegetarier sind Extremisten, Fanatiker, nur mit schlechten Zähnen und bleichgesichtig.«

»Aber was denkt ein Huhn, wenn es täglich genährt wird? Es denkt, die Menschen sind Wohltäter. Eine Weltsicht, die spätestens an Weihnachten revidiert werden muss.«

»Kenn ich, den Spruch«, sagte Amalia.

»Das hat Russell gesagt.«

»Russell … pah.« Amalia nahm sich noch das zweite Flügelchen. Ihre Lippen glänzten fettig. Alice musste an Geier denken, die ihre Köpfe tief in den Kadaver steckten, um die weichen Eingeweide herauszureißen. Der Vogelkadaver verwandelte sich in einen Haufen Knochen. Alice aß ihre Kartoffeln und stocherte in den grünen Bohnen.

»Weiß man eigentlich schon, wer die Kirche vollgeschmiert hat?«, fragte Amalia und pikte mit ihren langen Fingernägeln die letzten Fleischreste zwischen ihren Zähnen heraus.

»Der Pfarrer hat keine Anzeige erstattet«, sagte ihr Vater.

»Vielleicht weiß er ja, wer es war?« Ihr Großvater stocherte die letzten Kartoffeln zusammen. »Er hört sich ja die Beichten an, vergibt die Sünden im Auftrag des Herrn. Wer weiß, was der Pfarrer sich alles anhören muss. Schlimmer als jeder Seelenklempner.«

»Ein paar hirnlose Jugendliche, die gegen unsere Kirche etwas haben.« Amalia blickte Alice auffällig lange an. Das war eine klare Provokation. Mehr noch, eine Verdächtigung.

»Das war keine hirnlose Schmiererei«, platzte Alice heraus. »Das war eine Warnung.«

»Eine Warnung vor was?«, fragte Amalia.

»Vor dem, was noch folgen wird.«

»Wie weitsichtig.« Amalia nahm ihren Zickenausdruck an.

»Jemand schmierte eine 11 an die Kirchenpforte und an die Mauern«, setzte Alice fort, »das war kein Zufall.«

Ihr Großvater sah abwesend zum Fenster hinaus. »Ich weiß nicht.«

»Doch, du weißt, wovon ich rede.«

»Alice«, unterbrach ihr Vater, »ich will nicht, dass du dich wieder in deine Theorien hineinsteigerst.«

»War es nicht so, dass auch an dem Abend, bevor Mama ums Leben kam, jemand eine 11 auf die Kirchenpforte geschmiert hatte?«

»Zwei zufällige Ereignisse. Genauso gut hätte ein Skifahrer abstürzen können. Das hätte genauso wenig mit dem Tod deiner Mutter zu tun gehabt. Wir haben einen Schmierfinken, der an Weihnachten die Kirchenpforte vollschmiert. Das ist alles. Und dieses Jahr gab es keine Toten.«

Ich wünschte, es wäre so …

»Und wenn morgen jemand an seinem Gänsebraten erstickt ist, dann hat das nichts mit den Schmierereien zu tun.«

»Der Pfarrer weiß, was die 11 bedeutet«, sagte Alice, »deshalb erstattet er keine Anzeige, sondern putzt selbst die Pforte.«

»Wenn es nur der Pfarrer weiß, dann geht es auch nur ihn etwas an.« Ihr Vater schob die Teller zusammen, so als könnte er damit jede Erinnerung in die Spülmaschine verfrachten.

»Genau«, pflichtete Amalia bei. »Warum sich da kratzen, wo es andere juckt? Da schaust du, ich habe auch coole Sprüche drauf.«

»Und wenn morgen oder übermorgen eine Tote auftaucht? Wie jedes Jahr?«

»Wir haben jedes Jahr Unfälle, Alice. Besonders wenn die Winter hart und kalt sind. Dann kommt noch Alkohol ins Spiel, und schon liegt jemand im Straßengraben oder übersieht ein Lawinenwarnschild.«

»Bei der Polizei ist also noch keine Vermisstenmeldung eingegangen?«

»Nicht, solange ich Dienst hatte. Alles ruhig, alles gut. Hoffen wir, dass es so bleibt.«

Die Toten melden sich nicht von allein.

»Und was ist mit den Eistoten?«

»Welchen Eistoten?«, fragte ihr Vater.

»Es gab da einen Artikel eines Journalisten. Er hat vor Jahren einen Artikel geschrieben über ein merkwürdiges Phänomen.«

»Welches Phänomen?«

»Jedes Jahr zwischen Weihnachten und Neujahr erfrieren in unserer Gegend um Hintereck junge Frauen. Alle ohne ersichtliche Gewalteinwirkung. Alle aber in einer Position, in die sie sich nach dem Tod nicht selbst gebracht haben können.«

»Wenn an der Sache etwas dran wäre«, antwortete ihr Vater, »dann hätte die Kripo schon ermittelt. Verrückte gibt es überall. Vor allem unter den Journalisten. Die leben von ihren Storys.«

Als Nachspeise tischte Großvater flambiertes Eis auf. Amalia erzählte von ihren Plänen, in der Karibik eines Tages eine Würstlbar aufzumachen. Vater und Großvater nickten nur schweigend. Die Würstlbar sei der größte Exportschlager Deutschlands, ereiferte sich Amalia, und Alice stellte sich vor, wie ihre Schwester im Tanga mit aufgedonnerten Haaren über einem Fettgrill stand und mit einer Würstlzange Bockwürste umdrehte.

Die Kerzen in der Mitte des Tisches waren bis zur Hälfte runtergebrannt. Ein Geruch von kaltem Fett, Kaffee und Wachs hielt sich unbeweglich über dem Tisch wie eine toxische Wolke.

»Es schneit fest«, sagte ihr Großvater.

»Wenn das so weitergeht, dann sind morgen alle Straßen dicht.«

Wie in dem Jahr, als ihre Mutter starb.

14.

21.30 Uhr

Trotz des dichten Schneegestöbers bestand Großvater darauf, dass sie alle zur Christmette gingen. Dieser eine Tag war ihm wichtig. Sein Unglauben hinderte ihn jedoch nicht daran. Großvater glaubte an keinen Gott, und er hielt diejenigen, die es taten, für einfältige Trottel. Weihnachten saß er jedes Jahr in der ungeheizten Kirche, in der sich vom Atem der Besucher Wolken im eisigen Kirchenschiff bildeten.

Die Nacht sah aus, als hätte sie sich mit Watte gefüllt. Die Straßenlaternen glichen Lichtern in schmutzigem Wasser. Der Weg ins Dorf zeichnete sich kaum ab. Alice musste an das tote Mädchen denken. Der Schnee fiel auf ihre Leiche wie auf einen Felsen. Und irgendwo in diesem Schneegestöber stapfte vielleicht der Mörder ebenso wie sie zum Gottesdienst oder saß vor seinem Ofen.

Auf dem festgetretenen Schnee im Dorf rutschte Alice zweimal, fing sich ab und stapfte weiter. Amalia hatte mehr Angst um ihre Frisur, als sich auf dem eisigen Weg ein Bein zu brechen.

Als sie an der Friedhofsmauer vorbeikamen, bemerkte Alice die frischen Spuren einer Katze. Ungewöhnlich, dass eine Katze bei diesem Wetter vor die Tür ging. Ihre Pfoten waren tief eingesunken. Die Spur folgte der Friedhofsmauer und bog dann in den schmalen Weg zwischen Kirchhof und Kirche. Dort brach sie ab, als wäre die Katze aus dem Stand direkt ins Nichts gesprungen. Doch wohin? Links war die steile Mauer der Kirche, auf der sie keinen Halt finden konnte, und die Friedhofsmauer war zu hoch, selbst für eine Katze. Alice suchte nach weiteren Spuren. Doch da war nichts.

»Alice«, rief Amalia, »kannst du deine paar lächerlichen Buchstaben mal hierherbewegen. Wir frieren uns wegen dir den Arsch ab.«

Alice ignorierte den unbedeutenden Beitrag ihrer Schwester und tastete sich an der Kirchenmauer entlang. Katzen haben zwar eine natürliche Begabung, sich lautlos aus dem Staub zu machen, aber sie sind nicht unsichtbar. Sie musste irgendwo an der Mauer entlanggelaufen sein, wo der Wind keinen Schnee hingeweht hatte. Alice hörte die Stimme ihres Vaters. Er klang genervt. Sie machte kehrt, als sie mit ihrem Fuß an einen harten Gegenstand stieß. Er lehnte in der Ecke zwischen Stützmauer und Hauptmauer. Sie beugte sich hinunter, und fast im selben Augenblick, als sie die Hand ausstreckte, zog sie sie auch wieder zurück.

Sie hatte die Katze gefunden. Ihr Kopf war zerquetscht und leicht verformt. Sie hatte sich unmöglich selbst bis zur Mauer geschleppt. Jemand hatte sie hier erschlagen. Ihr Körper war kalt und steif. Es musste vor mindestens einer Stunde geschehen sein.

Ihr Vater rief noch genervter. Amalia hatte Angst, nur noch einen hinteren Platz zu bekommen.

»Kannst du mir einmal sagen, was du da treibst?«, fragte ihr Vater.

»Ich verfolge eine Spur.«

»Los, beeilen wir uns!«, rief Amalia, die plötzlich die Stirn runzelte und Alice anglotzte, als hätte sie ein Gespenst gesehen.

»Was ist?«, fragte Alice. »Sind deine Haare abgefroren?«

»Was ist mit deinen …« Sie zeigte auf Alices Handschuhe. »Das ist so was von krank …«

Jetzt sah Alice ihre Handschuhe. Rot von Blut. Ohne auf Amalia weiter zu achten, drängte sie in das Innere der Kirche. Geflüster. Schritte auf dem Steinboden und das Knarren der alten Bänke. Alice zog ihre Handschuhe aus. Sie hatte Glück. Das Blut war zum größten Teil schon gefroren, so dass nur ein dünner Film auf ihren Handschuhen klebte. Der Nylonbezug war abwaschbar. Ein Wasserhahn. Doch eine Kirche war kein normales Haus. Es war nicht einmal geheizt, es gab kein Wasser, nur harte Bänke ohne Tische, ein Ort, dem man eigentlich nur den Rücken kehren wollte. Sie hatte sich aus dem Hauptschiff in das finstere Seitenschiff abgesetzt. Am Ende des Seitenschiffs der kleinen Kirche befanden sich die Beichtstühle. Telefonzellen Gottes, wie Tom sie nannte. In der Dunkelheit waren ihre Konturen kaum auszumachen. Sie glichen mehr Öffnungen in der Wand. Daher bemerkte Alice erst, als sie neben den Beichtstühlen war, dass darin geflüstert wurde. Die Beichte am Heiligabend für all diejenigen, die nachher zum Altar vortraten, um den Leib Christi zu empfangen. Ein seltsamer Brauch. Am Altar feierte man die Geburt des kleinen Jesus, und später wurde sein Körper an die Gemeinde verteilt, wenn auch nur in Form geschmackloser Oblaten.

Gegenüber dem Beichtstuhl stand ein Steinbecken, das mit Wasser gefüllt war. Für das Taufbecken war es zu klein. Es war Weihwasser, um sich zu bekreuzigen oder um …

Der liebe Gott würde es ihr nachsehen, dachte Alice und wusch das Blut von ihren Handschuhen. Ob Katzenblut irgendeine rituelle Bedeutung hatte, wusste sie nicht. Vielleicht hielt jemand das Blut für ein echtes Wunder? Alice kicherte und überlegte, ob sie nicht einer Madonna eine blutige Träne unters Auge reiben sollte. Dann hätte Hintereck sein echtes Wunder.

Die Vorhänge im Beichtstuhl waren zugezogen. Im Mittelteil saß der Pfarrer. Alice lauschte dem Geflüster. Sie war aber zu weit weg, um etwas zu verstehen. Unter dem Vorhang schaute der Talar des Pfarrers hervor. Auf der linken Seite kniete jemand. Selbst ohne Vorhänge war es in diesem Teil der Kirche so dunkel, dass man nichts hätte erkennen können. Das Geflüster ebbte nicht ab. Auf der rechten Seite wartete ebenfalls noch ein Sünder. Merkwürdigerweise kniete er nicht, sondern saß so, dass seine Beine unter dem Vorhang herausstanden. Eine Pfütze aus Schneewasser hatte sich auf dem Steinboden gebildet.

Alice näherte sich dem Beichtstuhl. Es war eine Kunst, mit den Gummischuhen lautlos zu laufen. Als sie etwa noch einen halben Meter entfernt war, versteckte sie sich hinter dem Sockel des heiligen Sebastian. Das Geflüster gab einige Worte frei.

… Vater vergib mir

… Gesündigt

… Unzucht in Gedanken, Unzucht im Fernsehen … ich denke immer an ihn, nur an ihn, und dann macht er mit mir diese Sachen …

Vergib mir … mein Mann ist zu fett …

Er widert mich an, er stinkt … Unzucht in Gedanken … natürlich bei ihm bleibe … Vergib mir, vergib mir … bis dass der Tod euch scheidet.

Die Stimme des Pfarrers wurde ein wenig lauter.

Ego te absolvo.

Im Religionsunterricht hatte ihr der Pfarrer diese Formel zu erklären versucht. Vergeblich. Alice hatte nie verstanden, wie Gott vergeben konnte, wenn der Priester »Ich« sagte. Gott ist nicht da, dachte sie und ballte die Fäuste in ihren Taschen. Gott war nicht da, als das Mädchen im Wald ermordet wurde, Gott war nicht da, als ihre Mutter starb. Wittgensteins Antwort war nüchtern. Aber mit ihr konnte Alice leben. »Wie die Welt ist, ist für das Höhere vollkommen gleichgültig. Gott offenbart sich nicht in der Welt.«

Der Vorhang wurde zurückgezogen. Aus ihrem Versteck konnte Alice nicht sehen, wer gerade im Beichtstuhl war. Eine Frau. Nach den schleppenden Schritten war sie nicht mehr die Jüngste. Zusammengekauert hinter der Statue, wartete Alice, bis der Pfarrer endlich den Beichtstuhl verließ. Sie hörte, wie er den letzten Besucher im Beichtstuhl bat, nach dem Gottesdienst wiederzukommen. Der Besucher lehnte ab. Hektisches Geflüster. Anfangs konnte Alice davon kein einziges Wort verstehen. Dann ein kurzes Stöhnen des Pfarrers. Es klang, als hätte ihm jemand in den Magen getreten.

»Ich bitte Sie … Gehen Sie!«

Für ein paar Sekunden herrschte Schweigen. Darauf folgte ein lang gezogenes Flüstern, das sich anhörte, als schleifte man einen Toten über sandigen Boden.

»Sie dürfen keine Sünder fortschicken … Gott vergibt den Sündern. Gott braucht die Sünder. Ohne Sünde, keine Vergebung. Oder nicht, Herr Pfarrer?«

»Im Namen des Vaters, des Sohnes und des Heiligen Geistes …«

»Woher weiß ich, ob Gott mir vergibt?«

»Das weiß nur Gott selbst. Er spricht durch dein Gewissen.«

»Mein Gewissen …« Ein heiseres Lachen mischte sich in das Flüstern. Auf dem Holzboden des Beichtstuhls schabten nervös Schuhe. »Mein Gewissen sagt mir vieles. Es sagt mir, was ich tun soll. Doch wenn ich nicht weiß, ob Gott zu mir spricht oder Er …«

»Der Teufel?«

»Sprechen Sie seinen Namen nicht aus! Er hat keine Namen,

so wie Gott keinen Namen hat. Und ich tue es … Die Schmerzen verlangen es. Es tut so weh, so schrecklich weh.«

»Was hast du getan, mein Sohn?«

Das Flüstern wurde leiser. Alice verstand nichts mehr. Sie streckte sich vor, doch der Mann im Beichtstuhl redete ohne Atem.

»… ich werde es wieder tun. Immer wieder … Gott vergib mir … Geben Sie mir die Absolution …«

»Gott vergibt nur den Sündern, die bereuen.«

»Die Absolution!«

»Zeige Reue, mein Sohn!«

»Die Absolution oder meine Wut wird grenzenlos sein. Das ist allein dann Ihre Schuld, Vater …«

Der Pfarrer flüsterte etwas. Alices Herz schlug wild. Wenn sie jetzt aufstand, dann konnte sie ihn sehen.

Ich werde es wieder tun, immer wieder …

Der Pfarrer kannte ihn, doch er konnte nicht reden. Das Beichtgeheimnis hinderte ihn daran. Alice kam geduckt aus ihrem Versteck. In der Dunkelheit konnte sie den zurückgezogenen Vorhang des Beichtstuhls erkennen. Nur in der Mitte war der Vorhang noch geschlossen. Sie glaubte, ein Schluchzen zu hören.

Der Mörder hatte den Beichtstuhl schon verlassen, als der Pfarrer noch sprach. Lautlos war er in der Dunkelheit verschwunden. Sie hatte nicht gehört, dass die Kirchenpforte geöffnet wurde. Er saß also mitten unter ihnen, im Gottesdienst, eingehüllt in einen warmen Mantel.

Alice ließ sich auf die Bank fallen. Die Vorstellung, über neunzig Minuten auf dieser Folterbank sitzen zu müssen, bereitete ihr Kopfschmerzen. In anderen Religionen lag man auf Teppichen. Das war praktischer und gemütlicher. Die Kirche war eines der Dinge, die auf der Welt abgeschafft werden könnten, ohne dass es das Weltgeschehen nur irgendwie verändern würde. Sie war so nützlich wie Rückenschmerzen oder Karies. Amalia war nirgends zu sehen.

Alice musste ihrem Vater erzählen, was sie gehört hatte, von der Toten im Wald und dass er unter ihnen war. Heute Nacht, in derselben Kirche. Wenn er Amalia entführt hatte?

Ich werde es wieder tun …

»Papa, ich muss dir etwas Wichtiges sagen.«

»Ja, aber nicht jetzt. Später …«

»Es ist lebenswichtig, es geht um Leben und Tod.«

»Ja, ja, aber nicht jetzt.«

»Und wenn Amalia etwas zugestoßen ist? Wenn …«

In diesem Augenblick sah Alice eine aufgetakelte Frisur zwischen den Bankreihen. Sie grinste über beide Ohren. Wen sie auch immer im düsteren Seitenschiff getroffen hatte, es war nicht der Pfarrer. Von Amalias Stirn lief ein langer roter Faden. Sie hatte ihre Finger in das Weihwasserbecken gesteckt und sich bekreuzigt. Dasselbe Becken, in dem Alice ihre Handschuhe gewaschen hatte. Wenn sie nicht die Einzige war? Alice stand auf.

»Setz dich endlich hin!«, zischte ihr Vater.

Versunken in ihren Mänteln, schliefen in der dritten Reihe bereits die meisten. Darunter auch Anton Haas. Neben ihm seine Schwester, die Frau des Oberschrat. Ihre Augen standen weit offen. Sie blickte über die Köpfe hinweg, als wäre sie körperlich gar nicht anwesend. Über Weihnachten hatte Haas sie aus dem Heim für Alzheimer und Parkinsonkranke geholt. Im Mittelgang drängten sich die Zuspätgekommenen. Schlafende wurden geweckt, man grüßte sich und stieg über Knie hinweg. Vier von ihnen trugen das blutige Kreuzzeichen. Sie waren im Seitenschiff gewesen und hatten sich bekreuzigt.

Alice ließ ihren Blick über die Köpfe schweifen. Bis ein Augenpaar sie fixierte. Eine massige Gestalt wie aus einem Holztrunk geschlagen. Die Gestalt des Schrott-Gruber. Er starrte sie an. Ein roter Faden lief quer über seine Nasenwurzel in sein von Falten zerschnittenes Gesicht. Ein Ruck ging durch die Bänke. Der Pfarrer trat vor den Altar, verbeugte sich. Die Orgel setzte ein.

Zwischen dem Altar und der ersten Reihe bereitete Lehmko das Krippenspiel vor. Dr. Lehmko spielte einen der Heiligen Drei Könige. Annegret spielte Josef. Die Klassenstreberin. Sie schaffte es das ganze Jahr zu lächeln und erinnerte sich an alles, was K. O. irgendwann einmal von sich gegeben hatte. Der angeklebte Bart hing ihr schief im Gesicht. Maria war ein schwindsüchtiges Mädchen, das Melanie hieß. Ob sie schwindsüchtig war, wusste Alice nicht. Sie sah jedenfalls immer so aus, als würde sie jeden Augenblick in Ohnmacht fallen. Mit ihr kam Alice noch am besten aus. Das lag daran, dass Melanie zu den wenigen gehörte, die sich freiwillig in der Schulbibliothek aufhielten und seltsame Bücher über Glasbläserei oder Reiseführer lasen. Als Maria trug sie einen blauen Umhang. Bleich und abwesend blickte sie in die Krippe, in der eine wächsern aussehende Puppe lag. Melanie war geistig nicht anwesend. So als hätte sie sich für die Zeit des Krippenspiels einfach ausgeklinkt. Sie war auch als Maria ein wandelnder Luftzug. Schlimmer war aber noch der rote Faden in ihrem Gesicht. Fromme Maria, dachte Alice, hast du doch deine Finger in den Weihwassereimer gesteckt. Jetzt hast du Katzenblut auf der Stirn. Lehmko war ebenfalls blutgezeichnet.

Tom kam mit seinem Vater, als der Gottesdienst schon angefangen hatte. Er stand hinter einer Säule. Sein Vater suchte verzweifelt im Gotteslob die richtige Seite. Alice drehte sich um und zwinkerte Tom zu. Wie sollte sie ihm verständlich machen, was sie im Beichtstuhl gehört hatte? Etwas war im Gange, etwas Schreckliches. Und wenn der Mörder des Mädchens ein gläubiger Christ war, dann hatte er sich bekreuzigt, nachdem er den Beichtstuhl verlassen hatte. Dort im Seitenschiff gab es nur ein Weihwasserbecken. Das blutige …

Sie wagte nicht, den Schrott-Gruber noch einmal direkt anzusehen. Das wäre zu auffällig. Er war einer der Ersten mit dem Blutmal auf der Stirn. Doch es konnten auch mehr sein. Alice wurde plötzlich von der Vorstellung geschüttelt, dass jedes Licht in der Kirche ausfallen würde. Tiefste Schwärze und in ihren Gedanken saßen plötzlich nur noch die auf den Bänken, die ein Blutmal trugen. In der Dunkelheit konnte sie ihre langen Zähne blitzen sehen … Alice, wach auf, das sind Kindereien. Angst ist kein Sachverhalt. Wittgenstein hätte Angst nicht zugelassen. Wenn Weihnachten doch endlich zu Ende wäre! Doch Alice ahnte, dass Weihnachten gerade erst begann und mit ihm die Finsternis hereinbrach.

Die Turmuhr hatte noch nicht Mitternacht geschlagen, als Alice, gefolgt von ihrer Schwester und ihrem Vater, in die eisige Nacht trat. Ihr Großvater unterhielt sich mit dem Gruber. Neben dem Schrott-Gruber sah er aus wie ein Jüngling. Nicht alle Menschen altern auf dieselbe Weise. Einige altern gar nicht, nur äußerlich. Falten, weniger Kraft und Muskeln, doch sie sind jung geblieben. Andere sind schon mit vierzig oder fünfzig alt und bleiben es bis zu ihrem Tod. Schrott-Gruber sah auf den alten Fotos, die ihr Großvater beim Dorffest gemacht hatte, schon wie ein alter Mann aus. Der alte Gruber schien über irgendetwas aufgebracht zu sein. Ihr Großvater beruhigte ihn, doch der alte Mann schüttelte sich wie eine getretene Katze, drehte sich um und verschwand in der Nacht.

»Sein Hund ist tot«, sagte ihr Großvater. »Man hat ihn vergiftet. Er hing an dem alten Köter.«

»Sonst hatte er ja niemanden«, fügte ihr Vater hinzu, »und selbst der Hund musste vor dem Haus schlafen, angekettet in seiner Hütte.«

»Das ändert nichts daran, dass der Gruber an dem Tier hing. Irgendjemand scheint es auf die Hunde in Hintereck abgesehen zu haben.«

»Toms Hund im Hotel wurde auch tot aufgefunden«, sagte Alice.

»Auch vergiftet?«, fragte ihr Vater.

»Dies könnte man nur durch eine rechtsmedizinische Autopsie feststellen.«

»Ach ja, ich vergaß, Fräulein Kommissarin«, sagte ihr Vater betont ironisch.

»Nur eine Autopsie …«, äffte Amalia sie nach.

»Ja, du dumme Pute. Denn nur so kann man genau sagen, womit der Hund vergiftet wurde, und wenn man weiß, welches Gift es war, dann kann man die Spur des Giftes zurückverfolgen. Toxikologischer Befund.«

»Toxi… was auch immer. Du redest wie immer nur, um dich wichtig zu machen.«

Alice blickte zum Kirchturm auf. Kurz vor zwölf. Was hätte Wittgenstein zu Amalia gesagt? *Licht in ein oder das andere Gehirn zu werfen ist nicht unmöglich; aber freilich nicht wahrscheinlich.*

»Und was ist die Vermutung von Fräulein Kommissarin?«, fragte ihr Vater. »An was ist Toms Hund gestorben?«

»Er ist höchstwahrscheinlich in den Kellerschacht gefallen und dort erfroren, nachdem man ihn vergiftet hatte. Ich habe den Hund nicht gesehen. Tom berichtete mir davon. Der Hund hatte Schaum vor dem Maul.«

»Wer bringt Hunde um?« Ihr Großvater sah in die Richtung, in der Gruber verschwunden war. »Möglich ist auch, dass der Hund des Alten erfroren ist und er ein schlechtes Gewissen hat. Deshalb hat er die Geschichte mit dem Gift erfunden.«

»Oberschrats Hund wurde auch vergiftet«, sagte Alice.

»Woher weißt du das schon wieder?« Ihr Großvater schien überrascht zu sein.

Stammtisch. Außerdem ist es in Hintereck fast unmöglich, etwas geheim zu halten. Nur manche Dinge kommen nie ans Licht.

»Mir ist kalt«, quengelte Amalia. »Können wir endlich nach Hause?«

Alice beobachtete jeden, der aus der Kirche kam, aufmerksam. Einige waren immer noch betrunken. Die konnte sie ausschließen. Großvater begrüßte viele durch Nicken. Tom tauchte nur kurz auf. Sie sah ihn gerade noch, als er in den schwarzen Jeep seines Vaters einstieg. Ihr Großvater war mit Peter Wegener in ein Gespräch verwickelt. Ob Wegener wusste, dass sie heute eine Mädchenleiche in der Nähe seiner Hütte im Wald gefunden hatten? Warum entfernte sich ihr Großvater und sprach betont leise? Nein, dachte Alice, es war unmöglich. Wenn ihr Großvater etwas von der Toten im Wald gewusst hätte, dann hätte er es bereits ihrem Vater erzählt. Doch was hatte er da mit Wegener zu reden? Sie ging gezielt auf Adelheid Grundinger zu. Sie hatte die alte Frau schon seit August nicht mehr gesehen. Die wohnte in der stillgelegten Wassermühle, nicht weit vom Gruberhof. Ihr Mann war nicht aus dem Krieg heimgekehrt. Sie wartete noch immer, obwohl er wie sie schon die neunzig weit überschritten haben musste. Und zwar, weil er ihr versprochen hatte, zu ihr zurückzukommen. »Das ist ein Versprechen vor Gott«, hatte die alte Frau gesagt, als Alice die Äpfel vor ihrem Haus eingesammelt hatte. Sie hatte auf der Bank vor ihrem

Haus gesessen und Alice zugeschaut, wie sie von einem Apfel zum anderen gesprungen war. Am Ende behielt sie nur eine Kiste. Die anderen Kisten nahm Alice mit nach Hause. Ihr Großvater machte Most daraus, und ihr Vater lagerte sie im Keller ein. Irgendwann fiel Alice auf, dass die alte Frau manchmal für Minuten in eine Richtung starrte. Alice drehte sich um und sah die leeren Felder, Blätter, die im Wind durch die Luft wirbelten, sonst nichts. Adelheid Grundinger hatte Alices neugierige Blicke bemerkt.

»In diese Richtung ging er weg, mit seinem Rucksack. Ich habe ihm noch die Brotzeit gerichtet. In Sonthofen hat man sie gesammelt. Von da an ging es nach Russland. Und aus dieser Richtung wird er auch wieder kommen, mein Alois.«

»Wenn er aber nicht mehr kommt?«

»Dann komm ich halt zu ihm.« Sie lachte mit ihrem zahnlosen Mund. »So ist das. Irgendwann verstehst du das. Du bist ein kluges Kind.«

Alice schüttelte die Hand der alten Frau. Sie war inzwischen noch gebrechlicher geworden. Ihr Lehrer Lehmko stand hinter ihr und stützte sie. Die Krippenkinder traten fröstelnd in ihren Verkleidungen in die Kälte. Maria und Josef verschwanden in den Autos ihrer Eltern. Lehmko legte seine Hand auf Alices Schulter.

»Fröhliche Weihnachten, Alice. Nächstes Jahr machst du beim Krippenspiel mit, oder?«

Alice strengte sich an und legte ihr freundlichstes Lächeln auf. Wie konnte Lehmko, ein Doktor der Philosophie, ein Mann der Bücher, also jemand, der mindestens halb so klug war wie sie, sich mit so abergläubischem Hokuspokus wie dem Krippenspiel abgeben? Doch das störte Alice im Augenblick nicht. Sie hatte erreicht, was sie wollte. Sie stand fast nur einen Meter hinter ihrem Großvater. Die beiden Männer unterhielten sich immer noch sehr leise. Wegener schien über etwas aufgebracht zu sein.

»... keiner hat sich drum gekümmert. Jetzt kommt ihr daher und wollt von mir ... Das könnt ihr nicht von mir ...«

»Sei doch still ...« Die Stimme ihres Großvaters war plötzlich hart. So kannte sie ihn nicht.

»Unrecht kommt nie aus der Welt ...« Hatte das ihr Großvater wirklich gesagt? Hatte sie sich nicht verhört? Von was für einem Unrecht sprach er? Was hatte Wegener getan?

»... das Haus gehört mir ... hörst du ... mir ganz alleine«, zischte Wegener und ging aufgebracht davon. Noch von der Friedhofsmauer hörte Alice, wie er mit sich selbst sprach.

»Die Alice ist so ein nettes Madel«, sagte Adelheid Grundinger, »sie sammelt mir die Äpfel ein, jedes Jahr. Seit der Alois nicht mehr da ist, ist das Haus leer. Obwohl ich jeden Tag sein Kopfkissen frisch überzieh.« Alice kannte die Sätze der alten Frau. Sie wiederholte sie wie ein Gebet. Das Haus war seit über siebzig Jahren leer. In ihrer alten brüchigen Stimme lag ein stiller Vorwurf. So als würde ihr Alois wie viele Männer in Hintereck einfach nur zu lange im »Schwarzen Bichl« sitzen. Lehmko führte sie vorsichtig zu seinem Wagen. Der Pfarrer zog die Pforte zu. Der Schein eines Autoscheinwerfers tauchte das Gesicht des frommen Mannes in kaltes Licht. Alice glaubte zu sehen, dass er geweint hatte. Es konnten aber auch nur Schneeflocken sein oder die Kälte, die in die Augen stach. Neben ihr redete man über die Schmierereien auf der Kirchenpforte, über den Verfall der Tugenden und dass es ein paar Jugendliche gewesen waren. Die Jugend war schlecht, zu wenig Zucht, erklärte Anton Haas und warf dabei giftige Seitenblicke zu Oberschrat, der hinter seinen beiden Söhnen stand. Wittgenstein hätte das Geschwätz einfach ignoriert. Sinnlose allgemeine Sätze ... Doch es blieb eine Frage, die ihr auch Wittgenstein nicht beantworten konnte: Wer hatte die Kirchenpforte beschmiert? Und was hatte die 11 zu bedeuten?

Als ihr Vater ihr zuwinkte, sah sie Lehmko, der seinen Wagen wendete. Er drehte das Fenster herunter.

»Es ist kalt. Soll ich euch mitnehmen?«

»Nein, danke«, antwortete ihr Vater.

Amalia schlug sich mit der Hand an die Stirn. »O Mann, ich glaub's nicht.«

»Wir laufen nach Hause. Ein bisschen frische Luft tut uns gut.«

»Eisige Luft ... antarktische Kälte ... abgefrorene Zehen ... Keinen Bock mehr ...« Amalia ließ ihrem Unmut freien Lauf. In diesem Fall gab ihr Alice sogar recht. Was wäre dabei gewesen, wenn Lehmko sie mitgenommen hätte?

Neben Lehmko saß die alte Grundinger. Sie hatte die Augen geschlossen.

»Wo ist Stephan heute?«, fragte ihr Vater.

Lehmko machte eine entschuldigende Geste, überschwänglich wie alle seine Gesten, als stände er vor seinem Pult, wenn er erklärte, dass die Erdkruste auf flüssigem Magma schwamm.

»Stephan ist krank. Wintergrippe. Er hat Fieber, sonst hätte er den Josef gespielt.«

»Na, dann gute Besserung.«

Lehmko machte das Fenster wieder zu, und Sekunden später preschte sein Wagen in das Schneegestöber.

Ihr Vater und ihr Großvater machten sich auf den Weg. Der Schneefall wurde dichter. Alice warf noch einen Blick auf den Ort, wo die tote Katze gelegen hatte. Doch da war nichts mehr. Jemand hatte den Kadaver entfernt. Selbst die Blutspuren waren vom Schnee verweht. Doch es gab heute viele, die den blutigen Beweis auf ihrer Stirn trugen. Sogar Lehmko hatte ein blutiges Kreuz auf der Stirn.

»Kannst du nicht schneller laufen?«, rief Amalia.

Alice hatte sich entschlossen, das Geschwätz ihrer Schwester als genauso belanglos zu betrachten wie etwa Verkehrslärm. Ihr Vater und ihr Großvater gingen hundert Meter voraus. Amalia blieb stehen, die Arme in die Hüfte gestützt, sichtlich auf Streit aus.

»Du musst nicht extra langsam laufen, nur um mich zu ärgern. Es ist nicht meine Schuld, dass wir die Einzigen sind, die zu Fuß bei diesem Wetter latschen. Aber mir ist kalt, also setz deinen Kinderarsch in Bewegung.«

Alice ignorierte sie und ging im Kopf durch, was sie mit Tom besprechen musste. Hoffentlich hielt er dicht.

In diesem Moment übertrat Amalia die rote Linie. Die heilige Linie, die Linie, die Romulus überschritten hatte. Romulus, der sagenhafte Gründer Roms. Er zog eine Linie in den Staub. Als sein Zwillingsbruder Remus ihn verspottete und über die Linie trat, erschlug Romulus ihn. Warum gab es immer Menschen, die keine Grenzen kennen? Die glaubten, sie könnten sich alles erlauben, nur weil sie älter oder stärker waren?

»Lass meinen Arm los, Amalia!«

»Ach, willst du etwa nach Papa rufen oder Großvater? Die sind zu weit. Du kannst nichts machen, gar nichts, weil ich stärker bin.«

»Ich werde nicht nach Papa schreien. Aber du wirst es dir wünschen, sie wären noch da.«

»Pfffff, du hast nur eine große Fresse. Nur dass du es weißt: Für mich bist du ein Stück Scheiße. Hässlich, besserwisserisch. Du versteckst dich hinter deinen Büchern, weil du sonst nichts bist.«

»Letzte Warnung, lass meinen Arm los. Du tust mir weh.«

»Ich lass ihn los, wenn ich will …«

»Du weißt nicht, was du tust.«

»Willst du mir Angst machen, du lächerliche Marionette? Jetzt helfen dir deine klugen Sprüche auch nichts. Ich habe es satt. Jeder hat Mitleid mit dir. Keiner sagt dir endlich die Wahrheit, nur um dich zu schonen. Weil sonst meine zarte Schwester völlig durchdreht. Schau nicht so, als ob du von nichts wüsstest. Mich kannst du nicht täuschen.«

»Was soll ich wissen? Und jetzt lass …« Alice schüttelte sich wie eine Katze, die man unter eine Dusche hielt. Doch Amalia hielt sie fest und drehte ihr den Arm auf den Rücken. Von hinten näherte sie sich Alices Ohr.

»Dass Mama deinetwegen tot ist.«

»Lass mich los. Du bist ja verrückt.«

»Mama ist wegen dir aus dem Haus gegangen. Wir schmückten den Weihnachtsbaum, Papa stand in der Küche, und du hast rumgeheult, weil Papa keine Pommes gefunden hatte. Mama nahm den Wagen und ist wegen dir nach Hindelang gefahren.«

»Sie hatte keinen Autounfall! Sie wurde umgebracht.«

»Du hast sie umgebracht. Überleg doch mal, du dämliche Gans.« Bei dem Wort »Gans« zog Amalia ihren Griff noch härter zu. Alice schrie kurz auf. Hass stieg in ihr auf.

Die Grenze ist überschritten. So soll es jedem ergehen, der meine Mauer überspringt.

»Mama kam hundert Meter vom Haus entfernt um. Sie ist vielleicht mit dem Auto weggefahren, aber sie kam nicht direkt zurück. Und dann die Fotos …«

»Was für Fotos? Du redest wie immer Mist. Nur um von dir abzulenken.«

Der Schmerz stach in Alices Schulter.

»Jetzt!«

Alice trat nach hinten. Sie erwischte das Knie oder einen anderen Teil von Amalias Bein. Sie hörte nur ein kurzes Aufheulen und spürte, wie ihr Arm frei kam. In einer schnellen Drehung rammte sie wie ein Stier ihren Kopf in Amalias Bauch. Sie fielen beide in den Schnee am Straßenrand. Noch ehe Alice begriff, was sie getan hatte, sah sie Amalia mit aufgeplatzter Lippe im Schnee liegen.

»Ich habe dich gewarnt.«

»Du bist irrsinnig. Man muss dich einsperren.« Amalia rollte sich zur Seite und schüttelte den Schnee von ihrem Mantel.

»Irrsinnig, weil ich mich von dir nicht schlagen lasse.«

Den Rest des Weges stapften sie schweigend durch den Schnee nach Hause. Amalia verschwand ohne ein Wort im Bad. Großvater saß auf der Eckbank, brütend über einem halb leeren Glas Altbier, ohne Schaum. Die Kerzen waren heruntergebrannt. Hobbes grunzte im Schlaf. Seine offenen Augen starrten ausdruckslos durch Alice hindurch. Was hatte Großvater zu Wegener gesagt? Worüber hatte er mit Schrott-Gruber gesprochen?

Was verschwieg ihr Großvater?

Nur Menschen haben Geheimnisse. Kein Geheimnis ist bei einem Menschen sicher.

Es gibt immer einen Weg, zu ihm vorzudringen. So wie keine Grabkammer in den Pyramiden vor Grabräubern sicher war.

Wenn kein Geheimnis sicher ist, dann gibt es auch keine Geheimnisse. (Unbekannter Philosoph aus dem 17. Jahrhundert.)

15.

Der Wind rüttelte an den Fensterläden. Er stach von den Berghängen ins Tal. Die Holzbalken unter dem Dach knirschten. In diesen Momenten wuchs die Natur draußen bedrohlich an. Alice schlich über den Gang ins Gästezimmer, wo ihr Großvater sich schlafen gelegt hatte. Unter dem Türspalt sah sie noch Licht. Er war noch wach. Sie klopfte leise. Als keine Antwort kam, machte sie die Tür auf. Die Lampe erhellte nur das leere Bett. Erst als ihre Augen sich an die Schatten des Zimmers gewöhnt hatten, sah sie ihren Großvater im Dunkeln vor dem Bücherregal im Schaukelstuhl sitzen, die Augen in die eisige Finsternis des Berghangs gerichtet.

»Ist es wahr, dass Mutter wegen mir noch einmal aus dem Haus gegangen ist?«

»Das weiß niemand so genau. Sie hat einen Anruf erhalten.«

»Wer hat sie am Heiligabend angerufen?«

»Wissen wir nicht. Ich erinnere mich nur, dass sie sehr aufgewühlt war.«

»Und Mutter ist nach diesem Anruf weggefahren?«

»Nicht gleich. Sie hat noch etwas in der Küche gemacht und meinte dann, dass sie noch etwas für dich besorgen müsse.«

»Pommes?«

»Ja, möglich. Ich erinnere mich nicht mehr. Ich denke, das war nur ein Vorwand.«

»Hat es damit zu tun, worüber du mit Gruber gesprochen hast?«

Ihr Großvater zog die Augenbrauen hoch. Er ging zum Fenster und blickte gedankenversunken hinaus.

»Dir bleibt auch nichts verborgen.«

»Ich bin ja nicht blind.«

»Es war nichts Besonderes.«

»Irgendetwas, was Gruber aufgebracht hat. Ich habe gesehen, wie er auf und davon lief. Dann Wegener …«

Ihr Großvater öffnete die Tür, warf einen Blick in den Gang und schloss sie wieder leise. »Dein Vater braucht nichts zu wissen.«

»Es hat mit den Schmierereien zu tun, oder?«

»Nicht nur mit den Schmierereien. Auch mit Grubers Hund. Man hat ihn vergiftet. Alles ist wie damals.«

»Bei Mamas Tod?«

»Vorher. Es ist ein Fluch, der über dem Dorf liegt.«

»Wann hat es angefangen?«, fragte Alice.

»Ich weiß nicht, wann es angefangen hat. Es ist niemandem aufgefallen. Die Menschen gewöhnen sich an alles, auch an Unfälle. Bewusst wurde es uns allen erst, als Zugls Tochter Ina verschwand. Das war am 23. Dezember. Ein Jahr bevor deine Mama starb. Ina war ein aufgewecktes Kind. Sie hatte zur Zufriedenheit ihres Vaters lauter gute Noten in der Schule, und der alte Zugl schwärmte am Stammtisch davon, dass seine Tochter eines Tages Springreiterin oder Übersetzerin bei der UNO werden würde. Es stimmte schon, Ina war in allem begabt. Was sie anfing, brachte sie kurze Zeit später zur Perfektion. Ihr Vater meldete sie beim Reiten an, drei Monate später gewann sie ein Jugendreitturnier. Er zeigte ihr Schach, und schon bald gewann er keine einzige Partie mehr gegen sie. Am 23. Dezember sah jemand, wie sie über die Brücke ging, Richtung Wald. Ein anderer Zeuge sagte später aus, Ina sei dort mit einer Gestalt gesehen worden. Wieder ein anderer meinte, sie sei in ein Auto gezogen worden. So ist das mit den Zeugen. Jedes Auge eine andere Geschichte. Fest steht nur, dass Ina das letzte Mal auf der Brücke gesehen wurde. Sie verschwand an diesem Nachmittag des 23. Dezembers. Einen Tag vor Weihnachten. Zugl suchte den ganzen Tag. Kurz vor Sonnenuntergang stellten er und dein Vater einen Suchtrupp in Hintereck zusammen. Sie durchkämmten den Wald, so weit sie konnten, doch die hereinbrechende Dunkelheit und der Schneesturm machten eine weitere Suche unmöglich. Nur Zugl suchte weiter. Verzweifelt irrte er durch die umliegenden Wälder. Keine Spur von Ina. Gegen Abend meldete sich Pfarrer Bez. Jemand hatte ihm die Pforte vollgeschmiert. Mit Fackeln und Taschenlampen versammelte sich der Suchtrupp vor der Kirche. Es war dieselbe 11 wie dieses Jahr. Dein Vater hatte später herausgefunden, dass die 11 mit Blut geschrieben war, mit dem Blut eines Hundes.«

»Was bedeutet diese 11?«

»Das weiß ich bis heute nicht. Wir dachten, es handele sich um einen religiösen Hinweis. Doch es sind 12 Apostel, 10 Gebote. Eine 11 spielt in der Bibel keine Rolle. Wir konnten uns keinen Reim auf die 11 machen. Der Schneesturm verhinderte damals, dass man die Suche bei Nacht fortsetzte. Zugl flehte die Leute an, aber es war unmöglich. In der Nacht fanden wir Zugl halb erfroren am Brückengeländer stehen. Er wartete auf die kleine Ina. Seine Stimme war durch das dauernde Schreien zu einem heiseren Krächzen geworden. In dieser Nacht wusste ich, dass etwas Schlimmes geschehen war. Etwas, was es in Hintereck noch nicht gegeben hatte.«

»Oder von dem bisher noch keiner etwas bemerkt hatte.«

»Gut möglich. Am nächsten Tag rief mich dein Vater an. Er bat mich, schnell zur Kirche zu kommen. Ich war auf eine schlimme Nachricht vorbereitet, aber nicht auf das …«

»Ina war tot. Jemand hatte sie umgebracht.«

»Wenn wir das wüssten! Die offizielle Todesursache war Tod durch Erfrieren. Der Pfarrer hatte sie gefunden. An der Hinterseite der Kirche, zwischen Friedhofsmauer und Kirche. Dort hatte niemand am Vorabend gesucht. Georg Zugl warf sich dies ständig vor. Doch Inas Leiche war merkwürdig. Sie hockte in der Ecke. Das Schrecklichste war, dass ihre Augen offen waren. An ihren Füßen lag ein Hund. Er war ebenfalls erfroren. Es sah aus wie die Szene auf einem Bild. Stillleben, du weißt schon, diese Bilder holländischer Maler, auf denen ein Schädel, eine Sanduhr, verwelkte Blätter und ein Glas Wein zu sehen sind.

Die Polizei hat keine Spuren von Fremdeinwirkung festgestellt. Anscheinend war Ina einfach eingeschlafen und nicht mehr aufgewacht.«

»Und der Hund auch?«

»Es war ihr Hund. Die Polizei vermutet, dass sich der Hund zu Ina gelegt hat, um sie zu wärmen. Doch in dieser Nacht war es bitterkalt. Sie hatten beide keine Chance.«

»Und warum ist sie von zu Hause weggelaufen?« Alice verbarg nicht, dass sie die Erklärungen ihres Großvaters mehr als dürftig fand. »Ich meine, man rennt doch nicht einfach aus dem Haus, setzt sich an eine Wand in einer eisigen Winternacht, um dort zu sterben?«

»Ihr Vater hat uns nichts sagen können. Es gab keinen Grund, warum Ina weggelaufen sein könnte.«

»Und du hast ihm das geglaubt?«

»Ein Vater, der sein Kind verloren hat, ist niemand, der zuverlässige Tatsachen berichten kann. Zugl gab sich sowieso die ganze Schuld. Seine Frau erlitt einen Nervenzusammenbruch. Sie saß vor dem Fernseher, als sie die Nachricht erfuhr. Sie schaute ›Wetten, dass?‹. Daran konnten sich auch noch die Polizisten erinnern, die sie in die Klinik begleitet haben. Die Mutter Inas war wie in einer Zeitschleife gefangen. Selbst noch Wochen nach dem Unfall hockte sie auf einem Stuhl und gab nur einen Satz von sich: ›Top, die Wette gilt …‹ Egal, welche Frage man ihr stellte.«

»Was ist mit ihr geschehen?«

»Nichts. Sie ist noch immer in der psychiatrischen Klinik in Kempten. Vom Tod ihres Mannes hat sie nichts mitbekommen. Ich habe sie einmal besucht. Der Arzt meinte, sie sei geistig umnachtet, doch jeder Besuch könne sich positiv auf sie auswirken. Auch wenn die Wahrscheinlichkeit gering sei, dass sie jemals wieder ins Leben zurückkehre.«

»Hat sie was gesagt?«

»›Top, die Wette gilt …‹«

»Und was ist aus Zugl geworden?«

»Für ihn stand fest, dass seine Ina ermordet worden war. Anfangs dachten wir, der Schmerz hätte ihn so zerfressen, dass er nicht mehr klar denken konnte. Es gab ja keine Spur.«

»Irgendwas musste Zugl doch auf die Idee gebracht haben, dass es kein Unfall war?«

»Es gab auch etwas, aber das war eher eine weit hergeholte Vermutung.«

»Und die Polizei – was meinte sie dazu?«

»Für sie war der Fall schnell abgeschlossen. Unfall. Die Aussage Zugls nahmen sie nicht ernst. Sie hielten es für eine Schutzbehauptung, wie es so schön heißt. Sie glaubten, dass Zugl die Mordhypothese nur aufbrachte, weil er nicht auf seine Tochter aufgepasst hatte.«

»Und glaubst du das auch?«

»Anfangs ja, dann aber habe ich die Akten eingesehen. Ich hatte deinen Vater darum gebeten. Er war nicht begeistert. Eines Morgens lagen jedoch Kopien der Akte auf dem Tisch. Und da fand ich auch Einzelheiten, die Zugl aufgefallen waren, die aber die Polizei bei ihrer Untersuchung ignoriert hatte. Die Unfallthese war zu plausibel. Zugl bekam noch ein Verfahren wegen Verletzung der Aufsichtspflicht an den Hals. Der Richter stellte das Verfahren ein, und das war's.«

»Was waren das für Einzelheiten?«

»Die Position der Leiche. Sie hockte nicht ganz am Boden, sondern verharrte ein paar Zentimeter über dem Boden. Nur die Füße standen fest. Und der Rücken war gegen die Mauer gelehnt. Zugl meinte, dass sie sich nicht hingesetzt haben konnte. Das war einfach unmöglich. In der Tat war das seltsam. Hätte Ina sich hingesetzt und wäre eingeschlafen, dann wären ihre

Muskeln erschlafft. Sie wäre zusammengesunken und mit dem Rücken die Wand hinuntergerutscht. Auch der Kopf wäre zur Seite gekippt. Doch der Kopf der Leiche war aufrecht.«

»Sie starb also nicht in dieser Position und …«

»… ja und wahrscheinlich nicht an diesem Ort. Zugls Verdacht war nicht von der Hand zu weisen. Seiner Tochter musste etwas anderes zugestoßen sein als ein tödlicher Unfall im Winter.«

Alice sah das tote Mädchen im Wald vor ihrem geistigen Auge. Die Position war absurd. Die Tote stand aufrecht. Jemand musste sie getötet und dann in eine bestimmte Position gebracht haben. Er hatte die gefrorene Leiche aufgestellt wie eine Schaufensterpuppe.

»Jemand hat sie nach ihrem Tod dort hingesetzt«, sagte Alice nach einer Weile.

»Doch dafür gab es keine Beweise, keine Spuren, nichts.«

»Und was haben die Rechtsmediziner festgestellt?«

»Tod durch Erfrieren. Die merkwürdige Stellung der Leiche fiel Zugl erst auf den Bildern auf. Außerdem hatte er einen schweren Stand. Als Lehrer war er bei den meisten Dörflern ein Studierter, der künstlich Hochdeutsch redet. Wenn die Hintereckler etwas nicht leiden können, dann, wenn einer ihr Allgäuerisch umgeht. Der hält sich dann für etwas Besseres. Dass man dem Zugl noch ein Verfahren angehängt hat, weil er nicht auf sein Kind aufpassen konnte, war einigen ganz recht.«

»Ein Motiv«, kombinierte Alice schnell.

»Das glaube ich weniger. Der Hintereckler ist vielleicht schadenfroh, aber so heimtückisch, dass er ein kleines Mädchen umbringt, ist er nicht.«

»Jemand hat es getan«, sagte Alice.

»Ich glaubte damals auch, dass es ein Unfall war.«

»Und jetzt? Was glaubst du jetzt?«

»Ich weiß nicht, was ich glauben soll. Mir fehlen Beweise, Tatsachen. Ich kann nur spekulieren.«

»Was haben Wegener und Gruber damit zu tun?«

»Ach, Alice, es war ein Fehler, dir davon zu erzählen. Das bringt dich auf unsinnige Gedanken.«

»Du hörst dich schon wie Papa an. Sag jetzt bloß nicht, dass ich noch zu jung bin und noch nichts vom Leben verstehe.«

»Das habe ich nie.«

»Dann kannst du mir auch sagen, warum die beiden so aufgebracht waren.«

»Sie haben Angst, dass Zugl doch nicht durchgedreht ist, dass etwas an seinem Verdacht dran war. Als gestern die Schmierereien an der Kirche aufgetaucht sind, hat mich Wegener angerufen.«

»Was hat Wegener damit zu tun?«

»Es gibt eigentlich keinen direkten Zusammenhang zwischen dem Tod des Mädchens und Wegener. Aber ich versuch es dir in ein paar Worten zu erklären. Unter der Bedingung, dass das, was ich dir sage, unter uns bleibt.«

»Mach schon, Opa.«

Ihr Großvater lauschte für einen Moment. Im Haus war es still. Amalia hatte ihre Kopfhörer auf, wie jeden Abend. Robbie Williams bis zum Anschlag. Ihr Vater las auf der Couch oder war vor dem Fernseher eingeschlafen. Die Dachsparren knarrten, als die Windböen an die Holzwand des Hauses drückten. Schuuubehhhhhh … Alice kannte das Ächzen des alten Holzhauses.

»Nach der Beerdigung Inas hat Zugl Urlaub genommen. Er ging nicht mehr aus dem Haus und verbarrikadierte sich. Seine Frau besuchte er kein einziges Mal. Nur ab und zu sah man, wie er in dem inzwischen verwilderten Garten auf und ab lief. Von der Schulleitung erfuhren wir, dass Zugl unbezahlten Urlaub genommen hatte. Kein Mensch weiß bis heute, was Zugl in seinem Haus getrieben hat. Das ging ein halbes Jahr so. Bis im Dorf ein Mann auftauchte, der die Leute aushorchte. Er stellte Fragen, fotografierte Häuser, Gärten, schrieb Autonummern auf, machte sich Notizen, während die Leute am Stammtisch redeten. Dein Vater hat das Kennzeichen des Mannes überprüfen lassen. Der Mann gab sich als Privatdetektiv aus. Sein Gewerbe war sogar eingetragen. Hauptberuflich arbeitete er als Journalist beim Allgäuer Blatt. Zugl hatte ihn engagiert. Er verdächtigte das ganze Dorf. Sogar unser Haus hat er fotografiert. Ich hätte ihn vom Grundstück gejagt, wenn deine Mutter nicht gewesen wäre.«

»Hat Mama Zugl geglaubt?«

»Sie hat sich mit dem Privatdetektiv unterhalten. Ich weiß nicht mehr, wie er hieß. Aber sie begann sich auch für den Fall zu interessieren und traf sich ein- oder zweimal mit Zugl. Von deiner Mutter weiß ich auch, dass Zugl sich hoffnungslos verschuldet hatte. Er war besessen von der Idee, den Mord an seiner Ina aufzuklären. Zugls Finanzen wurden immer knapper. In dieser Zeit tauchte Zugl wieder am Stammtisch auf. Er war pleite. Gezwungenermaßen musste er andere in seine Theorie einweihen. Hinter vorgehaltener Hand hielten wir Zugl für total übergeschnappt. Als er uns um Geld bat, legten wir ab und zu einige hundert Euro zusammen. Doch er brauchte immer mehr für seine Expertisen, Überwachungsgeräte und den Detektiv. Niemand wollte ihm Geld leihen. Da kam Gruber auf die Idee, Zugls Haus zu kaufen. Plötzlich bestärkten sie ihn in seiner Suche. Auch Wegener lieh Zugl Geld. Dafür ließ er sich die Waldhütte am See überschreiben. Beide wussten, dass Zugl nicht in der Lage war, ihnen das Geld zurückzuzahlen. So kamen sie zu einem Spottpreis zu Häusern und Grundstücken. Als Zugl keinen Pfennig mehr besaß, taten Wegener und Gruber wieder das, was sie am besten konnten. Sie lachten ihn aus. Neun Monate nach dem Tod seiner Tochter besaß Zugl nichts mehr. Da tauchte er eines Abends im ›Schwarzen Bichl‹ auf und meinte, er habe eine todsichere Spur gefunden. Er wisse jetzt, wer seine Tochter ermordet habe. Ihm fehle nur noch der letzte Beweis. Nur noch drei oder vierhundert Euro und er hätte ihn, doch weder Wegener noch Gruber rückten einen Schein heraus. Sie zahlten ihm nicht einmal das Bier. Sie hatten ihm seine Immobilien für die Hälfte des Preises abgeluchst, und jetzt ließen sie den Mann stehen. Ich lieh Zugl noch ein paar hundert Euro. Am Abend bevor ich ihm das Geld übergeben wollte, erfuhr ich von dem Unfall. Zugl hatte im Garten Holz gesägt. Holz, das ihm gar nicht mehr gehörte. Er musste für einen Moment das Bewusstsein verloren haben und kippte mit dem Kopf auf die Kreissäge.«

»So eine Säge hat doch eine Schutzklappe.«

»Die Schutzklappe fehlte. Es war eine alte Säge, die auch ohne die Schutzvorrichtung funktionierte.«

»Warum hat Mama sich dafür interessiert?«

»Keine Ahnung. Sie hat Zugl ein paarmal getroffen. Von den Treffen hat sie nicht einmal deinem Vater etwas erzählt.«

»Sonst hätte er sie wahrscheinlich ebenfalls zum Psychologen geschickt.«

»Sei nicht so hart mit deinem Vater.«

»Ich weiß, er meint es nur gut mit mir.«

»Warum interessierst du dich für diese alte Geschichte?«

»Weil nichts so ist, wie es scheint.«

»Was meinst du?«

»Ich meine, dass wir eines Tages einmal aufwachen und feststellen, dass wir tot sind.«

Ihr Großvater runzelte die Stirn. Alices Humor verstand niemand. Eigentlich wusste sie auch nicht, ob ihr Witz als Witz gemeint war. Wittgenstein war ja auch kein witziger Mensch. Wer denkt, macht keine Witze.

Zugl hatte einen privaten Schnüffler engagiert. Sein Vermögen hatte er den beiden Giersäcken des Dorfes in den Hals gestopft. Als er dann der Wahrheit näher kam, fiel er mit dem Gesicht in die Kreissäge. *Zufall ist die Einsicht in die Notwendigkeit,* sagte Hegel, einer der verrücktesten Philosophen, die jemals auf der Welt gelebt haben. So viel Zufall konnte kein Zufall sein. Möglich war es, logisch gesehen, aber nicht wahrscheinlich. Wenn Zugl nun tatsächlich herausgefunden hatte, dass seine Tochter umgebracht worden war? Wenn er dem Mörder auf der Spur gewesen war? Und wenn er das Geheimnis nicht für sich behalten hatte? Wenn er jemanden eingeweiht hatte? Ihre Mutter ... So erklärte sich das Auftauchen der Fotos, die am Tage ihres Todes von der Kirchenpforte gemacht worden waren. Nicht sie hatte die Fotos gemacht, sondern der Privatdetektiv. Er hatte sie auch in den Briefkasten geworfen. Das war nur eine Vermutung. Aber sie war wahrscheinlicher, als dass ihre Mutter am Weihnachtsabend mit dem Fotoapparat unterwegs gewesen war, um verschmierte Kirchenpforten zu fotografieren. Alice musste herausfinden, wen Zugl engagiert hatte und warum er die Fotos am Weihnachtsabend ohne eine Notiz in den Briefkasten gesteckt hatte.

Alice hätte sich am liebsten Notizen gemacht. Doch Notizen konnten gefunden werden. Das sicherste Notizbuch war im Kopf.

Ina Zugl, Tod durch Erfrieren, seltsame Position. So stirbt niemand.

Toter Hund vor ihr. Stillleben.

Mutter von Ina. Irrenhaus.

Vater von Ina. Kopf in der Kreissäge. Hat Privatdetektiv engagiert.

Fotos von Kirchenpforte. Wahrscheinlich von Detektiv. Was ist darauf zu sehen? Wer war der Detektiv?

Am selben Abend vor vier Jahren, an Weihnachten. Mamas Unfall. Tod durch Erfrieren. 100 Meter vom Haus entfernt.

Jetzt. Weihnachten. Unbekanntes totes Mädchen im Wald. Erfroren. Unmögliche Position.

Im Beichtstuhl. Beichte eines Mörders … Der Mörder erleichtert sein Gewissen. Der Pfarrer weiß, wer die Morde begangen hat.

Es sind Morde … mehrere, vielleicht schon seit Jahren.

Es konnte kein Zufall sein.

Einsicht in die Notwendigkeit…

Im Dorf unter ihnen lebte ein Serienmörder.

16.

25. Dezember, 11.15 Uhr

»Er war am Heiligabend in der Kirche.« Alice wartete erst gar nicht, dass Tom sich meldete.

»Wer war in der Kirche?«

»Der Mörder … Ich habe ihn im Beichtstuhl flüstern gehört.«

»Wir müssen zur Polizei.«

»Krieg dich wieder ein.

»Konntest du sehen, wer es war?«

»Nein, aus meinem Versteck konnte ich nichts sehen.«

»Hast du meine E-Mail bekommen?«

»Was hat es mit den Eistoten auf sich?«

»Das war ein seltsamer Artikel. Er erschien nur einmal im Allgäuer Blatt. Auch der Journalist J. M. Nie von ihm gehört. Im Netz taucht er bis auf diesen Artikel nicht auf. Ich vermute, es ist die Abkürzung seines richtigen Namens oder ein Pseudonym.«

»Wozu ein Pseudonym?«

»Vielleicht ein Lokalredakteur im Allgäuer Blatt, der seinen Namen raushalten wollte. Er führt keinen einzigen Beweis auf, noch erwähnt er die Polizei. Eigentlich sagt er nur, dass es in den letzten Jahren wiederholt Todesfälle durch Erfrieren gab.«

»Nichts Besonderes in einer Gegend in den Bergen. Harte Winter. Skifahrer und Wanderer, die schlecht ausgerüstet sind.«

»Aber dieser J. M. geht weiter. Er hat Fälle gefunden, für die es keine Erklärung gibt. Verkehrstote, Wanderer, die sich in den Bergen im Schneesturm verirrt hatten, Obdachlose, die unter Brücken einschliefen und nicht mehr aufwachten, all diese Fälle hat er rausgestrichen. Er schreibt, dass seit zehn Jahren dreißig dieser Fälle aufgetaucht sind. Alle in verschiedenen Orten zwischen Sonthofen, Hindelang und Hintereck. Doch jetzt kommt der Hammer: Die Todesfälle, von denen J. M. spricht, geschahen alle in der Weihnachtszeit. Und alle Leichen fand man in der Nähe einer Kirche, einer Kapelle oder einer Heiligenstatue.«

»Das trifft bei der Toten im Wald nicht zu«, sagte Alice und hielt die Hand an die Hörmuschel. Fehlte nur noch, dass ihre Schwester hinter ihr stand.

»Ja, aber ansonsten stimmt alles. Die Toten, schreibt der Journalist, sahen aus, als hätte man sie absichtlich so platziert. Wie für ein Foto. Entweder stehend, kniend oder den Kopf auf den Arm gestützt. Die Polizei ging davon aus, dass es sich um tragische Unglücksfälle handelte. Keine Fremdeinwirkung. Der Tod trat durch Unterkühlung ein. J. M. nennt sie die Eistoten. Der Journalist durchforstete Polizeidaten und Zeitungen und vermutete, dass die ersten Eistoten 1995 auftauchten. Von 2001 bis 2003 hatte der Journalist keine Toten gefunden, die in sein Schema passten. Die Eistoten waren verschwunden. Dann tauchten sie wieder auf. 2003, in Hintereck.«

»Die Tote hieß Ina Zugl.«

»Woher weißt du das? In dem Artikel stehen keine Namen.«

»Von meinem Großvater. Der Journalist war nicht der Einzige, dem etwas aufgefallen war. Der Vater der Toten hatte nie an einen Unfall geglaubt. Er war fest davon überzeugt, dass seine Tochter ermordet worden war.«

»Eine weitere Gemeinsamkeit der Toten ist ...«

»... es waren allesamt junge Mädchen.«

»Sie hatten allerdings nicht alle das gleiche Alter.«

»Das spräche für einen Serienmörder. Er folgt einem gewissen Schema. Sie gehen dabei akribisch vor. Lee Hatman schreibt in seinem Buch über Serienmörder, dass Serienmörder zwanghafte Rituale haben. Es gibt immer eine gewisse Logik in ihren Handlungen. Meistens wählen sie ihre Opfer sorgsam aus nach einem bestimmten Kriterium, das in ihr Tötungsschema passt.«

»Das Alter der Opfer kann es nicht sein«, warf Tom ein. »Das jüngste Opfer war gerade einmal acht Jahre alt, das älteste war eine erwachsene Frau. Mutter von zwei Kindern.«

»Er sucht aber weibliche Opfer. Er tötet sie ...«

»... das ist in keinem Fall bewiesen. Offiziell waren es tragische Unfälle.«

»Weil es keine Untersuchung gab. Ich bin mir sicher, dass man bei einer Untersuchung etwas findet. Der Mörder wird sie ja nicht zwingen, still zu sitzen, bis sie erfroren waren.«

»Vielleicht hat er sie betäubt?«

»Habe ich mir auch schon gedacht. Aber wie bekommt er sie dann in die Positionen?«, fragte Alice.

»Er hat sie betäubt und irgendwie fixiert, und dann stellt er sie auf wie Puppen.«

»Wie Puppen ...«, dachte Alice laut.

»Hast du eine Idee?«

Ihr Vater kam in die Küche. Alice flüsterte und verdrückte sich ins Wohnzimmer.

»Lee Hatman beschreibt Robert Bundy als Prototyp des Serienmörders. Intelligent und mit einer gespaltenen Persönlichkeit. Wenn sie in ihrem Tötungsmodus waren, gehorchten sie anderen Gesetzen. Bundy wollte seine Opfer nicht nur besitzen. Indem er sie tötete, wurden sie ein Teil von ihm. Er hat sie sich einverleibt.«

»Aber die Eistoten wurden nicht einverleibt?«

»In der Logik des Mörders schon. Indem er sie tötet und in diese seltsamen Positionen bringt, zwingt er sie in sein Ritual. Sie werden ein Teil von seinem kranken Spiel. So spricht er zu den Opfern, und sie sprechen mit ihm. Wittgenstein würde sagen, dass die Sprache die Grenze seiner Welt ist. Doch ist es eine Sprache, die nur der Mörder versteht. Bis jetzt …«

»Du glaubst, er will, dass man ihm auf die Spur kommt?«

»Ich glaube, er will, dass jeder weiß, dass es ihn gibt.«

»Das will nicht in meinen Kopf, Alice. Er tötet doch nicht, um gefasst zu werden.«

»Ihm gefällt, dass niemand auf die Idee kommt, dass es sich um Morde handelt.«

»Wir sollten die Polizei verständigen.«

»Noch nicht. Wir brauchen noch ein paar Spuren, sonst glaubt uns keiner.«

»Wir haben doch eine Leiche, die erfroren im Wald steht. Das ist doch Beweis genug.«

»Die Polizei wird sie wieder als tragische Tote ablegen. Ich muss diesen Journalist ausfindig machen. Kannst du den richtigen Namen rausfinden?«

»Der Artikel ist im Sommer 2004 erschienen. Sieben Monate nach der letzten Eistoten.«

»Das Todesjahr meiner Mutter …«

»Du glaubst …«

»Ja. Sie ist auf etwas gestoßen. Sie hat mit Zugl gesprochen und ihm bei der Suche geholfen. Zugl starb neun Monate nach dem Tod seines Kindes. Er fiel mit dem Kopf in die Kreissäge. Kein Eistoter. Mamas Todesursache war: Tod durch Erfrieren, und es war Weihnachten.«

»Wenn das wahr ist, Alice, dann sind wir auf der Spur eines echten Psychopathen. Mir ist nicht wohl dabei …«

»Ohne Beweise geschieht gar nichts. Im Gegenteil, er wird untertauchen und an anderer Stelle wieder zuschlagen. Unerkannt.«

Brauche Beweisfotos von der Toten. Treffen uns an der Brücke. Bring Fotoapparat mit. In 30 Minuten. Alice.

Sie schickte die E-Mail an Tom und löschte sie sofort wieder aus ihrem Google-Mail-Account. Keine Spuren. Die Welt ist gläsern, sagte ihr Tom. Nichts ist sicher, sobald es im Netz ist. Am Telefon war es zu gefährlich. Ihr Vater und vor allem die Oberpetze Amalia waren zu nah.

Alice wartete auf Toms Antwort. Normalerweise antwortete er in Sekunden. Diesmal ließ die Antwort auf sich warten. Verflucht, Tom, lass mich nicht hängen. Bing. Sie haben eine ungelesene Nachricht.

No way. Keine zehn Pferde kriegen mich in diesen Wald.

Wütend tippte Alice in den Computer.

Dann geh ich alleine. Lahmarsch …

Ein paar Sekunden vergingen. Bing.

Der Wald um den See ist Privatbesitz. Er gehört Wegener.

Tom hinter seinem Computer vorzuziehen war nicht einfach. Er hätte am liebsten einen Bildschirm, wo andere einen Kopf haben, und eine CPU, wo normalerweise das Herz war. Der Mensch war eine Fehlkonstruktion, meinte Tom, nicht durchdacht und viel zu anfällig.

Das weiß ich bereits.

Bing.

Auch dass Wegener die Waldhütte mit See und den angrenzenden Wald von Zugl gekauft hat. Für nicht einmal zehn Prozent des herkömmlichen Wertes.

Wieder löschte Alice sofort die Nachricht.

Das Telefon klingelte.

Sie hörte die Stimme ihres Vaters. »… ich bin sofort da!«

Zugl brauchte Geld. Private Ermittlung. Wegener und Gruber haben ihn über den Tisch gezogen … gute Freunde.

Ihr Vater zog seine Stiefel an und seine Goretex-Winterjacke mit der Aufschrift POLIZEI. Ohne ein Wort legte er das Halfter seiner Dienstwaffe an. »Ich muss weg.«

»Was ist passiert?«, fragte Alice und schaute hinter dem Bildschirm hervor.

Doch ihr Vater hatte die Tür schon zugezogen, und eine halbe Minute später hörte sie den Motor des Wagens, der in der Kälte zu hüsteln schien.

Bing.

Festhalten Alice: Zugl hatte Wegener und Gruber verklagen wollen. Sie hatten Zugl Geld geliehen. Insgesamt 46.573 Euro. In Form eines Kreditvertrages über fünf Jahre. Als Sicherheit diente das alte Familienhaus Zugls. Seine Großeltern wohnten schon in dem Haus. Für einen weiteren Kredit, der aber nie ausgezahlt wurde, sollte das Waldgrundstück mit Hütte als Sicherheit dienen. Der Hammer: Die Grundstücke und Immobilien gingen automatisch in den Besitz Wegeners und Grubers über, wenn Zugl seinen Kreditverpflichtungen nicht nachkam oder bei Zugls Ableben. Es gibt darüber eine schriftliche Vereinbarung.

Die beiden Halsabschneider hatten die Verwirrung Zugls ausgenutzt, um ihn um seinen Besitz zu bringen. Zugl brauchte schnell Geld. So schnell, dass er keinen Bankkredit beantragen konnte. Zudem hatte er seine Arbeit als Lehrer gekündigt, und seine Frau war in die Psychiatrie eingewiesen worden.

Was denkst du?

Bing.

Dass weder Wegener noch Gruber unschuldig sind.

Alice spielte den Gedanken durch. Wittgenstein war gerade nicht da, um ihn um Rat zu fragen. Alice wüsste gerne, wo der Philosoph sich herumtrieb, wenn er nicht bei ihr war.

War es möglich, dass Wegener und Gruber ein so verzwicktes Komplott ausgetüftelt hatten? Sie töteten die Tochter Zugls und spekulierten darauf, dass die Polizei nicht ermitteln würde. Es musste wie ein Unfall aussehen, dann gaben sie Zugl Hinweise, dass es vielleicht kein Unfall war. Dann setzten sie auf Zugls Verzweiflung, die Suche nach dem Mörder seiner Tochter selbst in die Hand zu nehmen. Möglich war so etwas. In extrem schlechten Krimis, wo die Opfer immer genau so reagieren, wie der schlaue Täter es voraussieht. Dazu kam noch die völlig abwegige Art des Tötens. Ein perfekter Mord ohne Spuren, der aussah wie ein Unfall. Begangen von Wegener und Gruber. Allein dies war schon abwegig. Hinzu kam noch, dass Zugl auch anders reagiert haben könnte. Er hätte genauso gut eine Auszeit in der Psychiatrie nehmen können. Alice traute Wegener alles zu. Ein hinterfotziger Pfennigfuchser, meinte ihr Großvater einmal. Gruber war einfach gestrickt. Zu einer solchen Tat wäre er gar nicht in der Lage. Blieb noch die These, dass sie beide nur auf einen fahrenden Zug aufgesprungen waren. Es gab einen unbekannten Dritten. Jemanden, der die Tochter Zugls getötet hatte. Ein perfekter Mord, der aussah wie die Verkettung unglücklicher Umstände. Ein psychopathischer Serienmörder, der vielleicht schon seit Jahren für die Eistoten verantwortlich war. In diesem Fall wären Wegener und Gruber nur zwei Profiteure. Das würde am ehesten zu ihnen passen.

Wegener und Gruber sind dazu nicht in der Lage ... nicht krank genug.

Ihr Großvater stand im Wintermantel in der Tür. Aufbruchstimmung. Irgendetwas war im Busch. Im Gesicht ihres Großvaters stand ein Ausdruck, der einer verklemmten Tür ähnelte. Seit dem Anruf war etwas geschehen.

»Sie haben eine Mädchenleiche gefunden«, sagte ihr Großvater, »an der Kirche.«

Alice biss sich auf die Lippe. Sie tippte die letzte Nachricht, bevor sie den Computer ausschaltete.

Die Tote aus dem Wald ist ins Dorf gekommen.

17.

13 Uhr

Die Turmuhr schlug viermal zur vollen Stunde, gefolgt von einem dumpfen Glockenschlag der Dicken Berta. Seit über hundert Jahren hing sie im Glockenstuhl. Sie war den Hintereckern so vertraut, dass keiner sie mehr hörte, genauso wenig wie die Kuhglocken.

Der Platz vor der Kirche war mit gelbem Sicherungsband abgesperrt. Zwei Streifenwagen der Polizei standen quer auf dem Trottoir. Tom war schon vorher da und fotografierte die Schaulustigen.

»Scheißkalt«, sagte er.

»Was aber niemand daran hindert, zu glotzen«, ergänzte Alice.

»Wie wir ...«

»Ich leite eine Ermittlung«, antwortete Alice und drängte durch die hinteren Reihen der Schaulustigen. Unbekannte Gesichter, Skitouristen und Hotelgäste. Der Stammtisch des

»Schwarzen Bichl« war vollständig vertreten. Oberschrat mit rotem Kopf, neben ihm Haas, Wegener und Gruber.

»Du kannst doch deinem Vater jetzt Bescheid sagen, dass wir ...«

»Spinnst du? Der steckt mich gleich ins Irrenhaus. Der schleppt mich schon zum Psychologen. Ich werde mit dem Tod meiner Mutter nicht fertig, sagt er. Ich weiß nicht, was der Psychoarzt von mir will. Ich und Wittgenstein haben ihm nichts zu sagen.«

»Vielleicht solltest du Wittgenstein sagen, dass er seinen Mund hält.«

»Das wäre das Ende der Zivilisation ... Auf jeden Fall hätte dann der Stumpfsinn in Hintereck gewonnen.«

»Bringt dir auch nichts, wenn der Psy dich in die Gummizelle sperrt.«

»Das weiß Wittgenstein zu verhindern.«

»Wenn du es sagst.«

»Das sage nicht ich, das sagt die Vernunft.«

»Menschen sind keine Computer.«

»Kannst du was sehen?«, fragte Alice.

»Nichts. Die stehen mit ihrem Ski-Zeugs in der ersten Reihe. Versuchen wir es über die Friedhofsmauer.«

Der Umweg hatte sich gelohnt. Von hinten war die Kirche nicht abgeriegelt. Alice drückte sich an der Mauer der Kirche entlang. Als sie nur noch ein paar Meter von der Stelle entfernt war, wo sie gestern die tote Katze gefunden hatte, riss sie plötzlich etwas zurück. Sie hatte den Polizisten in Zivil nicht gesehen. Er war wie ein Schatten hinter der kahlen Eiche an der Friedhofsmauer aufgetaucht.

»Das ist kein Kinderspielplatz.«

Alice brauchte nicht nach Ausreden zu suchen. Sie hatte gesehen, was es zu sehen gab. Das tote Mädchen lehnte in einer dunklen Ecke zwischen Friedhofsmauer und Kirche. Sie glich mehr einer Schaufensterpuppe als einer Leiche. Und für einen Moment dachte Alice, dass alles nur ein Scherz war. Die Tote starrte Alice an, als wartete sie auf ein Zeichen. Ein Wort, das Eis schmelzen und gefrorenes Blut wieder fließen ließ.

»Es ist wichtig, dass wir das sehen …«

»Es ist wichtig, dass du hier verschwindest«, meinte der Polizist.

»Sie wissen doch gar nicht, womit Sie es hier zu tun haben. Mein Vater ist Polizist …«

Weder Wittgenstein noch sie konnten diesen engstirnigen Polizisten dazu bringen, aus dem Weg zu gehen. *Mein Vater ist Polizist …* hättest du bloß den Mund gehalten.

»Dann kannst du mir sicher verraten, was du hier machst?«

»Ich untersuche den Todesfall eines Mädchens. Alter 11 bis 12 Jahre, Todesursache ist wahrscheinlich Tod durch Erfrieren, Todeszeitpunkt vor mehr als 48 Stunden. Sie sollten mit den Zeugen beginnen.«

»Fräulein Sherlock Holmes, dies ist kein Spielplatz und kein Film.«

»Sie haben mich noch nicht einmal gefragt, ob ich etwas über den Tod des Mädchens weiß?«

»Mein Gott, bist du hartnäckig! Zisch ab!«

Alice kniff ihre Augen zusammen und warf dem Zivilbeamten ihren Blick zu, den sie normalerweise Amalia vorbehalten hatte. *Ein Meter siebzig aufgetürmte Blödheit.* Größer war der Polizist nicht. Die Logik des Zufalls wollte es, dass in diesem Augenblick ihr Vater um die Ecke bog.

»Was machst du hier?«

»Wir waren zufällig hier und …«

»Sie sind zufällig über die Friedhofsmauer geklettert und an der Wand entlanggeschlichen«, meinte der Polizist.

»Ich kann das erklären, Papa.«

»Sag mir jetzt nicht, dass du wieder eine deiner Verschwörungstheorien von unbekannten Serienkillern hast. Deine Phantasie geht nicht nur mit dir durch, sie hat beängstigende Ausmaße erreicht.«

»Und warum kannst du mir nicht zuhören?«

»Weil ich jetzt keine Zeit habe. Reden wir morgen darüber.«

»Wir sind nicht verrückt.«

»Wer ist wir?«, fragte der Mann in Zivil.

»Ich und … na Tom eben.«

Alice hatte ihre Position leicht verändern können, so dass sie die Tote noch einmal sehen konnte. Es war dieselbe Leiche. Das Mädchen aus dem Wald. Dennoch war etwas anders. Es fiel ihr zunächst nicht auf, aber sie erinnerte sich jetzt. Die Tote im Wald hatte keine Mütze und Handschuhe getragen. Die Leiche vor ihr glich jedoch einer Skitouristin, die sich am Lift anstellte. Mütze und Handschuhe. Die Fellfäustlinge waren nicht gefroren. Auch die Strickmütze passte nicht zu dem Rest der hartgefrorenen Kleidung. So als hätte der Täter sie angezogen. Wie eine Puppe, mit der man zum Spielen nach draußen ging.

Wittgenstein stand in der ersten Reihe der Zuschauer. Er blickte zur Kirchenpforte. Über Wittgensteins Schulter war auch Lehmko zu sehen, in der Hand eine Plastiktüte. Wittgenstein warf einen Blick in Lehmkos Tüte und verschwand.

»Das ist ein schlimmes Unglück, Alice. Bitte, geh jetzt nach Hause. Das ist wirklich nichts für dich. Tust du das für mich?«

»Komm mir bloß nicht so«, sagte Alice angriffslustig, »und behandle mich nicht wie ein elfjähriges Kind.«

»Du bist elf … und jetzt nach Hause. Keine Widerrede.«

»Ich bin elfeinhalb, biologisch gesehen. Geistig dürfte ich …« Sie überlegte und rechnete, was sie über die verschiedenen geistigen Altersstufen von ihrem Großvater gelernt hatte. Es gab

Menschen, die waren mit zwölf Jahren schon so klug, wie andere es mit achtzig nicht wurden. Es gab Achtzigjährige, die hatten ihren geistigen Zenit schon mit fünfzehn überschritten. Das war die Kreuzworträtselelite, wie ihr Großvater sie nannte.

»... sechsundfünfzig sein.«

»Alice«, ihr Vater packte sie jetzt grob am Arm, »verschon mich mit deinem albernen Gerede, sonst lernst du mich wirklich mal kennen.«

Das war der Zeitpunkt, um einen Rückzieher zu machen. Wittgenstein war schon verschwunden. Tom blieb an der Friedhofsmauer stehen. Gut, er hat alles mit seinem Handy gefilmt.

»Sag jetzt nicht, dass die Tote von selbst zur Kirche gelaufen ist.«

Tom zuckte mit den Schultern. »Ich glaube nicht an Übersinnliches, aber vielleicht gibt es ja eine natürliche Erklärung. Ich meine ...«

»Du hast einen Dachschaden, Tom. Das kommt davon, wenn man immer nur in die Röhre glotzt. Dann begreift man nicht, dass Tote nicht laufen und gegrillte Hendl nicht mehr flattern. Jemand hat das Mädchen vor die Kirche gestellt.«

»Und wenn er sie dort gar nicht abgestellt hat, sondern ... Ich meine, nun, wenn er sie vergessen hat. Aus Versehen dort abgestellt. Zufällig.«

Wittgenstein stiefelte in einiger Entfernung über das Feld, was Alice nicht wunderte. Wittgenstein hatte auch Tricks auf Lager, die den Copperfield blass werden ließen. Den TV- oder Plakattrick. Sie hatte ihn auf einem Großbildschirm gesehen, als sie mit ihrem Vater einmal bei Mediamarkt war. Wittgenstein saß auf dem Flussdampfer in dem Film »Fitzcarraldo«, in dem Klaus Kinski mitspielte. Wittgenstein schwitzte sogar, dann, als das Boot anlegte, ging er von Bord, doch anstatt seinen Fuß an Land zu setzen, berührten seine Schuhe den grau-roten Teppich bei Mediamarkt. Der Schweiß stand ihm noch im Gesicht, und Alice roch den Duft der Tropen. An einem anderen Tag hatte sie Wittgenstein auf einem Plakat für Coca-Cola gesehen, wieder im Hintergrund als Fahrer eines Lastwagens. Als sie wieder hinblickte, war die Fahrerkanzel leer, und Wittgenstein saß im Café Blocher in Sonthofen. Doch eines konnte Alice sich nicht erklären. Wie war es möglich, dass Wittgenstein Spuren im Schnee hinterließ?

»Außerhalb der Logik ist nur Zufall.«

»Der Mörder könnte einen Fehler begangen haben … so eine Art Bug wie auf Computern. Weißt du, dass es gar keine richtige Wissenschaft von Bugs gibt? Von unerklärlichen Fehlern, die plötzlich auftreten und von denen keiner weiß, woher sie kommen. Obwohl im Rechner alles logisch verbunden ist, gibt es Phänomene, die man nicht erklären kann. Und plötzlich fehlt ein Buchstabe, oder ein Pixel in einem Bild ist gelöscht. Man weiß nur, dass diese Bugs viel häufiger auftreten, als man annimmt. Wenn die Tote vor der Kirche ein Bug ist? Ich meine, warum sollte er sie in diese Nische stellen?«

»Wie zufällig ist der Zufall?«

»Wenn alle Verbrechen Bugs sind …« Tom kratzte sich am Kopf. »… und wenn es mehr Bugs gibt als Nicht-Bugs, wenn wir in einer Bug-Welt leben … Bug-Scheiß, das ist ein Alptraum.«

»Siehst du das?«

Tom folgte Alices Finger. »Was soll ich da sehen?«

»Die Fußspuren?«

»Na und, da ist halt jemand durch den Schnee gelatscht.«

»Nicht irgendjemand, das war …«

»Ich habe niemanden gesehen.«

»… Wittgenstein.«

»Und wenn die Spuren schon vorher da waren?«

Tom hatte recht. Sie hatte zwar Wittgensteins Gestalt gesehen, aber nicht darauf geachtet, ob er die Spuren hinterlassen hatte.

»Kannst du rausbekommen, wie dieser Journalist heißt und wo er wohnt? Bis morgen?«

»Ich bin morgen in Kempten. Mein Vater bringt mich zum Klapsendoktor. Sondertermin.«

»Pass auf, ich habe schon gehört, dass da einer zum Therapeuten ging, weil er nachts nicht schlafen konnte, und dann zehn Jahre in der geschlossenen Psychiatrie eingesperrt war.«

»Pah, ein paar Jahre Klapse, das erspart mir dann wenigstens die langweilige Schule.«

»Ich schaue, ob ich die Adresse herausfinde.« Im Gehen machte Tom noch eine nervöse Geste. »Die Sache mit dem toten Mädchen gefällt mir nicht. Erst war sie im Wald, dann taucht sie im Dorf auf.«

Tom machte kehrt. Kaum war das Knirschen seiner Schritte auf dem harschen Schnee verklungen, ging Alice zu der Stelle, an der sie Wittgenstein gesehen hatte. Es waren nur zwei Spuren im Schnee. Eine Kinderspur, gefolgt von einem Schlitten und den Abdrücken großer Schuhe. Tiefe Eindrücke, die im Fersenbereich gebrochen waren. Dasselbe Muster. Wenn Wittgenstein die Spuren nicht hinterlassen hatte, dann war es genauso gut möglich, dass sie von ihm waren … Er, der am Grab ihrer Mutter war und im Wald, neben der Leiche des Mädchens. Er musste hinter ihnen vorbeigegangen sein, als sie mit ihrem Vater diskutiert hatte. Er und dieser großkotzige Kommissar mussten ihn gesehen haben. Doch für die beiden war es nur eine Gestalt im Hintergrund, ohne Bedeutung. So wie Wittgenstein für sie ohne Bedeutung war. So wie für Hintereck der Rest der Welt ohne Bedeutung war.

18.

Niemand mochte den Gedanken, dass gerade in Hintereck am ersten Weihnachtsfeiertag die Leiche eines erfrorenen Mädchens auftauchte. Am wenigsten das Tourismus-Büro. So trafen sich die beiden Gemeinderatsprecher sofort im »Schwarzen Bichl«. Zwei Stunden später versammelte sich der Gemeinderat mit dem Hindelanger Bürgermeister Gustav Olsteig zu einem Kriegsrat hinter verschlossenen Türen. Was nach draußen drang, war die beruhigende Tatsache, dass die Leiche des Mädchens nicht aus Hintereck stammte. Eine Fremde, von der man hoffte, dass sie genauso schnell wieder aus dem Gedächtnis Hinterecks verschwinden würde, wie sie gekommen war. Doch dass jemand es gewagt hatte, eine Leiche an ihre Kirche zu stellen, nachdem diese an Weihnachten schon beschmiert worden war, brachte den Bürgermeister Gustav Olsteig bei seiner öffentlichen Erklärung im Gemeindehaus zu einem Wutanfall: »Kruzifixhalleluja. Das ist wegen dene Preißen und ihrem Sauhotel. Erst verschandeln sie den Berghang, und jetzt stellen sie uns Tote vor die Kirche.«

»Du hast dem Hotel doch zugestimmt. Der Fortschritt, hast du geplärrt, und jetzt hast du den Fortschritt.«

»Halt die Bappen, wenn du keine Ahnung hast«, stutzte der Bürgermeister den Gemeinderatsprecher Hinterecks zurecht. »Ich habe der touristischen Nutzung unseres Dorfes zugestimmt. Von einem Hotel war nie die Rede. Das haben die da in Hindelang über unsere Köpfe entschieden.«

Wenn der Fall Wellen schlug, dann waren in ein paar Stunden das Fernsehen und das Radio da. Schließlich hatte jedes Nest inzwischen schon seinen Lokalsender. Spätestens nach der ersten Pressemitteilung der Polizei. Das würde mindestens noch einen Tag dauern. Keiner hatte bisher von Mord gesprochen. Niemand erwähnte die Eistoten. Es war so, als suchte man krampfhaft nach einer Erklärung, wie die Tote an die Kirchenmauer gekommen war und wie es sein konnte, dass sie aufrecht stand. Unter den Zuschauern, die trotz Eiseskälte ausharrten, sprach jemand von Eistwister. Das waren Fallwinde aus eisiger Höhe, die an den Berghängen heruntenglitten. Minus 70 Grad. Da blieb man nur kurz stehen und fror ein.

»Wenn die Toten mit offenen Augen die Lebenden anstarren, dann geht der Gangerl um.«

Niemand der Touristen beachtete die alte Grundinger, als zwei Beamte in Zivil die starre Leiche wie eine Heiligenfigur auf ihren Schultern zum Leichenwagen trugen. Alice musste an die Faschingsumzüge denken, bei denen lebensgroße Teufel und Pappköpfe der Berliner Politik durch die Straßen getragen wurden. Verzweifelt suchten die beiden Beamten eine geeignete Position, um die Leiche in den Alusarg zu legen. Die Krümmung der Knie und die verschränkte Haltung der Arme verhinderten, dass sie den Deckel schließen konnten. Keiner wollte riskieren, mit Gewalt einen tiefgefrorenen Arm abzubrechen. So blieb der Alusarg offen.

Alice sah noch einmal zu der Toten im Leichenwagen. Schneekristalle waren auf ihrem Gesicht geschmolzen. Es sah aus, als ob sie weinte. Alice hob ein wenig ihren Arm wie zum Gruß. Sie wusste nicht, warum, aber sie wollte sich von der Toten verabschieden.

Ich finde ihn. Verlass dich drauf.

Der Leichenwagen schloss sich. Mit der Toten verschwanden auch die Schaulustigen. Nur Pfarrer Bez stand noch vor dem Eingang der Kirche und unterhielt sich mit dem Kommissar, der Alice so angeraunzt hatte. Der Pfarrer nickte so selbstverständlich, wie die Sonne auf das Nichts des Schnees schien. Ihr Vater war noch mit dem Absperrband beschäftigt. Alice hoffte nur, dass Tom den Namen und die Adresse des Journalisten herausgefunden hatte. Sie warf einen Blick über den Kirchplatz. Kein Wittgenstein, kein Aristoteles in engen Langlaufhosen. Wohin sich Wittgenstein nur verdrückte, wenn sie ihn nicht sah?

In diesem Augenblick hörte sie zwei laute Stimmen. Die Stimme ihres Vaters, dann nur noch den Kommissar. Noch nie hatte sie gehört, dass jemand so ihren Vater anblaffte.

»... ich muss gar nichts, und jetzt gehen Sie mir aus dem Weg.«

»Wir haben nicht jeden Tag tote Kinder in unserem Dorf. Ich sage ja nur ...«

»Und ich sage Ihnen ja nur, dass Sie sich um die Falschparker kümmern sollen und um besoffene Skitouristen, die mit ihren Sommerreifen im Schnee steckenbleiben. Lassen Sie mich meine Arbeit tun.«

»Meine Arbeit ist es, für Ordnung zu sorgen ...«

»Sagen Sie«, fauchte der Kommissar, wobei sein rundes Gesicht rote Flecken bekam, »liegt das an diesem Scheißkaff hier, oder sind Sie von Natur aus so begriffsstutzig? Sie haben gar nichts zu melden, und wenn ich Ihnen sage, dass Sie diese Sache nichts angeht, dann haben Sie das zu schlucken. Ob Ihnen das nun gefällt oder nicht.«

»Dieses Scheißkaff ist mein Heimatort, Herr Kommissar.«

»Schauen Sie, dass Sie Land gewinnen, wenn Sie noch an Ihrer Rente interessiert sind. Ich fasse es nicht. Provinzheini.«

Scheißkaff ... Alice konnte da gar nicht widersprechen. Recht haben war eine Sache, aber recht haben und das Recht haben, es auch zu sagen, war eine andere. Schließlich kam Wittgenstein nach Hintereck und nicht nach Kempten oder Sonthofen. Wer wusste schon, wo Wittgenstein sonst noch verkehrte. Vielleicht kam er nur nach Hintereck?

»Sie haben nicht einmal Zeugen befragt!«, sagte Alice und stellte sich vor den Kommissar. Zunächst blieb er wie angewurzelt stehen. Die Flecken in seinem Gesicht schienen sich zu bewegen. Nur Hinterecker selbst durften Hintereck als Scheißkaff bezeichnen. Ein »großkopferter Saupreiß«, wie ihr Großvater all jene nannte, die nördlich der Donau wohnten und vor allem kein Allgäuerisch sprachen, sollten lieber ihren Mund halten.

»Dabei sollten Sie wissen«, fuhr Alice fort und stellte sich auf die Zehenspitzen, »dass in acht von zehn Fällen der Mörder aus dem nächsten Familienkreis kommt und der Täter sich in fünfzig Prozent der Fälle unter den Zeugen oder Schaulustigen befindet.« Sie wusste nicht, ob dies so war, aber in Hatmans Buch über Ted Bundy hatte sie gelesen, dass Bundy ein Meister im Vorgeben falscher Tatsachen gewesen war. Auch wenn der Kommissar sie nicht ernst nahm, gab es ihm zu denken. Doch das Allerwichtigste war: Er würde nicht das letzte Wort haben.

»Wer zum Teufel … Die Kleine, die über die Mauer geklettert ist. Du verschwindest jetzt ganz schnell aus der Sperrzone.«

»Geh nach Hause!«, sagte ihr Vater leise. »Wir treffen uns dann heute Abend.«

»Hör gefälligst, was dein Vater dir sagt.«

»Ich bin theoretisch auch schon weg.«

»Liegt das an den Bergen oder am Wasser«, sagte der Kommissar zu einem Kollegen, der bleich und durchfroren aussah, »oder warum sind die hier so sturköpfig.«

»Die Gene …«, witzelte Alice.

»Hau jetzt ab! Saufratz.«

»Wenn Sie noch einmal meine Tochter beleidigen, dann werden Sie ihr Dienstabzeichen fressen und heute Abend aus dem Klo fischen müssen.«

»Hast du gehört, Franz? Der Grüne da hat mich beleidigt. Dieser Parkplatzwächter …«

»Papa, lass die Dumpfbirne.«

»Wenn du keine Watschen willst, dann verzieh dich schnell«, rief der Kommissar.

»Ich bin elf«, erwiderte Alice provozierend, »wenn Sie mich schlagen, dann ist es aus mit der Karriere.«

»Behinderung der Justiz, wie wäre es damit? Dann nehme ich dich erst einmal mit.«

»Ich bin elf. Sie dürfen mich gar nicht verhaften. Ich darf keine Bücher lesen, die nicht meinem Alter entsprechen, im Kino nur Filme sehen, die unter zwölf sind, und ich brauche die Unterschrift meines Vaters, wenn ich mir etwas kaufe, das über mein Taschengeld hinausgeht. Und da wollen Sie mich verhaften?«

»Kommissar Engelhardt, gehen wir?«, sagte der andere Zivilbeamte. »Die Kleine hat sie nicht alle … wie die schon aussieht.«

Alices Vater stand mit offenem Mund da und sah dem BMW des Kommissars nach.

»Wir haben noch klapprige VW-Passats«, grummelte ihr Vater, »und die Kripo fährt BMW. Egal, meine Beförderung kann ich mir abschminken. Engelhardt lässt mich sicher voll reinlaufen. Dank meiner Tochter.«

»Irgendjemand muss ihm ja die Meinung sagen. Dieser Angeber.«

Ihr Vater atmete durch. »Du gehst am besten nach Hause. Wir sehen uns später.«

Zwei Beamte in Uniform hatten den Tatort mit Absperrband umwickelt. Lange würde es nicht halten. In dieser Nacht hatte sich Lisa angekündigt. Sturmtief mit Schnee. Warum man Stürmen immer Frauennamen gibt? Wozu einem Sturm überhaupt einen Namen geben? Das war zumindest noch sinnloser als Namen für Katzen. Da fiel ihr ein, dass sie die Identität der toten Katze noch nicht geklärt hatte. Wo war der Katzenkadaver geblieben?

Ohne den Ursprung feststellen zu können, drang ein penetranter Geruch in ihre Nase. Ein fauliger Geruch von Äpfeln, die im Keller verrotten. Dann spürte sie eine Hand auf ihrer Schulter. Der Ursprung des Gestanks stand hinter ihr. Ein hässlicher Mund mit gelben Zähnen.

»Der Gangerl geht um ...«

19.

»Die Eistoten«, sagte Adelheid Grundinger, »kommen wieder ... Du solltest nach Hause gehen, Alice, bevor der Gangerl dich sieht. Denn wenn er dich sieht und du ihm gefällst, dann holt er dich.«

»Ich kann auf mich aufpassen«, antwortete Alice. Die alte Grundinger hatte eine Art, ihren Namen auszusprechen, die ihr sofort eine Gänsehaut bereitete. Alizzzzze. Wenigstens vergaß die Grundinger nicht ihren Namen. Bei ihrem Großvater war sie sich nicht mehr so sicher. Sein Gedächtnis hatte nachgelassen. Besonders am Abend, wenn die Sonne unterging, dann schien auch die Hälfte seines Gedächtnisses zu versinken. Am Abend sah Alice in Großvaters Augen die Angst, schon zu Lebzeiten nirgendwo hinzugehören. Kurz bevor die Nacht hereinbrach, wankte die Welt, sie war für Minuten unbewohnbar. Wer sich nicht an seinem Haus, seinem Auto oder wie Großvater an seinem Werkzeugkasten festhielt, der wurde einfach weggerissen. Manchmal sprach Großvater sie an und nannte sie Gerlinde, Alices Großmutter. Er korrigierte sich sofort, machte aber weitere Fehler. Fidus (der Name ihres Hundes, der vom Schneepflug überfahren worden war), Amalia, Hobbes ... Alice hatte den Eindruck, dass der Kopf ihres Großvaters zerstoben war wie ein Sack Asche im Wind.

Adelheid Grundinger war mindestens fünfzehn Jahre älter als ihr Großvater, der gerade mal seinen Achtzigsten gefeiert hatte, natürlich im »Schwarzen Bichl« in der erhabenen Gesellschaft des Musikvereins. Wie alt die Grundinger war, wusste wahrscheinlich keiner so genau. Das Melderegister hatten Bomben im letzten Krieg in brennende Schnipsel zerlegt. Zurück blieben Witwen und Kinder ohne Namen, die plötzlich für die neue Verwaltung aus dem Nichts aufgetaucht waren.

»Lass mich meine Hand auf deine Schulter legen, Mädel. Der Weg ist im Winter schwer zu gehen, besonders wenn man so krumme Haxen hat wie ich.«

Sie kamen am Gruberhof vorbei. Die Alte blieb kurz stehen und rief über die schneebedeckten Schrotthügel: »Was hackst du denn im Winter im Garten?«

Hinter einer rostigen Traktorruine tauchte Grubers Schädel auf. Roter Kopf, die Augenbrauen und der Oberlippenbart weiß und gefroren.

»Ich begrab meinen Hund.«

»Schlimme Sache, das mit deinem Hund.«

Die Spitzhacke schlug Funken auf dem eisigen Boden. Er brach große Stücke aus der Erde.

»Ich hätte ihn auch zum Abdecker tun können. Der entsorgt ihn. Aber als er mir sagte, dass er ihn entsorgt, hat es mir dann doch nicht gefallen. Der Hund hat hier gelebt, dann soll er auch hier begraben werden. Ich will auch nicht entsorgt werden.«

»Wenn du die Wahl hast, Gruber«, antwortete sie, wobei sie kicherte. Es konnte aber auch ein Hüsteln gewesen sein. Sie waren auf der vereisten Brücke über den Bach, als die alte Frau stehen blieb.

»Alice, es wird etwas Fürchterliches geschehen. Die Eistoten kehren immer wieder.«

»Was für Eistote?«

»Leute sind einfach verschwunden, im Winter, immer an Weihnachten, und sind dann ein paar Tage später wieder aufgetaucht. Hart gefroren und alle mit offenen Augen. Sie haben alle die Augen sperrangelweit offen und schauen dir direkt in die Seele.«

»Sie wurden ermordet«, stellte Alice fest und wunderte sich, dass die alte Frau keinerlei Regung zeigte. Nur ihre struppigen Augenbrauen zuckten.

»Sie sind tot, das ist alles. Mehr wusste man nie. Der Gangerl hat sie geholt. Der holt jeden. Und wer den Gangerl leibhaftig sieht, der stirbt auf der Stelle, und zwar so schnell, dass er die Augen nicht mehr zumachen kann.«

»Aberglaube«, sagte Alice.

»Es gibt noch mehr zwischen Himmel und Erde, was wir nicht verstehen können. Du bist noch jung. Eines Tages wirst du an meine Worte denken.«

Alice nickte. Sie blickte sich um, ob Wittgenstein nicht in der Nähe war. Doch so viel Aberglauben schreckte ihn nur ab.

»Bis ich so alt bin«, sagte Alice, »verlasse ich mich auf Logik.«

»Wenn du so alt wirst …« Adelheid Grundinger kicherte.

Alice ahnte, dass sie mit Logik nicht weiterkam. Der Gangerl war eine alte Sagengestalt, die ihr Großvater auch hin und wieder verwendete. Manche gebrauchten den Gangerl als Tod oder Sensenmann, andere sahen in ihm den Teufel. Für die Grundinger war der Gangerl nicht der Leibhaftige, sondern der Gangerl war leibhaftig. Eine Person mit Namen und Personalausweis …

»Wer ist denn der Gangerl?«

»Das wirst du schon noch erfahren, wenn es so weit ist.«

»Ist es einer aus dem Dorf?«

»Er geht um, bis die große Kälte vorbei ist … Ich muss gehen. Mein Alois kommt bald.«

»Dein Alois, der nicht mehr aus dem Krieg zurückkam?«

»Warten lohnt sich, Treue lohnt sich, Liebe ist ewig. Dem Herrn sei's gedankt.«

»Aber der müsste doch schon mindestens über hundert Jahre alt sein?«

»Er hat lange gebraucht, bis er mich gefunden hat, und es war ein weiter Weg von Russland bis nach Hintereck.«

Sie lächelte wie ein Kind, das ein Geschenk auspackte, und zog einen Briefumschlag aus ihrem Mantel. Zittrig faltete sie ihn auseinander. Sie atmete schwer. Tränen rannen über ihre Wangen. Sie verfingen sich in den faltigen Augenrändern und gefroren auf der ledrigen Haut.

»*Mein Liebchen … ich komme bald nach Hause. Heiz den Ofen nicht an, ich komm aus der Kälte. Es war so lange kalt ohne dich. Bald sind wir zusammen …* Das ist seine Handschrift. Liebchen hat er mich genannt, früher, als wir noch träumten.«

»Darf ich mal sehen?«

Die alte Frau faltete den Brief eilig wieder zusammen und steckte ihn ein. So als hätte sie schon zu viel verraten, so als könnte jedes weitere Wort die Rückkehr ihres Alois verzögern.

Was für ein merkwürdiger Brief, dachte Alice und blickte Adelheid Grundinger hinterher, wie sie durch den frischen Schnee zur alten Mühle stapfte. Aus ihrem Schornstein kam kein Rauch. Anscheinend hatte sie wirklich nicht angeheizt. Verrückte Alte! Aber Alice hatte Wichtigeres zu tun, sie hatte einen Mord aufzuklären.

Die Kirchturmuhr schlug Mitternacht. Dumpf schleppte sich

jeder Ton den verschneiten Berghang hinauf, durch den tiefen Schnee. Der Sturm hatte, wie angekündigt, um acht Uhr abends eingesetzt. Die Temperaturen waren schlagartig gefallen. Das Thermometer an der Hauswand war im dunkelblauen Bereich, jenseits der minus fünfundzwanzig. Dann fiel der Strom aus. Überall im Dorf gingen die Lichter aus. Das Tal verwandelte sich in eine finstere Eishölle.

Von Tom immer noch keine Antwort. Eine einfache SMS auf ihr Handy mit dem Namen des Journalisten. Alice benutzte den Schein ihres Handys, um eine Kerze zu suchen. Am Fenster rüttelte der Sturm. Das bläuliche Licht reichte nicht einmal aus, um die Konturen der Dinge aus der Dunkelheit zu reißen.

»Bevor die Menschen auf den Weltplan traten, war die Nacht nur Finsternis.«

Wittgensteins fahle Wangenknochen waren vor ihr, so als blickte sie in den Spiegel.

»Wittgenstein?«

»Du hast dich heute von deinen Gefühlen leiten lassen.«

»Ich hatte nicht unrecht«, verteidigte sich Alice und wusste, worauf Wittgenstein anspielte. Dieser Idiot von Kommissar. Nicht einmal Zeugen hatte er befragt, nicht einmal sie hatte er gefragt. Dabei hätte Alice etwas zu sagen gehabt. »Dieser Kommissar hat keine Ahnung, was da vor sich geht. Er hat keine Zeugen befragt, keine Spuren aufgenommen. Sie haben nur ein paar Fotos gemacht. Sie wissen nichts von den Eistoten. Dieser Kommissar wollte nur so schnell wie möglich wieder in die warme Stube.«

»Und was hat es dir gebracht, dass du ihn beleidigt hast? Eine Sekunde Befriedigung und endlose Probleme.«

»Was für Probleme?«

»Das wirst du schon bald selbst merken.«

»Warum musst du eigentlich immer in Rätseln sprechen?

Kannst du nicht klar heraus sagen, was du weißt. Das wäre doch einfacher.«

»Ich kann nicht mehr sagen als das, was du schon weißt.«

»Wenn ich es aber schon weiß, dann brauche ich nicht mit dir zu reden.«

»Das ist ein Wissen, das da ist, aber noch nicht in deiner Hand. Wie Wasser in einem tiefen Brunnen.«

»Und warum sehe ich dich?«

»Du siehst durch die Bücher. Du siehst durch sie hindurch in die Zeit, in der sie geschrieben wurden. Jedes Mal, wenn du ein Buch aufmachst, öffnet sich eine Welt.«

»Ich sehe nur dich?«

»Du siehst viel mehr, aber du erkennst sie noch nicht.«

Aristoteles im Skianzug.

»Aristoteles liebt Schneepisten und Seilbahnen.«

»Moment, du kannst meine Gedanken lesen.«

»Ob du es aussprichst oder denkst, beides ist Sprache. Das macht keinen Unterschied.«

»Aber warum kommst du zu mir? Ich meine, es gibt Millionen von Menschen, die dich lesen.«

»Es gibt gar nicht so viele, die Bücher lesen, wie du sie liest. Für dich ist alles eine Wirklichkeit, und die Philosophen sind die höchste Realität. Sie machten die schönsten Dinge, aber auch die gefährlichsten.«

»Was für gefährliche Dinge?«

»Es gibt Philosophen, die dich lehren zu leben und die Welt zu verstehen, und es gibt gefährliche Philosophen. Es sind die dunklen. Sie tauchen in jedem Zeitalter auf, und sie hinterlassen brennende Welten. Nimm dich in Acht vor ihnen.«

»Warum bist du gekommen?«

»Ich lief lange im Schneesturm draußen …«

»Weißt du, wer das Mädchen umgebracht hat?«

»Ich weiß nicht mehr als du, und wenn ich es wüsste, dann dürfte ich es dir nicht sagen.«

»Wer verbietet dir das?«

»Das ist das Gesetz.«

»Was für ein Gesetz?«

»Hör zu, Alice, du wirst noch früh genug verstehen, warum wir dich auserwählt haben.«

»Wer hat mich auserwählt? Ich bin nur ein elfjähriges Mädchen.«

»Du bist viel mehr, Alice, viel mehr, als du denkst. Ich muss jetzt gehen.«

Es klopfte an der Tür. Wittgenstein war verschwunden. Alice glaubte ihn im Weiß des Sturmes vor den Holzstapeln ausmachen zu können. Doch weder Fußspuren blieben noch sonst eine Spur von Wittgenstein.

»Kann ich dich noch kurz sprechen?« Ihr Vater hatte eine Öllampe angezündet, die ein warmes Licht streute. »Oder störe ich gerade? Ich habe gehört, dass du mit jemand gesprochen hast.«

»Ich habe laut gelesen.«

»Hat sich angehört, als ob du dich mit jemand unterhältst.«

»Ich habe mit Wittgenstein gesprochen.«

»Wer ist das denn?«

»Papa, musst du immer alles schlechtmachen, obwohl du davon keine Ahnung hast?«

»Jetzt mal langsam, kleine Dame. Wie redest du denn mit deinem Vater?«

»Noch lange nicht so, wie der Kommissar mit dir geredet hat.«

»Der Typ von der Kripo ist dienstlich mein Vorgesetzter.«

»Er hat trotzdem mit dir nicht so zu reden.«

»Das ist mein Problem, verstehst du?«

»Und warum lässt du mir dann nicht meine?«

»Weil du meine Tochter bist und ich mich um dich sorge. Und ich mache mir um dich Sorgen, wenn du im Dunkeln sitzt und Selbstgespräche führst und mir noch weismachen willst, dass du gelesen hast.«

»Wieder soll ich mich rechtfertigen, nur weil ich Wittgenstein lese.«

»Du führst Selbstgespräche, Alice. Und dies ist nicht normal. Ganz und gar nicht normal. Deshalb werde ich etwas dagegen tun. Ich will nicht, dass dir etwas geschieht.«

»Wittgenstein ist kein Selbstmordphilosoph und auch niemand, der mir schadet. Er ist einer der wichtigsten Vertreter der Sprachphilosophie.«

»Du denkst, dass deine Probleme mit Philosophie gelöst werden können?«

»Ich habe gar keine Probleme außer denen, die du mir dauernd anhängen willst.«

»Ich will mit dir nicht streiten.«

»Sobald man über das denkt, was man sagt oder tut, ist man in der Philosophie. Hinter dem Wort Philosophie steckt in Wirklichkeit die ganze Evolution der Menschen, alles, was wir sind. Und alles, was wir sind, verdanken wir ein paar besonders klugen Köpfen. Die meisten Probleme sind Denkprobleme, weil die Sprache eben so mit den Menschen wächst und keiner mehr weiß, ob er sie richtig oder falsch anwendet.«

»Das sagt Wittgenstein?«

»Im Großen und Ganzen. Er sagt aber auch: ›Was sich überhaupt sagen lässt, lässt sich klar sagen; und wovon man nicht reden kann, darüber muss man schweigen.‹«

»Und trotzdem redest du über Dinge, von denen du keine Ahnung hast. Du redest dem Kommissar in seinen Job, du blamierst mich, und nur weil mein Fräulein Tochter Detektiv spielen muss.«

»Wer sagt denn, dass ich nicht Bescheid weiß?«

»Verdammt«, zischte ihr Vater sie an, »dort ist ein Mädchen in deinem Alter erfroren. Sie hat wahrscheinlich auch nicht auf ihren Vater gehört.«

»Sie ist …«

»Alice, bitte! Komm mir jetzt nicht mit deinen Ideen von Serienmördern in Hintereck. So viele kann ein Serienmörder gar nicht umbringen, was jedes Jahr Menschen im Winter sterben.«

»Du siehst das …«

Aussichtslos. Ihr Vater wollte nicht zuhören. Im Eck vor Alices Bücherschrank stand Wittgenstein mit verschränkten Armen. Und wenn niemand zuhört? Wenn nur geschrien wird, wenn die Wahrheit niemand interessiert?

»Alice, ich sehe dir schon eine Weile zu. Ich weiß, dass du dich die ganze Zeit mit dem Sohn Hahnemanns rumtreibst. Du bist ja wohl die Einzige, die mit diesem naja … spielt.«

»Aber, Papa, Tom ist …«

»Ich gehe mit dir zu einem Psychologen nach Kempten. Er macht einen Extratermin für dich und wird dir auch erklären, dass dir eine Auszeit guttun wird.«

»Was für eine Auszeit?«

»Ich glaube, es tut dir gut, wenn du etwas anderes siehst als Hintereck. Ich möchte keine Widerrede, Alice. Ich weiß, dass es dir anfangs schwerfallen wird. Aber du wirst einige Zeit in der Alpklinik in Kempten verbringen. Dort gibt es eine Abteilung für Kinder.«

»Du willst mich ins Irrenhaus einsperren?«

»Du bist dir gar nicht mehr im Klaren, wie du dich aufführst, du kontrollierst dich nicht mehr. Ich habe heute auch mit Amalia gesprochen. Sie macht sich auch Sorgen um dich.«

»Die falsche Schlange …«

»Sie ist ernsthaft besorgt. Sie hat mir erzählt, was passiert ist.

Dass du auf sie losgegangen bist. Du hast sie geschlagen und in den Schnee geworfen.«

»Was? Aber das stimmt doch gar nicht! Warum hört mir denn keiner zu?«

»Amalia ist deine ältere Schwester.«

»Sie hat mir den Arm verdreht und mich nicht losgelassen. Sie hat mir weh getan. Ich habe mich gewehrt. Ich bin doch viel schwächer als sie.«

»In deinem Zustand hast du solche Kräfte entwickelt, dass deine Schwester Angst hatte.«

»Amalia und Angst? Sie hat höchstens Angst um ihre Frisur.«

»Sie hatte Angst um ihr Leben. Es ist entschieden, Alice. Manchmal müssen solche Entscheidungen getroffen werden, auch gegen den Willen der Kinder. Es ist zu deinem Besten.«

»Wenn du das tust«, sagte Alice kalt, »dann bist du nicht mehr mein Vater.«

»Das kannst du dir nicht aussuchen. Eines Tages wirst du es mir danken, und wir werden darüber lachen. Nach den Weihnachtsferien bleibst du erst einmal zwei Wochen in der Alpklinik.«

... ich habe schon gehört, dass da einer zum Therapeuten ging, weil er nachts nicht schlafen konnte, und dann zehn Jahre in der geschlossenen Psychiatrie gelandet ist.

»Endlose Probleme ...«, sagte Alice und blickte zu Wittgenstein, der in Alices Tagebuch blätterte. Das ist vertraulich ... Hey! Wittgenstein störte es nicht. Wittgenstein hatte recht. Einen Augenblick den Emotionen nachgegeben, endlose Probleme.

»Nein, es ist nicht endlos. Nur die Zeit, bis die Bearbeitung des Unfalls hier abgeschlossen ist. Höchstens für zwei Wochen. Es wird dir dort gefallen. Mit deinem Lehrer habe ich auch schon gesprochen. Er schickt dir den Stoff des Unterrichts hinterher. Er meinte, du seist sowieso weit vor den anderen.«

»Ich bin zu klug …«

»Aber du bist auch ein Kind.«

»… und deshalb sperrst du mich ein. Das werde ich dir nie verzeihen. Vergiss das nie!«

Mit diesen Worten drehte Alice sich um, ging auf Wittgenstein zu und nahm ihm das Tagebuch aus der Hand. Ihr Vater hatte die Öllampe auf dem Tisch stehen lassen. Das Licht ließ die Wände näher rücken, eine gelbliche Flamme wie eine sterbende Sonne. Du wirst dein Leben in einer Gummizelle verbringen. Wittgenstein hilf mir! Doch der war schon weg. Ihr blieb nicht viel Zeit, um den Mörder des Mädchens zu finden.

Was hatte Wittgenstein in ihrem Tagebuch gesucht? Sie las die aufgeschlagene Stelle.

Der Tod ist kein Ereignis des Lebens. Den Tod erlebt man nicht.

Das war ein Zitat Wittgensteins, doch warum hatte er gerade diese Stelle aufgeschlagen?

20.

In dieser Nacht fand Alice keinen Schlaf. Sie wünschte, es wäre möglich, ein Buch aufzuschlagen und einfach darin zu verschwinden. Stattdessen kamen die Autoren der Bücher in ihre Welt. Das machte es nicht einfacher. Amalia war noch gerissener, als Alice gedacht hatte. Menschen überschätzten ihr Wissen grundsätzlich, und sie unterschätzten die anderen. Amalia mochte nicht klug sein, gerissen und durchtrieben war sie allemal. Aber für Amalia hatte sie keine Zeit. Ihr blieben nur noch ein paar Tage. Sie stellte die Lampe ans Fenster. Das weiße Inferno auf der anderen Seite schien ihr plötzlich ein vertrauter

Platz, so als wäre der Sturm in ihrem Kopf. Sie hatte sich an die sich jagenden Flocken schon gewöhnt, als sie es sah. Unmöglich, sie täuschte sich nicht. Ihr Gedächtnis spielte ihr keinen Streich, und sie war auch noch nicht verrückt. Ihr Vater konnte dies behaupten, solange er wollte. Jemand hatte an die Hauswand eine Leiter gelehnt. Genau unter ihrem Fenster. Die Fußspuren waren noch frisch und noch nicht verweht. Sie kamen nicht vom Haus, sondern von unten aus dem Dorf. Doch wer ging bei diesem Sturm aus dem Haus, wenn es nicht unbedingt sein musste? Dafür gab es nur eine Erklärung. Wer immer das Mädchen auch ermordet hatte, hatte auch Ina getötet, die Tochter Zugls, und er wusste, dass es jemanden gab, der nicht von einem tragischen Unfall ausging. Als sie die Leiche im Wald gefunden hatten, war er da, irgendwo versteckt hinter den kahlen Stämmen oder einer Wurzel. Er hatte nicht vorgesehen, dass sie die Tote im Wald fanden. Und jetzt war er gekommen, um dafür zu sorgen, dass niemand hinter das Geheimnis der Eistoten kam.

Bing. Eine SMS.

Artikel von Jakob Mulder. Lokalredaktion des Allgäuer Blattes. Residenzplatz 1-3. Es gibt nur eine Handynummer und eine E-Mail. Mobile: 0172 9919920. E-Mail: redaktionjm@allgaeublatt.de

Bei uns ist Stromausfall. Abgeschnitten vom www. In der Hotel-Loggia fällt die Temperatur um 2 Grad pro Stunde ohne Strom. Fucking Panorama-Windows. Ich glaube, jemand schleicht unter meinem Fenster. Gehe nachsehen …

So schnell hatte Alice noch nie ein SMS getippt.

Bleibt, wo du bist. Er weiß Bescheid. Du bist in Gefahr. Schließ dich ein.

Senden. Doch kaum hatte sie auf den Senden-Knopf gedrückt,

machte das Handy einen letzten Seufzer, und die Batterie war leer. Der Bildschirm wurde schwarz.

Der Stromausfall dauerte die ganze Nacht. Der Sturm hatte Teile der Stromleitungen abgerissen, und in Hindelang brannte in der Früh noch kein Licht. Kein Fernseher und kein Radio liefen. Die leuchtenden Christbäume waren zu dunklen Fingern erstarrt. Die alten Leitungen, die Hintereck mit Strom versorgten, waren robuster. Am Morgen schaute Alice aus dem Fenster. Die Leiter war wieder verschwunden und lag, wo sie immer lag, auf dem aufgestapelten Schnittholz. Die Schneewehen hatten von der Auffahrt nichts mehr übrig gelassen. Selbst Großvaters Rover kam hier nicht mehr durch.

Sie stöpselte ihr Handy an und wartete zwei Minuten, bis der Ladebalken ein Minimum anzeigte. Für einen Anruf würde es reichen. Nur der Anrufbeantworter. Mein Gott, Tom wird doch nicht so blöd gewesen sein und vor die Tür gegangen sein.

Der Mörder hatte sie gestern durch das Fenster beobachtet. Im Sturm sah ihn niemand, wie er die Leiter hochkletterte. Und wenn schon, dann hätte man ihn für ihren Vater oder Großvater gehalten, der die Fensterläden festzurrte. Er wartete, bis sie schlafen ging, und brach dann das Fenster auf. Auch wenn Alice es gehört hätte, sie hätte gar nicht die Zeit gehabt, um zu reagieren. Vielleicht hätte er sie nach draußen gezerrt, sie bewusstlos geschlagen und dann einfach liegen lassen. Dann wäre sie die nächste Eistote gewesen. Und Selbstmord stand einer Verrückten ja gut. Ihr Vater hätte sofort daran geglaubt. *Sie ist einfach nicht mit ihrem Tod fertig geworden. Sie war noch so klein, als es geschah …* Wer hier auch am Werk war, der ging nicht planlos vor. Dahinter steckte eine tödliche Mechanik, die Mechanik eines Serienmörders.

Eigentlich hatte Alice sich vorgenommen, mit Amalia nichts mehr zu reden. So wie Wittgenstein nichts mit ihr redete, so wie kein Mensch jemals mit Amalia über etwas anderes reden würde als über Frisuren, Klamotten und Vier-Wochen-Bauch-Weg-Programme, doch manchmal gab das Schicksal eine andere Richtung vor. Für die Hintereckler war Schicksal alles, wogegen sie nichts ausrichten konnten. Schneelawinen im Frühling, Eisstürme, die trocknen Sommer und die verdorrten Almen, die Verwaltung in Hindelang samt Gemeinderat und die Steuer. Die Lawine, die im letzten Jahr eine ganze Familie begraben hatte, war für die Hintereckler ein unvermeidbares Ereignis. Wer dort war, hatte einfach Pech gehabt. »Dort ging seit Jahrhunderten keine Lawine mehr runter«, hatte der Betreiber der Skipiste gesagt. »Zufall. Kein Schicksal«, hatte ein Bärtiger gemeint, der mit einem Glas Punsch in der Schlange zum Sessellift stand. Ein zugewachsener Opi, wie ihr Vater die Alten mit ihren wuschigen Graubärten nannte. Niemand hatte gehört, was er sagte. »Hätte jemand damit rechnen können, dass an diesem Hang eine Lawine runterkommt, dann wäre es Schicksal gewesen.« Alice hatte keine Zeit mehr gehabt, um den Alten zu fragen, wer er war, so dass sie ihm einfach hinterherrief. Bevor er zur Einstiegsrampe ging, hatte er sich umgedreht. Mit dem Skistock zeichnete er ein paar Zeichen. Es waren Buchstaben, wie sie Alice bisher noch nie gesehen hatte. Αριστοτέλης. Im Internet hatte sie nicht lange gebraucht, um herauszufinden, wer mit den Zeichen gemeint war. Aristoteles. Sie hatte sich unter dem Philosophen, der vor 2300 Jahren gelebt hatte, jedoch keinen so kräftigen und athletischen Greis vorgestellt. Es war das einzige Mal, dass sie ihn gesehen hatte. Doch später zweifelte sie, ob es wirklich griechische Zeichen gewesen waren.

Für die Hintereckler war Schicksal nichts anderes als der Abgang einer Lawine oder der Einschlag eines Kometen. Was sich aber Alice anbot, war kein Zufall, sondern ein Glücksfall, eine Gelegenheit, die wie ein Apfel an einem niedrigen Ast hing. Pflück dir einen! Sie nahm die Tube auf der Konsole. CA-Verbundklebstoff. Cyanoacrylat war ein Einkomponenten-Akrylklebstoff. Trocknet in Sekunden durch den Kontakt mit Luftfeuchtigkeit. Ihr Großvater hatte damit eine zerbrochene Vase geflickt. Für ihre Zwecke perfekt. Schließlich war sie verrückt, und Verrückte taten nun einmal verrückte Dinge.

Abfahrbereit wartete Alice vor dem Haus. Ihr Großvater hatte einen Korridor bis zur Straße frei geschippt. Der Schneepflug hatte die Einfahrten mit grauweißen Schneehaufen zugeschoben. Jeder wartete, bis der Schneepflug durchgefahren war, dann begann man den Schnee in die Vorgärten zu schaufeln. Alice wunderte sich über die Ruhe. Amalia hatte sich kurzfristig nach einem geheimnisvollen Anruf entschlossen, nach Kempten mitzufahren. Shopping, sagte sie. Die Geschäfte für Touristen waren offen. Wie immer war sie die Letzte, und wie immer hatte sie mehr Schminke im Gesicht als ein Zirkusclown. Sie trug eine Wollmütze, die farblich genau zu ihrer violetten Jeans passte. Auch die Fingernägel passten dazu. Obwohl Amalia sich unendlich viel Mühe gab, top auszusehen – so nannte sie es ... top –, wirkte sie wie eine Vogelscheuche auf einem Krähenacker. Vielleicht weil sie jedes Detail an ihrem Körper herausputzen wollte. Diesmal hatte sie sich aber verrechnet, kicherte Alice in sich hinein.

Der Psychologe hatte seine Praxis nicht weit vom Residenzplatz. Fünf Minuten Fußweg hatte Alice sich ausgerechnet. Das musste zu machen sein. Sie musste es nur irgendwie anstellen, dass ihr Vater sie für eine halbe Stunde allein ließ. Amalia hatte ihre Mütze im Wagen nicht ausgezogen. Vater hätte sie gleich an der Fußgängerzone rauslassen können, doch Amalia wollte schon vorher aussteigen. Sie wollte nicht mit ihrem Vater und noch weniger mit ihrer kleinen verstörten Schwester gesehen werden. Madame wollte einen auf Dame von Welt machen. Alice hätte nur zu gerne den Doldi gesehen, der Amalia den Hof machte. Hätte ein Mann nur annähernd das über Amalia gewusst, was Alice wusste, er würde einen Bogen wie um eine Pestkranke machen. Aber Männer ticken anders ab einem bestimmten Alter, das hatte sie schon festgestellt. Ihre Intelligenz ließ nach, sobald eine Frau in der Nähe war. Es gab Ausnahmen. Sie dachte an Wittgenstein, der lieber Männer bevorzugte. Ob die toten Philosophen noch immer wie Männer tickten, war schwer zu sagen.

Ihr Vater hielt den Wagen. Amalia stieg aus.

»Viel Spaß«, rief ihr Alice hinterher. Denn das würde es werden …

»Nein, du darfst nicht vorne sitzen …«, nahm ihr Vater Alices Frage vorweg. Und auf dem Trottoir geschah es. Amalias wundersame Verwandlung einer Madame in eine …

Ihr Schrei war stumm, ähnlich einem Brennenden, der nicht begriff, dass er schon lichterloh brannte. Ihr Vater war auf den Verkehr konzentriert. Alice hatte Amalia beobachtet, wie sie die Mütze vom Kopf zog. Darunter sollte eigentlich eine Hunderteuro-Frisur zum Vorschein kommen. Stattdessen sprangen knochige Haarbüschel unter der Mütze hervor. Das Ganze sah aus wie ein Foto von jemandem, der gerade vom Sprungbrett in die Tiefe sprang. Der Moment, da die Haare durch die Schwerelosigkeit vor dem Fall nach oben wegflogen. Nur Amalia fiel nicht, sie sprang auch nicht. Ihre Haare wehten nirgendwohin. Alice würde ihrem Kunstwerk den Namen »erstarrte Explosion« geben. Cyanoacrylat in Amalias Haarlotion. Der Effekt war patentreif.

»Amalia winkt uns. Hat sie was vergessen?« In diesem Augenblick wurde jedoch eine Lücke frei, und ihr Vater fuhr los.

»Nein, sie macht nur ihre Frisur zurecht.«

»Ich dachte, sie rennt uns hinterher.«

»Nein, nein, Amalia rennt nicht. Mit ihren Schuhen könnte sie gar nicht rennen. Sie trainiert nur für ihre Modellkarriere.«

Eine Vogelscheuche geht shoppen. Alice lehnte sich zurück.

Als sie fünfzehn Minuten später im Wartezimmer des Psychologen saß, wurde ihr doch mulmig. Sie war die einzige Patientin. Die einzige Verrückte an diesem Tag.

Die Frau am Empfang war alles andere als vertrauenerweckend. Sie knallte ihrem Vater ein Formular hin.

»Ausfüllen, bitte! Den vollständigen Namen beider erziehungsberechtigten Eltern.«

»Meine Mutter ist tot«, sagte Alice, »deswegen bin ich da.«

»Dann machen Sie da einen Strich ...«

Einen Strich, wo sonst ihre Mutter ihren Namen schreiben würde. Das ist alles, ein Strich. Ihr Vater füllte das Formular aus. Alice hatte das erste Mal in ihrem Leben das Gefühl, dass etwas Unwiderrufliches geschah, so als besiegelte die Unterschrift ihres Vaters das Ende ihrer Kindheit.

»Herr Pokel«, sagte die Assistentin schroff, »Sie dürfen dann im Wartezimmer Platz nehmen.«

»Wäre es nicht besser, wenn ich vorher mit dem Arzt spreche?«

»Der Herr Doktor möchte heute nur mit ihrer Tochter sprechen. Er wird Sie noch früh genug verständigen.«

»Allein, wenn es sein muss. Ich finde trotzdem ...«

»Bitte, Herr Pokel, nehmen Sie Platz, oder kommen Sie in ungefähr einer halben Stunde wieder.«

»In Ordnung«, wehrte ihr Vater den schroffen Ton der Praxishelferin mit einer wegwischenden Handbewegung ab, »ich komme in ungefähr einer halben Stunde wieder.«

Karate gegen Wörter, die wie Eiswürfel waren. So ähnlich ging ihr Vater gegen Leute vor, gegen die er nichts ausrichten konnte. Es war also sein Ernst, er kam in einer halben Stunde wieder. Und wenn dies nur eine abgesprochene Sache war? Wenn ihr Vater das lange vorbereitet hatte und er gar nicht vorhatte zurückzukommen? Wenn man sie danach gleich in die psychiatrische Klinik brachte? Abgekartete Sache. Doch warum sollte ihr Vater das tun?

Dann saß Alice allein im Wartesaal auf einem der abwaschbaren grünen Plastikstühle. Vor ihrem inneren Auge sah sie eine junge drogensüchtige Frau, die ausgerastet war und auf den Stuhl urinierte. Zwei Pfleger hielten sie, neben ihr saß ein Mann, der sich die Pulsadern mit einem Brieföffner aufschnitt und sich wie wild drehte, so dass der ganze Wartesaal von seinem Blut gesprenkelt wurde, und dabei »Endstation, alle aussteigen« rief. Sie schreckte auf. Die grünen Stühle waren wieder leer, kein Blut, keine Pisse. Auf dem Tisch lagen Zeitschriften: *Psychiatrie heute*, *National Geographic*, *Brain and Mind*. Den Mann mit der Glatze auf dem Titelbild kannte sie. Es war Michel Foucault. Ein zeitgenössischer Philosoph. 1984 an Aids gestorben. Der erste Artikel handelte von Foucaults Buch über den Wahnsinn: *Wahnsinn und Gesellschaft.* Wahnsinn war nichts Krankes, sondern ein Phänomen der aufgeklärten Gesellschaft. »Es war die Praktik der Vernunft, die zur gesellschaftlichen Norm geworden war, die das Andere absonderte. Das Abgesonderte war der ›Wahnsinn‹, und dieser wurde zum Schweigen gebracht.« Nach dem Motto: Erkläre deinen Nachbarn für verrückt, wenn du selbst für gesund gelten willst. Warum hielt niemand ihren Vater davon ab, sie für verrückt zu erklären? Nicht einmal Großvater? Was hatte Großvater mit dem Tod Zugls zu tun?

Alice hörte ihren Namen. Sie dachte erst, dass Foucault sie rief. Doch sie hatte nichts von ihm gelesen, sondern nur einen Artikel. Und sie musste lange und tief lesen, dass etwas geschah … Wittgenstein hatte sie zwei Tage lang gelesen, fast ohne Unterbrechung, bis er plötzlich auftauchte. Vielleicht war er auch schon früher da gewesen. Sie sah ihn nur nicht. Doch die Stimme, die sie jetzt rief, war blechern. Alice musste an einen billigen Anrufbeantworter mit Automatenstimme denken. Es war die Stimme der Praxishelferin.

»Der Doktor wartet auf dich.«

Alice zuckte mit den Schultern. »Ich glaube, ich habe keine Lust mehr, den Doktor zu sehen.«

Die Praxishelferin kam auf sie zu. »Hör bitte auf, hier rumzuzicken! Dass wir uns da verstehen: Ich werde mit ganz anderen hier fertig.«

Die Hand der Praxishelferin nahm Alice am Arm.

Ich bin zum Teufel keine Marionette. Alice überlegte eine passende Antwort, fand sie aber nicht. Das Privileg von Leuten, die einen am Arm packen, war, dass sie auf jede Erklärung verzichten konnten. Dies war das Nächste, was Alice in ihrem Leben ändern würde.

Alice drehte sich aus dem Griff und schüttelte die Hand der Helferin ab. Sie murmelte etwas hinter ihr, dann stand sie vor Doktor Schreber.

Das Erste, was Alice im Behandlungszimmer des Psychiaters auffiel, waren die Plastikstühle. Dasselbe Kotzgrün wie im Warteraum. Mit Grün konnte Alice noch nie etwas anfangen. Es war eine unappetitliche Farbe. Dschungel, Algen, Spinat und gewürgter Gallensaft.

»Hallo, Alice«, sagte der Psychiater, der zu ihrer Überraschung keinen weißen Mantel trug. Keine Uniform der Gesunden.

»Hallo!« Was sollte sie schon anders antworten? Im Ton des Arztes hörte Alice, dass er sie für ein kleines unmündiges Kind hielt. Auffällig war, dass der Psychiater extrem lange und gepflegte Finger hatte. Er spielt Piano. Alice musste an einen Weberknecht denken, der über eine Klaviertastatur läuft. Der Arzt stellte sich umständlich lange vor. Das sollte sie beruhigen. »Ja, ich weiß, dass Sie Paul Schreber heißen. Steht draußen auf dem Schild. Doktor Paul Schreber. Psychiater.«

»Du bist ein aufmerksames Kind.«

»Ich kann lesen.«

»Und ziemlich direkt. Kein langes höfliches Geplänkel, gleich zur Sache, oder?«

»Ich bin nicht freiwillig hier, sondern auf Anordnung meines Vaters. Er wollte ja unbedingt einen Termin haben.«

»Dein Vater hat mir gesagt, dass du einverstanden warst, zu mir zu kommen.«

»Da hat mein Vater wohl nur die Hälfte gesagt. Ich habe überhaupt kein Bedürfnis, einen Irrenarzt zu sehen.«

»Bereitet es dir Angst?«

»Nein, es ist Zeitverschwendung.«

Alice bekam trotzdem das Gefühl nicht los, dass irgendwie jeder Satz abgewogen werden und dass am Ende des Gesprächs ein Aktenvermerk unter ihrem Namen stehen würde. *Einweisung in die Geschlossene.*

»Du glaubst also nicht, dass ich für dich etwas tun kann?«

»Doch, das können Sie.«

Der Arzt hob die Augenbrauen und lächelte. »Und das wäre?«

»Sie könnten sich um Ihre Verrückten kümmern und mir meine Zeit nicht stehlen.«

»Hast du eine Ahnung, warum dein Vater sich Sorgen macht?«

»Das müssen Sie meinen Vater fragen. Vielleicht braucht er eine Behandlung.«

»Ach, und wie kommst du auf die Idee, dass dein Vater eine Behandlung braucht?«

»Hören Sie, Sie antworten grundsätzlich mit einer Frage, von der sie glauben, dass sie sehr intelligent ist. Doch was erwarten Sie jetzt als Antwort? Mir kommt es vor, als hätten Sie in Ihrem Kopf schon die passenden Antworten angekreuzt und suchten nun krampfhaft nach Bestätigung. Das ist kein Gespräch. Wenn das so weitergeht, dann rede ich mit Ihnen kein Wort mehr.«

»Schon gut«, schlichtete der Arzt, »du hast also keine Ahnung, warum dein Vater wollte, dass du professionelle Hilfe bekommst?«

»Ich bin ja kein Hellseher. Aber er denkt wohl, dass ich den Tod meiner Mutter nicht verkraftet habe.«

»Hat dich das sehr mitgenommen?«

»Schon wieder eine dieser Fragen.«

»Richtig, aber dein Vater denkt genau das. Vielleicht kannst du ihm helfen, zu verstehen, wie du es siehst.«

»Mein Vater glaubt mir nicht.«

»Was glaubt er dir nicht?«

»Ich werde meine Hypothese nicht weiter ausbreiten, weil Sie sonst notieren: ›Wahnvorstellungen infolge starken Kindheitstraumas‹.«

»Nicht jede Hypothese ist eine Wahnvorstellung.«

»Wenn man elf ist und seine Mutter so früh verloren hat, dann wird es schwierig, das Gegenteil zu behaupten.«

»Was weißt du noch vom Tod deiner Mutter?«

»Nicht mehr so viel. Ich war erst sieben. In diesem Alter, das wissen Sie sicherlich, hat gerade einmal das chronologische Gedächtnis angefangen zu arbeiten. Ich habe keine Erinnerungen, jedenfalls nicht viel. Es gibt Erinnerungen, aber die können ebenso falsch sein.«

»Wie falsch?«

»Na, zum Beispiel durch die Erzählungen meiner Schwester oder meines Vaters. Ich glaube mich erinnern zu können, mit meiner Mutter, meiner Schwester und meinem Vater am Strand in der Normandie gewesen zu sein. Aber nur Amalia war dort. Ich war noch nicht geboren. Doch wenn man mich fragt, so erinnere ich mich daran.«

»Du kennst dich in der Gehirn- und Gedächtnisforschung aus?«

»Ich habe nicht so viel darüber gelesen wie Sie, aber ich weiß, auf welchem Stand die Gehirnforschung zur Zeit ist.«

»Beachtenswert«, sagte der Arzt, »in deinem Alter habe ich noch Cowboy-Romane gelesen.«

»Und wer hat die geschrieben?«

»Ouuufff«, Schreber lachte, »das weiß ich beim besten Willen nicht mehr.«

»Sie hatten also keine tiefere Beziehung zu dem Autor, als Sie seine Geschichten lasen?«

»Wahrscheinlich mehr mit den Helden und der Geschichte. Ich weiß nicht, ob ich dabei an den Autor dachte. Warum fragst du das? Hast du eine tiefere Beziehung zu den Autoren, nachdem du sie gelesen hast?«

»Nur zu toten Autoren.«

»So wie zu deiner Mutter?«

»Meine Mutter hat in ihrem Leben nie etwas geschrieben, außer Einkaufszettel. Und ich weiß, dass mein Vater sie heimlich aufbewahrt. Mit diesen kleinen Fetzelchen schnipselt er sich seine Vergangenheit zurecht.«

»Und wie schnipselst du sie dir zurecht?«

»Meine Erinnerungen an meine Mutter sind beschränkt.«

»Aber dennoch ausreichend, um dich an Details an ihrem Todestag zu erinnern.«

»Muss ich mich denn an Details selbst erinnern, um ihren Unfalltod in Frage zu stellen? Ich glaube, die wenigsten Ermittlungen in einem Mordfall können auf die Erinnerungen des Ermittlers reduziert werden.«

»Ein Punkt für dich ... Aber du glaubst also, dass deine Mutter ermordet wurde?«

»Ja, und mein Vater hält mich deshalb für verrückt. Deshalb müssen wir jetzt dieses unsinnige Gespräch führen.«

»Was macht dich denn so sicher?«

»Details und Fakten. Wenn Sie mehr wissen wollen, dann lesen Sie einen Artikel, der vor drei oder vier Jahren im Allgäuer Blatt erschienen ist. Über die Eistoten.«

»Und du glaubst, der Tod deiner Mutter hat damit zu tun?«

»Das ist meine Vermutung.«

»Und warum, glaubst du, hat die Polizei nie eine solche Vermutung geäußert?«

»Sie arbeiten schlampig, sind unterbesetzt und schlecht bezahlt. Fragen Sie meinen Vater, er ist bei der Polizei.«

»Ich weiß, aber ich meine, du müsstest dich doch fragen, warum du die Einzige bist, die an eine solche Theorie glaubt?«

»Weil ich mehr Zeit habe, um genauer hinzuschauen, und weil es meine Mutter war, die tot im Schnee lag.«

»Du findest es nicht seltsam, dass weder dein Vater, der Polizist ist, noch die ermittelnden Behörden an ein Gewaltverbrechen glauben?«

»Alle unbewiesenen Mordfälle beruhen auf Vermutungen. Das macht aus den Ermittlern aber noch keine Irren.«

»Du bist aber keine Ermittlerin.«

»Meinen Sie, wenn ich eine Polizeimarke hätte und eine Pistole, dann wäre meine Vermutung plötzlich glaubwürdiger?«

»Ich glaube, dass du dann nicht zu so einer Vermutung gelangt wärst.«

»Was für eine tolle Schlussfolgerung, Herr Psychiater. Sie können meine Theorie nicht widerlegen noch bestätigen, sagen aber, ich hätte sie nicht, wenn ich ein offizieller Ermittler wäre. Kurz, ich bin unglaubwürdig, weil ich ich bin.«

»Und hast du eine Vermutung, wer der Täter ist?«

»Ein Serienmörder.«

»Natürlich, ein Serienmörder, hier im Allgäu. Und auf diese Idee ist nur ein elfjähriges Mädchen gekommen, und die Kripo besteht hier nur aus lauter unfähigen Deppen. Keinem ist bisher aufgefallen, dass hier ein Serienmörder am Werk ist.«

»Richtig. Er stellt es äußerst geschickt an. Es sieht aus, als wären die Opfer alle durch einen Unfall ums Leben gekommen. Die Orte sind verstreut, es besteht keine Verbindung zwischen den Opfern. Jedenfalls nicht auf den ersten Blick.«

»Und was für eine Verbindung haben die Opfer?«

Alice glaubte einen Unterton in der Stimme des Arztes herauszuhören. Etwas in ihr warnte sie, kein Wort mehr zu sagen. Erst glaubte ihr der Arzt nicht, und plötzlich interessiert er sich für den Fall.

»Es ist noch zu früh, um darüber zu reden. Sie verstehen, ich möchte die Ermittlungen nicht gefährden.«

Der Arzt nickte. Sein überhebliches Lächeln war aus seinem Gesicht verschwunden.

»Natürlich die Ermittlungen …«

»Was soll ich deiner Meinung nach deinem Vater erzählen?«

»Ich kann doch nicht an Ihrer Stelle denken. Erzählen Sie die Wahrheit.«

»Die wäre?«

»Nun, dass ich eine Vermutung habe, die sie weder widerlegen noch bestätigen können, und dass er sich beruhigen kann. Seine Tochter ist nicht verrückt.«

»Das glaube ich auch nicht, aber einen Grund zur Sorge gibt es trotzdem.«

Alice hatte schon mit dem Gespräch abgeschlossen, als sie der letzte Satz des Arztes zusammenzucken ließ … *Sorge gibt es trotzdem.*

»Wenn Sie logisch denken, dann gibt es kein Problem«, sagte sie. Eine Antwort, die Wittgenstein nicht besser hätte geben können.

»Logisch gesehen vielleicht, aber mir bereitet der nicht-logische Teil von Alice Sorgen.«

»Ich hatte Sie für einen Wissenschaftler gehalten.«

»Ich bin ein Wissenschaftler, Alice, und ich habe viel Erfahrung mit Kindern. Das kannst du mir glauben. Und ich kann dir sagen, du legst nicht das Verhalten einer normalen Elfjährigen an den Tag.«

»Ich bin einfach besonders …«

Genau diese Antwort war falsch. Alice bemerkte es im Gesicht des Psychiaters. Das Signalwort, auf das er gewartet hatte. »Besonders« – das hieß so viel wie andersartig, das hieß so denken wie alle: oberflächlich, banal. Jenseits der Welt eines Serienmörders. Sie ahnen nicht, dass er unter ihnen lebt. Erst dann, wenn sie selbst eingefroren dastehen. Tot, ein noch zusammengefügter Körper, der sich auflösen wollte. Dann war alles zu spät.

»Ich finde die Idee gar nicht so schlecht, dass du eine Woche in unserer Kinderklinik verbringst. Du hast in der Alpklinik die beste Betreuung. Und nach dieser Woche sehen wir weiter …«

Sehen wir weiter …

Das abschließende Lächeln war kalt. Schreber hatte von Anfang an vorgehabt, sie einzuweisen, mit der Erlaubnis ihres Vaters. Erwachsene konnte man nur einweisen, wenn sie eine Gefahr für die Allgemeinheit darstellten oder für sich selbst. Wer mit elf nicht mit Puppen spielte oder auf Nintendo New Super Mario Bros. abfuhr, der war verdächtig. Die Zeit wurde knapp. Sie hatte das undeutliche Gefühl, dass man sie aus dem Verkehr ziehen wollte. Das durfte nicht geschehen, auf keinen Fall. Warum war in solchen Momenten Wittgenstein nie da?

Durch das breite Fenster hinter dem Schreibtisch Schrebers blickte sie aus der Ferne auf die Alpklinik. Unzählige Fenster unter einem schwarzen Dach wie ein lauerndes Insekt.

21.

Tote Autoren … tote Mutter, die Patientin ist stark selbstmordgefährdet. Einweisung … Suizidale Krise bei reaktiver Depression: so würde es im Überweisungsschein stehen.

Alice hatte dem Psychiater schon zu viel erzählt. Sie hatte bemerkt, dass Schreber sich Notizen machte, als sie geantwortet hatte, dass sie nur zu toten Autoren eine besondere Beziehung habe. Das war natürlich ein gefundenes Fressen für den Psychiater.

Wieder ein Schritt näher an die Gummizelle, Elektroschocks, Schlafentzug. Sie hatte gelesen, dass man noch in den achtziger Jahren Menschen Teile des Gehirnes entfernt hatte, die sozial auffällig waren. Es reichte schon, wenn man Kommunist war oder einfach nur die Angewohnheit hatte, am Sonntag vor das Haus zu treten und lauthals zu schreien. Sie stellte sich vor, wie es sich anfühlen würde, wenn man nur noch die Hälfte seines Gehirns hatte. Sie würde mit Amalia stundenlang bei C&A oder beim Friseur verbringen, sie würde dann plötzlich eine Vorliebe für tief greifende Telefongespräche entwickeln, die sich um die perfekte Oberweite oder Fettabsaugen drehen. Sie würde kein Bild von Wittgenstein in ihrem Zimmer haben, sondern Unterwäscheposter von Georg Clooney, und sie würde Bücher hassen. Buchstaben wären ihr ein Graus. Sie wäre dann wie Amalia, sie wäre dann wie ein Großteil der Menschen.

Alice hatte eine dunkle Ahnung: Die Welt wurde nicht von Logik regiert. Aus diesem Grund kam Wittgenstein überhaupt erst auf die Idee, ein Buch zu schreiben, das Denkknoten auflösen sollte. Und Denkknoten steckten hinter Kriegen, Wirtschaftskrisen und Morden. Alice wurde schlecht bei dem Gedanken, dass sie, ohne es zu wissen, bald zu all denen gehörte, die man wegsperren würde. Wenn sie nicht den Beweis bringen konnte, dass ihre Mutter ermordet wurde, dann mordete der Serienmörder von Hintereck weiter, und sie würde in der Irrenkartei einer Klinik geführt. Nette Aussichten. So weit durfte es nicht kommen.

Hätte sie Schreber erzählt, dass der 1951 verstorbene Philosoph Wittgenstein in Hintereck auftauchte und dass es da einen alten Mann in einer unmodernen Skimontur am Lift gab, der mit seinem Skistock »Aristoteles« in den Schnee geschrieben hatte, und dass sie die Einzige war, die die toten Philosophen sah, dann wäre ihr Schicksal besiegelt.

Ihr Vater war noch nicht zurück. Die Sprechstundenhilfe war im Behandlungsraum. Eine bessere Gelegenheit gab es nicht. Alice schlich auf Zehenspitzen über das Parkett. Die Bretter knarrten verräterisch. Durch die Doppeltür kam kein Laut. Damit hatte die Giftspinne von Sprechstundenhilfe nicht gerechnet. Sie dachte, dass sie Alice eingeschüchtert hatte. Aber warum sich entschuldigen? Sie war alt genug, um von einer Lawine verschüttet oder von einem Autofahrer totgefahren zu werden, also war sie auch alt genug, um bestimmen zu können, wohin sie ging. Dass ihr Vater sie in die Klinik stecken konnte, war ein

Verbrechen gegen Wittgenstein, gegen die Menschlichkeit, gegen jede Kreatur, die nichts anderes wollte, als auf dieser verkorksten Welt zu überleben.

Alice suchte die Adresse heraus, die ihr Tom aufgeschrieben hatte. Sie aktivierte vorsichtshalber ihr Handy. Wenn ihr Vater in die Praxis kam und sie nicht mehr da war, dann konnte sie ihm wenigstens erklären, dass sie einen Spaziergang machte. Ihr würde schon was einfallen.

Residenzplatz 1-3. Die Redaktion des Allgäuer Blattes war unspektakulär. Ein Messingschild, eine Klingel. Ohne zu zögern, drückte Alice mehrmals den Knopf. In der Rufanlage schepperte ihr eine Stimme entgegen: »Jaaa?«

»Ich möchte mit Herrn Mulder sprechen.«

»Mit dem Mulder?«

Alice sah noch einmal auf den Zettel. »Jakob Mulder. Lokalredaktion des Allgäuer Blattes. Er arbeitet doch hier?«

Eine Pause entstand. Wenn Tom sich getäuscht hatte? Wenn es gar keinen Jakob Mulder gab? Tschhhhliiiiiig, die Tür wurde geöffnet. Alice war über das komische Geräusch überrascht. Wahrscheinlich war das Schloss eingefroren. Es roch muffig nach Linoleum und Fertigküche. Auf dem Treppenabsatz stand ein junger Mann mit Brille, der überrascht wirkte, als er Alice sah. Er nahm seine Brille ab und machte Licht im Flur, als versuchte er damit eine optische Täuschung aufzulösen. Und die optische Täuschung war Alice, eine Elfjährige in Moonboots, rotem Anorak und Skimütze in Katzenform. Alice setzte ihr erwachsenes Gesicht auf. Das funktionierte manchmal, besonders wenn sie gleich drauflosredete.

»Na, kleines Fräulein, was kann ich für dich tun?«

»Ich möchte bitte mit dem Redakteur Jakob Mulder sprechen?«

»Gibt es denn etwas Wichtiges?«

»Das kann ich nur ihm sagen.«

»Ich bin sein Nachfolger.«

»Wie, sein Nachfolger?« Für einen Moment verlor Alice den roten Faden. »Ich habe hier seine Adresse, seine Handynummer ...«

»Darf ich?« Der junge Mann nahm den Zettel mit Toms Daten. »Ich weiß zwar nicht, wo du Jakobs private Handynummer herhast und diese Kontaktdaten, aber sie sind nicht mehr aktuell.«

»Hat er eine neue Nummer?«

»Herr Mulder ist nicht mehr bei uns.«

»Ist er verreist?«

»Er hat eine Reise angetreten, von der keiner mehr zurückkommt.«

»Das gibt's doch nicht«, murmelte Alice.

»Es tut mir leid, aber Jakob Mulder ist tot.«

Vielleicht sehe ich ihn wie Wittgenstein? Bisher musste sie ganze Bücher lesen, und selbst dann kehrte nicht jeder Autor zurück ... Es gab da etwas, was sie nicht verstand. Und wenn du doch verrückt bist?

Sie kniff sich in den Arm. Es tat weh. Die Welt war noch in Ordnung.

Die Spuren zu den Eistoten sind nicht leichenfrei. Der junge Mann konnte die Enttäuschung in Alices Gesicht lesen.

»Komm erst mal rein.«

Die Redaktion glich zwar äußerlich einer Wohnung, drinnen herrschte jedoch Hochbetrieb unter kalten Neonröhren. Dichter Zigarettenrauch, Stimmen, die durcheinanderredeten.

»Willst du eine Cola?«

»Wenn es keine Cola light ist, dann gerne.«

»Du musst noch nicht auf deine Linie achten.« Der junge Mann lachte und zog aus dem Automaten eine Dose Cola.

»Fettsucht ist kein Erwachsenenproblem, sondern ein Zivilisationsproblem.«

»Woher stammt dieser Spruch?«

»*Psychologie heute.* In der aktuellen Dezemberausgabe.«

»Du liest Psychologie-Fachzeitschriften.«

»Hin und wieder ... wenn meine Ermittlungen es zulassen.«

Oder wenn dein Vater dich zum Irrendoktor verfrachtet ...

»Na dann ... Darf ich wissen, woher du Mulders Privatnummer hast? Wir geben die Nummern von unseren Mitarbeitern nie heraus. Sie sind nur intern bekannt. Da müsstest du schon einen Zugang zu unseren Computern haben.«

»Ich habe meine Quellen ... Sie verstehen, Quellenschutz und so. Kann ich nicht nennen.«

»Aber warum wolltest du mit Jakob Mulder sprechen?«

Alice ploppte ihre Dose auf. Die Cola schäumte, so dass sie gleich ihren Mund auf die Dose presste. Das gab ihr ein paar Sekunden, um nachzudenken. Sie hatte keinen Plan. Dass der Journalist tot war, damit hatte sie nicht gerechnet.

»Wegen den Eistoten ... Sie wissen schon, der Artikel, den er geschrieben hatte.«

Der junge Mann wurde ernst. »Was weißt du über die Eistoten?«, fragte er und winkte einer Frau in ausgewaschenen Jeans und mit einer knallroten Frisur.

So was gäbe es in Hintereck nie, dachte Alice. Außer Amalias neuer Explosionsfrisur. Eine knallrote Frisur würde Amalia auch stehen, als Warnfarbe, wie man sie an Baustellen anbrachte.

»Das ist Elsa«, sagte der junge Mann, »sie hat mit Jakob zusammengearbeitet. Sie kann deine Fragen beantworten.« Damit verschwand der junge Mann hinter einer Milchglaswand.

»Du kommst wegen des Artikels mit den Eistoten?«

»Ja, ich wollte Herrn Mulder einiges fragen, aber dafür ist es jetzt wohl zu spät.«

»Leider, Jakob hat uns zu früh verlassen. Völlig überraschend. Niemand von uns hätte gedacht, dass Jakob innerlich so am Abgrund stand.«

»Was ist mit ihm passiert?«

»Der Bergwacht nach ist er am Grünten an einer Stelle abgestürzt, wo noch nie einer abgestürzt ist, wo man nicht abstürzen kann, wenn man es nicht will.«

»Herr Mulder hat sich umgebracht.«

»So sah es aus. Ganz sicher werden wir uns nie sein können. Aber das ist kein Thema für ein kleines Mädchen, oder?«

»Warum? Selbstmord bei Jugendlichen ist keine Seltenheit. Kann es auch sein, dass Herr Mulder nicht freiwillig gesprungen ist?«

Die Frau schwieg und wirkte plötzlich beunruhigt. »Das ist gut möglich«, flüsterte sie, »die ganze Geschichte mit den Eistoten, an der er gearbeitet hatte, war merkwürdig. Jakob hatte mit einem Mal den Tick, dass er die Schlösser in seinem Schreibtisch ausgewechselt hatte. In seiner Wohnung ließ er die Tür verstärken. Er kaufte ein abhörsicheres Handy. Ohne Codierung konnte man mit ihm nicht mehr sprechen. In der Tiefgarage drehte er sich in alle Richtungen, bevor er zu seinem Auto ging. Ich glaube, er fühlte sich verfolgt.«

»Von wem?«

»Keine Ahnung. Es hatte etwas mit seinen Recherchen über die erfrorenen Leichen zu tun. Dann erschien der Artikel … Aber warum interessiert dich das?«

»Ich komme aus Hintereck. Ich denke, Herr Mulder war an etwas dran, was weder Polizei noch sonst jemand sah.«

»Mulder war fest davon überzeugt, dass diese Todesfälle im Umland von Kempten und Sonthofen keine tragischen Unfälle waren. Er hatte aus Hunderten von Unfallfotos eine Reihe herausgefiltert, die nicht in ein Unfallschema passten oder einfach zu skurril waren.«

»Die Eistoten …«

»Ja, so nannte Jakob diese Toten. Für die Polizei gab es da keinen Zusammenhang. Ein Kommissar von der Kripo, den Jakob einweihte, nannte Jakob einen Allgäuer Verschwörungsheini, der dabei war, eine heiße Story zu erfinden. Jakob konnte seine Thesen zwar nicht hundertprozentig beweisen, aber ganz von der Hand weisen konnte man die Zufälle nicht. Doch dieser Kommissar riet Jakob, eine Psychotherapie zu machen.«

»Das kenne ich … Hieß der Kommissar Engelhardt?«

»Ja, so hieß er. Der kommt nicht von hier. Der hatte so einen saumäßigen Fischkopfdialekt. Doch Jakob ließ sich nicht beeindrucken. Als Journalist war er so einiges gewöhnt.«

»Haben Sie die Bilder noch?«

Die Frau schüttelte den Kopf. »Alles weg. Es hat gebrannt. Das Löschwasser hat mehr zerstört als das Feuer.«

»War das nach dem Tod von Herrn Mulder?«

»Eine Woche danach.«

»Seltsamer Zufall.«

»Wie kommst du auf die Eistoten? Ich kann mich nicht erinnern, dass Jakob Hintereck erwähnt hatte.«

»Doch, hat er. Ina Zugl. Die Tochter eines Lehrers. Man fand sie hart gefroren in einer Position, in der sie nicht gestorben sein konnte. Sie hockte, aber so, dass sie den Boden nicht berührte. Die Augen offen und vor ihr ein toter Hund, ebenfalls hart gefroren.«

Die Journalistin presste ihre Lippen zusammen. »Stimmt, Ina Zugl. Jakob hat aber nicht gern darüber gesprochen. Der Vater der Kleinen war überzeugt, dass seine Tochter ermordet worden war. Er ließ nicht locker.«

»Zugl hatte auch einen Detektiv eingeschaltet, der ihm sein ganzes Vermögen abgeknöpft hat.«

Alice spürte, wie das Gespräch der Frau unangenehm wurde.

»Wie dem auch sei ... Jakob ist tot, die Kleine, ihr Vater ...«

»Ja, aber der Mörder lebt, und er wird weiter töten. Ich muss mit dem Detektiv sprechen.«

Die Journalistin blickte zum Fenster hinaus und biss sich auf die Lippen. Etwas quälte sie, und sie schob Alice sanft zu den Automaten, wo sie ungestörter waren.

»Es gibt keinen Detektiv«, flüsterte sie. »Jakob hat privat für den Vater ermittelt, Fotos gesammelt und aus dem Ganzen eine Theorie gesponnen.«

»Sie meinen, er hat das nur gemacht ...«

»Ich weiß es nicht, aber Jakob war kein angenehmer Mensch. Er war ein Eigenbrötler, der mit niemandem auskam. Er lebte alleine in einer Einzimmerwohnung und ernährte sich nur von Bier und Bratwurst. Wenn er nicht von der Klippe gestürzt wäre, dann hätte ihn ein Herzinfarkt bald fertiggemacht.«

»Herr Mulder hat dem trauernden Vater sein ganzes Geld abgenommen.«

»Anfangs war dies wohl Jakobs Absicht. Er lieferte Bilder und Material, das Zugls Thesen von einem Mörder stützte, dafür nahm er eine fürstliche Entlohnung.«

»Er hat den Mann ausgenutzt.«

»Es war der Vertrag zwischen zwei erwachsenen Menschen.«

»Dann sind die Eistoten eine reine Erfindung Mulders?«

»Anfangs dachte ich das auch, aber je mehr sich Jakob in die Recherche hineinarbeitete, desto mehr glaubte er daran. In verschiedenen Städten hier im Allgäu entdeckte er diese Toten. Alle starben durch Erfrierung, und alle waren sie in Positionen aufgefunden worden, in denen sie nicht gestorben sein konnten. Und alle starben sie am 23. Dezember. Dieses Muster war bisher keinem aufgefallen. Mulder witterte eine Story und natürlich Geld. Er sagte mir, dass er diese Geschichte dem SPIEGEL verkaufen würde. Bald würde er nicht mehr für dieses piefige Allgäuer Blättchen arbeiten. Jakob war an etwas dran, doch er erzählte immer weniger. Er wurde misstrauischer und behauptete sogar, dass ich ihm die Story stehlen wollte.«

»Sind Sie an der Geschichte interessiert?«

Sie nickte. »Es gibt aber keine Materialien mehr. Alles verbrannt oder vom Löschwasser unbrauchbar gemacht. Ich habe nur noch einige Quellen, die mir Jakob genannt hatte. Ich muss meine alten Notizen durchsehen. Ist schon wieder was passiert?«

»Eine Tote, in Hintereck.«

Die Journalistin holte sich eine Cola aus dem Automaten. »Woher weißt du das?«

»Ich war dabei, als die Polizei sie gefunden hat.«

»Tod durch Erfrieren?«

»So sieht es aus. Mehr konnte ich noch nicht in Erfahrung bringen.«

»Es ist am 23. Dezember geschehen?«

»Wahrscheinlich starb sie am 23. Dezember«, sagte Alice, sorgsam darauf achtend, dass sie nicht zu viel ausplauderte. Die Presse war gut, solange sie nicht bei den Ermittlungen störte. Bei den Ermittlungen gegen Bundys hat die Polizei der Presse absichtlich falsche Informationen gegeben, um den Serienmörder zu reizen und aus der Reserve zu locken. Niemand außer Tom wusste, dass sie das tote Mädchen bereits am 23. gefunden hatten. »Gefunden hat man die Tote allerdings gestern.«

»Weiß man schon, wer die Tote ist?«

Alice schüttelte den Kopf. »Niemand aus dem Dorf.«

»Irgendjemand musste das Mädchen doch vermissen? Wir müssen wissen, wer das Opfer ist. Ich melde mich bei dir.«

»Nein, ich melde mich bei Ihnen. Das ist ein wenig kompliziert.«

Die Journalistin runzelte die Stirn. Eine Elfjährige mit einer blühenden Phantasie …

»Kompliziert. Das ist der Fall wirklich. Seit Jakobs Tod hat sich niemand mehr dafür interessiert. Ohne klare Fakten kann ich aber gar nichts machen.«

»Die bekommen Sie … mehr, als Ihnen lieb sein wird.«

22.

Der richtige Zeitpunkt ist alles. »Kairos« hieß das bei Aristoteles. Tom nannte es Timing. Und Pech hieß es, wenn man noch bei der letzten Abfahrt von einer Nassschneelawine zerdrückt wurde. Alice, du bist klug … Ja, du bist gleich so klug, dass sie dich in die Klapse stecken wollen. Wach auf, Alice.

Wenn ihr Vater bereits in der Praxis Schrebers wartete, dann hatte sie verloren. Eine Verrückte, die auf der Flucht war. Kam sie zu früh, dann würde sie die Giftheuschrecke im Vorzimmer löchern. Diesen Mist konnte sie noch weniger gebrauchen als Amalias Geschwafel. Trotz der eisigen Kälte war die Fußgängerzone bevölkert. Die Kaffeehäuser waren voll. Jeder war noch in Weihnachtsstimmung. Der Bürgersteig wurde enger. Alice ruderte durch die entgegenkommenden Mäntel. Jeder versuchte, auf den eisfreien Stellen zu laufen. Zweimal bekam sie einen Ellenbogen gegen den Hinterkopf. Alice hatte nicht einmal Zeit, sich umzudrehen, um den Idioten mit einem Fluch zu belegen. Schon wurde sie weitergespült. Ihr Handy summte in ihrer Jackentasche. Nur nicht ihr Vater! Sie stellte ihn sich vor, wie er vor der Praxis auf und ab lief, neben ihm Schreber, der schon alle Papiere für die Überweisung unterschrieben hatte. Zwangsjacke für Alice. Aufgrund überhöhter Klugheit musste sie vor sich selbst geschützt werden. Sie zog das Handy heraus. Es war Tom. Sie war also noch im Spiel.

»Hast du den Journalisten gefunden?«, hörte sie ihn. Die Verbindung war schlecht. Der Empfang in Hintereck war nicht besonders.

»Ja, aber auch nein.«

»Was heißt ja und nein?«

»Ich meine, dass deine Adresse stimmte, ich ihn aber nicht angetroffen habe. Wo hast du übrigens die Informationen her? Die Telefonnummer Mulders muss absolut vertraulich gewesen sein. Die haben sich gewundert, wie ich zu der Nummer gekommen bin.«

»Ich habe ihr Archiv gehackt. Seit ein paar Monaten haben sie alle Mitarbeiterdaten online, in einem einfachen Netzwerk. War einfach, weil sie ein WLAN benutzen mit schlappem WPE-Code. Den hatte ich in ein paar Stunden geknackt. Von da konnte ich an alle Rechner der Redaktion. Von Netzwerksicherheit haben die noch nie etwas gehört.«

»Tom, halt mal die Luft an, und hör mir zu«, sagte Alice, während sie auf die Eisflächen wechselte, wo weniger Gegenverkehr herrschte.

»Ja, ja, bin schon da.«

»Du musst auf dich aufpassen. Wenn jemand ums Haus schleicht, dann geh auf keinen Fall raus. Sperr dich ein.«

»Alice, ich habe zwei Bücher von Bruce Lee und Wurfsterne. So leicht bekommt mich keiner.« Tom äffte einen Kampfschrei nach, es hörte sich so an, als hätte er mit dem Fuß gegen einen Stuhl getreten.

»Keine Sorge, ich war nur kurz draußen, weil da jemand durch den Garten geschlichen ist. Das war der Hausmeister. Vom Innenhof sieht er in den Wintergarten der Sauna. Die Nackerten will er sehen. Der Arme ist ganz verrückt. Ist schon über sechzig und kriegt keine Frau mehr ab. Meine Mutter hasst ihn, weil er muffelt wie ein feuchter Reisekoffer. Doch mein Vater hält ihn für ein technisches Genie, der alles reparieren kann. Josef ist harmlos. Ich habe mir schon gedacht, dass er wieder ums Haus schleicht, um die Nackerten anzuschauen.«

»Egal, keine Alleingänge mehr. Dieser Journalist ist tot. Und der Fall ist komplizierter, als ich dachte. Und wie alles in Hintereck stinkt er gewaltig zum Himmel.«

»Sag mir nicht, dass auch der Journalist erfroren aufgefunden wurde.«

»Nein, er ist auf dem Grünten abgestürzt. Allerdings, meinte seine Kollegin, an einer Stelle, wo man gar nicht abstürzen kann, wenn man es nicht drauf anlegt.«

»Oder wenn jemand nachgeholfen hat.«

»Das ist gut möglich. Offiziell war es ein Unfall. Die Wahrheit hat Mulder wohl mit sich genommen. Es ist aber schon ein Zufall, dass Mulder kurz nach der Veröffentlichung seines Artikels über die Eistoten gestorben ist. Aber das ist nicht alles. Zugl ist dem Journalisten auf den Leim gegangen. Der Journalist hat sich wahrscheinlich als Detektiv ausgegeben. Zugl hatte sich von Wegener und Gruber Geld geliehen, weil er nicht genügend Bargeld hatte, um Mulder zu bezahlen. Zugl verlor sein Haus und seine Frau den Verstand. Anfangs sah es wohl so aus, dass Jakob Mulder den Zugl nur gemolken hat.«

»Und wie hat Zugl Mulder getroffen?«

»Ich glaube, dass Mulder den Vater des Mädchens getroffen hat. Nachdem die Polizei keine Ermittlungen eingeleitet hatte, hat Mulder dem Zugl eingeredet, dass er den Mörder seiner Tochter finden kann.«

»Du meinst, Mulder wusste gar nicht, ob Ina Zugl ermordet wurde.«

»Er hat es erst einfach angenommen. Und weil diese Vermutung noch Geld einbrachte, hat er sie weiterverfolgt. Doch dann ist Mulder auf etwas gestoßen. Er fand heraus, dass Ina Zugl tatsächlich ermordet wurde und dass sie nicht die einzige Tote war.«

»Dann ist Mulder ganz zufällig oder aus purer Geldgier auf die Eistoten gestoßen.«

»Und auf die Spur eines eiskalten Mörders.«

»Der ihn dann am Grünten von der Felskante gestoßen hat. Mann, ich habe mal gesehen, wie ein Schäferhund abgestürzt ist. Vierzig Meter, auf nackten Felsen. Platsch! Im Umkreis von fünf Metern waren noch die Organe verteilt.«

»Tom, hör auf mit deinen Horrorgeschichten. Ich habe keine Zeit. Wenn ich in zwei Tagen nicht mehr als nur bloße Vermutungen habe, dann sperrt mein Vater mich in die Klapse.«

»Ich komm mit.«

»Das ist kein Scherz. Zwei Wochen soll ich in der Alpklinik bleiben.«

»Scheiße, was willst du denn da?«

»Man will mich kaltstellen. Mein Vater und allen voran Amalia.«

»Ich kann das Telefon deiner Schwester anzapfen oder ihre Telefonnummer auf einer Pornoseite veröffentlichen.«

»Meine Schwester ist unwichtig. Aber ich habe eine Idee. Hör zu …«

Die Verbindung wurde unterbrochen. Alice rutschte auf dem glatten Trottoir. Jemand schrie in sein Handy und gestikulierte wild. Ihr kamen Leute entgegen, massenweise Pelzmäntel, gefüllte Plastiktüten, jeder war noch hektischer als sein Vorgänger, es wurde überholt und gestoßen. Im Schneematsch stapften Pudel und schüttelten sich die Füße. Kruzifix, fluchte ein Herr im Lodenmantel, als er Alice anrempelte. Weihnachten war noch nicht vorbei, und schon fluchten sie wieder. Für jeden Fluch, hatte Pfarrer Bez im Religionsunterricht gesagt, ließ Gott seine Sünder ein Jahr vor dem Paradiestor stehen. Alice hatte das damals schon sehr komisch gefunden, weil die Schlange der Hinterecker vor dem Paradiestor nie enden würde. Für jede Minute, die allein ihr Großvater vor dem Tor stehen müsste, würde er zehn Flüche von sich geben. Das hieß, jede Minute müsste er zehn Jahre länger stehen. Letztendlich kam sie zu dem Resultat, dass die gesamte Menschheit und darunter auch die besten aller edelsten Menschen vor dem Paradiestor wären.

Alice drehte sich um. Sie wollte auf die andere Straßenseite, wo sie nicht gegen den Strom schwimmen musste. Sie hatte den Fuß schon über einen grauschwarzen Schneehaufen gesetzt, als sie ihn sah. Er bewegte sich ohne Eile und wie sie gegen den Strom. Ach, wer sollte sie schon verfolgen? Niemand wusste, dass sie hier war. Nicht einmal ihr Vater. Er glaubte, dass sie brav im Wartezimmer des Psychiaters wartete. Sie bog um die Ecke. Der Geruch von Bratwurst und Popcorn.

Der Residenzplatz lag nun hinter ihr. Die Praxis Schrebers war in der nächsten Seitengasse. Alice steckte ihr Handy ein und nahm die Abkürzung hinter dem Würstlstand, als plötzlich etwas auf sie zuraste. Die eisige Kälte auf der Stirn, und plötzlich lag sie am Boden mit dem Gesicht im Schnee.

Alice erinnerte sich nur noch, dass sie hinter den Buden herumlaufen wollte. Die Abkürzung … Da hatte sie etwas am Kopf getroffen. Sie fasste sich an den Hinterkopf und zog ihre Hand sofort zurück. Die Wunde schmerzte, und auf ihren Fingerspitzen war Blut. Was hatte sie getroffen? Ein Eiszapfen von einem Dach? Jedes Jahr starben Leute durch herabfallendes Eis und Dachlawinen. Im letzten Jahr hatte eine Dachlawine einen Kinderwagen zerdrückt. Das Baby überlebte wie durch ein Wunder. Doch Alice fand weder Schnee noch Eisreste. Sie rappelte sich auf. Ihre Beine waren wackelig und fühlten sich an, als wären sie mit Stroh gefüllte Säcke.

An der Bushaltestelle verdichtete sich das Gedränge. Wieder Flüche, Gezeter und schlimmere Flüche als Kruzifix Halleluja. Alice konnte nicht glauben, dass sie gestürzt und mit dem Kopf auf das Trottoir geschlagen war. Sonst könnte sie sich an den Sturz erinnern, aber da war nichts. Da raste nur der Schnee auf sie zu, und dann war auch schon die Kälte auf ihrer Stirn. Keine Spuren einer Dachlawine oder eines Eisbrockens, der auf sie herabgefallen war. Der Verdacht, den sie jetzt hatte, schnürte ihr den Magen zu. Jemand hatte sie niedergeschlagen. Jemand, der die ganze Zeit hinter ihr war und den sie nicht gesehen hatte. Jemand, der auf eine günstige Gelegenheit gewartet hatte, um ihr den Schädel einzuschlagen.

In diesem Augenblick wusste Alice, dass es jemand auf sie abgesehen hatte. Jemand wollte sie tot sehen. Ihre Beine waren immer noch kraftlos. Sie streckte ihre Arme vor sich wie eine Blinde, dann sackte sie zusammen. Sie hörte noch eine Frau aufschreien und wie die Bustüren sich schlossen. Sie kippte zur Seite, doch diesmal fiel sie nicht. Der Schneematsch auf dem Boden blieb in unveränderter Entfernung, obwohl sie sich kaum mehr auf den Beinen halten konnte.

Der Griff an ihrem Oberarm war fest. Er verhinderte, dass sie in den Dreck kippte.

»Alice, was ist mit dir los?«, hörte sie eine vertraute Stimme. »Hast du zu viel Glühwein getrunken?«

Alice blickte in das erstaunte Gesicht Lehmkos. Er stand in der Reihe der Leute, die in den Bus einsteigen wollten, es aber nicht geschafft hatten.

»Es geht schon wieder«, sagte Alice. Blöder konnte es gar nicht passieren, dass sie ausgerechnet ihrem Lehrer begegnen musste, der beim nächsten Elternabend ihrem Vater erzählen würde, wie er sie aufgefangen hatte.

»Ich glaube, du blutest am Kopf.«

Alice fasste sich an den Kopf. Unter dem Haaransatz über dem Ohr hatte sich eine Beule gebildet. Weit und breit nichts, was nach einem Gegenstand aussah, der sie am Kopf getroffen haben konnte. Drei Stockwerke über ihr, an der Dachrinne, hingen Eiszapfen. Doch wenn eines dieser Dinger abgebrochen wäre, dann hätte es zuerst eines der Budendächer durchschlagen. Vielleicht hatte jemand eine der Glühweintassen einfach in die Menge geworfen. Doch am Glühweinstand hielten die Besucher nur Pappbecher in der Hand. Irgendetwas aber hatte sie getroffen, etwas, was vielleicht unter eine Bude gerollt war oder so auffällig vor ihr lag, dass sie es nicht erkannte.

»Ich bin wohl ausgerutscht.«

»Es ist zwar gestreut, aber bei der Kälte friert selbst der Schneematsch wieder.«

»Tauschen Sie Ihre Weihnachtsgeschenke um?«

»Nein«, Lehmko lachte, »ich bin mit Stephan in der Stadt. Er wollte sich noch mit einem Freund treffen und dann seinen Büchergutschein einlösen.«

»Was liest Stephan denn?«

»Das musst du ihn selbst fragen. Mit sechzehn ist natürlich alles ein Geheimnis. Deshalb auch der Kaufgutschein. Da kann er sich für dreihundert Euro Bücher seiner Wahl kaufen.«

»Bücher, die noch nicht in der Lehrerbibliothek stehen.«

Lehmko lachte. »Unser Haus ist zwar von oben bis unten mit Büchern vollgestopft, aber es fehlt immer das Buch, das man gerade lesen will. Und man kann ja auch nicht nur Klassiker lesen oder alte Schinken wie Homer, Dostojewski, Schiller und Goethe.«

Oder Platon, fügte Alice in Gedanken hinzu. Homer hatte

sie noch nicht gelesen. Es gab noch viel, was sie nicht gelesen hatte, es gab noch viele tote Autoren, die noch nicht wieder zurückgekehrt waren. Und wenn sie nicht die Einzige war, die Wittgenstein sehen konnte?

»Eine Bibliothek im Haus …« Das war für Alice eine wärmende Vorstellung. Warum konnte ihr Vater kein Privatgelehrter sein? Warum war ihr Zuhause ein buchloser und gedankenloser Ort? Es machte keinen Unterschied, ob man als Katze oder als Mensch in diesem Haus lebte.

»Homer muss toll sein.«

»Homer ist der Vater aller Literatur, wenn es ihn wirklich gegeben hat. Komm doch einfach vorbei, wenn Stephan da ist. Am besten noch in den Ferien, dann kann er dich durch unsere bescheidene Büchersammlung führen. Nach den Ferien ist nur noch dein alberner Lehrer da. Stephan geht nächstes Jahr auf eine Privatschule. Schließlich will er danach studieren. Nur Lehrer will er nicht werden.« Lehmko lachte. »Wie wäre es mit übermorgen oder nächste Woche?«

»Ich werde meinen Vater fragen«, antwortete Alice und musste nur daran denken, wie sie Anfang nächster Woche mit einem Haufen Irrer Werbesendungen im Fernsehen anglotzte.

»Wie du magst. Komm einfach vorbei. Ich muss weiter. Geht es, oder soll ich dich mit nach Hintereck nehmen?«

»Mein Vater wartet auf mich, danke.«

Lehmko verabschiedete sich und überquerte die Straße.

Der Bus stand immer noch da. Sie hörte den Busfahrer fluchen. Für mindestens ein paar Jahrhunderte im Wartesaal zum Paradies. Zu viele Leute drängten in den Bus. Im Eingangsbereich quetschten sich zwei Frauen mit echten Pelzmänteln aneinander. Es sah aus, als würden zwei Grizzlys raufen. Die Presslufttüren konnten nicht schließen, weil entweder die Einkaufstüte der rechten oder der Regenschirm der linken Frau blockierte. Dies ging so lange, bis es dem Fahrer zu bunt wurde und er nach einigen Jahrhunderten Flüchen beide Damen auf die Straße schob. Die Türen schlossen sich. Das Innere des Busses war gestopft voll. In der hinteren Tür stand ein Mann. Er starrte zu ihr. Sie wusste erst nicht, wo sie ihn einordnen sollte. Er stand im Eingangsbereich des Busses und war geschminkt wie ein Clown. Um ihn war eine merkwürdige Leere. Das Treiben im Bus schien ihn nicht zu stören. Noch etwas anderes wirkte befremdlich an ihm. Er trug keine Winterkleidung. Keinen Daunenanorak oder pelzgefütterten Mantel, keine Thermojacke, sondern eine blau glänzende Pluderhose, ein weites Hemd und um den Hals eine Halskrause. Gesicht und Hals waren weiß gefärbt. Nur die Lippen, die Unterseite der Nase und die Ohren waren knallrot bemalt. Seine knallroten Lippen öffneten sich und formten ein stummes Wort. Ohne es zu hören, sprach sie das Wort nach, das der weiße Clown durch die Scheibe zu ihr sagte: ALICE. Niemand schien den weißen Clown zu bemerken. Es störte auch niemanden, dass der weiße Clown seine Arme in dem vollgestopften Bus ausstreckte und sich nach hinten bog, um lauthals zu lachen, ohne dass ein Wort aus seinem Mund zu hören war. Alice machte einen Schritt auf den weißen Clown zu, obwohl ihr etwas in ihrem tiefen Bewusstsein befahl, dies nicht zu tun. *Sieh nicht hin …*

Alice war gebannt von dem weißen Clown. Auf der Sitzbank vor ihm saß eine ältere Frau. Der Atem hatte die Scheiben des Busses beschlagen. Die Maske des Clowns war so perfekt, dass Alice dahinter gar kein Gesicht erkennen konnte. Selbst die Form des Gesichtes schien sich unter der Maske ständig zu verändern. Nur die Größe und die Gestalt des Clowns ließen Alice auf einen Mann schließen. Sie näherte sich dem Bus. Nein, sie täuschte sich nicht. Dort stand die Gestalt im Clownskostüm. Nur die Glasscheibe der Bustür trennte sie von dem weißen Gesicht. Der Clown drückte sich näher an die Scheibe, und dort, wo der Atem die Scheibe beschlagen müsste, war nichts, kein Atem. Erst als der Bus anfuhr und abbog, verstand Alice. Den weißen Clown konnte nur sie sehen ... und sie war sich sicher: Es war dieselbe Gestalt, die sie vorhin auf dem Trottoir verfolgt hatte.

Zwei Minuten später hatte Alice die Würstchen- und Glühweinbuden hinter sich gelassen. Eine winklige namenlose Gasse fiel vor ihr ab. Eine Querstraße weiter musste die Praxis Schrebers sein. Sie beschleunigte ihre Schritte und stoppte reflexartig, als sie in einem gegenüberliegenden Hauseingang Amalia sah und – was sie noch mehr verwunderte – eng umschlungen. Das also war er, der arme Typ, der auf Amalia abfuhr. Er küsste sie lange, dabei strichen seine Hände über ihren Hintern.

Wenn du wüsstest, wie lange sie sich vor dem Spiegel hin und her dreht, um ihre Pobacken zu begutachten, ja, dass sie nichts anderes tat, als sich im Spiegel zu betrachten. Alice versteckte sich hinter ein paar Mülltonnen. Amalia trug ihre Mütze, kein Wunder bei den Haaren. Aus ihrem Winkel konnte sie nicht erkennen, wer der unglückliche Ritter war, dessen Hände Amalias Hinterteil begutachteten. Alice fragte sich, warum denkende Menschen sich zu solch komischen Gesten hinreißen ließen. Für sie war die Antwort zunächst eindeutig: Es handelte sich nicht um denkende Menschen. Wer auch immer da Amalias Hintern tätschelte, befand sich in einem Stadium einfachen Säugetierverhaltens. Paarungsrituale, wie man sie bei allen Primaten beobachten konnte. Wittgenstein hätte nur den Kopf geschüttelt. Die Frage, warum sich die Hände von Amalias Liebhaber auf ihrem Hintern wohlfühlten, war nicht mit Logik zu beantworten. Ein denkender Mensch ... Alice wäre fast vor Schreck zusammengezuckt, als die beiden ihre Lippen voneinander lösten und sie sah, zu wem die Hände auf ihrem Hintern gehörten, zu Stephan Lehmko, dem Sohn von Doktor Adibert Lehmko, ihrem Klassenlehrer.

Lehmko war vier Jahre älter als Alice, aber sein Ruf als einziger Schüler, der in jedem Fach Klassenbester war und als wandelnde Bibliothek galt, war legendär. In Alices Alter hatte er bereits die Wurzel aus 2 bis auf 50 Stellen nach dem Komma berechnen können und sich mit irrationalen Zahlen beschäftigt, während seine Mitschüler sich noch mit dem Einmaleins herumplagten. Das einzige Fach, das ihm Sorgen bereitete, war Sport. Stephan Lehmko hatte lange dünne Gliedmaßen und wirkte wie eine Giraffe, wenn er ging. Er konnte nicht sprinten oder an Geräten turnen, dafür war er im Langstreckenlauf unschlagbar. Wie konnte jemand, der schon mit elf Jahren wusste, was eine Quadratwurzelspirale war, sich mit Amalia abgeben? Einem Menschen, der nur Frisuren, Handtaschen und stumpfsinnige Fernsehserien kannte?

Alice wartete in ihrem Versteck, bis die beiden außer Sichtweite waren. Vorerst würde sie dieses Geheimnis noch für sich behalten. Es ist immer gut, Informationen in der Hand zu haben, von denen der Feind nicht wusste, dass man sie hatte. *Sunzi: Die Kunst des Krieges.*

Dann war die Gasse auf einmal leer. Schneeflocken trieben durch die eisige Luft, und plötzlich war ihr kalt. Die leere Gasse blickte in sie, wie Selbstmörder in den Abgrund blicken. Die Geschehnisse der letzten Tage tauchten vor ihr auf. Die toten Hunde, das unbekannte tote Mädchen im Dorf, das dann vor der Kirche gefunden wurde, und der Mörder, der irgendwo in Hintereck darauf wartete, dass er Alice mundtot machen konnte. So wie er es mit dem Journalisten gemacht hatte. Ein Unfall, pah, wie viele der Todesfälle in Hintereck. Mulder war an einer Stelle abgestürzt, wo man nur abstürzte, wenn man es darauf anlegte. Und dann ihre Mutter. Gestürzt und bewusstlos am Heiligen Abend, erfroren, vor vier Jahren. Sie gehörte ebenfalls zu den Eistoten, und wenn Alice nicht aufpasste, dann stand auch ihre hartgefrorene Leiche bald im Schnee. Seit Jahren starben Menschen im Umkreis von Hintereck, am Heiligen Abend, zu Tode gefroren. Erstarrt wie Puppen. Und irgendwo musste es einen Zusammenhang zwischen den Schmierereien auf der Kirchenpforte und den Morden geben. Was hatte die 11 zu bedeuten? Es gab einen im Dorf, der mehr wusste, der vielleicht die ganze Wahrheit kannte: Pfarrer Bez. Doch der Pfarrer schwieg. Er schwieg für die Bösen und für die Guten, für die Lebenden und für die Toten. Denn Gott hatte sich schon lange von Hintereck abgewandt.

Alice verließ ihr Versteck. Niemand war hinter ihr. Kein weiß geschminkter Clown, der sie aus dem Bus anstarrte.

Alice, was war, wenn du nun wirklich verrückt bist? Wenn sie recht haben und du Dinge siehst, die es gar nicht gibt? Nur Verrückte können tote Philosophen sehen. Nur eine Verrückte kann sich mit dem toten Wittgenstein unterhalten.

Sie rieb ihren Hinterkopf. Die Beule schmerzte.

Sie hatte Glück. Ihr Vater war noch nicht da, als sie die Praxis erreichte. Sie setzte sich auf die Stufen vor die Praxis, so konnte sie sagen, dass sie lieber draußen gewartet hatte. Ihr Herz schlug wild. Die Stille des Treppenhauses breitete sich wellenartig aus. Mit einem Mal fühlte sie sich allein. Wie ein Stein auf den kargen Gipfeln. Er wartete Tag und Nacht, unter Gewittern, eisigen Stürmen, er wartete, bis Millionen von Jahren vergingen, bis von ihm nur noch Staub übrig war.

23.

»Das ist nicht witzig, Alice«, sagte ihr Vater in seinem strengen Polizistenton, als hätte er einen Dieb auf frischer Tat erwischt, »das ist ganz und gar nicht witzig, was du mit Amalias Haaren gemacht hast?«

»Was soll ich gemacht haben?«, fragte Alice und blieb seelenruhig. Nur nicht die Nerven verlieren. Amalia trug ihre Mütze selbst zu Hause. In ihren Augen standen Tränen. Vielleicht hätte Alice ihr doch keinen wasserfesten Komponentenkleber in die Haarlotion geben sollen. Was soll's. Haare wuchsen nach, und für Amalia war es eine Lektion.

Nur eines störte Alice. Sie musste jetzt lügen. Tat sie es nicht, würde ihr Vater den Aufenthalt in der Klapse auf unbestimmte Zeit verlängern, und alle hätten noch ein gutes Gewissen dabei.

»Ich weiß genau, wenn mich jemand anlügt, Alice. Das ist mein Beruf.«

Sie hielt mühelos dem Blick ihres Vaters stand. »Wenn du immer weißt, ob jemand lügt oder nicht, dann braucht man ja so etwas wie Beweise nicht mehr.«

»Ich werde mit dir darüber nicht diskutieren.«

»Jeder hat das Recht, sich zu verteidigen. Nur ich darf mich nicht verteidigen. Aber kann Amalia mir nicht endlich mal sagen, was denn mit ihren Haaren passiert ist. Sie trägt ja selbst im Haus eine Mütze.«

»Du verrücktes Monster!«, schrie Amalia aus der Küche und rannte nach oben.

»Was hat sie denn?«

»Du hast ihr etwas in ihre Haare getan, irgendein Mittelchen, das ihre langen Haare wie Besenborsten abstehen lässt.«

»Sobald etwas mit Amalia geschieht, reicht schon ein Verdacht, dass ich es war. Und du sagst auch noch, dass ich lüge, ohne jeden Beweis. Das ist nicht fair.«

»Was du gemacht hast, ist auch nicht fair.«

Sie konnte hier gar nicht anders als lügen. Es handelte sich um eine Notwehrsituation. Lüge oder Gummizelle. Die Lüge war in diesem Sinne weder schlecht noch gut, und sie war am wenigsten unlogisch.

»Nur weil Amalia vielleicht das falsche Haarspray verwendet hat, bin ich noch keine Lügnerin. Solange die Schuld eines Angeklagten nicht eindeutig nachgewiesen ist, gilt er als unschuldig.«

»Dieses naseweise Geschwätz geht mir auf den Geist. Es wird Zeit, dass du dich wie eine normale Elfjährige aufführst.«

»Schließlich bin ich die Tochter eines Polizisten.«

Ihr Vater stöhnte auf und winkte ab. »Du musst ja immer das letzte Wort haben.«

Durch die offene Badezimmertür sah sie Amalias Frisur. Die Mütze hatte die Haare zusammengedrückt, so dass sie wie verwelktes Schilf aussahen.

Zehn Minuten später erreichte sie Toms Nachricht auf ihrem Handy.

Ich habe alles, um was du mich gebeten hast. Es kann losgehen. Jetzt muss noch einer von uns unauffällig in die Kirche.

Es wurde dunkel. Die Temperatur fiel schlagartig. Minus zwölf Grad. Der Wetterbericht im Radio sagte voraus, dass die Temperaturen heute und morgen in der Nacht bis auf minus fünfundzwanzig Grad sinken würden. Alice ahnte, dass mit der eisigen Kälte etwas Böses in Hintereck erwacht war.

Tom meldete sich nicht. Der Teilnehmer ist vorübergehend nicht erreichbar. Amalia wusch sich im Badezimmer die Haare. Aus der Küche hörte sie ihren Vater am Telefon sprechen. Es gab offenbar einen Hinweis auf die Identität des Mädchens. Wie war es nur möglich, dass ein elfjähriges Mädchen nicht schon früher vermisst wurde? Und das an Weihnachten. Alice musste an die Eltern denken, die plötzlich die Nachricht erhielten, dass ihre Tochter tot aufgefunden worden war. Unter dem Weihnachtsbaum die unausgepackten Geschenke. Vom nächsten Morgen an einen Teller weniger auf dem Tisch. Ein leeres Kinderzimmer voller Erinnerungen … Sie versuchte mehr von dem Gespräch mitzubekommen, doch ihr Vater redete sehr leise. Sie verstand nur Gesprächsfetzen. Es handelte sich offenbar um ein Mädchen aus Sonthofen. Die Eltern waren auf einer Kreuzfahrt und konnten nicht erreicht werden. Die Worte »zwanzigster Hochzeitstag« fielen. Die Eltern standen an der Reling des Luxusdampfers und feierten die Überquerung des Äquators. Sie erinnerten sich daran, wie sie sich kennengelernt hatten, an den Heiratsantrag und an die Geburt ihrer Tochter. Sie malten sich die Zukunft ihrer Tochter aus, betrachteten den Horizont und stellten sich als graue Großeltern vor. Wo sie auch waren, das Kreuzfahrtschiff hatte sie auch weit von ihrer eigenen Realität gebracht. Alice fragte sich, was schlimmer gewesen wäre: die Eltern, die beide bei einem Schiffsunglück à la Titanic für immer verschwanden, und die Tochter bliebe alleine zurück, oder das Kind starb, und die Eltern lebten weiter? Es war unsinnig, sich solche Fragen zu stellen, genauso fruchtlos war die Frage nach dem Sinn des Lebens. Für Wittgenstein waren diese eigentlich kein Fragen, sondern versteckte Wünsche. Der Wunsch, dass das Leben einen Sinn hat. Und so wie das Leben keinen hatte, hatte auch der Tod keinen.

Das Mädchen kam aus Sonthofen und verbrachte die Ferien nicht mit den Eltern. Wie konnte es einfach verschwinden? Wie kam es in den Wald nach Hintereck, und warum hatte der Mörder die gefrorene Leiche vor die Kirche gestellt? Leise stieg Alice die Holztreppen hinauf. Bei jedem Schritt überlegte sie sich, wie sie ihrem Vater erklären konnte, dass sie kein traumatisiertes elfjähriges Mädchen war, das seine Mutter verloren hatte. Alice hatte wenige Erinnerungen an ihre Mutter. Die war Teil einer Welt, die es nicht mehr gab, einer Welt, die mit dem Mord erloschen war.

In ihrem Zimmer war kaum Licht, und die Bücher auf den Regalen unterschieden sich kaum von der Tapete. Alice hatte gerade ihren Finger auf den Lichtschalter gelegt, als jemand hinter ihr auftauchte.

»Bitte kein Licht«, sagte eine heisere Stimme. »Es gibt Tage, an denen ich kein Licht vertrage.«

Alice zuckte zusammen. Sie hatte sich vor Schreck auf die Zunge gebissen. Wittgensteins mageres Gesicht. Er saß auf dem Korbstuhl im Eck und blätterte in einer Geo-Zeitschrift. Sie hätte ihm am liebsten ein paar Kruzifix-Halleluja-Flüche an den Kopf geworfen, ausreichend, um ein paar Jahrhunderte vor dem Paradies anstehen zu müssen.

»Können Sie nicht so auftauchen, dass ich mich nicht jedes Mal zu Tode erschrecke?«

»Entschuldige, Alice. Ich warte schon eine Weile. Heute ist so ein Tag, an dem ich weder Licht noch Dunkelheit ertrage. Mein Kopf tut mir weh. Ich vertrage einfach keine Donnerstage. Ich habe ein existenzielles Problem mit diesem Tag.«

»Heute ist aber nicht Donnerstag, sondern Mittwoch.«

»Mittwoch ist noch schlimmer, weil es der Tag vor dem Donnerstag ist und ich an nichts anderes mehr denken kann als an den Donnerstag.«

Alice fasste sich an ihren Hinterkopf. Die Beule war heiß und schmerzte.

»Ich habe andere Probleme. Jemand hat mich verfolgt in der Stadt, und dieser Jemand hat wahrscheinlich versucht, mir den

Schädel einzuschlagen. Nun, vielleicht bin ich auch gestürzt und habe mir alles nur eingebildet.«

»Donnerstage sind die schlimmsten aller Tage.«

»Hören Sie mir überhaupt zu?«

Wittgenstein murmelte vor sich hin, belanglose Wörter, so als führte der Mund ein eigenständiges Leben.

»Du bist in großer Gefahr«, sagte der Philosoph plötzlich.

»Ich weiß. Ein Mädchen ist ermordet worden. Die Polizei glaubt, dass es sich wieder um einen Unfall handelt. Wie bei den anderen Eistoten. Aber ich weiß, dass er unter uns lebt, und er wird weiter morden, bis ihn jemand aufhält. Er weiß, dass ich auf seiner Spur bin. Ich bin die Einzige, ich und Tom. Verstehen Sie? Er wird alles tun, um mich zum Schweigen zu bringen.«

»Ach, nein, ich rede nicht von Mördern und dergleichen.«

»Von was für einer Gefahr reden Sie dann?«

»Von einer größeren dunkleren Gefahr. Etwas, was nicht nur einen Menschen tötet, sondern Tausende.«

»Tausende?«

»Dunkle Ideen, uralt, die aus den Archiven der Menschheit wieder an die Oberfläche kommen. Sie nehmen Gestalt an, sie formieren sich unter den Augen aller, ohne dass jemand sich dessen bewusst ist. Es sind Spektren. Sie verfolgen dich.«

»Wenn mich jemand verfolgt ... Der Clown auf dem Trottoir und dann im Bus. Er war nicht wirklich. Ich hatte den Eindruck ...«

»... dass nur du ihn sehen kannst.« Wittgenstein nickte. »Es gibt sicherlich noch mehr, die ihn sehen können. Aber die wenigsten verstehen, dass es sich um etwas anderes handelt. Sie wissen nicht, dass etwas Nicht-Menschliches vor ihnen ist.«

»Menschlich sah er aus ...«

»Der weiße Clown ist nur eine Art Platzhalter. Also für Dinge, die wir nicht verstehen. Was dahinter ist, kann niemand so genau sagen. Die alten Philosophen nennen es ›Eidos‹. Bei den alten Griechen bedeutete dies Gestalt oder Form. Aber es ist noch mehr. Das Eidos ist eine Urform, die alles formt, was auf der Erde ist. So stellten es sich jedenfalls Aristoteles und Platon vor. Heute nennt man es nur noch harmlos ›Idee‹. Doch im Grunde, weiß keiner genau, was sich dahinter verbirgt.«

»Und warum der Clown?«

»Das musst du dich selbst fragen. Der weiße Clown ist die ernste Gestalt, er ist eine autoritäre Person. Er tritt nicht allein auf, sondern immer in Begleitung mit dem dummen August. Der weiße Clown setzt den dummen August in Szene, bleibt aber selbst im Hintergrund. Nicht über ihn lachen die Zuschauer, sondern über den dummen August. Den Tollpatsch. Sieht man es von einer anderen Seite, dann ist der dumme August nur eine andere Gestalt des weißen Clowns, und der weiße Clown ist das verborgene Bewusstsein des Zuschauers. Er kennt ihre intimsten Wünsche. Nur weil er ihre Geheimnisse kennt und nur weil die Zuschauer dies unbewusst spüren, können sie über ihn und den dummen August lachen. Kennst du Francesco Caroli? Er trat im Zirkus auf. Wohl der berühmteste Weißclown. Seine Maske war ein Geheimnis, und manche behaupteten sogar, dass Caroli, sobald er die Maske aufgetragen hatte, nicht mehr Caroli gewesen wäre. Es war kein Mensch darunter … Das war jedenfalls die Legende vom Weißclown. Was du aber gesehen hast, war nicht wirklich, wie die meisten Menschen Wirklichkeit sehen. Die Wirklichkeit von Supermärkten, Verkehrsstraßen, Quizshows, Geld, der Vierzig-Stunden-Woche, Strandurlaub …«

»So wirklich wie Sie?«

Das war ein Witz, doch sie vergaß, dass Wittgenstein ein ganz und gar humorloser Mensch war. Logik war nicht witzig.

»Wirklichkeit ist ein Begriff, den man nur auf das Stoffliche und auf Sinnesreize anwenden sollte. Es gibt noch mehr Wirklichkeiten, die viel realer sind als die sinnliche.«

»Was wollte der Typ von mir?«

»Das weiß niemand so genau, nicht einmal die Philosophen und Denker der Jahrhunderte.«

»Hat er mir die Beule verpasst?«

Wittgenstein schüttelte den Kopf. »Nein, er schlägt die Menschen nicht. Er tut viel Schlimmeres. Er zerstört sie von innen.«

Alice hörte Wittgensteins flüsternde Stimme wie ein Radio mit schlechtem Empfang. Und wenn ihr Vater doch recht hatte? Wenn sie tatsächlich seit dem Tod ihrer Mutter kein normales Kind mehr war? Wenn sie tatsächlich verrückt war? Wenn die Beule am Kopf gar kein Schlag war, sondern einfach nur ein Unfall. Sie rutschte aus, schlug mit dem Kopf auf dem Steinpflaster auf und war für ein paar Sekunden ohnmächtig. Was, wenn sie sich einfach nicht mehr an den Sturz erinnerte? Wenn ihr die Sekunden vorher fehlten? Dann würde sie annehmen, dass sie jemand niedergeschlagen hatte.

Wenn deine Psyche destabilisiert war, wie Doktor Schreber ihrem Vater erzählt hatte, wenn es keine Beule gab und auch keinen Wittgenstein. Wenn das alles nur Geburten aus ihrem Kopf waren. Sie versuchte nicht mehr zu denken. Sie hielt sich die Augen zu und konzentrierte sich auf ein Kinderlied. *Ringel, Ringel, Reihe …*

Wittgenstein saß noch immer seelenruhig im Korbstuhl. Wenn Schreber von Wittgenstein wusste? Wenn er herausbekäme, dass Alice sich mit einem Philosophen unterhielt, der schon seit einem halben Jahrhundert tot war, dann würde sie den Rest ihres Lebens in der psychiatrischen Klinik verbringen.

Plötzlich hatte sie Angst, dass ihr Verstand eine Gummizelle war und sie saß darin und wusste es nicht. Wittgenstein erschien nicht jedem. Nicht jeder sah die alten Gestalten, von denen über die Jahrtausende nur Worte übriggeblieben waren. War sie die Einzige auf dieser Welt, die sie sehen konnte? O Gott, Alice, die Psychiatrien waren voll von Leuten, die solche Dinge sahen wie sie.

Alice schloss ihre Augen und hoffte, dass Wittgenstein verschwunden war, wenn sie sie wieder öffnete. Doch Wittgenstein blätterte in dem Geo-Heft über Ägypten und griff dann zu IT-IN, einer Computerzeitschrift, die Tom ihr geliehen hatte. Wittgenstein schien fasziniert von der Code-Sprache der Hacker, von der Vorstellung virtueller Viren und von Sprachen, die nur Maschinen verstanden.

»Virtuell«, sagte er, »interessant, was die da schreiben ... Das ist keine Realität, sondern etwas zwischen Realem und rein Geistigem. Die Realität der Gedanken.«

»So ähnlich habe ich das auch verstanden, aber in was für einer Gefahr schwebe ich?«

Wittgenstein legte die Zeitschrift weg und ging zum Fenster. »In einer virtuellen Gefahr.«

»Eine virtuelle Gefahr läuft mir nicht auf dem Trottoir nach, und man kann sie auch nicht im Bus sehen.«

»Es ist Zeit, Alice, dass ich dir ein paar Dinge erkläre. Ich dachte, wir haben noch Zeit, bis du ein bisschen älter bist. Aber die Zeit drängt. Wir können nicht mehr länger warten.«

»Wer ist wir?«

»Ich und die anderen. Gedulde dich ...«

»Die anderen, das ist ja mal supergenau.«

»Das Wort ›virtuell‹ gefällt mir, weil es eben nicht nur erfunden oder eingebildet bedeutet. Es ist weder Realität noch Phantasie, sondern ein Zwischending. Die Gestalt, die du wahrscheinlich im Bus gesehen hast, kannst nur du sehen – und noch ein paar andere Menschen mit derselben Begabung.«

»Was war es dann, wenn es kein Mensch war?«

»Ein Spektre, eine Idee, oder manchmal nennt man in einigen Religionen solche Gestalten Dämonen. Ein Dämon ist ein Vermittler zwischen der hiesigen realen Welt und der jenseitigen göttlichen Welt. Aber diese Aufteilung ist eine menschliche Vorstellung. Ein Denkkonstrukt. In Wirklichkeit gibt es keine Aufteilung, sondern nur eine Welt. Aber diese eine Welt ist komplexer. Es gibt viele Realitäten darin. Die körperliche und die Welt der Ideen. Darin findest du alles: Pläne, wie die Evolution abläuft, Prozesse kosmischer Veränderungen. Das sind die Strukturen, nach denen das Universum geschaffen wurde. Darüber kann man kaum etwas sagen. Wir haben keinen Zugang zu dieser Welt, nicht direkt ... Dann gibt es die Welt menschlicher Ideen. Die Menschheitsgeschichte ist ein Ergebnis dieser Ideen.«

»So ähnlich wie Computersoftware und Hardware. Die Rechner mit ihren Platinen sind zwar notwendig als Körper, aber entscheidend sind die Programme. Die Software ...«

»Ideen, Software oder Gedanken, du kannst es nennen, wie du willst. Die Philosophie ist ein Teil dieser Geisterwelt. Die Philosophen sind die Architekten der geistigen Welt. Sie konstruieren die Menschheit seit Jahrtausenden. Zivilisationen, Staaten, Justiz, Gesellschaft, Kultur, all das existiert erst durch die Philosophie. Und weit vorher, als man Philosophie noch gar nicht kannte, noch vor den alten Griechen, gab es Denker, von denen nichts mehr überliefert ist außer den Menschen und die Art, wie sie lebten und dachten.«

»Die Menschen, ihre Körper, ihr Leben, das alles ist nur das Fundament ... die Hardware, doch darüber gibt es Ideen, die Spektren.«

»So ungefähr. Obwohl das Leben und die Vorstellung von unseren Körpern auch schon wieder eine Idee ist. Auch sie ist veränderbar, und wie du erfahren hast, hast du etwas gesehen, was andere nicht sehen konnten, etwas, was es nach der vereinfachten Vorstellung von Realität gar nicht gibt.«

»Wenn aber die Philosophen oder Architekten dieser Welt alles geschaffen haben, warum gibt es dann eine Welt, in der Menschen ermordet werden, in der es Kriege gibt, Massenmorde? Warum gibt es Stechmücken, Magenschmerzen, Krebs und Donnerstage?«

»Weil es nicht viele Philosophen gibt. Nur ein Bruchteil aller Ideen, die den Lauf unserer Menschheitsgeschichte bestimmt haben, haben Philosophen erdacht. Der Großteil kommt von der anderen Seite. Es sind düstere Gestalten. Spektren. Dunkle Architekten des Bösen. Keiner weiß, wie sie in die Welt gekommen sind. Und manchmal sind sie gar nicht als Architekten des Bösen erkennbar. Man erkennt sie nur an den Konsequenzen, an dem, was sie aus den Menschen machen. Was genau sie mit den Menschen machen, wissen wir nicht. Ihre Absicht ist unbekannt. Ihre Namen sind unbekannt. Ihre Werke sind unsichtbar oder versteckt. In Büchern, Gerüchten auf der Straße, politischen Parolen, Trends, Ideologien, Religionen ... Worte zwischen den Zeilen. Bruchstücke, Wortfetzen, gewisse Satzkombinationen, die Besitz von den Menschen ergreifen.«

»Haben Sie nicht gesagt: Wovon man nicht reden kann, darüber soll man schweigen?«

»Das dachte ich lange. Inzwischen weiß ich, dass es jenseits unseres Denkens Dinge gibt, die wir nicht begreifen können. Aber in einer gewissen Weise reden wir über sie, wenn wir schweigen.«

»Doch was hat das mit mir zu tun?«

»Es gibt Menschen, die sind empfänglich ... Sie haben Zugang zu der Welt der Spektren. Doch nicht nur diese Menschen haben Zugang. Sie sind auch gleichzeitig ein Tor für die Spektren in diese Welt.«

»Gerade haben Sie gesagt, dass es nur eine Welt gibt.«

»Mit vielen Realitäten, die nicht miteinander verbunden sind. Es gibt nur einige Stellen, wo sich die Welten überschneiden.«

»Das sollen Menschen wie ich sein. Deshalb kann ich Sie sehen, obwohl Sie schon über ein halbes Jahrhundert tot sind.«

»Wir Philosophen sind nie tot … nur sichtbar sind wir nicht mehr.«

»Und wer sagt mir eigentlich, dass ich nicht ein Fall für die Klapsmühle bin? Dass ich Sie nur deshalb sehe, weil ich einen Hirnschaden habe? Wenn mein Vater recht hat und ich verrückt bin? Sie sind tot, und trotzdem sehe ich Sie und unterhalte mich mit Ihnen. Das ist schon ganz schön durchgeknallt. Wer beweist mir, dass ich nicht schlafe und einen irren Traum träume?«

»Zwicken …«

Alice zwickte sich in den Unterarm. Es tat weh, niemand anderes schrie, und sie spürte den Schmerz in ihrem Arm. Wittgenstein saß noch immer vor ihr.

»Warum gerade ich? Ich verstehe es einfach nicht.«

»Wir können dich nicht länger schützen.«

»Vor wem?«

»Vor den Namenlosen. Den dunklen Gedankenarchitekten. Sie werden dich finden und dich auf ihre Seite ziehen wollen.«

»Woran erkenne ich sie?«

»Das kann ich dir nicht sagen. Ich weiß es nicht.«

»Haben die Namenlosen etwas mit den Morden zu tun?«

Der Korbstuhl vor ihr war plötzlich leer. Wittgenstein war genauso schnell wieder verschwunden, wie er aufgetaucht war.

Dudelidooo, Alice, du wirst dich wohl fühlen in der Gummizelle. Willkommen im Club der toten Philosophen.

Alice schlug eine Seite von Wittgensteins *Tractatus logico-philosophicus* auf:

5.6.31 Das denkende, vorstellende Subjekt gibt es nicht.

Wenn ich ein Buch schriebe »Die Welt, wie ich sie vorfand«, so wäre darin auch über meinen Leib zu berichten und zu sagen, welche Glieder meinem Willen unterstehen und welche nicht etc., dies ist nämlich eine Methode, das Subjekt zu isolieren, oder vielmehr zu zeigen, dass es in einem wichtigen Sinne kein Subjekt gibt: Von ihm allein nämlich könnte in diesem Buche nicht die Rede sein.

5.6.32 Das Subjekt gehört nicht zur Welt, sondern es ist eine Grenze der Welt.

Sie legte sich auf ihr Bett und zog die Decke über ihr Kinn. Wittgensteins Sätze flirrten wie Mücken durch ihren Kopf. Sie gehörte nicht zu ihrer eigenen Welt … sie war ihre Grenze.

Die Müdigkeit flüsterte in Wittgensteins Fistelstimme. Die Stimme war in ihrem Kopf. *Architekten des Bösen.*

Alice, dein Verstand geht gerade den Bach runter. Und nichts kann dir helfen. Ihr Zimmer war kalt geworden. Draußen gefror die Welt, und in irgendeinem Haus in Hintereck dachte jemand über ihren Tod nach.

TEIL DREI

Jagd

24.

Am nächsten Morgen lag keine Zeitung auf dem Tisch. Auch die Post fehlte.

Das Postauto war im Schnee stecken geblieben, und der Zeitungsausträger aus Hindelang war nicht bis nach Hintereck durchgekommen. Ihr Vater hatte schon früh das Haus verlassen, und von Amalia war kein Ton zu hören. Alice zog sich ihre Moonboots an, warf sich ihren Anorak über und stapfte durch den harschen Schnee zum Haus ihres Großvaters. In der Morgensonne glitzerte der Schnee wie ein stiller See. Das Thermometer zeigte noch minus 16 Grad an. Der Schnee war pulvrig und machte Geräusche wie zerbrechendes Knäckebrot. Der Wagen ihres Vaters war nicht da. Sie musste so tief geschlafen haben, dass sie nichts gehört hatte. Vielleicht war er zu einem neuen Tatort gerufen worden? Sie musste dringend herausfinden, wer das tote Mädchen war.

Auf halbem Weg erkannte sie schon den Rover ihres Großvaters vor dem Haus. Daneben stand ihr Großvater und schippte Schnee weg. Er hatte sie noch nicht gesehen, als sie im Schnee eine zweite Fußspur entdeckte. Die Spur bog ab und verlor sich in dem Wäldchen am Hang und führte zum Haus ihres Großvaters. Alice hatte das Haus fast erreicht, als sie bemerkte, dass die Spur von seinem Haus wegführte, hinauf in das Wäldchen und wieder zurück. Und Alice hätte darüber auch keine Sekunde mehr verschwendet, wenn da nicht etwas gewesen wäre. Ihre Hand begann fast zu zittern, als sie mit ihrer Hand die

Größe ausmaß. Dieselbe Größe, doch was noch erdrückender war: Die Sohle war im Fersenbereich gerissen. Wenn es nicht ein nach kosmischer Rechnung unglaublicher Zufall war, dann hatte sie denselben Fußabdruck vor sich, den sie im Wald bei der Leiche und auch am Grab ihrer Mutter gefunden hatte.

Sie näherte sich ihrem Großvater, bis es keinen Zweifel mehr gab. Sie stand hinter ihm, die Stiefel drückten sich in den Schnee und hinterließen ihre unverkennbare Spur. Der Schuh gehörte ihrem Großvater. Alice glaubte den Boden unter den Füßen zu verlieren. Ihr wurde heiß und kalt zugleich. Der gepresste Schnee vom Schneepflug war selbst für Großvater, der sein Leben lang hart gearbeitet hatte, zu viel Gewicht. Er wischte sich den Schweiß von der Stirn. Sein rechtes Bein zog er leicht hinter sich her. In diesem Augenblick drehte sich ihr Großvater um, die Schneeschaufel wie eine Sense in der Hand.

»Alice, hast du mich erschreckt! Ich habe dich gar nicht gehört. Willst du mir beim Schippen helfen?«

»Nein, ich muss auch bald los«, sagte sie und rang nach Atem.

»Was ist denn? Du siehst aus als, hättest du ein Gespenst gesehen.«

»Es ist nichts. Nur die Kälte.«

»Warum schaust du mich so an? Habe ich noch Rasierschaum im Gesicht?«

»Nein, es ist nichts, Opa.«

Nur dass ich deinen Fußabdruck neben einer Mädchenleiche im Wald gefunden habe …

Die Hände ihres Großvaters strichen ihr über den Kopf. Dieselben Hände, die das Leben eines kleinen Mädchens beendet hatten, ihr Großvater, auf dessen Knie sie schaukelte …

Hoppe, hoppe, Reiter, wenn er fällt, dann schreit er, fällt er in den Graben, fressen ihn die Raben, fällt er in den Sumpf …

Sie wagte nicht, daran zu denken. Doch wenn es wahr war,

dann stand sie vor dem Mörder ihrer Mutter. Dann war ihr Großvater der Eismörder. Er hatte ihr Gutenachtgeschichten vorgelesen, 1001 Nacht, Grimms Märchen ... Ihr Großvater hatte zwei Gesichter, drei oder mehr ... Doktor Jekyll und Mister Hyde.

Du siehst tote Philosophen. Dein Großvater ist ein Serienmörder. Der Tod ist ein Meister aus Deutschland ...

Großvater, der Geschichtenvorleser, der Knuddelopa, der sie heimlich ins Antiquariat mitnahm, Opa, der nachts aus dem Haus ging und tötete, an Weihnachten, wenn die Kälte über die Berge kam.

Erst zu Hause fasste Alice sich wieder. Es war, als hätte ihr Großvater sie verraten. Und wenn sie es genau überlegte, dann hatte ihr Großvater sich auch nicht dagegengestellt, dass ihr Vater sie für zwei Wochen in die Psychiatrie steckte. Therapie, unter der Beobachtung von Dr. Schreber. Was für ein eleganter Weg, sie loszuwerden! Wenn sie erst einmal als psychisch labil eingestuft wurde, dann würde ihr sowieso niemand mehr glauben, selbst wenn sie die Wahrheit schwarz-weiß auf der Hand hätte.

Sie wählte Toms Nummer. Keine Verbindung. Wenn ihr Großvater aber wusste, dass sie die Leiche im Wald gefunden hatte? Wenn er wusste, dass sie die Einzige war, die nicht wieder an einen tragischen Unfall glaubte? Kältetod, zufällig am 23. Dezember. Ein Tag vor Weihnachten. Doch wann hätte ihr Großvater die Tat begehen sollen? Er half bei den Vorbereitungen für das Weihnachtsessen. Dann holte er die Tanne aus dem Wald für den Christbaum. Er schnitt den schönsten Christbaum ab und ... Ihr Großvater konnte so etwas nicht tun. Doch Alice erinnerte sich an Ted Bundy, der von Angehörigen und anderen, die ihn kannten, als liebreizender Mensch beschrieben wurde. Wenn sie nun aus einer Familie von Geisteskranken stammte? Vielleicht hatte ihr Großvater, als er jünger war, auch tote Philosophen gesehen und mit ihnen geredet. Das hieße, auch sie würde eines Tages töten. Das war absurd. Sie hatte etwas übersehen, irgendein verdammtes Detail. Warum ging Tom nicht ans Telefon?

Alice packte ihren Rucksack. Vielleicht war er schon auf dem Weg zur Kirche. Ein Alleingang – das sah Tom wieder ähnlich.

Alice war schon an der Tür, als sie auf der anderen Seite hörte, wie jemand sich die Schuhe abtrat. Sie hatte den Wagen ihres Vaters nicht gehört. Sie lief zum Küchenfenster und drückte sich an die Scheibe. Ihr Großvater klopfte seine Schuhe ab. Er klingelte. Aber er hatte doch einen Schlüssel. Warum klingelte er dann? Um sich zu vergewissern, dass ihr Vater nicht da war. Dass er ungestört war, um sein Werk zu vollenden. Alice hatte das Gefühl, plötzlich in einem Hollywood-Alptraum zu sein. Aufwachen, aufwachen, dachte sie halblaut vor sich hin. Sie konnte sich irren, und es war nur ein Zufall. Ihr Großvater war nur ein harmloser Opa, der ihr Geschichten vorlas. Sie konnte sich irren oder nicht … Sie nahm die Abkürzung durch das Wohnzimmer, nahm die Treppe zur Waschküche und verließ das Haus über den Hintereingang der Waschküche. Sie hörte noch, wie ihr Großvater das Haus betrat.

Wenn die Temperaturen in Hintereck sanken, dann war der Himmel meist klar. Doch in diesem Jahr kam mit der Kälte eine unbeweglich starre Wolkenschicht über die Bergkämme. Alice hatte den Weg zur Kirche schon zur Hälfte zurückgelegt, als sie an der Wegkreuzung stehen blieb. Vor ihr der gekreuzigte Herr Jesus an einem rostigen Kreuz, das in einem vom Frost gesprengten Sockel steckte. Auch vom Jesus war nur noch der Oberkörper zu sehen. Da lebte die Welt im Computerzeitalter, und in Hintereck war man noch abergläubisch wie im Mittelalter. An jeder Wegkreuzung stand ein Kreuz. Das sollte das Unheil fernhalten. Alice hatte sich nicht geirrt, auf der Bank hockte in eisiger Kälte Adelheid Grundinger.

Alice fuhr zusammen. Vor ihrem geistigen Auge sah sie ihren Großvater, wie er die alte Frau getötet hatte, um sie dann auf die Bank zu setzen. Sie näherte sich der alten Frau. Deren Augenbrauen waren vereist und glichen weißen Büschen. Der Atem stieg nach oben. Die Feuchtigkeit gefror auf ihren Augenbrauen. Sie war nicht tot. Aber sie würde es bald sein, wenn sie noch länger hier in der Eiseskälte hockte. In einer halben Stunde war es dunkel. In der Nacht fielen die Temperaturen unter minus 25 Grad.

»Frau Grundinger«, sagte Alice und nahm die Hände der Frau, »Sie holen sich hier den Tod.«

Adelheid Grundinger registrierte Alice nicht. Sie starrte in die Richtung, aus der Alice gekommen war.

Alice rieb die Hände der Frau. Sie waren kalt wie die einer Leiche.

»Mein Alois ist heimgekommen.«

»Alois? Ihr Mann, der aus dem Krieg nicht mehr heimgekehrt ist?«

»Ich hab ihn g'sehn.«

»Der ist schon über 100 Jahre alt.«

»104 Jahre wäre er dieses Jahr g'worden. Ich hab jedes Jahr mit ihm g'feiert. So als wäre er daheim gewesen. Ich hab gewusst, dass er nach Hause kommt. Ich hab's gewusst.«

Sie hat den Verstand verloren, war Alices erster Gedanke. Dann fiel ihr aber Wittgenstein ein und dass sie selbst Menschen sah, die schon seit einem halben Jahrhundert tot waren, ja selbst Philosophen, die schon vor über zweitausend Jahren das Zeitliche gesegnet hatten. Im Alter war der Kopf voll von

Erinnerungen, die Vergangenheit war riesig geworden und die Zukunft immer kleiner. Adelheid Grundinger hatte ein Leben lang auf ihren Alois gewartet, jetzt hatte sie ihn gesehen. Das war der ganz normale Wahnsinn des Altwerdens.

»Wo haben Sie ihn gesehen?«

»Da über die Berge ist er gekommen. Er ging an meinem Haus vorbei. Jeden Abend, sobald es dunkel wird, stelle ich eine Lampe ins Fenster. Das hab ich ihm gesagt, als er wegging. Damit er wieder zurückfindet.«

»Mit 104 Jahren über die Berge gelaufen. Das muss anstrengend gewesen sein.«

Alice betonte absichtlich die 104 Jahre, was die alte Frau jedoch in keiner Weise beunruhigte.

»Mein Alois war immer gut zu Fuß. Als wir vor dem Krieg in Berlin waren, da sind wir nie mit der Tram gefahren, immer zu Fuß. Der konnte laufen, mein Alois. Der ganze weite Weg aus Russland …«

»Und warum warten Sie jetzt auf ihn, hier auf der Bank, in dieser Hundekälte?«

»Das verstehe ich ja nicht … Der Alois ist kurz vor meinem Haus stehen geblieben. Er hat zu mir hochgeschaut. Er hat sich überhaupt nicht verändert … Er schaut immer noch so aus wie damals, als er über die Felder wegging, in diesen Krieg.«

»Sie meinen, er war jung?«

»Jung, schön und stark. So habe ich ihn gesehen. Vor zwei Tagen, gestern, heute … Er kommt an meinem Haus vorbei, bleibt kurz stehen, geht dann weiter, so als würde er sein Haus nicht mehr kennen.«

»Er geht vorbei?«

»Das verstehe ich ja nicht. Er war so lange weg, vielleicht kann er sich nicht mehr an sein Haus erinnern, und ich bin eine alte Frau. Er hat mir ins Gesicht gesehen, als ich am Fenster stand. Dann ging er einfach weiter, so als hätte er ein anderes Ziel.«

»Er war jung ... wie damals, als er in den Krieg zog«, wiederholte Alice. Adelheid Grundinger hatte nicht den Verstand verloren. Sie hatte jemanden gesehen, nur nicht denjenigen, auf den sie wartete. Man konnte es auch so betrachten: Die alte Frau hatte den Mann gesehen, auf den sie seit Jahren wartete, doch wer auch immer da unter ihrem Fenster gestanden hatte, war nicht ihr Mann Alois gewesen. Alois Grundingers Knochen waren wahrscheinlich irgendwo auf einem russischen Acker vergraben, in einem anonymen Grab, verscharrt vor siebzig Jahren. Der einzige Ort, an dem Alois noch existierte, war Adelheid Grundingers Erinnerung. Dennoch hatte Alice das Gefühl, dass die alte Frau keine Gespenster gesehen hatte. Sie hatte etwas gesehen, eine Gestalt, bei Dunkelheit, die zu ihrem Fenster hochgesehen hatte. Nur war es nicht ihr Mann ...

»Und wohin ist Alois gegangen?«

»Dort hinauf!« Sie zeigte den Weg entlang, den Alice gerade gekommen war.

»Aber dort wohne ich. Und das Haus weiter unten am Weg, das ist das Haus von meinem Großvater.«

»Dorthin ist er gegangen. Seit zwei Tagen sehe ich ihn.«

»Nachts ist Alois zu uns gekommen?«

»Ich bin ihm nachgegangen, gestern Nacht.«

»Bei uns war niemand zu Besuch.«

Du hast niemanden gesehen.

»Er ist um euer Haus gegangen, zweimal. Er hat sogar eine Leiter geholt. Ich dachte, er will irgendetwas reparieren, weil er in einer Hand etwas hielt, was schwer aussah, wie ein Werkzeug.«

Alices Magen zog sich zusammen. Sie sah sich nach allen Seiten um.

»Frau Grundinger, Sie müssen jetzt gehen. Hier holen Sie sich den Tod. Wenn der Alois wieder zu uns kommt, dann schicke ich ihn zu Ihnen. Versprochen.«

Sie half der Frau auf, die sich ohne Widerrede helfen ließ. Alice wunderte sich, wie leicht die alte Frau ohne Wintermantel war.

Vor Grundingers Haustür ließ Alice den Arm der Alten los.

»So, jetzt sind wir wieder daheim.«

»Du bist so ein liebes Mädel«, sagte Adelheid Grundinger, »dass der liebe Gott dir deine Liebenswürdigkeit vergelte.«

»Eine Frage noch. Können Sie Alois beschreiben?«

»Er sah jünger aus wie damals, als er ging. Nur sein Bein hat er leicht hinterhergezogen. Der Alois hat nicht gehumpelt. Der war immer gut zu Fuß. Nie ist er mit der Tram … Aber er war sicherlich verletzt im Krieg.«

Großvaters Bein – er humpelte beim Schneeschippen.

Nachdem die alte Frau die Tür verriegelt hatte, hörte Alice, wie die Holztreppe unter ihren Schritten knarrte. Wen hatte sie nur gesehen? Wer war in der Weihnachtsnacht und die Tage danach vor ihrem Fenster stehen geblieben? In Alice wuchs ein finsterer Verdacht. Wer sich auch hinter Alois Grundinger verbarg, er hatte im Schneesturm die Leiter unter Alices Fenster gestellt. Er hatte sie beobachtet, als sie allein im Zimmer war. Er hatte nur darauf gewartet, bis sie tief schlief. Im Sturm hätten sie die zerbrochenen Scheiben nicht aufgeweckt, und niemand hätte ihre Schreie gehört. Aus irgendeinem Grund hatte der falsche Alois Grundinger sein Vorhaben abgebrochen. Etwas musste ihn gestört haben. Sie hatte verdammtes Glück gehabt. Diesmal.

Wen hatte die alte Grundinger unter ihrem Fenster gesehen? Alice schlug den Weg in Richtung Kirche ein. Die Wege waren vereist, und an den meisten Stellen gab es nur einen Trampelpfad durch die Schneemassen. Das Dorf lag da wie gelähmt. So musste es im Gehirn der alten Frau aussehen. Stillstand. Die Erinnerungen vergangener Jahre vermischten sich mit der Gegenwart. Ein Gesicht, das sie vielleicht zufällig gesehen hatte, verwandelte sich in das Gesicht ihres Alois. Alice konnte nicht glauben, dass Adelheid Grundinger ihr Leben lang auf ihren Alois gewartet hatte. Auf ihren Mann, der nie mehr kommen würde. Für sie gab es keinen Neuanfang, nachdem ihr geliebter Alois verschollen war. Sie betete und wartete. Jeden Tag blickte sie über das Feld, wo sie ihn das letzte Mal gesehen hatte. Alice nahm sich vor, von nun an die alte Frau öfters zu besuchen. Mit ihr reden, über die Jahre vor dem Krieg, den Krieg, über eine Zeit, wo noch nicht einmal ihre Eltern geboren waren.

Die Sonne war schon untergegangen. Die Helligkeit des Schnees schimmerte bläulich, so als wäre der Schnee selbst eine Lichtquelle.

Ihr Großvater ein Mörder? Allein der Gedanke war unerträglich. Es war dieselbe Schuhgröße, dasselbe Muster und vor allem derselbe Fehler in der Schuhsohle. Ein Zufall, der zwar unwahrscheinlich, aber dennoch ein Zufall sein konnte. Hatte die alte Grundinger ihren Großvater gesehen? Einen Mann, der sein Bein nachzog? Doch sie hatte einen jungen Mann gesehen. Wer auch immer unter ihrem Fenster gestanden hatte, war ein Mann gewesen, der das Alter von Alois Grundinger hatte, als er in den Krieg aufgebrochen war. Das sprach gegen ihren Großvater. Alice bemerkte, wie der Verdacht, dass ihr Großvater etwas mit den Eistoten zu tun haben könnte, ihr Denken vernebelte.

Ihr Handy klingelte. Tom. Wie sie gedacht hatte. Er war schon in der Kirche. Typisch, dachte sie, er muss ja sein Ding durchziehen. Tom hatte noch nicht verstanden, dass dies längst kein Spiel mehr war. Wenn sie nicht achtgaben, dann würden auch sie bald Opfer eines tragischen Unglücks sein. In Hintereck hieß es dann: Wie hatten sie nur so leichtsinnig sein können! Und wenn sie tot war, dann gab es niemanden mehr, der den Mörder stoppen konnte.

»Ich habe dir doch gesagt, dass du auf mich warten sollst.«

»Kein Problem, Alice. Ich habe alles im Griff. Die Installation ist perfekt.«

»Du warst schon in der Kirche?«

»Klar, alleine ist es unauffälliger.«

»Hat dich jemand gesehen?«

»Nur der Pfarrer. Der war ganz entzückt, als er mich auf der Bank knien sah. Das sah so andächtig aus. Derweil wartete ich nur, bis er hinterm Altarraum verschwunden war, um den billigen Messwein zu saufen.« Tom lächelte. »Wir wissen ja, dass der Bez säuft wie ein Loch. Wer in Hintereck lebt, ist schon gestraft, aber wer noch Pfarrer ist und dazu noch ein katholischer, der braucht sich nicht mehr vor der Hölle zu fürchten. Der hört jeden Tag bei der Beichte die Verlogenheit der Dörfler. Ein Tourist kommt ja nicht zum Beichten. Niemand außer den Hinterecklern hat seit jeher in diesem Beichtstuhl sein schlechtes Gewissen gewaschen.«

»Ab wann funktioniert deine Installation?«

»Sobald ich diesen Knopf hier drücke.« Tom holte ein Handy aus seiner Tasche, das wie ein kleiner Computer aussah. »Ich habe das andere Handy so programmiert, dass es beim Anruf von diesem Handy einschaltet. Natürlich ohne Geräusch. Nicht einmal das Display leuchtet. Echt James-Bond-mäßig.«

»Hast du es ausprobiert?«

»Noch nicht. Dafür blieb keine Zeit. Ich hatte gerade einmal Zeit, mich in den Beichtstuhl zu schleichen und das superflache Handy unter der Kniebank zu befestigen. Ich sage dir, das war eine Meisterleistung.«

»Um wie viel Uhr ist Beichte?«

»In fünfzehn Minuten kommen normalerweise die Ersten.«

»Gut, einer von uns muss in der Kirche bleiben und sehen, wer im Beichtstuhl ist.«

»So viele kommen nie unter der Woche. Die alte Grundinger kam früher jeden Freitag und der Schrott-Gruber einmal im Monat. Es sind immer dieselben. Was die bloß zu beichten haben?«

»Wahrscheinlich immer dasselbe.«

»Was kann so schlimm sein, dass man es nicht für sich behalten kann?«

»Jemanden umgebracht zu haben …«

»Das wird aber niemand beichten.«

»Wenn er gläubig ist, dann wird er es beichten.«

»Einem Pfarrer, der Alkoholiker ist?« Tom schüttelte den Kopf. »Auch Pfarrer sind nur Menschen. Das Risiko geht kein Verbrecher ein, erst recht kein Mörder.«

»Ich glaube, das gehört zu seinem Spiel. Keiner weiß, dass er seit Jahren Menschen in Hintereck und Umgebung umbringt. Alle auf dieselbe Art und Weise. Serienmörder wie Ted Bundy sind Menschen mit einer übersteigerten Eigenliebe. Das geht so weit, dass sie töten, weil sie denken, sie verleiben sich das Opfer ein.«

»So wie die Indianer das Herz ihrer Feinde gegessen haben?«

»Da liegst du gar nicht so falsch. Es ist ein Ritual. Obwohl er seine Morde seit Jahren begeht, hat niemand etwas von seinem Werk mitbekommen. Doch ich bin sicher, dass jemand Bescheid weiß. Es gibt ein Publikum, von dem er weiß, dass es nicht redet.«

»Du glaubst, Pfarrer Bez weiß, wer seit Jahren in der Umgebung Eisleichen verteilt?«

»Das werden wir herausfinden.«

»Okay, ich übernehme die erste Schicht in der Kirche. Wir sollten uns abwechseln. Das fällt weniger auf.«

»Kennst du ein paar Gebete, die du murmeln kannst?«

Tom schüttelte den Kopf. »Ich kann nicht einmal das Vaterunser. Vater unser, der du bist im Himmel, geheiligt werde dein Name ...«

»... wie im Himmel so auf Erden. Gar nicht so schlecht.«

»Ich muss mir mal ein paar Gebete runterladen. So für den Hausgebrauch.«

»Jetzt werd nicht abergläubisch.«

»Ist auch egal. Ich brauch ja nur die Lippen zu bewegen und die Hände zu falten.«

»Du übernimmst die erste, und ich übernehme die zweite Stunde.«

»Wollen wir nicht tauschen?«

»Nein, ich habe noch einen wichtigen Besuch zu machen.«

»Wen denn?«

»Adelheid Grundinger. Ich glaube, sie hat den Mörder gesehen.«

»Was?« Tom rollte mit den Augen. »Und das sagst du erst jetzt. Wer war es?«

»Das ist komplizierter, als du denkst. Die Grundinger hält ihn für ihren verschollenen Ehemann, Alois Grundinger. Sie glaubt, er ist nach Jahren wieder zurückgekehrt, zu Fuß aus Russland.«

»Völlig gaga die Alte ... Und wie kommst du drauf, dass sie den Killer gesehen hat?«

»Weil er sie am Fenster gesehen hat. Er ging nachts an ihrem Fenster vorbei zu unserem Haus. Die Alte ist ihm gefolgt. Sie hat beobachtet, wie er eine Leiter unter mein Fenster gestellt hat. Ich habe die Leiter gesehen und hatte keine Erklärung dafür. Es war die Nacht mit dem Schneesturm. Wer stellt da eine

Leiter ans Fenster? Weder Großvater noch Vater. Ich muss wissen, was da passiert ist. Denn es gibt da noch eine Sache, mit den Schuhen … Aber das erzähle ich dir später.«

Sie trennten sich. Tom verschwand in der Kirche. Auf dem Weg zu Grundigers Haus drehte sich Alice zweimal um. Keiner war hinter ihr. Was wollte sie der alten Frau bloß erzählen? Vor allem, was konnte die alte Frau ihr sagen? Sie war ja fest davon überzeugt, dass ihr Alois unter ihrem Fenster gestanden hatte.

Alice stapfte weiter durch den Schnee. Die Abkürzung zur Mühle wurde von meterhohen Schneehaufen versperrt. Alice nahm eine flüchtige Bewegung zu ihrer Linken wahr. Dort war jemand hinter einer Tanne verschwunden. Sie ging die Schritte bis zu dem Vorgarten zurück, dann sah sie die Gestalt. Sie schlurfte über den Schnee. Sie hinterließ auch seltsame Spuren. Keine Fußspuren, sondern leichte Abdrücke, die nicht eingesunken waren. Doch die Gestalt war größer als ihr Großvater. Sie ging gebeugt, ihr Gesicht war weiß geschminkt. Ein Spektre, wie Wittgenstein den weißen Clown nannte. Alice konnte es immer noch nicht fassen, warum sie ihn sehen konnte. Das hatte Wittgenstein ihr noch nicht verraten.

Der weiße Clown kam schneller voran als Alice, die immer wieder tief in den Schnee einsank. Vor einem traditionellen Haus mit flachem Dach und weitem Holzbalkon, an dessen Brüstung im Sommer Geranien blühten, hielt der Clown. Er klatschte in die Hände und drehte eine Pirouette auf der Stelle, als stünde er in der Manege eines Zirkus. Paukenschlag. Alice drückte sich hinter eine Tanne. Wenn sie den Clown sehen konnte, dann konnte er sie auch sehen. Sicher war sicher. Schnee rieselte von den Ästen. Ihr Herz pochte wild. Warum war Wittgenstein nicht da, um ihr zu sagen, was die Spektren eigentlich machten?

Sie bringen dich nicht um … keine Sorge. Sie verbrennen dir nur von innen heraus das Gehirn. Auf ewig in der Klapse.

Als sie wieder hinsah, war die Gestalt verschwunden. Alice folgte der flachen Spur. Es waren kaum Abdrücke. Du bist ganz schön durchgeknallt, Alice, dachte sie. Wenn du die Wirklichkeit nicht mehr von deinen Alpträumen unterscheiden kannst, dann bist du reif für die Psychiatrie. Schreber wird sich schon um dich kümmern.

Es gibt mehrere Wirklichkeiten … sie überschneiden sich an manchen Stellen.

Die Gestalt musste ins Haus gegangen sein. Alice brauchte das Namensschild gar nicht zu lesen. Es war das älteste Haus im Dorf. Es gehörte Dr. Adibert Lehmko. Ihrem Klassenlehrer. Über dem Eingang stand wie vor jedem älteren Haus ein weiser Spruch. Meistens fromme Sprüche, was wohl den Eindruck vermitteln sollte, dass hier brave Christen wohnten.

Gott halte deine Hand über dieses Haus und seine Bewohner. Tritt ein, Fremder, und sei unser Gast. Ein frommes Mahl sei dir gewiss. 1911.

Alice hatte den verschnörkelten Text ganz gelesen, als die Tür aufging. Ihr Lehrer stand vor ihr.

25.

»Schön, dass du mich besuchen kommst, Alice.«

»Ich … war gerade hier, da dachte ich …«

»Na, komm rein. Trink einen Kakao. Ich sag Stephan, dass er eine Pause einlegen soll.«

Wo ist der verdammte Clown?

Lehmkos Haus war dunkel. Nur ein kleines Fenster neben der Tür warf einen schwachen Lichtschimmer in den Hauseingang. Eine Reihe von Winterstiefeln war an der Wand aufgereiht. Fein säuberlich auf Zeitungspapier, so dass es keine Pfützen gab. Das Haus roch muffig und feucht. Es war kaum wärmer als draußen.

»Komm rein in die warme Stubn. Ich hole Stephan.«

Lehmko verschwand über eine Treppe im ersten Stock. Die Stube war traditionell eingerichtet. In der Mitte ein gewaltiger Kachelofen, der eine schwere Hitze verbreitete. An den Wänden standen überall Bücherregale. Lediglich über der Eckbank hingen einige Teller vom Schützenverein und zwei Jagdtrophäen. Rehgeweihe. Selbst die Fenstersimse waren mit Büchern vollgestopft. Nur an einer Stelle waren keine Bücher. Genau über dem kleinen Altar mit Weihwasserschälchen und Jesuskreuz. Übereinander hingen Familienporträts und Familienaufnahmen. Den Aufnahmen nach mussten sie uralt sein. Vergilbtes Fotopapier. Auf den obersten waren zwei Männer in Uniform und Pickelhauben zu sehen. Alice kannte sie von den hölzernen Nussknackern, wie sie einen zu Hause hatte, und aus dem Geschichtsunterricht. Es war das Symbol der preußischen Armee. *Oberst Ferdinand Lehmko.* Neben ihm seine Frau, die ein kleines Kind im Arm hielt, und weitere Mitglieder der Familie.

Alice wusste nicht, dass Lehmko aus einer alten Familie stammte. Die anderen Familienfotografien ähnelten alle der ersten, so als hätte immer derselbe Fotograf die Leute geordnet und geknipst. Rechts das Familienoberhaupt, links von ihm seine Frau, daneben wahrscheinlich die Geschwister und in der ersten Reihe die Kinder. Das kleinste Kind trug die Mutter im Arm. Es war schon auffällig, dass keiner auf den Fotos lächelte. Vor allem auf den alten Aufnahmen nicht. Damals gab es wohl noch keinen Lachzwang bei Familienaufnahmen. Alice konnte Familienaufnahmen nicht ausstehen, vor allem nicht, wenn sie neben Amalia stehen musste.

Selbst auf den neueren Fotografien lächelte niemand. Nur die Anzahl der Familienmitglieder war auf den letzten Fotos geschrumpft. Auf dem letzten war nur noch Adibert Lehmko mit seinem Sohn Stephan zu sehen. In Jagduniform, vor einem toten Hirsch. Das einzige Bild in Farbe. Alice drehte ihren Kopf zur Seite. Irgendetwas an diesen Fotografien war seltsam. Sie drehte ihren Kopf, um eine andere Perspektive einzunehmen. Doch sie kam nicht drauf.

»Das ist das Geschlecht der Lehmkos«, hörte Alice plötzlich hinter sich. »Die ersten Spuren meiner Familie lassen sich bis zum Dreißigjährigen Krieg zurückverfolgen … Der war von?«

Lehrergehabe, dachte Alice. Sie tat ihm den Gefallen und spielte mit.

»Von 1618 bis 1648. Auslöser war der Prager Fenstersturz am 8. Mai und der Aufstand der böhmischen Stände …«

»Du hast ein phänomenales Gedächtnis. Man merkt, dass du viel liest.«

Bemerkungen, die bei Alice auf der roten Liste standen unter der Rubrik: Nerv mich nur weiter, und sag jetzt noch, dass ich ein hübsches Mädchen bin, ein kluges dazu, blablabla. Erwachsene konnten so sinnentleert sein. Zum Glück sparte sich Lehmko weitere Bemerkungen.

Die Präsenz von so vielen Büchern hatte etwas Sakrales an sich. Alice hatte das Gefühl, dass die Zeit zwischen den Büchern stehengeblieben war, und Lehmkos besserwisserischer Dünkel wirkte wie das Gewand eines Druidenpriesters. Stephan stand in der Tür. Freundlich kam er auf Alice zu. Aus der Nähe sah er viel älter aus. Er hatte bereits männliche Schultern, und über seiner Oberlippe wuchs schon Bartflaum. Der Sohn eines Gelehrten. Es wollte partout nicht in Alices Kopf, wie ein gebildeter junger Mann, der bald auf eine private Eliteschule gehen würde, sich mit Amalia einlassen konnte. Wie war es nur möglich, dass er seine Hände an Amalias Hintern legte und sie überdies noch küsste? Diese Art von Gesten waren an sich schon abgeschmackt und völlig widerlich, tierisches Balzverhalten, aber das auch noch mit ihrer Schwester, diesem Sumpfhuhn.

Niemals werde ich mich so tierisch herablassen. Ich werde Philosophin. Und die beste Ermittlerin … jedenfalls kein Balzhuhn.

Alice setzte ihr bestes Grinsen auf und begrüßte Stephan. Er hatte weiche Hände. Ganz im Gegensatz zu den anderen Jungs in Hintereck, die schon mit fünfzehn den körperlichen Grobschnitt ihrer Väter hatten, mit Händen, die sich bestenfalls zum Holzhacken eigneten.

»Komm, ich zeige dir das Haus.«

»So viele Bücher«, staunte Alice. Wo Bücher waren, da war auch Geist. In Hintereck hätte sie das am allerwenigsten vermutet. An einer Wandreihe war ein Bücherregal, auf dem Lehmkos Bücher standen. Dazwischen Pokale von Buchpreisen wie Jagdtrophäen. Dazu ein Bild, auf dem Lehmko dem bayrischen Ministerpräsidenten die Hand schüttelte. Auf einem anderen Bild war Lehmko zu sehen, wie er eine Ansprache auf einem Kongress hielt. *Schriftstellerkongress Milano 1990* stand darunter. Sie wusste zwar, dass Lehmko ein gebildeter Mensch war, doch sie hatte keinen Gelehrten in ihm vermutet.

»Das sind die Bücher, die ich unter meinem Namen verfasst habe«, sagte Adibert Lehmko. »Sie sind schon eingestaubt. Niedrige Auflagen. Bis auf ein paar Bibliotheken, einigen Schulen und freundlich geneigten Bekannten hat sie niemand gekauft.«

Alice überflog nur die Buchrücken.

Gehirnwäsche und Neurodidaktik. Ein Weg zu einem neuen Lernen.

»Das war meine Dissertation. Damals noch Science-Fiction. Heute sind die Gehirnwissenschaften längst viel weiter.«

Die Philosophie des Schmerzes, von Adibert Lehmko.

Alice klappte den schmalen roten Einband auf. Das Buch öffnete sich an einer Stelle, an der eine Seite entweder absichtlich oder unabsichtlich umgeknickt war. Sie konnte sich nicht vorstellen, dass jemand, der Bücher liebte, diese absichtlich durch Eselsohren beschädigte. Die aufgeschlagene Seite war nicht nur beschädigt, jemand hatte mit Kugelschreiber einige Zeilen unterstrichen.

Den Schmerz teilen sich Mensch und Tier. Im Gegensatz zu den Pflanzen haben sie ein Nervensystem. Das Gehirn ist ein Teil dieses Nervensystems. Der Schmerz ist die dunkle Seite unseres Denkens. Er ist immer da, selbst wenn wir nicht leiden, ist er da in der Angst. Das Wissen um den Schmerz unterscheidet den Menschen vom Tier …

»Das sind philosophische Essays und Artikelsammlungen.«

Erfülltes Leben mit Gott, von Adibert Lehmko.

Auf Gottes Pfaden, von Adibert Lehmko.

Homer oder die Kunst des Unglücklichseins, von Adibert Lehmko.

Alice war beeindruckt. Alles hätte sie in Hintereck vermutet, nur keinen Schriftsteller und Philosophen. Lehmko war als Lehrer ein Einzelgänger. Sie sah ihn nie mit seinen Kollegen außerhalb der Schule. In den Gängen hielt er wie ein Mönch seinen Kopf gesenkt, versunken in Gedanken und nur aufgeschreckt durch das zu laute »Grüß Gott, Herr Lehmko«, was weniger ein Gruß als vielmehr ein Ulk war. »K. O.«, hallte es durch die Schulzimmer, wenn sie sich hinter Lehmko schlichen und dann »Grüß Gott« blafften. Nur, was hatte ein Schriftsteller und Philosoph wie Lehmko in Hintereck zu suchen? Schließlich war er keine elf Jahre alt und musste hier nicht leben. Für Alice gab es keinen vernünftigen Grund, in Hintereck auch nur einen Tag mehr als nötig zu verbringen. Die einzige Perspektive, die man in Hintereck hatte, war der Dorffriedhof. Dort endete alles, was nie begonnen hatte.

Über den Buchpreisauszeichnungen und philosophischen Abhandlungen stand eine Reihe mit trivialer Unterhaltungsliteratur. Norman Malville und seine Serie von Vampirromanen. Alice hatte zwei davon gelesen. Sie waren spannend geschrieben und spielten alle in der fiktiven Stadt Gorlau. Interessant an Malvilles Vampirbüchern war, dass die Vampire nicht die blutsaugenden Bösewichte waren, sondern die eigentliche Gesellschaftsordnung darstellten. Der Bürgermeister, die Polizei, die Wäschereibesitzerin, alles Vampire. Sie hatten es mit einer gefährlichen Spezies zu tun, die sie am Tage heimsuchten, im tödlichen Sonnenlicht. Wesen, die anfangs nur als Blutlieferant gezüchtet worden waren, lebten in der Kanalisation und töteten regelmäßig brave Vampirbürger. Nichts Belehrendes, aber ziemlich unterhaltend. Was konnte aber ein Gelehrter wie Lehmko damit anfangen?

Stephans Vater verließ die Stube und kam einige Minuten später wieder mit Mantel und Schal.

»Ich muss noch kurz was erledigen«, sagte er und hielt die Tür offen. »Du kümmerst dich um unseren Gast, Stephan.«

Am Hals von Stephan klebten noch Spuren von Amalias Lippenstift. Das war wie Fettflecke in einem Buch.

»Kennst du Malville?«, fragte Stephan.

»Ich habe die ersten zwei gelesen.«

»Das letzte ist richtig gut.«

»Hast du alle gelesen?«

»Gezwungenermaßen. Mein Vater hat sie geschrieben. Malville ist sein Pseudonym. Eine Abwandlung von Melville, dem Autor von Moby Dick.«

»Er arbeitet aber trotzdem als Lehrer? Die Vampserie verkauft sich doch wie warme Semmeln.«

»Er unterrichtet nur noch halbtags. Die meiste Zeit verbringt er in seinem Büro und schreibt. Du hast das erste gelesen?«

Stephan zog den ersten Band aus dem Regal. Alice konnte sich an das Buch nicht mehr erinnern. Nur noch, dass es spannend gewesen war und dass sie es in einer Nacht ausgelesen hatte. Als sie das Buch in beiden Händen hielt und auf den Umschlag sah, wurde ihr schlecht.

»Ist dir nicht gut?«, fragte Stephan. »Wollen wir uns auf die Eckbank setzen?«

»Es geht schon. Es ist nur so warm hier ...«

Ja, es ist heiß hier, wie in der Hölle selbst. Stück für Stück tropfte die Erinnerung des ersten Buches von Malville alias Adibert Lehmko in ihren Schädel. Tropfen, die aus großer Höhe in die Tiefe fielen. Alice starrte auf den Buchumschlag. Knallbunt, mit roter Schrift. *Vamp. Von Norman Malville.* Darunter der Kopf eines Harlekins mit weiß geschminktem Gesicht. Sie kannte den Weißclown, es war derselbe, den sie im Bus gesehen hatte.

»Komm, ich zeige dir das Haus.«

Alice folgte Stephan durch die unpraktisch aneinandergeschachtelten Zimmer. Überall Bücher. Das Haus hatte nicht die Aufteilung von Zimmern, wie man es bei einem Haus gewöhnt war, sondern glich einem Labyrinth. Manchmal waren es nur vier oder fünf Stufen, um ins nächste Zimmer zu gelangen, manchmal kletterte sie eine steile Leiter nach oben. Das Haus war ein alter Bauernhof und hatte unter dem Dach riesige Heuspeicher. Lehmko hatte das Haus bis unters Dach in eine Bibliothek umgewandelt. Zum Teil waren die Decken herausgenommen worden, und eine Rundtreppe schraubte sich wie eine ausladende Spirale bis unter das Dach.

»Ihr habt ja mehr Bücher hier als in der Stadtbibliothek in Hindelang.«

»Die Anzahl ist gar nicht so entscheidend, sondern welche Bücher hier stehen. Hier siehst du das Familienerbe von vier oder fünf Generationen. Die Lehmkos waren früher Kaufleute. Das meiste haben sie in Bücher investiert, und wie durch ein Wunder hat die Sammlung über Jahrhunderte mehr oder weniger überlebt. Hier unten sind alles neue Bücher. Wegen der Feuchtigkeit. Die sind nicht so wertvoll. Obwohl das alte Papier früher viel resistenter war gegen Feuchtigkeit und Kälte. Die oberen Räume werden jedoch künstlich bei einer Raumtemperatur von 18,5 Grad Celsius gehalten und einer niedrigen Luftfeuchtigkeit.«

Stephan kletterte eine Leiter hinauf. Ein fensterloser achteckiger Raum, ohne Möbel. Alice fröstelte. Es war kalt.

»Hier ist das Herz der Bibliothek. Der Raum mit den handschriftlichen Manuskripten. Einige stammen von den Lehmkos selbst. Es gab einige Poeten unter ihnen. Grottenschlecht. Sie waren bessere Kaufleute als Schreiber. Bis auf Leo Lehmko, mit ihm begann auch eine geistige Weiterentwicklung innerhalb der Familie. Er brauchte nicht mehr als Kaufmann zu arbeiten, sondern lebte vom Vermögen seiner Eltern. Er hatte Zeit, zu denken und zu schreiben.«

Von diesem Raum gingen vier Türen ab. Alice folgte Stephan durch eine. Der Geruch von staubigen Büchern und Holz. Dieser Ort war mehr ein Tempel.

»Du kannst jederzeit kommen und hier lesen. Wir verleihen nur keine Bücher. Mein Vater hat schlechte Erfahrungen damit. Amalia ist nicht sehr begeistert von der Bibliothek. Für sie ist das grobe Platzverschwendung. Heute passt eine ganze Bibliothek auf eine Festplatte, meint sie. Außerdem sei viel zu wenig Licht in den Räumen.«

Tja, mein Lieber, du wirst noch dein blaues Wunder mit deiner Freundin erleben … Amalia und Bücher, pah.

»Amalia ist nicht schwindelfrei. Sie mag die Freitreppen nicht. Treppensteigen in Zeiten von Rolltreppen und Aufzügen sei völlig out. Amalia hat interessante Standpunkte. Sie hat ein philosophisches Talent.«

O Gott, hör auf damit, sonst muss ich kotzen. Amalia und Philosophie, das ist, wie wenn man aufgemalte Blumen auf einem betonierten Parkplatz als Blumenwiese bezeichnet. Es war wirklich verblüffend, wie Amalias Hintern und Brüste Stephan Lehmkos Denken dirigierten.

»Sie hat mir gesagt, dass du ein Bücherwurm bist.«

»Ach, das hat sie gesagt«, antwortete Alice, »und was hat sie sonst noch über mich gesagt?«

»Dass du belesen und klug bist.«

»Das hat sie mit Sicherheit nicht gesagt. So gut kenne ich meine Schwester.«

»Sie hat es nicht ganz so ausgedrückt.«

»Wie hat sie es denn ausgedrückt?«

Alice wusste natürlich nur allzu gut, was Amalia von ihr dachte.

»Sie meinte, dass du nicht ganz dicht bist. Eine Nervensäge, besserwisserisch, altklug, gar nicht wie ein normales Kind in deinem Alter, ein Fall für den Psychiater … lebensgefährlich, hinterlistig, potthässlich und verschroben … Noch mehr?«

»Das hört sich schon eher nach meiner Schwester an.«

»Amalia sagt, du beschäftigst dich mit Philosophie. Wie kommst du auf Philosophie?«

»Weil die Philosophen die Gründerväter unserer modernen Zivilisationen sind. Eine Handvoll Denker hat für Milliarden von Menschen den Grundstein ihrer Existenz gelegt.«

In diesem Augenblick hörte sie ein Echo mit Wittgensteins Stimme von jeder Seite: *Aber noch keiner konnte bisher sagen, ob die Menschheit ein Erfolgskonzept war. Das Denken muss erst neu erfunden werden. Höchstwahrscheinlich werden es keine Menschen sein.*

»Du glaubst an den Menschen.« Lehmkos Sohn lachte.

Schieb dir dein höhnisches Grinsen sonst wohin, dachte sie.

Über eine gewundene Holztreppe kamen sie in ein Zwischengeschoss. Alice schätzte, dass sie sich ungefähr im zweiten Stock des Hauses befinden mussten. Durch die vielen Stufen und verwinkelten Flure hatte sie die Orientierung verloren. Ein Labyrinth aus Büchern.

26.

Die Spuren der Schmierereien auf der Kirchenpforte waren aus der Nähe noch deutlich zu sehen. Tom hatte im Internet nach der symbolischen Bedeutung der 11 gesucht, doch er fand so viele Bedeutungen, wie es Artikel gab. Zahlen eigneten sich perfekt dazu, um der Wirklichkeit einen Sinn aufzudrängen, wo keiner war. Sobald etwas Zahl war, hatte es einen Zusammenhang zu anderen Zahlen. Das Parlament der Narren, der Elferrat, begann den Karneval am 11.11. 11 Uhr 11. Entstanden war der Zahlenkult während der französischen Besetzung der linksrheinischen Gebiete. Im französischen Recht war die 11 Sinnbild für die Gleichheit der Menschen vor dem Gesetz. »Un« und »Un«. Die Eins steht neben einer anderen Eins. Im Deutschen ergab die Losung der Französischen Revolution »Egalité, Liberté, Fraternité« die Buchstabenkürzel ELF. Als die Österreicher und Preußen nach der Niederlage Napoleons den Absolutismus wiedereingeführt hatten, wurde das Narrentum zu einer versteckten demokratischen Bewegung. Doch was hatte die Narrenkappe mit der 11 auf der Kirchenpforte zu tun?

In der Bibel waren es zwölf Apostel. Mit Jesus waren es 13.

Der 13. unter den Jüngern war Judas, der Verräter. Zählte man Jesus nicht mit, dann waren es nur 11. Im Islam stand die 11 für *Allahu Akbar*, Gott ist groß. Beim Fußball gab es seit 1870 genau 11 Spieler in jeder Mannschaft. Beim Strafstoß wurde aus 11 Metern auf das Tor geschossen. Im Alten Testament gab Gott Moses 11 Gebote. Als Moses jedoch vom Berg Sinai stieg und sein Volk um ein Goldenes Kalb tanzen sah, zerbrach er die steinernen Tafeln, und von den ursprünglich 11 Geboten blieben nur noch 10. Einige behaupten, dass der Vatikan in seinen Archiven die Wahrheit über das 11. Gebot kennen würde.

Was Tom an den Schmierereien nicht auf den ersten Blick gesehen hatte, war der Schatten unter der 11. Er trat einen Schritt zurück. Was aussah wie ein Schattenwurf, war eine andere 11, verblasst von Wind und Wetter. Es gab nur eine Erklärung: Unter der Schmiererei befand sich noch eine andere. Tom erinnerte sich daran, was Alice gesagt hatte. Als ihre Mutter starb, hatte es ebenfalls Schmierereien auf der Kirchenpforte gegeben. Wenn sich Alices Vermutungen bestätigten, dann gab es jedes Jahr Schmierereien, nur schaffte es der Pfarrer in den vergangenen Jahren, die Kritzeleien und Schmierereien rechtzeitig wegzuwischen, bevor sie großen Wirbel verursachten. Wenn hier jemand mehr wusste, als er sagte, dann war es der Pfarrer.

Versteck dich nur hinter deinem Beichtgeheimnis, dachte Tom, als er die leere Kirche betrat. In einer halben Stunde begann die Beichte. Seine Installation brauchte nicht mehr als fünf Minuten. Er hatte ein zweites Handy präpariert, das auf Stimmen reagierte und sich lautlos einschaltete, sobald jemand im Umkreis von einem Meter sprach. Er klebte es mit einem Doppelklebeband unter das Kniebrett im Beichtstuhl. Wenn das Handy seinen Betrieb aufnahm, wählte es die Nummer von Toms zweitem Handy. Dieses zeichnete alles auf. Er brauchte nur noch zu beobachten, wer zu welcher Uhrzeit im Beichtstuhl war, und die Daten mit den Aufnahmen zu vergleichen. Schwieriger war es, einen Platz in der Kirche zu finden, von dem aus er sehen konnte, wer den Beichtstuhl betrat. Es wäre zu auffällig gewesen, wenn er sich über eine Stunde vor die Marienstatue im Seitenschiff kniete, außerdem würden das seine Knie gar nicht mitmachen.

Tom suchte sich einen Platz unter dem Altartisch in der Marienkapelle. Von dort konnte er zwar nicht den Beichtstuhl sehen, aber er sah, wer durch das finstere Seitenschiff zum Beichtstuhl ging. Er kam sich vor wie ein Geheimagent 007 im Auftrag ihrer Majestät. Er spürte etwas in seinen Adern brodeln, was Adrenalin sein konnte. Wer sich auch immer in Hintereck verbarg, wer immer sein scheußliches Geheimnis in Hintereck verbergen wollte, sie waren ihm auf der Spur.

Ein dumpfes Geräusch hallte durch die leere Kirche, als die Pforte geöffnet wurde. Dann folgten Schritte. Sie kamen auf ihn zu. Tom zog sich in sein Versteck zurück. Er kontrollierte, ob sein Handy auch wirklich stumm geschaltet war. Die Schritte kamen näher.

27.

»Entschuldige, Telefon«, sagte Stephan und ließ Alice in dem fensterlosen Raum zurück.

Das wird vielleicht Amalia sein, die zu Hause vor dem Spiegel mit ihren Haaren kämpft. Doch Stephans Stimme nach zu urteilen, war er nicht im Liebesmodus. Keine überzogene Freundlichkeit, keine weiche, verführerische Stimme. Es hörte sich vielmehr so an, als empfinge er Befehle. Alice konnte nur den stumpfen Wortfetzen »Ja … verstanden« hören. Dann war Stephan wieder für sie da, lächelnd wie ein Lebkuchenmann mit Mandelmund.

»Voilà, der Lesesaal«, erklärte Stephan, als sie einen schlichten Raum betraten, in dem nur zwei Tische mit Leselampen standen. Der Raum glich dem Lesesaal in der städtischen Bibliothek in Hindelang.

»Nichts, was die Konzentration ablenken könnte«, fügte Stephan hinzu.

»Dein Vater schreibt hier auch?«

»Nein, er hat einen eigenen Schreibraum, dort darf ich normalerweise niemanden reinlassen. Aber Amalia habe ich den Raum auch schon gezeigt.«

Wie hätte es auch anders sein können, setzte Alice in Gedanken hinzu.

Stephan duckte sich und öffnete gleichzeitig eine niedrige Tür, die durch das dicke Gemäuer wie in eine Höhle führte. Dahinter stand Stephan in einem Chaos aus Papier, Zeitungsausschnitten an der Wand, Fotos, gemalten Familienporträts. In der Mitte ein Tisch mit einer Schreibmaschine, eine mechanische Olympia.

Plötzlich überkam Alice ein beklemmendes Gefühl, so als stünde sie in einem überfüllten Aufzug. Vielleicht lag es an der dicken Mauer und dass die Tür wie eine Kerkertür wirkte. Sie hatte gerade den hinteren Winkel des lang gezogenen Zimmers wahrgenommen, als sie erstarrte. Stephan posierte neben einem Lesepult, die Hand auf der speckigen Schreibunterlage. Irgendwie war er seltsam bemüht, einen guten Eindruck auf Alice zu machen, so als hätte er Amalia vor sich, doch seine Augen waren kalt wie gläserne Puppenaugen. Aber nicht Stephan hatte sie erschreckt.

Zwicken … es tut weh. Du bist nicht verrückt oder schon so verrückt, dass du es nicht mehr merkst. Hirli hirli hirle huuuuu. Der dumme August …

Der Clown saß an dem Lesepult und blätterte in der Tageszeitung. Aus der Nähe sah der Clown aus wie eine weiß übertünchte Holzstatue. Nur die Augen bewegten sich. Rote, blutunterlaufene Augen. Seine weißen Finger hockten wie eine lauernde Spinne auf der Zeitung. Seine schwarzen Fingernägel waren gebogene Krallen. Wie erstarrt folgte Alice den zähen Bewegungen des Clowns. Skratsch … skratsch … Stephan schien den Clown nicht zu sehen.

Er hört es nicht, das grässliche Kratzen, dachte Alice.

»Ist irgendwas?«, fragte er.

Weder Stephan noch der Clown sahen einander. Alice streckte ihre Hand aus. Ihre Finger waren noch ein paar Zentimeter vom Kragen des Clowns entfernt. Was du fühlst, das ist real. Dieser Clown ist nicht real. Wittgenstein ist nicht real. All das spielt sich nur in deinem Gehirn ab. Der Clown ist hinter deinen Augen. Nur noch ein paar Millimeter.

»Hey, Alice, was machst du da?«

Sie spürte ihr Herz im Hals schlagen. Mit einem letzten Ruck griffen ihre Finger an die Stelle, wo sich der Clown befand. Alles nur in deinem Gehirn … Der Stoff knisterte zwischen ihren Fingern. Ihre Finger glitten über den kahlen Schädel. Sie spürte die Kälte, die von ihm ausging.

»Die Zeitung?«

Alice zog ihre Hand zurück, als hätte sie etwas gebissen. Stephan Lehmko legte ihr die Hand auf die Schulter. Die Kälte unter ihrer Hand war plötzlich weg, der Clown war verschwunden. Die Zeitung war ein Teil des Allgäuer Blattes. Es war die heutige Ausgabe. Auf der ersten Seite war ein Bild der Kirche in Hintereck.

Tragisches Unglück. Kälte fordert neues Opfer.

Alice sah sich die aufgeschlagene Seite noch einmal an. An der Stelle, an der der Clown mit seinem Fingernagel gekratzt hatte, war das Papier zerrissen. *Die genaue Todesursache steht noch nicht fest. Doch die Polizei vermutet, dass sich das Kind in der Nacht auf den zweiten Weihnachtstag verlaufen hat …*

»Jedes Jahr sterben Menschen durch die Kälte«, sagte Alice, »das ist doch seltsam …«

»In Hintereck herrscht ein grausames Klima.«

»Das Klima hat das Mädchen vor der Kirche nicht umgebracht. Nicht der Winter, nicht die Berge …«

»Was willst du damit sagen?«

»Kennst du den Artikel über die Eistoten?«

»Es gab da mal was, so eine Geschichte über eine Verschwörung.«

»Keine Verschwörung. Jakob Mulder hieß der Journalist. Er hatte den Verdacht, dass hinter einigen Kältetoten in den letzten Jahren ein Serienmörder steckt. Er tötet seine Opfer, immer junge Mädchen, und lässt es dann so aussehen, als wären sie erfroren.«

»Ziemlich abgehoben. Das hätte die Polizei doch auch rausgefunden, wenn dem so wäre. Die sind schließlich nicht auf der Brennsuppen dahergeschwommen.«

»Die Polizei ging jedes Mal von einem tragischen Unfall aus. Es gab keine genauen Untersuchungen. Die Todesursache war immer Tod durch Erfrieren.«

»Über so lange Zeit kann selbst ein geschickter Serienmörder nicht wahllos morden. Nicht mit den heutigen Ermittlungsmethoden.«

»Es gab ja nie Ermittlungen.«

»Alice, ich fände deine Theorie ja recht spannend, wenn sie nicht so phantastisch wäre. Das klingt ja ganz wie der Plot in einem Buch von meinem Vater.«

»Das hier ist aber keine Geschichte, sondern Realität. Hier sterben wirklich Menschen.«

»Wenn alles wirklich geschieht, Alice, dann muss es dafür

auch einen Beweis geben. Angenommen, ich glaube dir, und wir gehen zusammen zur Polizei. Was sollen wir denen erzählen? Die lachen uns doch aus.«

»Das werden sie nicht.«

»Amalia hat mir schon erzählt, dass du eine rege Phantasie hast und dich für Kriminalistik interessierst. Du spielst gerne Sherlock Holmes oder besser Miss Marple ... Aber manchmal sieht die Wirklichkeit viel banaler aus. Sie ist schrecklicher, weil vieles ganz ohne Grund geschieht, zufällig und ohne jede Bestimmung. Das ist schwierig zu akzeptieren ...«

Woher kann er so reden? Hört sich an wie Schreber.

»... besonders, was du alles mitgemacht hast, nach dem Tod deiner Mutter.«

»Hör auf damit!«

»Alice, du musst der Wirklichkeit in die Augen sehen. Das ist schwer, vielleicht viel schwerer, als du denkst, aber wenn du weiter in deiner Phantasiewelt lebst, dann verlierst du eines Tages ganz die Kontrolle.«

»Wie kommst du dazu, so etwas zu sagen?«

»Amalia hat mir erzählt, dass dein Vater sich Sorgen um dich macht, dass er Angst hat, dass du dich in deine Bücherwelt flüchtest.«

»Amalia ist eine dumme Ziege, die keine Ahnung hat, schon gar nicht davon, was seit Jahren in Hintereck abläuft.«

»Amalia ist nicht dumm. Sie steht nur mit beiden Beinen in der Realität. Sie möchte ihre Schule zu Ende bringen, einen Beruf lernen, heiraten und Kinder kriegen, so wie jede ...«

Alice hatte genug gehört. Es war sinnlos, in Stephan einen Verbündeten zu suchen.

Oh, du solltest ihm von dem Clown erzählen, von Wittgenstein ...

»Du hast aber auch keinen Beweis, dass ich unrecht habe.«

»Ja, genauso kannst du annehmen, dass irgendwo im Universum ein riesiger Teekessel kreist.«

»Das ist Bertrand Russells Teekanne«, ergänzte Alice. »Es war kein riesiger Teekessel, sondern ein kleiner. Diese Teekanne würde zwischen Erde und Mars kreisen, in einer elliptischen Bahn. Zu klein, um selbst von den besten Teleskopen entdeckt zu werden. Niemand könnte eine solche Behauptung widerlegen.«

»Ja«, freute sich Stephan ganz offensichtlich über Alices Bestätigung, »der Teekessel ist wie dein Mörder ohne Spuren.«

»Aber es gibt ja Spuren.«

»Und wie glaubst du, dass du das beweisen kannst?«

»Weil der Mörder einen Fehler gemacht hat.«

»Und welchen?«

»Das kannst du dann in der Zeitung lesen.«

»Und wer ist deiner Meinung nach der Mörder? Der unbekannte Kindermörder mit dem schwarzen Mantel?« Stephan wirkte amüsiert, und Alice sah in Gedanken, wie er mit Amalia über Alices Vermutungen kicherte.

»Kein Unbekannter.«

»Wenn du einen Verdacht hast, dann solltest du zur Polizei gehen. Die finden schon Genspuren auf der Leiche.«

»Der Täter ist vorsichtig. Er weiß, wie er vorzugehen hat.«

»Du tust so, als würdest du ihn kennen.«

»Ich kenne ihn nicht …«

»Es hat sich aber so angehört, als wüsstest du …«

»Ich weiß, dass er aus Hintereck kommt. Und ich weiß, dass er schon versucht hat, mich umzubringen.«

28.

Sie kamen schleppend durch das Seitenschiff. Einige saßen auf den Holzbänken vor dem Altar und beteten. Erst wenn sie hörten, dass jemand den Vorhang im Beichtstuhl zurückzog, standen sie auf. Tom konnte das Flüstern im Beichtstuhl sogar ohne seine Abhöranlage hören. Doch es war nur ein Zischen, verzerrt vom steinernen Echo zwischen den Säulen.

Wegener war einer der Ersten. Merkwürdigerweise beichtete er eh nur, was alle schon wussten. »Vergib mir meine Sünden … Ich habe zu viel Mietzins für das Nebengebäude der Fleischerei verlangt, obwohl ich das Geld nicht brauche, vergib mir meine Gier, vergib mir, dass ich die Frau eines anderen begehre, vergib mir, dass ich nicht stark genug bin, um ihr zu widerstehen, vergib mir, dass ich sie zwinge, ihren Mann anzulügen, vergib mir, dass wir Unzucht im Ehebett ihres Mannes getrieben haben, vergib mir meine dunklen Gedanken, schwärzer noch als die Gedanken des Teufels … wenn ich hoffe, dass ihr Mann tödlich verunglückt und am besten noch den Sohn mitnimmt …«

»Mein Sohn, sprich weiter«, sagte Pfarrer Bez.

»… vergib mir, dass ich mit dieser Frau Pläne schmiede; wie sie sich am besten von ihrem Mann trennt, um richtig abzukassieren …«

Wegener hatte sein Sündenregister heruntergebetet, als wären es lauter Standardformulierungen. Bez sprach leise. Tom konnte das *Ego te absolvo* auch ohne Mikro hören.

Danach herrschte kurze Zeit Stille. Eine geduckte Gestalt, eingewickelt in ein schwarzes Kopftuch, schlurfte über den Steinboden. Tom streckte sich aus seinem Versteck, um das Gesicht erkennen zu können. Doch der Umhang und die Dunkelheit verdeckten alles.

»Vater, vergib mir, denn ich habe gesündigt …« Tom erkannte an dem Flüstern, dass es sich um eine Frau handelte, aber mehr auch nicht.

»Sprich, mein Kind, Gott hört dir zu.«

»Vergib mir, Herrgott im Himmel, dass ich all die Jahre nicht immer standhaft war. Es gab Jahre, da zweifelte ich, dass mein Alois heimkehrt. Über sechzig Jahre hat er für den weiten Weg aus Russland gebraucht, Tag und Nacht ist er gelaufen, hat sich von Dorf zu Dorf durchgeschlagen, um endlich heimzukommen.«

»Gottes Wege sind unergründlich, mein Kind.«

»Vergib mir, dass ich mich versündige, wenn ich jetzt mit ihm gehe …«

»Alois ist im Krieg verschollen. Seit Jahrzehnten kommst du zu mir in die Beichte. Nie hast du an der Rückkehr deines Alois gezweifelt. Gott hat ihn bei sich. Gedenke seiner und spende etwas für die Gemeinde. Ich lese eine Messe für ihn.«

»Mein Alois ist zurück … den weiten Weg. Er war bei mir, gestern Nacht. Er stand vor meinem Bett. Er ist nicht gealtert, noch genau so jung wie damals, als er übers Feld wegging. Und jetzt verlasse ich mit ihm das Dorf. Vergib mir, Vater, wenn ich mich von keinem verabschiede. Denn das hat der Alois von mir verlangt. Ohne Abschied. Aber wir gehören ja zusammen.«

»Folge deinem Herzen, aber versündige dich nicht. Ego te absolvo.«

Tom erkannte die Adelheid Grundinger, als sie den Beichtstuhl verließ. Wie ein Gespenst schlich sie durch das dunkle Seitenschiff zum Ausgang. Die Einsamkeit der Jahrzehnte hatte ihr letztendlich doch den Verstand geraubt. Die Leute sagten, dass sie Hintereck nie verlassen hatte. Sie war nur ein Mal in Hindelang, wegen der Papiere für ihren verschollenen Alois. Sie hatte sich in der alten Mühle verschanzt, gegen die Zeit, gegen die Welt da draußen.

Dann war Stille in der Kirche. Der Pfarrer rührte sich nicht. Tom wartete. Er wollte als Letzter in den Beichtstuhl. Ein paar kleine Sünden runterplaudern und dabei das Lauschhandy abmontieren. Er hatte seinen Kopf schon unter dem Nebenaltar vorgestreckt, als sich der Schatten einer Säule löste oder vielmehr das, was Tom für einen Schatten gehalten hatte. Die Gestalt musste schon länger dort gestanden haben. Von dem Winkel aus konnte er nicht sehen, wer da den Beichtstuhl betrat. Er drückte die Kopfhörer nahe an sein Ohr und presste sich wieder in sein Versteck. Er wartete, bis das erste Wort den Aufnahmemechanismus auslöste.

»Vater, vergib mir, ich habe gesündigt …«

Der Pfarrer stöhnte kurz auf, als fehlte ihm die Luft zum Atmen. Laut genug, dass Tom es in seinem Versteck hörte.

»Vergib mir, Vater«, flüsterte die Stimme. »Es ist vollbracht. Der Gangerl hat wieder jemanden geholt. Die Menschen haben den Tod vergessen, er existiert nicht mehr. Sie leben so, als wären sie unsterblich. Ich lehre sie, wieder hinzusehen.«

»Du sollst nicht töten …«

»Ich töte nicht, Vater. Das macht die Kälte. Ich fasse sie nicht an. Sie sterben, um die Lebenden zu mahnen. Schauen Sie die Menschen an, wenn jemand auf der Straße überfahren wird oder wie sie sich an Unfallstellen drängeln, nur um zu glotzen. Das ist keine Neugier. Da ist etwas, was sie doch gar nicht sehen wollen, und trotzdem schauen sie hin. Sie müssen hinschauen, weil der Tod sie an ihre Sterblichkeit erinnert. Der Gangerl holt sie alle.«

»Warum, mein Sohn … Du versündigst dich an den Menschen, du versündigst dich an Gott.«

»Ich bin Gottes Werkzeug.«

»Jesus sagt, ihr sollt euch lieben.«

»Gott ist grausam, Vater. Gott ist die Grausamkeit selbst. Ich bereite den Menschen nur auf Gott vor …«

»Warum suchst du dann Vergebung in seinem Haus … jedes Mal, wenn du es getan hast?«

»Gott kann sich nicht selbst vergeben, deshalb braucht er die Menschen, deshalb brauche ich Sie …«

»Geh jetzt, mein Sohn …«

»Mein Werk ist noch nicht vollbracht, noch nicht ganz.«

»Halte ein, du bist auf dem falschen Weg.«

»Sie sind mein Gewissen …«

»Geh, bitte geh!« Die Stimme des Pfarrers brach. Er blieb schluchzend im Beichtstuhl zurück.

Tom wagte nicht, seinen Kopf aus dem Versteck zu strecken. Wo waren die Schritte? Warum hörte er die Pforte nicht? Er spürte, wie die Gestalt vor dem Beichtstuhl stand und in die Stille des Kirchenschiffs horchte. Tom hielt die Luft an und zählte. Bei 45 vernahm er Schritte, dann schlug die Pforte zu. Er wartete noch, dann betrat er den Beichtstuhl. Er sah den Pfarrer zusammengesunken auf der anderen Seite. Tom räusperte sich und leierte einige Sünden herunter.

»Vater, vergib mir, ich habe fremde Computer gehackt, den WLAN einiger Gäste geknackt, ich habe Mails mit falschem Absender geschrieben … und …« Er redete gleichmäßig. Seine Hände glitten unter das Kniebrett, wo er das Handy befestigt hatte. Doch da war nichts. Er bückte sich und suchte genauer. Vielleicht hatte sich das Klebeband gelöst. Weder Handy noch Klebeband waren zu finden. Schweiß presste sich aus seinen Poren. Ihm wurde heiß. Das Handy hatte automatisch abgeschaltet. Es hatte kein Geräusch verursacht, und wer blickte schon unter die Kniebank? Das war unmöglich. Doch es gab nur diese Möglichkeit. Der letzte Besucher im Beichtstuhl hatte das Handy gefunden, und er wusste, dass sie ihn belauscht hatten.

Mein Werk ist noch nicht vollbracht, noch nicht ganz.

Der letzte Satz klang in Toms Kopf wie eine Drohung nach.

Er musste dringend Alice erreichen, bevor es zu spät war. Plötzlich hatte er Angst. Angst um sein Leben.

»Gibt es auch Räume ohne Bücher?«, fragte Alice. Sie wunderte sich, wie seltsam ihr die Frage vorkam. Ein Haus aus Büchern. Tausende von Pforten in die Vergangenheit, zu Autoren, deren Knochen längst zu Staub verfallen waren. Außer ein paar Romanen ihrer Mutter und Geo-Zeitschriften hatte ihr Vater nichts Lesbares im Haus. Abgesehen von der Bedienungsanleitung des Elektroofens.

»Nein, ich glaube, die Bücher haben jeden Winkel des Hauses erobert. Eine Bibliothek in den Bergen, sagt mein Vater immer. Bis auf den Keller. Zu tief und zu feucht. Komm, ich zeig ihn dir. Dann hast du alles gesehen.«

Tom zog den speckigen Vorhang weg und verließ den Beichtstuhl. Die Kirchenbänke waren leer. Tauwasser tropfte vom Gewölbe. Pok … pok. Sie waren aufgeflogen. Doch wie war es möglich? Kein Mensch, der zur Beichte ging, rechnete damit, dass er abgehört wurde. Wie hatte die Gestalt das Handy unter dem Kniebrett finden können? Wer es auch war, er war misstrauisch, und wer so misstrauisch war, wollte es ganz genau wissen.

Sobald Tom die Kirche verlassen hatte, würde er wissen, wer ihn belauscht hatte. Er brauchte nur zu warten. Der Ausgang zum Pfarrhaus hinter dem Altarraum. Dort hatte er als Ministrant vor dem Gottesdienst gewartet. Er machte kehrt und nahm die entgegengesetzte Richtung durch das Hauptschiff, durch den Altarraum. Der Schlüssel der schmalen Holztür steckte von innen. Er kletterte über die Friedhofsmauer, kletterte über die grauen Schneehügel, die der Schneepflug aufgeschoben hatte, und erreichte die Talstraße. Er zögerte. Er wählte Alices Nummer von seinem zweiten Handy. Wenn er sich unauffällig verhielt und einfach die Straße runterging? Wenn er nur sehen konnte, wer vor der Kirche wartete. Wenn überhaupt jemand wartete. Jetzt nur nicht die Nerven verlieren. Verdammt, warum hatte er sich nur darauf eingelassen?

Ego te absolvo.

Er steckte die Hände in die Hosentaschen und lief bis zur Kirche zurück. Doch der Platz vor der Kirche war leer. Er blieb stehen.

Geh weiter. Wenn du stehen bleibst, dann weiß er, dass du es warst. Niemand bleibt bei der Kälte stehen und schaut nur in die Luft.

Tom wandte sich in jede Richtung, doch er sah niemanden. Dann hörte er Alices Stimme am Telefon, und im selben Augenblick sah er eine Gestalt in einem dunklen Lammfellmantel, eingehüllt in eine Wollmütze. Sie winkte ihm zu, freundlich, so als wäre es ein glückliches Zusammentreffen. Die Gestalt war hinter dem kahlen Stamm einer Eiche vorgeschnellt. Die Eiche war über fünfhundert Jahre alt, hieß es auf einem Schild, das im Sommer am Fuß des Baumes zu lesen war. Ihr Stamm wurde von stählernen Klammern zusammengehalten. Er war hohl und wäre sicherlich schon auseinandergebrochen, wenn der Musikverein nichts gespendet hätte, um ihn zu erhalten. Und jetzt stand die Gestalt vor der Eiche. Über Jahrhunderte hatte man die Eiche als Richteiche genutzt, erzählte man. Todesurteile waren an ihr vollstreckt worden. Die Wurzeln hatten das Blut und den Urin der Sterbenden aufgesogen. Die erstickten Schreie, wenn man sie erhängte. Tom begann zu zittern. Die Gestalt winkte ihm doch nur ... Es konnte auch jemand anders sein, der zufällig hier war. Ein verdammter Zufall ... Er hatte es verbockt. Am liebsten wäre er weggelaufen, die Straße hinauf und hätte sich in sein Zimmer eingesperrt. *Bitte Neustart. System starten. Bug.* Warum konnte es nicht ein Fremder sein, der da vor ihm stand? Doch es war kein Fremder. Alice hatte ihn gewarnt. Der Mörder kommt aus Hintereck. Sie werden ihn finden. Doch jetzt hat er sie gefunden.

»Hallo«, rief Alice ins Telefon, »bist du's, Tom?« Alice schaute auf die Nummer. Es war Toms Nummer. Doch warum meldete er sich nicht?

»Ich bin's, Tom«, hörte sie ihn flüstern. Im Hintergrund knirschten seine Schritte. Der Wind machte ein knisterndes Geräusch im Lautsprecher. Warum redete er nicht lauter, wenn er schon draußen war?

»Wir haben ihn gefunden. Er war da ...«

»Das ist ja großartig.« Sie drehte Stephan den Rücken zu und hob zur Entschuldigung die Hand.

»Wer?«

»Es waren einige da. Ich kann jetzt nicht reden. Ich muss schauen, dass ich wegkomme.«

»Was ist los? Du hörst dich an, als ob der Teufel hinter dir her wäre.«

»Nicht der Teufel, aber er.«

»Tom, was redest du da?«

»Ich habe es verbockt, hörst du, verbockt.«

»Hast du es aufgezeichnet?«

»Alles, aber das nützt nichts mehr ... Es ist zu spät.«

»Jetzt mal der Reihe nach. Was ist passiert?«

»Ich hab's verbockt. Scheiße. Die alte Grundinger spinnt völlig. Sie hat ihren Mann gesehen, der im Krieg gefallen ist.«

»Das weiß ich.«

»Ja, aber er hat sie besucht, und sie will mit ihm Hintereck verlassen … alles geheim … Und danach kam er. Er hat Pfarrer Bez alles erzählt. Die Details, das Töten und dass er es wieder tun wird. Ich weiß nicht, ob ich das alles wirklich gehört habe. Das ist zu hoch für mich.«

»Tom, krieg dich ein.«

»Ich krieg mich nicht ein … Er weiß es.«

»Er weiß was?«

»Dass wir ihn belauscht haben.«

»Wie kann er das wissen?«

»Er hat das Handy gefunden. Es ist mir ein Rätsel. Mein Versteck war perfekt. Kein Mensch schaut unter das Kniebrett, ob da etwas ist.«

»Außer jemand, der verdammt vorsichtig ist. Geh nach Hause! Verschwinde schnell!«

Tom begann zu rennen.

»Tom, bist du noch da?«

Er keuchte. »Ich habe nicht mehr viel Batterie.«

»Hast du ihn gesehen?«

»Nicht, als er aus dem Beichtstuhl kam, aber vor der Kirche … Er hat dort gewartet. Alice, wo bist du jetzt?«

»Ich bin in Lehmkos Haus. Stephan war so nett, mir die Bibliothek zu zeigen. Die größte Privatbibliothek, die ich je gesehen habe. Das ist großartig … Es gibt aber noch etwas, was ich dir sagen muss. Da ist etwas mit Wittgenstein und …«

»Alice, mach, dass du da wegkommst. Verschwinde …« Die Leitung wurde unterbrochen. Die letzten Worte gingen Alice durch Mark und Bein. Sie hatte Tom selten so außer sich erlebt. Irgendetwas musste geschehen sein, was ihn völlig aufgebracht hatte.

Mach, dass du da wegkommst!

Stephan legte seine Hand auf ihre Schulter, als sie wieder bei ihm war. Die Kellertür stand offen. Der Geruch von Fäulnis stieg herauf.

»Wir sind das einzige Haus mit einem Felsgewölbe in Hintereck. Die Erbauer des Hauses hatten fast sieben Meter tiefe Stollen in den Fels geschlagen. Aber wie gesagt, alles zu feucht. Kein Buch hält das aus. Komm …«

»Nein, danke, das ist sehr nett. Ich muss aber los.«

Einen Augenblick dachte Alice ein Flackern in Stephans Augen zu sehen. Warum war Tom so außer sich, als sie ihm sagte, dass sie bei Lehmko war? Stephans Vater war noch nicht da … Wenn Tom ihn vor der Kirche gesehen hatte? Wenn er wusste, dass sie über ihn Bescheid wussten. Sie musste an den Anruf denken, den Stephan erhalten hatte.

Sieben Meter tiefer Stollen im Fels … Dort hört dich niemand schreien, dort unten kannst du für immer verschwinden.

Alice strengte sich zu einem Lächeln an. »Ich komme gerne einmal mit Amalia wieder«, sagte sie. »Meine Schwester wird das sicher auch gerne sehen.«

»Ich werde bald auf eine andere Schule gehen, dann bin ich nicht mehr so oft da. Na komm, du brauchst keine Angst zu haben. Wir haben keine Vampire im Keller … buhhhhhh«

»Sehr witzig«, antwortete Alice und drückte sich mit dem Rücken an die Wand. Nur weg vom Kellereingang. Sich nur nichts anmerken lassen. Keine Angst zeigen. »Ich muss los, mein Vater macht sich sonst Sorgen.«

»Da hast du recht.« Stephan lächelte. »Mit der Polizei sollte man es sich nicht verscherzen.«

Er begleitete sie in die Stube. Sie holte ihren Mantel und wickelte sich den Schal um den Hals. Stephan hätte genügend Kraft gehabt, um sie in den Keller zu zerren und sie zu erwürgen. Doch er half ihr in den Mantel. Er legte auch nicht seine

Hände um ihren Nacken, sondern bat sie, sie möge Amalia liebe Grüße ausrichten.

»Ihr seid zusammen?«, fragte sie dann, so unschuldig wie sie nur konnte.

»Wir wollen uns verloben, sobald Amalia 17 ist und ich 19.«

Stephans Stimme färbte sich wieder schwärmerisch. Offenbar meinte er es ernst. Alice hatte keinen Kopf für sein Geplänkel von Liebe auf den ersten Blick, Heirat, Treue … Ihr Blick fiel noch einmal auf die Familienporträts zwischen den Regalen. Es konnte ein Zufall sein, doch auf den unteren Fotos waren bis auf das Familienoberhaupt nur Frauen zu sehen. Und auf jedem Foto waren die Frauen in derselben Position abgebildet. Generation um Generation wurden es weniger.

»Meine Ururgroßeltern, Urgroßeltern, Großeltern …«

»Deine Mutter ist auf keinem Foto?«

»Das sind die Ahnen meines Vaters.«

»Lauter Frauen auf den Bildern. Wo ist deine Mutter?«

»Sie ist tot.«

»Sorry, das wusste ich nicht.«

»Du brauchst dich nicht zu entschuldigen. Du hast ja auch deine Mutter verloren.«

»Und wozu diese Ahnengalerie?«

»Um zu wissen, woher man kommt. Es ist wichtig, zu wissen, woher man kommt, denn es ist der Wegweiser, wohin man geht.«

Alice stellte sich vor, dass Amalia eines Tages auch auf so einem Foto stehen würde. Mit demselben versteinerten Blick, verewigt in der Familienchronik der Lehmkos. Sie zog sich ihre Mütze auf. Stephan reichte ihr noch einen Brief, den sie Amalia aushändigen sollte. Im Flur war es dunkel. Wieder überkam sie ein dumpfes Gefühl, so als stünde der weiße Clown irgendwo in dem düsteren Vorraum. Eine Figur aus einem Schundroman, geschrieben von Adibert Lehmko. Sie schwor sich, achtzugeben, was sie von nun an lesen würde. Jetzt musste sie Tom finden, ihn beruhigen. Keine überstürzten Verdächtigungen. Die Angst war ein schlechter Ratgeber. Sie trat in die Kälte. Als sie draußen war, wurde ihr plötzlich klar, was an den Fotos von Lehmkos Familie so seltsam war.

29.

Verschwinde von da …

Warum war Tom nur so aufgebracht gewesen? Wen hatte Tom gesehen? Hatte er überhaupt jemanden gesehen?

Es dämmerte, als Alice den Weg zu ihrem Haus ging. Am Hang auf der anderen Seite des Dorfes glitzerten die Lichter des Hotels. Es hatte wieder zu schneien begonnen. Ein Mensch, der Angst hatte, konnte nicht denken, geschweige denn einen vernünftigen Bericht abliefern. Doch die Aufzeichnung hatte funktioniert, so viel hatte sie aus dem Wortschwall Toms herausfiltern können. Die Geschichte der alten Grundinger war nichts Neues. Alice konnte sich vorstellen, dass sie seit 1945 jeden Tag auf ihn wartete und der Pfarrer ihre Geschichte in- und auswendig kannte. Und dann war der Eismörder zur Beichte gekommen? Tom hatte ihn nicht gesehen. Die einzige Möglichkeit, die blieb, waren die Aufzeichnungen. Schlechter hätte es nicht laufen können. Jemand hatte das zweite Handy im Beichtstuhl gefunden. Wie sie Tom kannte, hatte er nicht einmal die Kontakte und gespeicherten Rufnummern auf diesem Handy gelöscht. Sie hatte sich nicht getäuscht. Es gab ihn, den Eismörder.

Du bist noch nicht ganz durchgeknallt. Vielleicht gehörst du einfach zu den wenigen genialen Menschen auf dieser Welt, sagte sie zu sich selbst. So muss es sein.

Der Parkplatz vor ihrem Haus war freigeschippt worden. Schneeberge türmten sich dort auf, wo im Sommer die Rosenbeete waren. Die Kälte und der fallende Schnee erstickten ganz Hintereck. Kein Laut drang den Hang herauf. Kein Hund bellte, keine Kreissäge kreischte, kein Motor. Auf der freigeräumten Straße schlängelte sich das Lichterpaar eines Wagens nach oben. Erst dachte Alice, es sei der Wagen ihres Vaters, doch der stand schon vor dem Haus.

Sie ging ins Haus. Sie hatte ihre Schuhe noch nicht ausgezogen, als sie die gedrückte Stimmung spürte. Ihr Vater saß am Tisch und hatte die Hände vor seinem Gesicht. Ihr Großvater spielte mit einem Kugelschreiber. Sie schienen auf etwas zu warten. Sie waren so in eine unsichtbare Wolke aus düsterem Schweigen gehüllt, dass sie Alice gar nicht bemerkten. In der Küche fand sie Amalia. Sie machte sich ein Honigbrot.

»Was ist denn los?«, fragte Alice.

»Keine Ahnung. Es gibt mächtigen Stunk. Es kam ein Anruf für Vater. Er hat die Tür geschlossen, und dann hat er Großvater angeschrien. Zehn Minuten haben sie sich angeschrien.«

»Um was ging es?«

»Was weiß ich, ich lausche nicht …«

»Und um was ging es, auch wenn du nicht gelauscht hast?«

»Es hatte was mit Großvater zu tun … Ich weiß es nicht. Jedenfalls habe ich Vater noch nie so erlebt. Was ist das?«

Amalia schaute auf den Brief, den ihr Alice hinhielt, als wäre es ein Schulzeugnis mit lauter Sechsen.

»Ein Brief, für dich. Soll ich dir geben.«

»Von wem hast du den?«

»Von deinem Liebsten.«

»Wenn du nicht aufhörst damit, dann kannst du dir ein paar richtige Schellen einfangen.«

»Hoho, große Schwester. Bevor du mich noch weiter bedrohst … Ich soll dir den Brief von Stephan übergeben. Das ist alles. Lass deine Wut an ihm aus und nicht an mir.«

»Wann hat er dir den Brief gegeben?«

»Heute Nachmittag. Er hat mir die Bibliothek gezeigt.«

»Was machst du in Stephans Haus?«

»Schon vergessen. Sein Vater ist mein Klassenlehrer.«

Amalia grübelte. Man sah ihr die körperliche Verspannung richtig an, wenn sie ihre grauen Zellen bemühte.

»Kein Wort zu Vater«, sagte sie schließlich. »Hast du das verstanden?«

»Du meinst, ich soll ihm nichts von deiner Knutscherei sagen und von den widerlichen Dingen …«

»Kein Wort!«

»Schon gut, liebe Schwester. Manus manum lavat.«

»Was soll das heißen?«

»Das heißt: Eine Hand wäscht die andere.«

»Klugscheißerin!«

Amalia hatte verstanden, und damit hatte sie auch die Zerbrechlichkeit jeder Macht verstanden. Alice hatte sie in der Hand. Solch ein diplomatischer Vorteil würde ihr bei Gelegenheit nutzen können. Im Augenblick war aber etwas ganz anderes am Laufen. Vor dem Haus hielt ein Wagen. Ihr Vater öffnete die Tür. Und dann geschah das Unfassbare. Zwei Beamte in Uniform, die Alice bisher noch nie gesehen hatte, legten Großvater Handschellen an. Er warf ihr einen flüchtigen Blick zu. Alice glaubte ein Kopfschütteln zu erkennen. *Glaub ihnen nicht.* Es konnte aber auch etwas ganz anderes heißen. Noch nie hatte sie ihren Großvater so verzweifelt und hilflos gesehen. Die Schuhabdrücke im Schnee. Wenn es nun doch einen Zusammenhang gab? Wenn die alte Grundinger sich getäuscht hatte? Wenn sie in der stürmischen Nacht keinen jungen Mann gesehen hatte? Einen jungen Mann, den sie für ihren Alois hielt.

Wenn die Spuren im Wald und an Mutters Grab vom Großvater stammten? All das gab keinen Sinn. Warum hätte er die Leiter unter ihr Fenster stellen sollen? Ihr Großvater hatte einen Schlüssel. Wollte er es so aussehen lassen, als ob jemand eingebrochen war? Hatte er geplant, seine eigene Enkelin zu ermorden? War ihr Großvater der Eismörder? Und war es ihr eigener Großvater, der vor vier Jahren ihre Mutter getötet hatte?

Das ergab wenig Sinn, aber sie wusste auch, warum man bei Ermittlungen keine Beamten einsetzte, die persönlich von einem Fall betroffen waren. Es war einfach unmöglich, logisch und objektiv zu denken. Doch das musste sie. Sie hatte keine Wahl. Sie musste unbedingt herausfinden, was gegen ihren Großvater vorlag. Von den Fußspuren wusste nur sie.

Den Beamten in Zivil kannte sie. Es war der patzige Beamte mit seinem gestelzten Akzent, der ihren Vater so angeblafft hatte. Kommissar Engelhardt. Alice ging auf ihren Großvater zu. »Warum nehmen Sie meinen Großvater mit?«

»Schon gut«, sagte ihr Großvater und strich ihr über den Kopf, »die tun nur ihre Arbeit. Ich bin bald wieder da.«

»Sie brauchen ihm keine Handschellen anzulegen wie einem Schwerverbrecher.«

»Vorschrift«, sagte einer der Uniformierten.

»Erzählen Sie doch keinen Mist«, erwiderte Alice schroff. Der Beamte war überrascht. Solch ein Mundwerk hatte er nicht bei einer Elfjährigen erwartet.

»Es reicht jetzt«, sagte ihr Vater.

»Nein, sie sollen Großvater in Ruhe lassen.«

»Alice, ich sage, es reicht.«

»Hör auf deinen Vater, Kleines, und jetzt geh aus dem Weg.«

»Sagen Sie mal, Kommissar, warum untersuchen sie nicht einmal die Schmierereien auf der Kirchenpforte … Jedes Jahr schmiert jemand eine 11 auf die Pforte, und jedes Jahr erfriert ein Mensch unter ungeklärten Umständen. Dieses Jahr wieder …«

»Lass mich meine Arbeit machen, und geh aus dem Weg.«

Der zweite uniformierte Beamte packte Alice an beiden Armen und stellte sie einfach zurück in den Flur. Sie konnte nur zusehen, wie Engelhardt ihren Großvater in den Wagen schob, dann tauchten die Rücklichter des Wagens in dem dichten Schneegestöber unter.

»Ich will jetzt nichts hören, Alice, nicht einen Ton.«

»Weißt du, dass du gerade meine Psyche beschädigst?«

»Was? Ich habe jetzt keinen Nerv für dein Gefasel.«

»Das ist kein Gefasel. Ein Ereignis wird dann als traumatisch empfunden, wenn es keine Worte dafür gibt, keine Vorstellung, wenn es alles Vorstellbare übersteigt.«

»Wir reden ein andermal darüber.«

»Nein, jetzt«, schrie Alice. »Ich will wissen, warum die Polizei Großvater in Handschellen abgeführt hat.«

»Gut, wenn du es unbedingt wissen willst. Er wird mit dem Tod des jungen Mädchens in Verbindung gebracht, das man erfroren vor der Kirche gefunden hat.«

»Das ist doch Unsinn.«

»Habe ich zunächst auch gesagt, als ich den Anruf vom Kommissariat bekam. Ich verdanke es nur der Tatsache, dass ich Polizist bin, dass sie nicht mit dem Einsatzkommando angerückt sind. Von einem Kollegen erfuhr ich, dass es heute Nachmittag einen anonymen Anruf bei der Polizei gegeben hat. Ein Unbekannter gab der Kripo einen Tipp. Eine Stunde später hatten sie einen Durchsuchungsbefehl für Großvaters Haus. Sie stellten es von oben bis unten auf den Kopf.«

»Was wollen sie schon bei Großvater finden außer Büchern und seiner Sammlung verrottender Zeitungen?«

»Das ist es ja. Sie haben etwas gefunden. Etwas, was Großvater belastet. Sie haben die Mütze des Mädchens gefunden. Der endgültige DNA-Test steht noch aus. Doch die Eltern des Mädchens haben die Mütze erkannt. Es war ein Geburtstagsgeschenk.«

»Das ist alles ein Alptraum …«

»Das ist nicht alles, Alice.«

»Was meinst du, nicht alles?«

»Es gibt noch mehr. In Opas Wohnung haben sie Fotos gefunden von dem Mädchen … als es noch lebte und als es tot war. Er hat sie irgendwo im Wald aufgenommen.«

»Es ist Mord, aber …«

»Mord, ja, und es sieht nicht gut aus für deinen Großvater.«

»Glaubst du das etwa?«

»Ich weiß nicht, was ich noch denken soll, Alice.«

»Ich muss Großvater sehen. Ich muss dem Kommissar erzählen, was in Hintereck vor sich geht.«

»Verrenn dich ich keine Geschichten, Alice. Lass die Polizei ihre Arbeit tun.«

»Die Polizei schert sich einen Dreck um Großvater und noch weniger um die Aufklärung der Eismorde.«

»Eismorde … von was redest du?«

Großvater ein Mörder, ein eiskalter Mörder, der kleine Mädchen umbringt und weiß Gott noch alles macht? Die Polizei hatte eine Mütze in seiner Wohnung gefunden und Fotos von der Leiche im Wald. In einigen Tagen liegen wahrscheinlich sogar noch DNA-Befunde vor. *Ganz zu schweigen von den Fußabdrücken, Alice.* Du bist der Wahrheit verpflichtet, Alice, nichts als der Wahrheit. Die Fußspuren allein waren schon schwerwiegende Indizien. Die kaputte Sohle, der Riss, die Spuren im Wald und am Grab von Mama. Die Fußabdrücke waren zwar im Wald und am Grab, aber sie waren noch kein Beweis, dass Großvater auch das Mädchen getötet hatte.

War es möglich, dass sie ihren Großvater überhaupt nicht kannte? Für sie war er immer der kluge Mann mit vielen Büchern, der ihr Tolkien vorgelesen hatte, Platons Höhlengleichnis und Ovids Metamorphosen. Doch hatte sie eine Ahnung, was ihr Großvater war, bevor er ihr Großvater war?

Der Sache auf den Grund gegangen war Alice nie. Wer konnte schon behaupten, einen Menschen zu kennen? Wer konnte schon behaupten, sich selbst zu kennen? Sie war Ermittlerin und nicht Großvaters Anwältin. Sie musste die Wahrheit ans Licht bringen und sie nicht zugunsten ihres Großvaters auslegen. Selbst der Gedanke, ihren Großvater jetzt im Stich zu lassen und die Beweise gegen ihn als gegeben hinzunehmen, ließ sie frösteln. Sie atmete laut aus und blickte ihren Vater an.

»Wenn die Beweise zu offensichtlich sind, dann ist meistens etwas faul dran.«

»Nicht für die Kripo. Für die ist der Fall dann gelöst.«

»Wirst du mir helfen?«

»Helfen bei was?«

»Na, bei der Aufklärung der Morde?«

»Alice«, schrie ihr Vater, »es gibt keine Morde, keinen Serienmörder. Wann verstehst du das denn endlich? Geht das in deinen Schädel nicht rein? Ich bin mit meinem Latein am Ende. Ich weiß nicht mehr weiter …«

»Warum glaubst du mir nicht einmal?«

»Ich glaube dir ja. Ich glaube, dass du die letzten Jahre unnötig gelitten hast und ich keine Zeit für dich hatte. Aber das wird sich ändern.«

»Ich lasse mich nicht ändern, von niemandem, auch nicht von dir.«

Das war unglaublich. Sie konnte ihrem Vater erzählen, was sie wollte. Für ihn war sie ein geistig labiles Mädchen, aus, basta. Da fand man die Leiche eines jungen Mädchens vor der Kirche, und jeder glaubte, sie sei erfroren. Dann ein anonymer Anruf bei der Polizei und merkwürdige Beweisstücke im Haus ihres Großvaters. Das stank gewaltig zum Himmel.

In Hintereck hielten alle das Maul. Überhaupt waren die Leute in Hintereck nur nach ein paar Bier gesprächig. Und Engelhardt war ein müder Kommissar, der mit dem Fahrrad zur Arbeit fuhr und den ganzen Tag die Wäscheklammer an der Hose ließ. Von solch einem Typen brauchte sie keine Hilfe zu erwarten. Sie war auf sich allein gestellt. Wer wusste, was Engelhardt für ein Mensch war. Seine Frau verbrachte ihre Abende auf Kursen für cholesterinarmes Kochen. Seit Jahrzehnten packte sie ihrem Mann die Brotzeit in eine Tupperbox. Sie dachte schon gar nicht mehr darüber nach. Wenn man sie kurz vor ihrem Tod danach fragte, was sie in ihrem Leben erreicht hätte, dann würde sie nicht sagen, dass sie zwei oder drei Kinder in die Welt gesetzt, sondern dass sie die Brotzeit in Tupperware eingepackt hatte. Was erwartete Alice von einem Mann, der jeden Tag seine Brotzeit aus der Tupperbox holte? Engelhardt stellte keine Fragen, und er mochte auch keine Fragen.

Alice rief Tom an. Es meldete sich nur sein Anrufbeantworter.

Was hatten Leute wie ihr Großvater und Lehmko in Hintereck zu suchen? Warum verbrachten sie ihr Leben in einem Kaff, das von den Bergen eingekeilt war, das im Winter auf den Skiprospekten als Skiparadies verkauft wurde, in Wirklichkeit aber nur eine öde und eisige Landschaft war?

Alices Vater war auf dem Sofa eingeschlafen. Amalia telefonierte oben. Die Frage erübrigte sich, mit wem. Stephan Lehmko, Sohn von Adibert Lehmko. Wohl der Einzige, der in Hintereck etwas im Schädel hatte, was nicht den Musikverein betraf oder den Skitourismus. Ausgenommen ihr Großvater.

Alice nahm die Fernbedienung des Fernsehers und schaltete von Kanal zu Kanal. Sie hatte noch nie verstehen können, wie die Menschen ein Viertel ihres Lebens vor dieser flimmernden Kiste verbringen konnten. Eine Weile sah sie einen Film auf RTL, in dem ein Mädchen in einer psychiatrischen Klinik eingesperrt war und die anderen Insassen sich in lauter Zombies verwandelt hatten. Der Film wurde von Werbung unterbrochen. Für eine Lebensversicherung. Der ganze Film war nur ein Vorwand, um die Werbung zu bringen. Der Zuschauer befand sich angespannt auf seinem Sofa und sah, wie die Zombies das Mädchen jagten. Alice hatte gelesen, dass die Angst, die man bei solchen Filmen empfand, unterschwellig auf die Psyche wirkte. Eine Angst, von der man sich mit einer Versicherung freikaufen konnte.

Sie schaltete weiter. Eine Dokumentarsendung. Ein Reporter. Verwackelte Bilder einer staubigen Stadt. Die Häuser zerbombt, ohne Fenster. In den Straßen zerlumpte Menschen. Am unteren Bildschirmrand erfasste die Kamera die Hand eines Menschen, die nach der Kamera zu greifen schien. Das Bild wackelte, Trümmer und Leichen, brennende Balken vor einem fahlen Himmel, ein Stadtschild am Boden: BERLIN. Durch das Bild fuhr ein amerikanischer Military Jeep. Die Kamera drehte auf einen Mann, der langsam durch das Bild lief. Alice konnte es kaum fassen. Wittgenstein. Was hatte Wittgenstein im zerbombten Berlin zu suchen? In einer Aufnahme von 1945? Er war aus dem Nazideutschland nach England geflohen. Er lehrte dort in Cambridge. Sie konnte sich an keine Stelle in seiner Biografie erinnern, die besagte, dass Wittgenstein zu dieser Zeit in Berlin war. Dennoch lief er durchs Bild mit seinem abgewetzten Cordanzug, und nicht nur das, er winkte in die Kamera. Wittgensteins Lippen bewegten sich, doch ohne Ton. Alice schaltete den Fernseher lauter. Die Lautsprecher rauschten bereits. Da hörte sie seine Stimme, weit weg.

»Das ist das Werk der Schatten … wenn der Wahnsinn zur Normalität wird.«

»Wittgenstein«, flüsterte Alice, »ich weiß ja selbst nicht, ob ich nicht verrückt bin.«

»Solange du dir noch die Frage stellen kannst, bist du nicht verrückt. Du solltest dir erst dann um deinen Verstand Sorgen machen, wenn du alles erklären kannst.«

»Ich weiß nicht weiter, Wittgenstein. Es ist so schrecklich. Die Polizei hat Großvater verhaftet. Sie halten ihn für einen Mörder. Niemand tut etwas dagegen.«

Wittgenstein trat deutlicher ins Bild. Er klopfte sich den Staub von der Schulter.

»Ich bin das erste Mal in Berlin. Ich wusste nicht, dass ich auch hierher kann.«

»Wie sind Sie nach Berlin gekommen … ich meine, Sie sind ja tot?«

»Mit dem Zug, aber Zeit und Raum sind seltsam vermischt. Du gehst durch eine Tür, klopfst an und stehst plötzlich auf einem Platz, in einer unbekannten Stadt, in einer unbekannten Zeit. Sehr verwirrend.«

»Und warum kommen Sie nach Hintereck?«

»Ich weiß aber nicht, wie dies zustande kommt. Hintereck erinnert mich an Trattenbach. In Trattenbach störte nichts den Geist. Ein elendiges Nest im Gebirge. Ich dachte, dort treffe ich keinen Schatten … dass ich dort allein bin.«

»Sie haben auch die anderen gesehen, wie ich jetzt den Clown sehe?«

»Mein ganzes Leben lang. Die Spektren waren immer um mich. Anfangs dachte ich, sie gehören zu der Welt, in der wir alle leben, aber dann stellte ich fest, dass nur ich sie sehen konnte, ich und meine Geschwister.«

Wittgenstein wischte sich mit einem Taschentuch die Augen.

»Nicht jeder erträgt das, Alice. Von meinen sieben Geschwistern haben drei Selbstmord begangen. Sie alle hatten die Gabe, wie du sie hast.«

»Ich weiß nicht, ob es eine Gabe ist oder ob ich einfach nicht alle Tassen im Schrank habe. Heute habe ich den Weißclown gesehen. Im Haus von Lehmko, dem Lehrer …«

»Oh, ich war auch einmal Lehrer, ich wollte immer Lehrer sein.«

»Doch ich verstehe das nicht. Was hat der Clown in Lehmkos Haus zu suchen? Mein Lehrer ist Schriftsteller. Unter einem Pseudonym schrieb er eine Reihe von Vampirromanen. Ich habe zwei davon gelesen. In einem der Romane kommt ein Clown vor, genau wie ich ihn gesehen habe. Aber ich verstehe das nicht. Dieser Clown ist doch kein Autor wie Aristoteles oder wie Sie, ich meine, er hat nichts hervorgebracht, was die Menschheit geprägt hat. Der Clown ist nur eine fiktive Figur in einem Buch.«

»Er ist, was du sehen willst, Alice. Es ist ein Spektre, eine dunkle Idee, deren Zeit noch nicht gekommen ist. Noch ist sie in einem Buch, in einer Geschichte. Die Spektren sind Ideen, die nur darauf warten, an die Oberfläche zu gelangen.«

»Aber Lehmko lebt noch?«

»Der Autor ist nur ein Werkzeug, benutzt von dunklen Mächten. Es gibt Bücher, die man lieber nicht liest. Verbotene Bücher, die von den Menschen Besitz ergreifen und sie versklaven. Ja, nichts ist mächtiger als eine Idee, deren Zeit gekommen ist. Hüte dich davor!«

»Warum ist der Clown in Hintereck aufgetaucht?«

»Jemand hat ihn wohl gerufen. Wie Flugsamen. Niemand sät, und doch fällt er irgendwo zu Boden und treibt etwas hervor.«

»Können sie sterben?«

»Wer?«

»Na, diese Flugsamen, Ideen, Clowns oder was auch immer.«

»Nicht, solange sie gelesen werden. Manche sind für Jahrtausende verschlossen oder in einer Sprache verfasst, die heute keiner mehr lesen kann. Sie sind eingesperrt in Archiven und Grabkammern, doch sie warten nur darauf, dass jemand sie findet und entziffert.«

»Dann hat der Clown etwas mit Lehmko zu tun?«

»Ich kenne diese Bücher nicht, aber es ist möglich, dass er mit ihnen etwas geweckt hat. Du solltest dich von ihm fernhalten. Es sind gefährliche Wesen.«

»Vielleicht sollte ich gar nicht mehr lesen?«

»Du hast eine Gabe, den Menschen Gutes zu bringen. Du kannst sie nicht ablegen.«

»Was man nicht mehr loswird, das ist ein Fluch.«

»Nütze die Gabe, doch nimm dich in Acht vor den verbotenen Büchern.«

»Was für verbotene Bücher, Wittgenstein?«

Alice redete mit dem leeren Bildschirm. Ihr Vater saß auf der Couch. Er hatte den Fernseher ausgeschaltet. Die Fernbedienung in der Hand, schüttelte er den Kopf.

»Kannst du mir mal verraten, Alice, warum du mit dem Fernseher redest und vor einem Kanal sitzt, auf dem es kein Programm gibt?«

»Ich …«

»Sag mir doch, was ich davon halten soll?«

»Gar nichts, Papa, du musst mir einfach vertrauen.«

»Einfach vertrauen? Und meine Tochter dem Wahnsinn überlassen.«

»Ich bin nicht verrückt, und das weißt du genau.«

»Ich weiß, Alice, das alles ist zu viel für dich.«

»Wir haben nicht mehr viel Zeit. Der Mörder wird bald wieder zuschlagen. Diesmal, um Zeugen loszuwerden. Du musst mir glauben.«

»Alice, bitte. Dein Großvater ist gerade verhaftet worden. Er steht unter Verdacht, ein kleines Mädchen umgebracht zu haben, und du faselst etwas von einem Mörder, den es noch immer in Hintereck geben soll.«

»Ich weiß es, Papa.«

»Nein, du weißt gar nichts«, schrie er sie an, »du hast nur einen Haufen blödsinniger Verdächtigungen.«

Womit ihr Vater gar nicht so falschlag. Sie hatte keine Beweise. Ohne Toms Aufzeichnungen hatten sie gar nichts in der Hand. Selbst die Aufzeichnungen waren kein stichhaltiger Beweis. Sie musste selbst herausfinden, wer hinter den Morden steckte.

Wenn ihr Großvater ein perverser Mörder war?

Wortlos verließ Alice das Wohnzimmer. Als sie im Flur an den wenigen Fotos ihrer Mutter vorbeiging, fielen ihr wieder die Familienfotos in Lehmkos Haus ein und was an ihnen so seltsam war. Erst war es eine vorsichtige Ahnung. Die Familienfotos zeigten jedes Familienmitglied in derselben Position, obwohl zwischen ihnen Jahrzehnte lagen. Sogar ihr Lehrer und Stephan waren in der gleichen Haltung fotografiert worden. Aufrecht stehend, die Hände vor der Brust verschränkt. Auf einigen Bildern saßen in der ersten Reihe die Kinder. Ebenfalls mit geradem Rücken und verschränkten Armen. Die Übereinstimmung konnte ein Zufall sein.

Du solltest dir erst dann um deinen Verstand Sorgen machen, wenn du alles erklären kannst.

Da war dieses Gefühl plötzlich klarzusehen. Der menschliche Geist war eine Einrichtung der Natur, um Zusammenhänge zu schaffen. Auch dort, wo keine waren. Doch es war diese steife

Haltung der Lehmkos auf den Familienfotos, die Alice aufrüttelte ... Die verschränkten Arme und diese verbissenen Mienen, so als wollten sie den Fotografen mit ihren Blicken lähmen. Es war dieselbe Haltung, in der man auch die Eistoten fand. Manche standen, andere hockten oder saßen. Alle mit verschränkten Armen und alle mit geschlossenen Lippen und weit offenen Augen, als starrten sie für die Ewigkeit ins Blitzlicht eines Fotografen.

Ihre Beine zitterten plötzlich. Nein, ihr Vater glaubte ihr nicht, und noch weniger würde ihr die Polizei glauben. Tom ... Er meldete sich nicht. Sein Handy war ausgeschaltet. Er wusste doch, dass sie auf seinen Anruf wartete.

Alice legte sich aufs Bett und wartete, bis ihr Vater schlafen gegangen war. Es war nach Mitternacht, als es totenstill im Haus war. Nur der Eiswind blies von den Bergen und rüttelte an den Fensterläden. Auf Socken schlich sie die Treppe hinunter. Sie steckte ihren Schlüssel in die Tasche. Ihren Anorak zog sie erst vor der Tür an, um kein Geräusch zu machen. Sie musste vorsichtig sein. Als sie den dunklen Pfad durch den Schnee stapfte, hatte sie ein schneidendes Gefühl im Bauch. Sie hatte Angst. Sie hatte schon darüber gelesen, dass es Menschen gab, die vor Angst starben, aber sie hatte es noch nie gefühlt. Es war, als schnürte ihr jemand von innen die Lebensenergie ab. Unter ihr lag schon das Haus des Großvaters. Die Fenster waren dunkel.

30.

Wie konnte man seinen Haustürschlüssel einfach unter die Fußmatte legen? Weil dort jeder seinen Schlüssel versteckt, sagte ihr Großvater, und weil es jeder tut, wird keiner so dumm sein und es wirklich tun, und deshalb wird auch keiner nachsehen, ob dort auch wirklich ein Schlüssel liegt.

Alice konnte die Logik ihres Großvaters nicht nachvollziehen. Sie hob die Fußmatte an, doch da war zu ihrer Überraschung kein Schlüssel. Sie drückte die Türklinke nach unten. Es war nicht abgesperrt. Wenn man zu kompliziert dachte, stolperte man über das Einfache, und wenn es nur eine weggeworfene Colaflasche war oder eine offene Tür. Sie trat in das dunkle Haus. Ihr fiel ein, dass ihr Großvater gar nicht lange bleiben wollte und nur kurz bei ihnen zu Besuch war. Er wollte irgendetwas mit Vater besprechen. Seine Haustür hatte er wie immer nicht abgeschlossen.

Das Haus war kalt. Sie zog die Tür hinter sich zu und machte Licht. Eine offene Bierflasche stand auf dem Tisch in der Küche, ein noch sauberes Bierglas, ein Teller mit Brot und rotem Presssack. Das Glas mit scharfem Senf war offen. Auf der Messerspitze war Senf festgetrocknet. Es sah aus, als hätte ein Maler einen Augenblick festhalten wollen. Ihr Großvater hatte sein Abendessen unterbrochen. Sie stellte sich vor, wie er die Messerspitze in den Senf eintauchte, als das Telefon klingelte. Ihr Vater konnte der Anrufer gewesen sein. Was hatte Großvater dazu gebracht, so Hals über Kopf sein Abendessen zu unterbrechen und das Haus zu verlassen? Ihr Vater hatte ihr erzählt, dass er von einem Kollegen erfahren hatte, dass gegen Großvater ermittelt wurde. *Kindermörder …* Ob dieses Wort gefallen war, konnte Alice nicht mehr sagen, aber ihr Vater war nicht für sein Feingefühl bekannt.

Alice stieg in den ersten Stock, wo das Arbeitszimmer ihres Großvaters lag. Am auffälligsten war das alte graue Telefon, das ihr Großvater mühselig hatte umbauen lassen, damit er es noch benutzen konnte. Die neuen Telefone wurden immer kleiner und die Tasten auch. Selbst mit Brille konnte er sie nicht mehr lesen. Ein Riesenscheiß, hatte Großvater gesagt, eine völlig sinnlose Entwicklung. Die Telefone wurden immer kleiner und die Autos immer größer.

Wenn sie nur wüsste, wonach sie suchen sollte! Großvater hatte keinen Computer. Wenn er etwas aufbewahren würde, dann wären es Notizbücher oder einzelne Briefe. Was hatte Großvater zu Wegener und Gruber gesagt? Zugl war tot, seine Tochter war tot, und Inas Mutter saß im Irrenhaus.

... wo du auch bald landen wirst.

Wovor hatten Wegener und Gruber Angst? Hatten sie von Anfang an nicht an Zugls Theorie eines Mörders geglaubt und hatten ihn nur hingehalten, um ihn auszunehmen? Zuzutrauen wäre es ihnen. Und jetzt bekamen sie es plötzlich mit der Angst zu tun. Vier Jahre später holte sie der Tod der kleinen Ina wieder ein. Die Schmierereien an der Kirche, das tote Mädchen ...

Nach Mulders Artikel zu urteilen, war Ina in einer ähnlichen Position gefunden worden, in der man normalerweise nicht sterben konnte. Vielmehr sah es danach aus, als wäre sie schockgefroren.

Sie hockte in der Ecke. Doch das Schrecklichste war, dass ihre Augen offen waren. An ihren Füßen lag ein Hund. Er war ebenfalls erfroren. Es sah aus wie eine Szene in einem Bild ...

Oder auf einem Foto, fügte Alice in Gedanken hinzu.

Sie blätterte die Ordner durch. Großvaters Buchführung. Versicherungen, Rechnungen, Garantien und unzählige Gebrauchsanleitungen. Sie wunderte sich, wie akribisch ihr Großvater Buch führte. Jede Ausgabe war verzeichnet, auf Heller und Pfennig genau. Sogar das Geld, das er ihr auf dem Jahrmarkt für Bonbons gegeben hatte.

Du kennst einen Menschen nie ganz, erst recht nicht, wenn du glaubst, ihm ganz nahezustehen. Großvater war nicht geizig, er führte jedoch über seine Großzügigkeit Buch. Doch nur, weil Großvater jeden Cent aufschrieb, den er ausgab, war er noch kein Mörder.

Im ersten Stock war neben dem Badezimmer nur noch das Schlafzimmer. Ein Kleiderschrank, ein Holzstuhl, ein Doppelbett mit durchgelegener Matratze, ein Holzkreuz. Alice durchwühlte die Hemden und die Unterwäsche. Im Schrank sah es bereits chaotisch aus. Die Polizei hatte hier schon ihr Unwesen getrieben und nichts gefunden. Wie sollten sie auch etwas finden, wenn sie nicht wussten, wonach sie suchen sollten? Im Wohnzimmer hatte die Polizei noch gründlichere Arbeit geleistet. Schubladen waren herausgerissen worden, den Inhalt hatte man auf den Boden geworfen. Ein Bild von ihrer Großmutter lag mit zerbrochenem Rahmen neben einer Bibel, Fotoalben waren aufgeschlagen, Seiten fehlten. Eine zart rosafarbene Vase, die Alice immer bewundert hatte, weil sie nicht aus Porzellan, sondern aus durchsichtigem Rosenquarz gefertigt war, lag zerbrochen unter anderen Trümmern eines Lebens, von dem Alice nur ein kleiner Teil war. So war das mit den Großeltern. Die Enkel waren nur ein Teil am Ende ihres Lebens. Kurz vor der letzten Ausfahrt.

Was für Idioten!, dachte Alice und hob die Vase auf. Dabei fiel ihr Blick auf das Fotoalbum, in dem einige Seiten fehlten. Auf einem Foto erkannte sie Großvater, als er noch jünger war. Auf einem anderen Foto entdeckte sie Zugl beim Skilaufen. Die Skibindung war altertümlich. Das Bild musste vor fünfzig Jahren gemacht worden sein. Dann glaubte Alice ihren Augen nicht zu trauen. Knapp hinter Zugl stand Stephan Lehmko. Er sah jedenfalls aus wie Stephan. In Wirklichkeit konnte es sich nur um Adibert Lehmko handeln. Auf einem anderen Foto waren Gruber, Lehmko und Wegener zu sehen. Sie waren nicht älter als zwanzig. Sie lachten in die Kamera. Zu diesem Zeitpunkt ahnte von ihnen noch keiner, wie ihre Wege sich später kreuzen würden. Adibert Lehmko glich seinem Sohn wie eine Kopie. Lehmko kannte Großvater, Wegener und Gruber schon sehr lange. Die Frage war auch, woher Lehmko, der kein Allgäuerisch sprach und sich ausdrückte, als lebte er noch im 18. Jahrhundert, eigentlich kam? Was hatte ihn nach Hintereck verschlagen? Freiwillig konnte er nicht hierhergekommen sein. Niemand kam freiwillig hierher außer zum Bergwandern.

Adibert war als junger Mann etwas kräftiger als Stephan. Das Foto hatte wahrscheinlich Großvater selbst gemacht. In seiner Hand hielt er eine Art Kabel, das ein mechanischer Selbstauslöser sein konnte. Alice blätterte weiter. Die fehlenden Seiten waren mit Gewalt herausgerissen worden. Ein loses Foto fiel aus dem Album. Darauf waren nur Lehmko und Großvater zu sehen, aufgestützt auf ihre Skier, im Hintergrund die Berge, ein Stück Wald, Schnee und Fußabdrücke. Sie wischte über das Foto. Erst dachte sie, es sei ein Fleck über dem Kopf ihres Großvaters, doch der Fleck war etwas im Hintergrund, vor dem Wald. Es konnte ein Mensch sein oder eine Schneeflocke, die vor die Linse gefallen war. Es konnte alles Mögliche sein.

Alice hielt das Foto von sich weg, aus dieser Entfernung glich der Fleck einer menschlichen Gestalt mit Pluderhose, weißem Gesicht … Das konnte nicht wahr sein. Der Clown. Der Fleck auf dem Foto blieb verschwommen, und Alice erklärte sich das Phänomen damit, dass das menschliche Gehirn eben dazu neigte, aus der Unordnung Formen zu bilden. Es suchte nach vertrauten Bildern, die wir dann in völlig unzusammenhängenden Formen erkannten. Nur so war es möglich, dass wir in zufälligen Wolkenformationen Delphine und Gesichter erkannten. In Wirklichkeit existierten diese Formen nicht. Nur der Mensch baute sich diese Formen zurecht. Seine ganze Welt waren zusammengebastelte Formen. Wie die Natur dahinter aussah, das wusste kein Mensch. Hinter den Schleier der Maya konnte niemand blicken, schrieb Schopenhauer. Der Fleck auf dem Bild war nur ein Schleier, nur ein Schleier ... Sie überlegte sich, ob sie Schopenhauer schon einmal begegnet war, ohne zu wissen, dass der berühmte Philosoph vor ihr stand, der seinen Hund »Mensch« schimpfte, wenn er etwas angestellt hatte.

»Was gefunden?«, fragte eine laute Stimme aus der dunklen Ecke im Wohnzimmer. Alice hatte die Gestalt nicht bemerkt. Erst jetzt, als sie aus dem Halbdunkel vor dem Kachelofen trat, erkannte Alice den Kommissar. Sie fühlte sich wie eine Einbrecherin. Doch was hatte Engelhardt mitten in der Nacht im Haus ihres Großvaters zu suchen?

»Du schaust so überrascht, kleines Mädchen, hast du jemand anders erwartet?«

Alice schüttelte den Kopf. »Nein, eigentlich dachte ich, dass niemand im Haus von meinem Opa ist.«

»Da hast du dich getäuscht. Ich bin noch hier, und wie ich sehe, habe ich nicht umsonst gewartet. Ich meine, es gibt doch einen Grund, warum du so spät in der Nacht in das Haus deines Großvaters kommst, oder?«

»Es ist das Haus meines Großvaters. Ich brauche doch keinen Grund dazu. Warum sind Sie hier?«

»Weil ich einen Mörder überführen will.«

»Dann glauben Sie also nicht, dass mein Großvater das Mädchen umgebracht hat?«

»Das habe ich nicht gesagt. Ich habe nur gesagt, dass ich einen Mörder überführen will.«

»Sie haben die Sachen von meinem Großvater so durchwühlt und einfach auf den Boden geschmissen?«

»Glaubst du, dass die Polizei so unordentlich ist?«

»Keine Ahnung. Ich ziehe nur meine Schlüsse.«

»Du bist ein kluges Mädchen«, sagte er und kam ins Licht.

Er nahm das Fotoalbum in die Hand. »Kennst du die Leute auf dem Foto?«

»Ich bin mir nicht sicher, ob ich Ihnen antworten soll. Sie sind ja fest davon überzeugt, dass mein Großvater das Mädchen getötet hat. Daher ist es besser, wenn ich schweige.«

»Wir sind hier nicht vor Gericht.«

»Aber Sie sind Polizist.«

»Wenn ich von der Schuld deines Großvaters hundertprozentig überzeugt wäre, glaubst du, ich wäre dann hier? In zwei Tagen ist Silvester. Meine Frau hat heute Abend Gäste eingeladen, Verwandte aus Hamburg, zum Käsefondue. Ich vertrage kein Käse-Fondue. Das liegt mir Tage im Magen. Dazu noch diesen süßen italienischen Wein. Da bleibe ich lieber im Büro, sagte ich mir. Ich hatte eine Unterhaltung mit deinem Großvater. Doch was er mir erzählte, klingt wie ein Hirngespinst auf einem Motorrad mit Düsenantrieb.«

»Aber Sie sind trotzdem hier.«

Engelhardt lächelte. Der Mann, der kein Käsefondue vertrug, konnte lachen. Doch Alice war weit davon entfernt, ihn sympathisch zu finden. Unfreundliche Menschen fand man leichter sympathisch, wenn sie plötzlich lächelten. So als hätte man unter der harten Schale plötzlich etwas Seltenes entdeckt. Man vergaß dabei, dass die widerliche Schale den Großteil des Menschen ausmachte. Engelhardt war so ein Schalentier. Ein Flusskrebs mit fetter Panzerung, riesigen Scheren, Knopfaugen und winzigem Gehirn.

»Die Indizien sprechen gegen deinen Großvater. Sie sind schlichtweg erdrückend, so erdrückend, dass ich mich frage, wie diese Indizien gleich so plötzlich auftauchen konnten. Und die Sache wird auch nicht besser, dass ein anonymer Anrufer uns gestern über diese Dinge informiert hat und wo wir sie finden können.«

Alice atmete auf. Der Flusskrebs mit Minihirn hatte offenbar weitergedacht als die Polizei und ganz Hintereck zusammen. Sie musste ihre Meinung über Flusskrebse revidieren.

»Sie glauben also, dass Großvater in eine Falle gelockt wurde?«

»Ich glaube noch gar nichts. Ich beobachte nur. Ich zähle nur eins und eins zusammen … und ich sehe, dass es nicht zwei ergibt.«

»In Hintereck werden Sie nie genau auf zwei kommen, sondern bestenfalls auf 2,1 oder 1,9.«

»Ich kann dieses Kaff nicht ausstehen. Nimmt man die Seilbahnen weg und das Hotel, dann bleiben nur Kuhmist, windige Häuser, ein alkoholkranker Priester und stumpfsinnige Menschen.«

Obwohl Alice ihm am liebsten mit einem Lächeln zugestimmt hätte, konnte sie ihm das nicht durchgehen lassen. Schließlich redete er von ihrem Heimatdorf, und zu den Stumpfsinnigen gehörte dann wohl auch sie.

»Und Sie sind der schlaue Kommissar, der sich mit den Stumpfsinnigen abgeben muss.«

Er grinste wieder. »Besser als Fondues und drei Tage Magenschmerzen.« Er nahm das Fotoalbum in die Hand. »Hat dein Großvater irgendwelche Feinde?«

»Nicht dass ich wüsste. Obwohl man in Hintereck niemandem trauen kann. Aber bevor Sie mich noch mehr fragen: Warum haben sie die Vase kaputt gemacht und all die Sachen einfach auf den Boden geworfen?«

»Ich habe das so vorgefunden, als ich heute Abend gekommen bin. Nach dem anonymen Anruf durchsuchten wir das Haus und fanden die Sachen des Mädchens im Keller. Genau da, wo der Anrufer gesagt hatte.«

»Dann ist später noch jemand da gewesen und hat alles auf den Kopf gestellt. Was hat er gesucht?«

»Tja, das wollte ich eigentlich dich fragen. Von deinem Großvater habe ich nichts erfahren. Er verschweigt etwas. Ist das dein Großvater auf dem Bild?«

»Nein, das sind Zugl und Lehmko. Zugl war Lehrer bis zu diesem Unfall … Jetzt ist Lehmko mein Klassenlehrer.«

»Wie viel Lehrer habt ihr in Hintereck?«

»Zugl und Lehmko sind die einzigen, die in Hintereck wohnen. Die anderen kommen nur für einige Stunden aus Hindelang. Wir sind auch nicht viele Schüler in Hintereck.«

»Kann ich mir vorstellen.«

»Was hat Großvater Ihnen erzählt?«

»Was sollte er mir denn erzählen?«

»Pfffff, schlimmer wie ein Psychologe … Lernt man so eine Scheißfragerei auf der Polizeischule?

»Nein, in vierzig Jahren Ehe, aber das wirst du selbst noch feststellen, wenn ich die Radieschen schon von unten anschaue.«

»Was ist so abstrus an dem, was mein Großvater gesagt hat?«

»Er erzählte etwas von einem Serienmörder, der seit Jahren sein Unwesen in der Gegend treibt. Unter den Augen aller Einwohner des Dorfes, der Polizei … Er meinte, dass die Menschen sich an merkwürdige Unfälle gewöhnt haben oder eben ihr Maul nicht aufkriegen.«

»Was ist daran abstrus?«

»Nichts, nur dass es dafür keinen Beweis gibt.«

»Kennen Sie den Artikel …«

»Ja, von Jakob Mulder. Die Eistoten. Interessante Theorie. Sie lässt sich aber nicht mehr beweisen. Dazu müsste man zig geschlossene Fälle neu aufrollen, und dazu brauchte man willige Staatsanwälte und Beamte, die gerne in altem Papier wühlen, doch es gibt nichts, was Beamte mehr hassen, als geschlossene Akten wieder aufzumachen.«

»Auch wenn ein Serienmörder frei herumläuft?«

Engelhardt zuckte mit den Schultern.

»Weiß man schon, wer das tote Mädchen ist?«

Der Kommissar nickte. »Emma Bratschneider, zwölf Jahre alt, aus Sonthofen. Sie war in den Ferien bei ihren Großeltern in Hindelang.«

»Aber sie war mehrere Tage verschwunden. Wie ist es möglich, dass die Großeltern nicht schon vorher Anzeige erstattet haben?«

»Woher weißt du, dass sie mehrere Tage vermisst wurde?«

»Ich habe meine Kontakte«, antwortete Alice. *Pass doch auf. Du redest dich um Kopf und Kragen.*

»Deine Kontakte … soso.«

Sie hätte dem Kommissar sagen können, dass sie die Tote schon am 23. Dezember im Wald gefunden hatte, dass sie nichts der Polizei gemeldet hatte, weil sie selbst ermitteln wollte, weil sie ihre eigene Theorie verfolgte. Das käme gar nicht gut an. Mit der ganzen Wahrheit würde sie später herausrücken. Im Augenblick musste sie erst sehen, ob der Kommissar mit offenen Karten spielte. Vielleicht gab er sich nur so freundlich, obwohl er in Wirklichkeit einzig und allein an Großvaters Schuld strickte? Der Flusskrebs hatte noch nicht ihr Vertrauen.

»Die Eltern hatten Hochzeitstag und waren für zwei Wochen auf einer Kreuzfahrt. Die Großeltern haben ihrer Enkelin einen Skiausflug bezahlt. Selbst konnten sie nicht mitfahren, so haben sie sie mit einer anderen Ski-Klasse in einen Bus gesetzt. Die Lehrer der Schule waren einverstanden. Doch Emma kam nie in der Hütte an. Sie saß nicht einmal im Bus. Der Lehrer, der den Großeltern zugesagt hatte, war kurzfristig krank geworden, und ein Ersatzlehrer sprang ein. Der hatte nur eine Liste, auf der Emmas Name nicht stand. So vermisste sie niemand auf der

Hütte, und die Großeltern dachten, sie sei für zwei Tage beim Skilaufen.«

»Irgendwie muss sie aber von der Bushaltestelle, wo Emmas Großeltern sie abgesetzt haben, nach Hintereck gelangt sein? Sie ist doch nicht den ganzen Weg von Hindelang bis nach Hintereck gelaufen, hat sich dann an die Kirchenmauer gestellt und ist dort im Stehen steifgefroren.«

»Da ist ein großer weißer Fleck … das gebe ich zu.«

»… der auch niemandem beim Tod von Ina Zugl aufgefallen ist.«

»Das kann ich nicht sagen. Da war ich noch nicht bei der Kripo in Kempten.«

»Graben Sie die alten Fälle wieder aus.«

»Das ist nicht so einfach. Ich muss es begründen. Und weil es Arbeit bedeutet, muss ich es auch noch stichhaltig begründen. Die These mit dem Serienmörder reicht nicht. Serienmörder halten sich an Rituale, an wiederkehrende Verhaltensweisen, aber in den Fällen, die dein Großvater genannt hat, kann man bestenfalls eine auffallende Häufigkeit von Unfällen feststellen. Tod durch Erfrieren ist nichts Besonderes im Winter, vor allem nicht in einem so eisigen Nest wie Hintereck. Es gab auch nur zwei tote Mädchen in Hintereck. Ina Zugl und jetzt Emma Bratschneider. Die anderen kamen in den umliegenden Dörfern ums Leben, eine Tote fand man in Hindelang, eine andere in Sonthofen. Zugegeben, es ist alles in der Umgebung von Hintereck, aber die Tatsache, dass die Mädchen erfroren sind, reicht nicht aus, um von einem Serienmörder zu sprechen.«

»Dann hat Großvater auch nichts davon gesagt, dass all die toten Mädchen einen Tag vor Weihnachten starben und alle in diesen seltsamen Positionen?«

»Das ist niemandem aufgefallen, weil niemand von einem

Mord ausging, sondern von Unfällen. Wenn sie im Umkreis eines Ortes umgekommen wären, dann hätte man auf diese Idee kommen können, aber so hat niemand einen Zusammenhang hergestellt.«

»Der Journalist, Jakob Mulder, hat es ...«

»Der Artikel liest sich wie eine Verschwörungstheorie. Ohne Quellen, und fragen kann man Mulder auch nicht mehr ...«

»Er ist am Grünten abgestürzt ... an einer Stelle, wo normalerweise kein Mensch abstürzt.«

»Er kann auch hinuntergesprungen sein. Mulder war nicht nur Journalist. Ich habe mir seine Akte angesehen. Glücksspiel, Erpressung, Zigarettenschmuggel ... Er hatte Schulden bei dubiosen Geldverleihern. Sein Konto wies Beträge auf, die er unmöglich als Journalist verdient haben konnte. Dieser Mulder war nicht astrein. Aber es ist spät ...«

»Was wird jetzt mit meinem Großvater geschehen?«

»Der Staatsanwalt wird Anklage gegen ihn erheben. Bis zur Beweisprüfung bleibt er in U-Haft. Der Richter entscheidet, ob er bis zur Verhandlung auf freien Fuß gesetzt wird.«

»Kann ich ihn sehen?«

»Ich schaue, was ich machen kann.«

»Glauben Sie, dass es nur einen Mörder gibt, der all diese Morde begangen hat?«

»Unwahrscheinlich, aber ich verspreche dir, dass ich ein paar Hebel in Bewegung setzen werde.«

»Ich werde den Beweis bringen.«

»Aus kriminalistischer Sicht war hier kein Serienmörder am Werk.«

»Und doch ist es so«, erwiderte Alice, »ein Serienmörder, der scheinbar zufällig und willkürlich tötet, der keinem Schema folgt, der bisher keine Fehler begangen hat, der ohne Ziel vorgeht und deshalb all die Jahre unentdeckt geblieben ist. Ein

Mörder, dessen Taten nicht als Morde erkennbar sind. Jemand, der seit Jahren perfekte Verbrechen begeht.«

»Heutzutage ist das unmöglich ... Aber ich gehe der Sache nach. Es ist spät. Du solltest nach Hause gehen.«

Alice sperrte das Haus ihres Großvaters zu. Der Kommissar stieg in seinen Wagen. Er sah ihr noch nach, wie sie über den schmalen Weg zu ihrem Haus stieg. Unter ihr das dunkle Haus ihres Großvaters. Die Lichter des Wagens suchten sich wie tastende Finger einen Weg durch die verschneite Nacht.

31.

30. Dezember

Die Tage zwischen den Weihnachtsfeiertagen und Silvester zogen sich normalerweise zähflüssig hin. Nach den Weihnachtsfeiertagen verdauten die Leute ihre fetten Braten und gaben unter der Sonne ein beschauliches Bild von Trübsinn. Alice stand recht früh auf. Der Himmel warf ein bläuliches Licht auf den Schnee. Am nördlichen Polarkreis ging die Sonne im Winter gar nicht auf. In Hintereck herrschte an diesem Tag ewiges Grau, Zwielicht, eine Mischung aus Schlaflosigkeit und Müdigkeit.

Von der Straße kam ein kratzendes Geräusch. Der Schneepflug schob die Straße frei und türmte die Schneeberge am Straßenrand noch höher. Alice wählte Toms Nummer. Noch immer niemand. Sie hinterließ keine Nachricht. Da stimmte etwas nicht. Ihr Vater und Amalia schliefen noch. Zum Glück hatte ihr Vater nichts von ihrem nächtlichen Ausflug gemerkt. Alice ging in die Küche, um ein Glas Milch zu trinken, als sie ihren Vater am Tisch sitzen sah. Er hatte den Stuhl vom Tisch weggerückt und saß umgekehrt da, mit dem Kinn auf der Lehne.

»Wieso bist du schon auf, Papa?«

Er antwortete nicht, sondern starrte unentwegt auf die Mitte des Tisches. Doch da war nichts, nichts außer einem leeren Glas. Seine Augen waren feucht. Er hatte geweint. Es war das erste Mal, dass sie ihren Vater weinen sah. Selbst auf der Beerdigung ihrer Mutter hatte er nicht geweint. Er war wie versteinert. Großvater hatte geweint, so wie Männer in Hintereck eben weinten, ohne Tränen, mit künstlich zusammengepressten Lippen, nach Fassung ringend. Fast jeder aus dem Dorf, der ihre Mutter gekannt hatte, hatte ihr die Hand gedrückt. *Mein herzliches Beileid.* Sie hatte bis heute noch nicht verstanden, was Beileid bedeutete. Niemand konnte für den anderen leiden oder ihm den Schmerz abnehmen. Doch warum hatte ihr Vater nicht auf der Beerdigung ihrer Mutter geweint, aber jetzt nach der Verhaftung seines Vaters? Das gab keinen Sinn. Und auch wenn Alice die übrigen Jahre ihres Lebens damit verbrachte, die menschliche Natur zu erforschen, würde sie keine Erklärung dafür finden. Ein Satz, den sie sich merken musste für später, wenn sie ihr erstes Buch schreiben würde.

»Wir finden den wahren Mörder, Papa … Ich versprech's dir.«

Mati Pokel starrte unbewegt auf den Tisch.

»Aber ich brauche deine Hilfe, Papa.«

Der Kopf ihres Vaters bewegte sich nach rechts und links, als wäre er einem unsichtbaren Verhör unterworfen. Ihr Vater starrte auf den Tisch und schwieg. Alice konnte sich keinen Reim auf das Schweigen ihres Vaters machen. Hatte er seinen eigenen Vater schon als Kindermörder abgeschrieben? Oder konnte er nicht fassen, dass man ihn verdächtigte? Nach dem gestrigen Wortwechsel nahm Alice an, dass ihr Vater der Polizei glaubte. Hieb- und stichfeste Indizien. Ihr Vater war Polizist, aber kein Ermittler, sonst wüsste er, dass Indizien an sich noch gar nichts aussagten. Vielleicht wusste er auch nichts von dem anonymen Anrufer. Der Flusskrebs hatte mit ihm wahrscheinlich noch nicht gesprochen. Sie hatte sich im Kopf gerade ein paar wohlwollende Sätze zurückgelegt, um ihren Vater zu beruhigen, als das Telefon klingelte. Ihr Vater nahm das Gespräch an. Er sagte nur tonlos: »Ja, ich komme sofort.« Zwei Minuten später war sein Wagen aus der Einfahrt verschwunden.

Alice hatte keine Ahnung, was geschehen war. Sie wollte sich ein Glas Milch eingießen, und bemerkte, dass die Milch über Nacht sauer geworden war. Großvater sagte stets, die Milch kippe nur um, wenn es gewittrig sei. Doch in der letzten Nacht hatte es kein Gewitter gegeben. Sie griff nach dem Brot und stellte angeekelt fest, dass es verschimmelt war. Der 30. Dezember begann mit saurer Milch und Schimmelbrot, und es war auch der Tag, den Adelheid Grundinger nicht mehr sehen sollte.

Haas hatte die alte Frau auf ihrer Toilette gefunden, nachdem sie nicht geantwortet hatte, als er bei ihr an der Tür klingelte. Er war durch das offene Klofenster gestiegen. Adelheid Grundinger hatte offenbar beim Kacken einen Herzinfarkt erlitten. Die Leiche der alten Frau war so hart gefroren, dass sie die Rettungssanitäter nicht aus der schmalen Tür brachten. Ihr Vater redete mit den Rettungssanitätern, als Alice bei der alten Mühle eintraf. Sie musste noch verschlafen aussehen. Anton Haas sprach unentwegt, als hätte ihn der Tod selbst angelacht und er müsste jetzt um sein Leben reden. Alice nutzte einen Moment und ging zur Ladefläche des Rettungswagens. Die alte Grundinger lag seitwärts, noch immer in Kackposition. Warum hatten sie die Leiche nicht an Ort und Stelle gelassen, bis die Spurensicherung eingetroffen war?

Sie ist eigentlich zu alt, um ermordet zu werden, dachte Alice, denn in Grundingers Alter ist man sowieso schon so gut wie tot. Daher stellte keiner Fragen, höchstens wer für die Beerdigung der alten Frau aufkommen würde und ob sie ein Testament hinterlassen hatte. Dafür interessierte sich Haas. Alice prägte sich die Haltung der alten Frau ein. Sie war steinhart gefroren. Das Fenster hatte die ganze Nacht offen gestanden. Die Toilette war wie in den meisten alten Hütten ungeheizt, was dazu führte, dass man im Winter in der Küche das Wasser warm machte, um sein Geschäft hinunterzuspülen. Alice stellte sich vor, wie die Alte auf der Schüssel gesessen hatte, und wunderte sich, dass es keinem aufgefallen war. Adelheid Grundinger hatte die Arme vor der Brust verschränkt, ihre Augen waren weit offen – wie bei Ina Zugl, Emma Bratschneider und all den anderen Leichen. Wer verschränkte beim Kacken schon die Arme?

Ihr Vater würdigte sie nur eines flüchtigen Blickes, dann gab er eine Anweisung an einen Kollegen – den Auftrag, Alice auf höfliche Art zu verscheuchen.

»Ich muss meinen Vater sprechen.«

»Dein Vater hat mir gesagt, dass ich dich von hier wegbringen soll.«

»Das kann doch nicht wahr sein … Wie sollen wir dann den Mord aufklären?«

»Hier gibt es nichts aufzuklären. Die alte Grundinger ist an einem Herzinfarkt gestorben. Die Kälte macht älteren Menschen immer zu schaffen. Sie verengt die Gefäße. Die kleinste Anstrengung und eine Ader macht zu.«

»Hatten Sie schon einmal einen Herzinfarkt?«

»Nein, zum Glück noch nicht, aber du musst jetzt gehen, sonst macht mich dein Vater zur Schnecke.«

»Kennen Sie jemanden, der einen Infarkt hatte?«

»Ja, meine Schwester hatte einen Infarkt. Mit fünfunddreißig. Pille, wenig Bewegung, Zigaretten.«

»Das tut höllisch weh, oder?«

»Die ganze Brust, Schultern, Arme fühlten sich an, erzählte sie, als stieße jemand langsam ein Messer in sie hinein. Wenn wir nicht gleich gehandelt hätten, dann wäre sie heute nicht mehr.«

»Adelheid Grundinger lebte alleine, ihre Schreie hat niemand gehört.«

»Das ist tragisch«, sagte der Polizist in Uniform und blickte nervös zu Alices Vater.

»Ihre letzten Minuten waren schmerzvoll?«

»Sicherlich, schlimm, so zu sterben. Aber es gibt noch Schlimmeres.«

»Aber wie erklären Sie dann bitte, dass die alte Frau so entspannt auf der Kloschüssel saß, die Arme verschränkt hatte und ihre Augen offen waren. Wenn man Schmerzen hat, dann verengen sich die Augen. Die Muskeln ziehen sich zusammen. Schon gar nicht verschränkt man die Arme.«

Der Polizist antwortete nichts und nickte. In diesem Augenblick näherte sich ihr Vater. Er machte drei große Schritte, dann packte er Alice am Arm und zog sie hinter den Krankenwagen. Sein Griff war hart. Noch nie hatte ihr Vater sie so fest angefasst.

»Du tust mir weh!«

»Verschwinde jetzt, Alice, bevor ich die Geduld verliere.«

»Aber siehst du denn nicht, dass er wieder zugeschlagen hat? Adelheid Grundinger lebte zwar in einer anderen Welt, aber sie war nicht senil. Sie glaubte nur, dass ihr Mann Alois eines Tages aus dem Krieg zurückkehren würde. Vor ein paar Tagen meinte sie, ihn gesehen zu haben, ihren Alois. Aber nicht als Hundertjährigen, sondern als jüngeren Mann. Verstehst du? Sie hat den Mörder in der Nacht gesehen, wie er zu unserm Haus kam. Er hat versucht ...«

»… versucht, dich umzubringen. Wie kann es auch anders sein? Alice im Mittelpunkt von allem. Warum sollte er …«

»Weil ich mit Tom am Weihnachtsvorabend die Leiche von Emma Bratschneider im Wald gesehen habe und weil wir die Einzigen waren, die wussten, dass das Mädchen nicht versteckt zwischen Kirche und Friedhofsmauer erfroren war, an derselben Stelle wie Ina Zugl. Er hat sie dorthin gebracht …«

»Du brauchst dich nicht künstlich interessant zu machen, Alice. Wenn ich dir zu wenig Aufmerksamkeit schenke, dann tut mir das leid. In der letzten Zeit …«

»Papa, bist du blind?«

Sie hatte den Satz noch nicht ausgesprochen, als die rechte Hand ihres Vaters klatschend in ihrem Gesicht landete. Ihre kalten Wangen brannten. Er hatte sie noch nie geschlagen. Sie taumelte zurück und hielt sich die Wange.

»Entschuldige, Alice …«

»Nein, ich entschuldige dich nicht.« Tränen der Wut liefen über ihre Wangen. Statt zuzuhören, schlug er zu. Dies war ihr eigener Vater – wie musste es dann erst unter Menschen sein, die sich gegenseitig gar nicht kannten. Plötzlich verstand sie, warum es Kriege, Völkermord, Finanzkrisen und mordende Menschen gab.

»Du willst Großvater gar nicht helfen«, schluchzte sie. Ihr Vater wollte sie in den Arm nehmen, doch Alice wich zurück, als ginge etwas Böses von ihrem Vater aus.

»Ich kann nur nicht mehr. Du hast so viel Phantasie, ich weiß gar nicht, woher das kommt. Aber Lügen machen mich allergisch. Vor allem wenn meine eigenen Kinder mir ins Gesicht lügen.«

»Ich habe dich nicht angelogen.«

»Wenn du tatsächlich eine Leiche im Wald gefunden hast, wie kommt sie dann vor die Kirche?«

»Der Mörder hat sie zur Kirche gebracht.«

»Warum sollte er das tun? Wer setzt sich schon der Gefahr aus, die Leiche vom Wald zur Kirche zu bringen und dabei noch gesehen zu werden?«

»Das war jemand, der sich bestens in Hintereck auskennt.«

Ihr Vater schüttelte nur den Kopf.

»Er hat es in der Nacht gemacht. Im Sturm. Da war kein Mensch vor der Tür«, fügte Alice hinzu, »nur hatte der Mörder nicht damit gerechnet, dass Adelheid Grundinger jede Nacht am Fenster stand und nach ihrem Alois Ausschau hielt. Er hatte nicht damit gerechnet, dass ihn die alte Frau sah. Erst recht hatte er nicht damit gerechnet, dass sie ihn für ihren gefallenen Mann hielt, der verjüngt zurückkam. Deshalb hat er sie beseitigt.«

»Und warum sollte er dich aus dem Weg räumen, dein vermeintlicher Mörder?«

»Weil ich und Tom die Einzigen waren, die wussten, dass die Eistote das Werk eines kaltblütigen Mörders war und kein Unfall. Niemand durfte wissen, dass hier keine göttliche Fügung am Werk war, sondern die Hand eines Mörders.«

»Und wenn all dies nur dem Kopf eines elfjährigen Mädchens entsprungen ist, das zu viel über Kriminalistik liest und Bücher, die sie noch gar nicht versteht …«

»Hör auf, mir zu sagen, was ich verstehe und was nicht …«

»Ich bin am Ende mit meinem Latein, Alice. Was soll ich nur mit dir machen? Du musst immer das letzte Wort haben.«

»Aber hast du schon einmal eine Tote gesehen, die am Herzinfarkt gestorben ist und die gemütlich ihre Arme vor der Brust verschränkt hat?«

»Ich bin kein Mediziner. Es ist mir auch egal, woran die alte Grundinger gestorben ist. Sie war alt, da kann jeder Tag der letzte sein.«

»Nur hier hat jemand nachgeholfen. Schau dir ihre Haltung an …«

»Nein, und wenn du in zwei Minuten nicht verduftet bist, dann bringe ich dich persönlich nach Hause und sperre dich in deinem Zimmer ein.«

Alice ließ ihre Arme sinken. Es war aussichtslos. Doch plötzlich bekam sie unerwartet Hilfe von dem Beamten in Uniform. Er hatte alles mit angehört, ein wenig peinlich berührt.

»Da ist was dran, Mati«, sagte der Strafzettelverteiler, wie ihr Vater abfällig die jungen Polizisten nannte.

»Ich habe noch nie eine Herzinfarkttote gesehen, die ihre Arme verschränkt hat und ganz entspannt dasitzt.«

»Wer weiß, vielleicht hat sie einen entspannten Infarkt gehabt, oder sie war ganz froh darüber, dass sie stirbt. Bei so alten Leuten kann keiner in den Kopf sehen. Wir werden deswegen keinen Zwergenaufstand veranstalten.«

Der junge Uniformierte nickte. Alice sah ihm aber an, dass sich Zweifel in ihm festgesetzt hatten. Die Sanitäter schlossen die Tür des Rettungswagens. Für eine Sekunde rutschte die Decke von Adelheid Grundingers Gesicht. Ihre toten Augen starrten sie an. *Es war nicht Alois, nicht Alois … Es holt dich auch!* Hatte die Alte gekichert, aus ihrem halboffenen Mund mit weißen Lippen? Ein Kichern aus einem zu Eis erstarrten Körper. Nein, Adelheid Grundinger war hinüber und tot …

Die Sanitäter stiegen ein. Der Rettungswagen schlitterte auf der dichten Schneedecke davon. Auf der Bank vor Grundingers Haus kreuzten sich ein paar Sonnenstrahlen. Vereinzelte Schneeflocken tanzten im Licht wie ungeübte Tänzer. Doch das war nicht das Einzige, was Alice dort sah. Der weiße Clown saß auf der Bank, die Beine übereinandergeschlagen. Er grinste sie an, und unter seinen roten Lippen blitzten weiße Eckzähne. *Alice, du hast zu viel gelesen. Das ist nur Einbildung. Du siehst die eigene Angst. Du selbst sitzt auf der Bank.* Die Vampirromane Lehmkos hatten dem Clown seine Gestalt gegeben, doch was war hinter der Maske? Wie sah das aus, was sie nur als Clown erkannte? Mit einem Mal lachte der Clown laut. Jeder hätte ihn hören müssen, so aufdringlich und eisig war sein Lachen. Doch keiner hörte sein Lachen. Aus dem Lachen vernahm Alice ein Wort:

BALD.

Mit den nächsten Wolken verschwanden die Sonnenstrahlen, und auch der Clown löste sich auf wie ein Spiegelbild im Wasser. Graues Licht dämpfte wieder jeden Winkel.

»Ich werde dich jetzt nach Hause bringen«, sagte ihr Vater.

Alice schüttelte ihren Kopf. »Ich laufe lieber. Danke.«

»Es tut mir leid, Alice, ich wollte nicht …«

»Das ist der zweite Tote in Hintereck, und zweimal war die Kirche beschmiert. Keiner hat einen Zusammenhang gesehen, nicht einmal die Polizei. Obwohl das ihre Aufgabe wäre. Keiner hat sich jemals Gedanken darüber gemacht, was die 11 überhaupt zu bedeuten hat.«

»Wir werden darüber später reden … okay?«

»Es gab noch mehr Tote all die Jahre … Eistote … Alle hatten sie die Arme verschränkt, alle mit offenen Augen, alle in merkwürdigen Positionen, so als hätte man sie aufgestellt. Lies den Artikel von Jakob Mulder!«

»Es reicht jetzt, Alice. Wenn du nicht damit aufhörst …«

»Was dann? Dann lässt du mich in die Klapse einweisen? Hast du dir schon einmal überlegt, was eigentlich wäre, wenn ich recht hätte?«

»Wir sehen uns später.«

Ihr Vater winkte ab. Der Uniformierte begleitete sie bis zur Kreuzung.

»Ich brauche keinen Geleitschutz.«

»Deine Beobachtung war gar nicht so falsch. Ich werde der Sache einmal nachgehen.«

»Wie großzügig! Warum haben Sie meinem Vater nicht widersprochen?«

»Er ist mein Chef, verstehst du?«

»Molluske.«

»Wie bitte, was?«

»Molluske ... aus dem Tierstamm der Eumetazoa, Weichtiere ohne Rückgrat.«

»Na hör mal ...«

»Schon gut, ducken Sie sich ruhig. Damit kommen Sie sicher gut weiter.«

Vom Dorf aus konnte man die Sonnenterrasse des Hotels gut sehen. Im Winter war sie immer gut besucht. Unter den Heizschirmen saß die betuchte Gesellschaft von Skitouristen aus dem Norden. Alice wählte Toms Nummer. Die Verbindung war gut, es läutete, und dann ging auch jemand ran. Eine tiefe Stimme, die ihr irgendwie bekannt vorkam.

»Ich wollte eigentlich Tom sprechen«, sagte Alice. »Sorry, ich habe mich verwählt.«

»Ja, wer ist denn da?«

»Alice Pokel.«

»Du hast dich nicht verwählt. Tom kann nur nicht rangehen.«

»Wer ist denn da am Telefon?«

»Kommissar Engelhardt.«

Alice bekam einen Stich in den Magen. Was hatte der Kommissar bei Tom zu suchen?

»Warum telefonieren Sie mit Toms Handy? Kann ich ihn sprechen?«

»Nein, das ist unmöglich, Alice. Es ist etwas passiert, etwas Schlimmes.«

Alice schluckte. Sie blieb stehen und sah zum Hotel hoch. »Ist Tom etwas passiert?«, fragte sie vorsichtig. »Ich meine, ist Tom ...«

»Nein, er ist nicht tot, aber schwer verletzt.«

»Mein Gott, er hat Tom erwischt!«

»Von wem redest du?«

»Von demjenigen, der Tom verletzt hat.«

»Das war der Hausmeister. Er ist ins Büro von Toms Vater eingebrochen, und Tom hat ihn überrascht. Der Hausmeister hat dem Jungen auf den Kopf geschlagen und hat sich dann selbst gerichtet.«

»Sie haben die Leiche draußen gefunden, stimmt's?«

»Das ist richtig?«

»Die Arme vor der Brust verschränkt.«

Der Kommissar schwieg.

»Und die Augen weit offen«, fügte Alice hinzu.

»Wir müssen ein ernstes Wort miteinander reden.«

Er hat Tom erwischt. Als Nächstes bist du dran.

BALD.

»Tom und ich, wir haben ihn belauscht, verstehen Sie ... Wir wissen, wer es ist, wenn wir die Aufzeichnungen analysieren, dann ...«

»Was für Aufzeichnungen?«

»Von der Beichte gestern. Wir haben sie belauscht.«

»Wir haben keine Aufzeichnungen gefunden und auch kein Gerät, mit dem man so etwas machen könnte.«

»Deshalb hat er Tom um die Ecke bringen wollen.«

Jetzt hat der Gangerl die alte Grundinger g'holt.

Alice blickte sich kurz um. Haas ging hinter ihr vorbei in Richtung »Schwarzer Bichl«.

Der Gangerl holt uns alle.

»Bist du noch dran, Alice?«

»Ja, ich bin dran. Der Hausmeister hat damit nichts zu tun.«

»Wir haben seine Fingerabdrücke auf einem Hammer gefunden, Blutspuren auf Toms Hose. Der Hausmeister hat Tom angegriffen. Als er den leblosen Körper auf dem Boden liegen sah, hat ihn wahrscheinlich die Angst gepackt. Er hat sich die Pulsadern aufgeschnitten und sich in den Schnee unterhalb der Sonnenterrasse gesetzt. Dort ist er verblutet. Doch wie kommst du bloß auf die Idee, dass er die Arme verschränkt hatte?«

»Weil alle Opfer des Eismörders immer dieselbe Position einnehmen. Sie sehen aus, als hätte man sie für ein Familienporträt hergerichtet.«

»Ich gehe der Sache nach.«

Das hatte sie gerade schon einmal gehört. Warum Erwachsene immer so tun mussten, als hätten sie alles im Griff einschließlich ihrer eigenen Lügen?

Tom lag im Krankenhaus mit eingeschlagenem Schädel. Und wenn sie nicht aufpasste, dann war sie die Nächste, die mit verschränkten Armen in das blaue Nichts des Himmels starrte. Doch so leicht würde sie sich nicht geschlagen geben.

Wittgenstein war weit und breit nicht zu sehen. Dicke Wolken zogen ins Tal. Diese Nacht würde es viel Schnee geben.

32.

»Ich muss Sie sprechen. Sofort.«

»Komm später wieder. Die Kirche ist geschlossen.«

»Pater Bez, ich weiß, wer er ist.«

Es war plötzlich still auf der anderen Seite der Kirchenpforte.

Alice konnte die schlurfenden Schritte des Paters hören. Sie trommelte mit ihren Fäusten gegen die massive Holztür.

»Machen Sie auf, Pater. Es geht um Leben und Tod.«

Wieder nur Stille. Alice drehte sich um. Die Turmuhr schlug ein Uhr Mittag. Vom »Schwarzen Bichl« wehten Stimmen herüber. Alice glaubte, die Stimme von Haas und Gruber zu hören. Sie hob wieder ihre Faust, doch bevor sie gegen die Pforte hämmern konnte, drehte sich der Schlüssel, und eine unsichtbare Mechanik setzte Federn und Riegel in Bewegung. Pater Bez stand in der halb offenen Tür. Seine Augen waren gerötet, und aus seinen Mundwinkeln tropfte Speichel. Der Geruch von Alkohol strömte aus seinen Kleidern, seinem Mund und quoll feucht über die Tränensäcke.

»Komm bitte später wieder. Zum Gottesdienst oder …«

»Pater, Sie wissen, dass ich nicht an Ihren Gott glaube.«

»Was willst du dann in seinem Haus?«

»Ich will mit Ihnen jetzt nicht über Gott streiten, an den Sie schon längst nicht mehr glauben.«

»Warum so respektlos, kleines Mädchen? Ich habe dir doch nichts getan.«

»Weil Sie nichts tun, deshalb lebt der Teufel unter uns. Sie schützen ihn.«

»Ich weiß nicht, wovon du redest.«

»Das wissen Sie genau. Ich rede vom Eismörder. Er tötet seit Jahren kleine Mädchen, Frauen und alle, die ihm zu nahe gekommen sind. Er lebt mitten unter uns.«

Der Pfarrer schüttelte den Kopf.

»Ich weiß, wer er ist. Ich kann es nur nicht beweisen. Sie müssen mir helfen!«

»Wie kann ich dir helfen? Ich bin nur ein Landpfarrer. Ich weiß nichts von solchen Dingen. Zu mir kommen Menschen, wenn Sie Trost suchen und Vergebung.«

»Ja, Vergebung. Das sucht er auch bei Ihnen.«

»Jeder hat ein Recht auf Vergebung. Keiner ist frei von Sünde, und Jesus liebt seine Sünder, wenn sie den rechten Weg erkennen und Buße tun.«

»Er beichtet Ihnen die Morde, stimmt's? Er sagt Ihnen, was er tun wird, und Sie lassen es zu. Emma Bratschneider, Ina Zugl … sie waren beide noch keine zwölf. Sie wussten es!«

»Ich bin nur Gottes Ohr. Nicht sein Mund. Das Beichtgeheimnis ist heilig. Wer es bricht, der ist auf ewig verdammt.«

»Was ist schon die Verdammnis, wenn Sie dadurch das Leben von unzähligen kleinen Mädchen retten? Selbst wenn Sie eine Sünde begehen und das Beichtgeheimnis verraten, so ist es nur, um Menschen zu retten. Gott wird Ihnen das verzeihen.«

»Ich bin nur Gottes Ohr. Gott wird den Schuldigen selbst bestrafen, wenn es so weit ist. Am Jüngsten Tag holt er die Reuigen zu sich, und die Schlechten wirft er in die Hölle.«

»Sie sind genauso schlimm wie der Eismörder selbst. Sie schützen ihn und geben ihm Absolution.«

»Nur Gott kann über ihn richten.«

»Wie können Sie nur damit leben?«

»Geh jetzt und lass mich allein.«

»Wie viel Flaschen Rotwein brauchen Sie, um zu vergessen«, schrie Alice den Pfarrer an. »Ist Ihnen klar, was Sie tun? Wenn Sie mir nicht helfen, dann wird er auch mich töten. Helfen Sie mir!«

»Ich bete für dich.«

»Beten?« Alices Stimme schrillte durch das Innere der Kirche.

Pater noster, qui es in caelis:
Sanctificetur nomen tuum.
Adveniat regnum tuum.
Fiat voluntas tua,

sicut in caelo, et in terra.
Panem nostrum cotidianum da nobis hodie.
Et dimitte nobis debita nostra,
sicut et nos dimittimus debitoribus nostris.

Das Vaterunser drang aus dem Mund von Pater Bez wie aus einem Leierkasten. Er schob die schwere Tür vorsichtig wieder zu, doch kurz bevor er sie geschlossen hatte, schob Alice ihren Fuß dazwischen.

»Pater Bez, was hat die 11 zu bedeuten?«

»Was für eine 11?«, lallte er und leierte weiter das Vaterunser herunter.

Et ne nos inducas in tentationem,
sed libera nos a malo.
Quia tuum est regnum, et potestas, et gloria, in saecula.
Amen.

»Was bedeutet die 11?«, wiederholte Alice.

Der Pfarrer wich vor ihr zurück. Warum konnte er nicht verstehen, dass es hier um mehr ging als nur um Worte, um Gebete, Beichtgeheimnis? Wie konnten dem Pfarrer ein paar Worte wichtiger sein als ihr Leben? Was war das für eine verkehrte Religion, in der selbst das Böse noch unterschlupfen konnte, wenn es Reue zeigte? In ihr brodelte es, doch sie wusste auch, dass der Pfarrer nicht ein Wort sagen, geschweige denn eine Aussage bei der Polizei machen würde. Er fürchtete um sein Seelenheil und opferte dafür ihr Leben. In diesem Augenblick verstand Alice, dass den Menschen Worte und irgendwelche Vorstellungen, mit denen sie sich die Welt erklärten, wichtiger waren als ihr Leben. Ihr Vater hörte nicht auf, ihr einzureden, dass sie in einer Phantasiewelt lebte, dass sie keinen Realitätsbezug hatte. Sie sei eben ein Kind von elf Jahren, doch was war mit all den Erwachsenen, die sich am Sonntag vor einem Holzkreuz niederknieten und sich immer wieder dieselbe Geschichte von der Auferstehung der Toten und dem ewigen Leben anhörten und dies für einen Teil ihrer Wirklichkeit hielten?

»Es sind zwölf Apostel und nicht elf, Zehn Gebote und nicht elf … Was haben diese Schmierereien an der Kirche zu bedeuten? Helfen Sie mir, Herr Pfarrer!«

Im trüben Blick des Pfarrers blitzte ein Funken. Er lehnte sich an die Pforte.

»Ich bin Gottes Ohr … Ich darf nicht reden, verstehst du, ich darf nicht reden …«

Mit diesen Worten schloss er die Pforte. Alice stand allein vor der Kirche. Die Wolken sackten ins Tal ab. Sie fröstelte. In Gedanken sah sie ihr eigenes Grab, davor Pater Bez, wie er das Vaterunser leierte – auf Lateinisch. Obwohl keiner im Dorf Latein konnte, außer Lehmko … Ihr Vater stand am Grab, daneben Amalia, telefonierend. Es war eisig auf ihrer Beerdigung. Jeder war froh, dass sie schnell vorbei war.

Sed libera nos a malo.

Sondern erlöse uns von dem Bösen.

Kein Mensch in Hintereck verstand Latein bis auf den Pfarrer. In Hintereck war seit Generationen der Pfarrer der einzige Mensch mit Bildung. Der Pfarrer und der Lehrer. Latein war für die meisten Dörfler nur heiliges Geschwurbel. Man wiederholte es und dachte nicht darüber nach. Das hätte auch nichts daran geändert, wenn es in Deutsch oder Japanisch geschehen wäre, solange es kein Preußenakzent war. Denn Gott – so viel verstanden die Hinterecker – sprach kein geschwollenes Hochdeutsch. Gott redete wie sie. Wozu dann das Latein?

Alice war es nicht aufgefallen. Was sagte Wittgenstein zu ihr, wenn ihr manchmal etwas nicht einfiel? «Du bist zu nah an der Frage, um zu sehen, dass es eigentlich gar keine Frage ist.«

Natürlich! Der Pfarrer durfte nicht reden. Er war das Ohr Gottes. Doch wie lange beichtete der Eismörder schon, und wie lange war Bez dazu verdammt, sein teuflisches Spiel mit anzusehen? Er durfte nicht reden ... Der Pfarrer durfte nicht darüber reden. Doch er konnte einen Hinweis geben. Etwas, was den Mörder nicht verriet und das Beichtgeheimnis schützte und damit sein Seelenheil, aber was dennoch ein Hinweis war. Deshalb hatte er das Vaterunser plötzlich in Latein heruntergeleiert. In Hintereck verstanden nur zwei Latein: der Pfarrer und der Lehrer. Lehmko. Und wenn Bez in der Messe anscheinend selbstverständlich ins Lateinische wechselte, so wandte er sich direkt an Lehmko. An ihn allein gingen die lateinischen Mahnungen, die sonst keiner verstand. Alice bereute, dass sie seit Jahren nicht mehr in die Kirche gegangen war, in keine Messe. Nur Weihnachten. Doch ihr wäre höchstwahrscheinlich gar nicht aufgefallen, dass die lateinischen Stellen ein verschlüsselter Hinweis waren.

Ich darf nicht reden ...

Warum regte sich denn in diesem Dorf keiner über die Schmierereien an der Kirchenpforte auf? Wo doch sonst den Hinterecker alles störte. Im Sommer störten ihn die bunten Jacken der Touristen, weil das die Kühe erschreckte, und im Winter störte ihn der Schnee. Der Schneepflug störte, weil er immer riesige Haufen vor die Einfahrt schob, und er störte, wenn er am Morgen eine Stunde später kam. Die Rechtschreibreform wurde in Hintereck abgelehnt, weil man sich weigerte, sich an jeden neuen Unsinn zu gewöhnen. Anton Haas beantragte im Heimatclub, der mit einer Stimme im Gemeinderat vertreten war, dass auf den Berggipfeln Rauchverbot gelten sollte. Rauchen dürften nur die Einheimischen, und zwar nur Pfeife. Es gab kein Thema und keine noch so unbedeutende Unsinnigkeit, die in Hintereck nicht schon Gegenstand von Streitereien gewesen waren. Trotzdem hatte keiner ein Wort über die Schmierereien verloren.

Alice konnte es nicht fassen. Der Pfarrer hatte ihr die Tür vor der Nase zugeknallt. Anton Haas, der das Friedhofsgatter hinter sich zuzog, grinste schadenfroh, als er Alice davontrotten sah.

»Besonders g'scheit war das nicht«, sagte Haas und zeigte zur Kirche. »Mit dem lieben Gott sollte man es sich nicht verscherzen.«

»Ich habe mit dem Pfarrer geredet.«

»Das ist ähnlich. Der spricht ja von Berufs wegen mit Gott.«

»Außerdem habe ich ihn nur gefragt, was diese Schmierereien bedeuten.«

»Ach, die roten Striche meinst du?«

»Das ist eine 11 gewesen ...«

»Ist doch egal, was es war.«

»Dir ist alles egal, was über den Stammtisch und den Musikverein hinausgeht.«

»Werde bloß nicht frech! Glaubst wohl, bloß weil dein Vater Polizist ist, kannst du eine große Gosch haben. Ich sage dir, dass es völlig wurscht ist, was da hingeschmiert wird.«

»Typisch ...«

»Weil der Pfarrer es selbst hinschmiert.« Haas lachte schallend, dass das Echo von der Kirchenmauer zurückhallte. »Er schmiert es hin und putzt es weg. Ich habe ihn selbst schon gesehen. Unser Herr Pfarrer liest die Messe ... Das macht er ganz gut, aber wir wissen ja, dass es in seinem Oberstüble nicht mehr ganz aufgeräumt aussieht.« Haas lehnte sich zu Alice vor. Sie roch seinen Bieratem. »Das ist ganz normal bei Männern, dass sie verrückt werden, wenn sie ihr Leben lang nicht dürfen ... Du weißt schon. Aber dafür bist du noch zu klein.«

»Du meinst kopulieren.«

»Nix, über Jahrzehnte. Dem ist alles ins Gehirn gestiegen, und da spinnt er ab und zu. Noch einen schönen Tag.« Mit diesen Worten verschwand er wieder in Richtung »Schwarzer Bichl«.

Das erklärte zumindest, warum sich keiner in Hintereck über die Schmierereien aufregte. Wenn es niemand wüsste, dann wären es die *Preißen* oder andere Ausländer gewesen. Aber jeder wusste anscheinend Bescheid, was Alice ärgerte. Sie glaubte über alles Bescheid zu wissen, was sich im Dorf abspielte. Nur nicht, dass der Pfarrer die Kirchenpforte und die Friedhofsmauer selbst beschmierte. Wenn das stimmte, dann war es keine geheime Nachricht des Mörders. Die Frage war, was bezweckte Bez mit dieser Aktion? War es eine Nachricht … oder nur der Tick eines Alkoholikers, der nicht mehr wusste, was er im Delirium tat? Letztes und vorletztes Jahr hatte er die Kirchentür nicht vollgeschmiert. Alice erinnerte sich an das Foto, das sie in der Kiste gefunden hatte. Das letzte Mal war die Friedhofsmauer mit der roten 11 beschmiert worden, als Ina Zugl starb und ihre Mutter … Sie alle starben in Hintereck. Das konnte kein Zufall sein. So als wollte Bez mit roter Farbe eine stumme Nachricht in die Köpfe der Hinterecker hämmern. Doch was war so schlimm, dass er es nicht offen sagen konnte?

… ich kann nicht reden.

Das vermaledeite Beichtgeheimnis! Wenn der Pfarrer nicht reden durfte … wenn er aber etwas erfuhr, was so schrecklich war, dass er es nicht für sich behalten konnte. Wenn er sein Gewissen erleichtern musste, ohne jedoch dafür das Beichtgeheimnis zu verletzen und damit sein Seelenheil aufs Spiel zu setzen. Oder war es nur ein irrer Moment im Leben eines Alkoholikers?

Was hatte diese Elf zu bedeuten? Der Eismörder würde nicht lange warten. In der Nacht würde es Sturm geben. In dieser Nacht würde sich das Rätsel um die 11 auflösen. Sie musste ihn aufhalten, sonst würde er auch sie in eine Eistote verwandeln.

TEIL VIER

Letzte Dinge

33.

Der Lärm entpuppte sich als Stimmengewirr vor dem »Schwarzen Bichl«. Josef Tanneis, der seit dreißig Jahren hier Wirt war, versuchte vergeblich, die Streithähne auseinanderzubringen. Alice blieb in einigem Abstand stehen. Gruber und Wegener waren sich offenbar in die Haare geraten. Wegener hätte Grubers Sohn sein können, doch was wie ein ungleicher Kampf aussah, war bei näherer Sicht nicht mehr als ein harmloses Schubsen und Stoßen. Wegener war zwar jünger, dafür fehlte ihm die Kraft jahrzehntelanger körperlicher Arbeit. Gruber packte Wegeners Kragen und schüttelte ihn. Wegener schlug wie wild um sich und traf Gruber einige Male hart mit der flachen Hand im Gesicht. Als Tanneis schließlich Gruber gegen die Wand drückte und ihm drohte, ihn vom Stammtisch auszuschließen, beruhigte er sich. Aus dem Lokal war auch eine junge Frau gekommen, die Alice nur zu gut kannte. Es war die Frau aus der Redaktion des Allgäuer Blattes, die sich als Elsa vorgestellt hatte. Sie stand oben auf der Treppe vor dem Eingang zum »Bichl« und fotografierte die Streithähne. Nachdem der Wirt die Lage beruhigt hatte, ging sie quer über die Straße an Tanneis vorbei auf sie zu.

»Hallo, Lisa, schön, dich zu sehen.«

»Mein Name ist Alice. Sie wissen schon, das Mädchen im Wunderland.«

»Ach ja, entschuldige, wie komme ich nur auf Lisa?«

»Was machen Sie hier? Wirtshausschlägereien fotografieren?«

»Nicht direkt. Ich schreibe an einem Artikel über ein paar

spektakuläre Todesfälle.« Sie grinste und zog ein Notizbuch aus ihrer Tasche. »Ich bin der Sache mit den Toten vom 23. Dezember nachgegangen. Jakob Mulder war in der Tat auf etwas gestoßen.«

»Das habe ich Ihnen ja gesagt.«

»Nur brauche ich mehr Fakten.«

»Die bekommen Sie, mehr als Ihnen lieb sein wird, wenn Sie länger in Hintereck bleiben.«

»Keine Angst, ich bin eine wehrhafte Frau.« Die Redakteurin zog einen Pfefferspray aus ihrer Handtasche und einen Schlagring. »Den habe ich von meinem Bruder. Der hat als Türsteher gearbeitet, da braucht man so etwas.«

»Wo wollen Sie übernachten?«

»Na, im Hotel, wo sonst? Mit Blick aufs Tal. Das Zimmer habe ich schon. Als ich den Schlüssel an der Rezeption holen wollte, versperrten mir heute ein paar Polizisten den Weg. Da muss wohl ein Gast geklaut oder die Rechnung nicht bezahlt haben. Von den anderen Gästen erfuhr ich, dass es einen Toten gegeben haben soll. Eine Eifersuchtsaffäre, meinten die Gäste im Bademantel, die man nicht mehr auf ihr Zimmer ließ. Absperrband überall und so weiter … Von einem der Opfer habe ich ein richtig schönes Foto gemacht. Das wird mein Aufhänger für die Story. Leider war aus den Polizisten vor Ort nichts rauszubekommen. Weißt du, was da los war?«

»Wahrscheinlich ein Taschendieb.«

Ene mene muh und tot bist du …

Tom lag mit eingeschlagenem Schädel im Koma, und keinen schien es zu stören. Der Pfarrer verkroch sich hinter dem Beichtgeheimnis, und diese Journalistin wollte ihre Karriere mit dieser Story vorantreiben. Letztendlich sind wir nur Figuren in einer Geschichte für sie, unkenntliche Namenskürzel in einem Zeitungsartikel.

»Oder so … ja, so was wird es gewesen sein. Und wer hat dich auf das Muster gebracht, das den Morden seit über zehn Jahren zugrunde liegt?«

»Einfache Anwendung von Logik.«

»Logik … Aha, hast du das in der Schule gelernt?«

»So ist es … Was haben Sie herausgefunden?«

Die Journalistin holte einen Notizblock aus ihrer Tasche. »Sag mir, ob du einen der Namen kennst. Julia Zentner, Marta Blattner, Michaela Pfänder, Diana Momp, Helena Mirko, Irma Teffel, Lilo Boltner, Angelika Weginger, Ina Zugl und Emma Bratschneider.«

»Ina Zugl kam aus Hintereck.«

»Kannst du mir etwas über sie sagen?«

»Ina starb vor vier Jahren, erfroren. Man fand sie bei der Kirche.«

»Wart ihr Freundinnen, habt ihr zusammen gespielt?«

Habt ihr zusammen gespielt, äffte Alice in Gedanken nach. Ein paar Sätze für die Tränendrüsen der Leser. Die wollen so etwas hören. Sie sind erschüttert. Schlimm ist das, oh, so schlimm, und wechseln das Programm im Fernsehen, wenn es zu schlimm wird.

»Ich war sieben, als das mit ihr passierte. Was weiß ich, was vor vier Jahren war.«

Außer dass am 23. Dezember vor vier Jahren deine Mutter nicht nach Hause gekommen ist. Er hat sie dir genommen, einfach so, und keiner hat es gemerkt. Tragischer Unfall …

»Hätte ja sein können. Schließlich starb in diesem Jahr nicht nur Ina Zugl, sondern auch deine Mutter, oder?«

»Darüber will ich nicht reden.«

»Glaubst du, es besteht ein Zusammenhang zwischen dem Tod von Ina Zugl und dem deiner Mutter?«

»Sind Sie taub oder was? Ich sagte, dass ich darüber nicht reden will.«

»Hör zu, Alice, ich glaube, dass Mulder da einer unheimlichen Mordserie auf der Spur war, und ich glaube außerdem, dass ihn seine Nachforschungen das Leben gekostet haben.«

»Ach, wie kommen Sie darauf?«

»Jakob Mulder war ein erfahrener Bergsteiger. Er war auf dem Mont Blanc, kletterte regelmäßig in den Dolomiten und verbrachte praktisch jedes Wochenende an irgendeinem Klettersteig. Und da soll er auf dem Grünten abgestürzt sein? Ich habe mir die Stelle angesehen, wo er abgestürzt ist. Das war unmöglich.«

»Vielleicht hat er Selbstmord begangen?«

»Über diese Möglichkeit habe ich auch nachgedacht, doch das passte nicht zu Mulder. In seinen alten Sachen, die er noch im Büro hatte, fand ich unter anderem einen Terminkalender. An seinem Todestag war er verabredet, und zwar auf dem Gipfel des Grünten.«

»Mit wem wollte er sich treffen?«

»Tja, das ist ja das Seltsame. Da stand der Name Georg Zugl. Doch Georg Zugl war zu diesem Zeitpunkt schon tot. Mulder wusste, was mit dem Vater von Ina Zugl geschehen war. Er hatte auch schon vorher Kontakt mit ihm. Georg Zugl hatte Mulder einiges Geld bezahlt, damit er den Fall seiner Tochter weiter untersuchte. Mulder gab sich als Privatdetektiv aus. So viel konnte ich feststellen. Er hat sich sogar Visitenkarten drucken lassen. *Privatdetektiv Jakob Mulder. Investigation und Überwachung.* Mulder hatte sich also nicht mit Zugl auf der Gipfelstation treffen wollen, sondern mit jemand anders. Und der hat ihn unterhalb des Gipfels erwischt, an einer ungefährlichen Stelle.«

»Mulder wollte jemanden treffen, der ihm etwas über Georg Zugl erzählen wollte.«

»Das denke ich. Mulder wollte die Geschichte mit den Toten vom 23. Dezember ganz groß rausbringen. Er hatte nicht nur den SPIEGEL kontaktiert, sondern auch zwei Buchverlage auf das Thema aufmerksam gemacht. Mulders Recherchen interessierten auf jeden Fall die Presse. Nur die Polizei wollte davon nichts wissen. Für sie handelte es sich um einzelne Fälle, die miteinander nichts zu tun hatten. Die Tatsache, dass die Morde am 23. Dezember geschahen und alle Opfer den Tod durch Erfrieren fanden, reichte der Polizei nicht, um daraus den Schluss zu ziehen, dass es sich um einen Serientäter handelte. Insgesamt hat Mulder zehn Fälle mit gleichen Charakteristika gefunden. Der erste Fall war Julia Zentner. Ein junges Mädchen im Alter von zwölf Jahren. Spaziergänger fanden ihre Leiche in der Nähe einer Kapelle bei Reckenberg. Tod durch Erfrieren.«

»Hat er was über die besondere Stellung der Opfer geschrieben?«

»Mulder hatte Fotos aus den Polizeiakten. Und das ist das Verrückteste, was ich jemals gesehen habe. Ganz zu schweigen davon, dass die Polizei nicht zu diesem Schluss kam. Jedes der Opfer hockte oder lehnte an einer Mauer, mit verschränkten Armen, die Augen offen. Julia Zentner war die erste Tote. Sie starb am 23. Dezember vor zehn Jahren. Nach Mulders Chronologie starb jedes Jahr ein junges Mädchen. In zehn Jahren zehn tote Mädchen.«

»Aber nur zwei davon in Hintereck.«

»Hintereck, Reckenberg, Bad Oberdorf, eine Leiche wurde am Kraftwerk Bruck gefunden. Mulder hatte eine Linie der Fundorte eingezeichnet. Dabei ergab sich, dass die Fundorte entlang der Ostrach lagen. Jeder Fundort befand sich in der Nähe einer Kapelle oder Heiligenstatue. Mulder glaubte, dass der Täter einen Wanderweg entlang der Ostrach benutzte. In seinen Notizen war jedoch ein großer weißer Fleck. Es fehlte das Motiv. Die Opfer waren weder verstümmelt worden, noch hatte man sie sexuell missbraucht. Es gab keine Spuren äußerlicher Gewalteinwirkung. Die Opfer starben laut Polizeibericht durch Erfrieren. Dies widerspricht aber der These eines Serientäters.«

»Er muss sie irgendwie betäubt haben.«

»Davon steht aber nichts im Polizeibericht.«

»Sie haben wahrscheinlich gar nicht danach gesucht, weil sie von einem tragischen Unfall ausgingen.«

»Aber wie nähert er sich den Opfern, um sie zu betäuben? So einfach geht das nicht. Selbst ein Kind wehrt sich, und das Risiko, dass Spuren auf dem Körper des Kindes zu sehen sind, wäre viel zu hoch.«

»Außer er kann sich den Kindern nähern, weil er sie kennt oder jemand ist, der mit Kindern umgehen kann.«

»Jemand, dem sie vertrauen.«

»Über die Schmierereien hat Mulder nichts geschrieben?«

»Was für Schmierereien?«

»In dem Jahr, als Ina Zugl erfroren gefunden wurde, malte jemand am Tag zuvor eine rote 11 auf die Friedhofsmauer, und dieses Jahr, vier Jahre nach Inas Tod, hat jemand die Pforte der Kirche wieder mit einer roten 11 beschmiert. »

»Das kann ein Zufall sein. Mulder hat jedenfalls nichts davon erwähnt.«

»Er wusste es nicht, oder es hatte für ihn nichts mit dem Fall zu tun.«

»Ich schätze, es hat nichts mit den Fällen zu tun. Wenn wir tatsächlich einen Serientäter finden wollen, dann müssen wir herausfinden, wen die Mädchen getroffen haben. Jemanden, dem sie vertraute, oder jemanden, der zumindest vertrauenerweckend aussah.«

Jedes Jahr ein Fall, und das seit zehn Jahren. Die Toten summierten sich in Alices Kopf zu einer Gleichung. Auf der einen Seite die Toten mit ihren eisigen Gesichtern und aufgerissenen Augen und auf der anderen Seite das X, eine große Unbekannte.

»Es hat vor zehn Jahren begonnen, an einem 23. Dezember. Der Grund für diese Morde muss etwas mit diesem Datum zu tun haben, etwas, was den Mordwahn ausgelöst hat.«

»Ich weiß, dass es schlimm für dich sein muss, aber ist es möglich, dass dein Großvater so eine Tat vollbringen konnte?«

Was für eine Frage! Sie hatte nur den Zweck, Alice aus der Reserve zu locken, dass sie schrie und sich entrüstet gab. Dies würde sie dann morgen auf der Titelseite des Allgäuer Blattes finden zusammen mit einem Foto von Großvater.

Der Killerrentner von Hintereck. Rentner und Kriegsveteran verhaftet. Verdacht auf sexuellen Missbrauchs und Ermordung eines jungen Mädchens.

Die Elf hatte etwas mit den Morden zu tun ... irgendetwas. Die Gesichter auf den Fotos bei Lehmko ... Die lateinischen Textstellen in der Messe, das Vaterunser auf Lateinisch, als sie mit dem Priester sprach, die Sprache, die nur der Pfarrer und der Lehrer verstanden. Alice schloss die Augen und suchte nach Verbindungen, nach Formen, die fassbar waren. Die starre Haltung der Leute auf dem Foto. Seine Familie ... Doch all das war kein Beweis, ja, es war noch nicht einmal eine nachvollziehbare Hypothese.

»Jeder Mensch kann einen anderen töten«, antwortete Alice. »Kein Mensch kann dies bei sich hundertprozentig ausschließen.«

»Ich kann doch von mir sagen, dass ich niemals einen Menschen töte.«

»Das heißt aber, dass Sie dazu in der Lage wären.«

»Wie spitzfindig. In deinem Alter ...«

»Ich weiß, da haben Sie noch mit Puppen gespielt.«

»Mit Puppen und Büchern.«

»Mein Großvater ist aber kein Mörder.«

»Die Beweise gegen ihn sind erdrückend. Nicht nur, dass die Polizei ein Kleidungsstück der toten Emma Bratschneider in seinem Haus gefunden hat, man hat auch – das habe ich aus vertraulichen Kreisen – DNA-Spuren deines Großvaters auf der Leiche gefunden.«

»Die jemand auch absichtlich dort platziert haben könnte.«

»Möglich, aber warum sollte er das tun?«

»Um von sich abzulenken.«

»Bisher ist die Theorie vom Serienmörder nur etwas, was in Mulders Kopf existiert hat. Es gibt keinen Beweis für seine These. Inzwischen suche ich Berichte der Bewohner von Hintereck zusammen. Wenn die Polizei erst einmal bekannt gibt, dass es sich beim Tod von Emma Bratschneider um ein Verbrechen handelt und bereits ein Verdächtiger verhaftet wurde, wird es hier überall von Presse wimmeln. Es wird dann keinen Winkel mehr geben, in dem nicht ein Mikrofon oder eine Kamera steht.«

Alice blickte abwesend über die Dächer zu den eingehüllten Gipfeln. Schneeflocken trieben aus dem verhangenen Himmel. Sie musste an Tom denken. Sie hätte ihn nie mit in die Sache hinziehen sollen. Er hatte geglaubt, dass es sich um ein Spiel handelte, etwas, was wie seine Spiele in seinem Computer war und was nichts mit seinem Leben zu tun hatte. Nun hing er an Schläuchen, und sie war nicht einmal bei ihm. Die Journalistin stellte ihr Fragen, die keine waren und die dann später im Artikel Sätze ergaben wie … *Das gesamte Dorf steht unter Schock. Seit Jahren gab es kein Verbrechen mehr. Überall herrscht Angst. Ein kleines Mädchen ist sprachlos und kann es nicht fassen. Sie ist die Enkelin des …* Niemand, der die Zeitung las, bekam auch nur den Funken einer Vorstellung davon, was seit Jahren in ihrem Dorf vor sich ging. Die Wahrheit interessierte auch niemanden.

Die Presse hatte für einen gewissen Unterhaltungswert zu sorgen. Den Chill am Abend, das Entsetzen zwischen *Tagesschau* und *Tatort* im Fernsehen. Alice überkam plötzlich ein Ekelgefühl, ein Gefühl, vor dem sie Wittgenstein schon gewarnt hatte. *Die Pforte der Philosophen. Wer in unsere Welt eintritt, der ist nicht mehr derjenige, der er war. Alles wird anders sein. Du wirst anders sein, und es gibt kein Zurück mehr.*

Die Zunge der Journalistin wälzte sich wie eine fette Schlange in ihrem Mund. Die Töne, die sie von sich gab, waren sinnlose Fetzen. Ihr Gesicht verschwamm in Zeitlupe, als handelte es sich um Plastikfolie, die über einer undefinierbaren Masse gespannt war. Alice fiel die Maske des Clowns ein, die roten Augen dahinter, die scharfen Zähne.

Als die Journalistin ihr ein Mikrofon unter die Nase hielt und zum x-ten Mal wiederholte: »Erzähl uns doch mal, wie du dich fühlst…«, da wurde es Alice zu bunt. Sie schlug der Journalistin das Mikrofon aus der Hand und drehte sich um.

»Wie wir sehen können, liegen die Nerven in Hintereck blank«, brabbelte die Journalistin.

»Leck mich doch am Arsch«, hörte Alice sich sagen, und sie wunderte sich, wie gut ihr der Satz tat. »Kreuzweise …«

In diesem Moment hielt ein Wagen neben ihr. Die Beifahrertür ging auf, so dass Alice gegen die Innenverkleidung prallte. Sie hielt sich an der Tür fest und bückte sich, um in das Wageninnere sehen zu können.

»Steig ein!«, befahl ihr der Mann.

Alice zögerte, doch etwas sagte ihr, dass sie keine Wahl hatte. Kommissar Engelhardt hätte sie nicht ins Auto gezogen, doch seine unmissverständliche Art gab ihr zu verstehen, dass keine Zeit mehr blieb, um lange herumzureden, es war auch keine Zeit mehr, um sie wie ein kleines Mädchen zu behandeln.

Der Gangerl holt sie alle, ob jung oder alt, und bald ist auch dein Arsch kalt …

»Ich werde dich nach Hause bringen, Alice.«

»Ich will aber gar nicht nach Hause.«

»Und ich möchte, dass du dort bleibst, und wenn dein Vater nicht da ist, dann möchte ich, dass du alle Türen und Fenster verriegelst.«

»Wollen Sie mir nicht erst einmal sagen, was passiert ist?«

»Ich habe noch keine eindeutigen Ergebnisse. Aber der vorläufige Bericht der Spurensicherung hat ergeben, dass der Hausmeister sich nicht selbst getötet haben kann. Die Fingerabdrücke auf dem Hammer, mit dem Tom schwer verletzt wurde, stammen nicht von dem Hausmeister.«

»Das heißt, es gibt einen Dritten.«

»Einen Dritten. Der Hausmeister war wahrscheinlich nur zur falschen Zeit am falschen Ort. Er war wahrscheinlich gerade dabei, Girlanden für Silvester zu befestigen, als er jemanden im Büro bemerkte. Der Hausmeister nahm einen Hammer und ging der Sache nach. Als Tom das Büro betrat, ging der Unbekannte auf ihn los. Er würgte Tom. Wäre der Hausmeister nicht gekommen, dann wäre Tom jetzt sicherlich tot. Der Unbekannte überwältigte den Hausmeister. Er erschlug ihn mit seinem eigenen Hammer und verletzte auch noch Tom. Der Krach machte andere Bedienstete aufmerksam, von denen natürlich keiner den Unbekannten gesehen hat. Dieser floh durch das Fenster und verschwand im Wald.«

»Mein Gott, wir hätten gleich die Polizei einschalten sollen, es war …«

»Wovon redest du?«

Sie erzählte Engelhardt von dem Fund der Leiche im Wald, den Schmierereien, ihrem Verdacht, dem Tod Ina Zugls und dem Tod ihrer Mutter.

»Das war dumm«, sagte Engelhardt, »aber hätten wir die Leiche im Wald gefunden, hätte die Polizei wahrscheinlich nicht auf ein Verbrechen geschlossen. Mit eurer Abhöraktion habt ihr den Täter aus der Reserve gelockt. Er begeht Fehler …«

»Ja, beinahe wäre Tom ein solcher Fehler geworden … und der arme Hausmeister. Er wollte unbedingt noch eine Frau finden, und jetzt ist er tot, weil er Tom geholfen hatte.«

»Wer auch immer diese Taten begeht, schreckt vor nichts zurück. Er ist äußerst entschlossen, und er verwischt sehr geschickt seine Spuren. Anfangs dachte ich, dass der Hausmeister deinen Freund niedergeschlagen hatte, doch das passte nicht zu den Würgemalen an seinem Hals. Der Hausmeister hätte ihn mit Leichtigkeit erwürgen können. Dass er aufhört und dann zum Hammer greift und nur einmal zuschlägt, ist unsinnig. Und eines passt überhaupt nicht in das ganze Tatschema: dass der Hausmeister sich selbst die Pulsadern aufschneidet.«

»Sieht aus, als hätte der Mörder nicht viel Zeit zum Nachdenken gehabt. Mein Großvater war es jedenfalls nicht. Der sitzt ja in U-Haft.

»Es muss sich ja nicht um einen einzelnen Täter handeln.«

»Was soll das heißen?«

»Wir müssen von allen Möglichkeiten ausgehen. Dazu gehört auch, dass dein Großvater kein Einzeltäter ist, sondern dass es sich um eine Gruppe handelt.«

»So ein Schwachsinn … Lassen Sie mich aussteigen!«

»Das sind nur Hypothesen, die wir erwägen müssen. Das ist Polizeiarbeit.«

»Nein, das ist gequirlte Kacke. Großvater hatte mit dem Hausmeister des Hotels nichts zu tun. Er hat ihn nicht einmal gekannt.«

»Bist du dir da sicher?«

»Hundertpro … Großvater ist ein Dinosaurier, der sein ganzes Leben lang in Hintereck verbracht hat. Der Hausmeister kommt von auswärts, und die Leute vom Hotel haben mit den Hinterecklern nichts zu schaffen.«

»Das ist so etwas wie Dörflerehre, oder?«

»Nein, das hat was mit der Gosch zu tun.«

»Mit der was?«

»Ich meine, wer keine Allgäuer Gosche hat, der hat keine Chance.«

»Das ist so etwas wie die Clubkarte.«

»So isches«, sagte Alice und betonte das »sch«.

»Es ist ja möglich, dass du nicht alles über deinen Großvater weißt.«

Jeder hat eine dunkle Seite.

»Ausgeschlossen, davon hätte ich irgendwann erfahren.«

Der Wagen des Kommissars schlitterte um eine Kurve und blieb in einem Schneehaufen stecken. Er setzte zurück, die Räder drehten durch.

»Steigen Sie aus und schieben.«

»Und wer soll fahren?«

»Na ich. Das kann nicht so schwer sein.«

»Kannst du fahren?«

»Nein, aber ich habe meinem Vater oft zugesehen.«

Er erklärte ihr kurz, wie sie die Kupplung langsam kommen lassen sollte, doch Alice hatte viel mehr das Problem, wie sie mit den Füßen die Pedale erreichen konnte. Autos waren etwas für große Menschen. Wenn sie so klein blieb, wie sie jetzt war, dann könnte dies zum Problem werden. Sie rutschte zu den Pedalen. Zwar sah sie nicht mehr zur Windschutzscheibe hinaus, was aber auch nicht nötig war. Auf Kommando gab sie Gas und dann … Ein Schrei. O ja, der Kommissar hatte ihr das mit dem Gang gesagt. Sie tauchte aus der Versenkung auf. Der Wagen stand nun quer auf der Fahrbahn, aber mit den Rädern auf der geräumten Fahrbahn. Nur von Engelhardt fehlte jede Spur. Einen Moment später klopfte er sich den Schnee von den Kleidern und kletterte hinter einem Schneehaufen hervor.

»Was machen Sie im Schnee?«

»Ich sagte doch den ersten Gang, nicht den Rückwärtsgang.«

Alice nickte. »Ich brauche noch ein paar Stunden Übung.«

Sie fuhren weiter.

»In diese Richtung geht es aber nicht zu mir nach Hause.«

»Willst du nicht mit deinem Großvater sprechen?«

Alice glaubte sich verhört zu haben.

»Ist es möglich?«

»Ich habe einen guten Draht zum Staatsanwalt, und mein Chef hat nichts dagegen.«

»So einfach?«

»Einfach nicht, aber ein paar Minuten kannst du mit ihm reden.«

»Alleine?«

Engelhardt nickte.

Plötzlich waren alle bürokratischen Hürden beseitigt. Weder ihr Vater sollte verständigt werden, noch waren die strengen Besuchsregeln der U-Haft im Wege. Es klang zu schön, zu schön, um wahr zu sein. Großvater meinte öfter: Wenn dir jemand sagt, dass du nur gewinnen kannst und alles einfach ist, dann hast du entweder einen Staubsauger gekauft, oder du bist im Irrenhaus.

»Sie müssen mir glauben«, sagte Alice, »mein Großvater hat damit nichts zu tun.«

»Das will ich gern glauben. Bisher sprechen die Indizien gegen ihn.«

»Er hat den Hausmeister nicht gekannt.«

»Wir haben zwei Aussagen, die das Gegenteil behaupten.«

»Wer erzählt solche Lügen?«

»Bekannte deines Großvaters.«

»Wegener … Gruber.«

»Du kennst sie?«

»Wer kennt sie nicht. Der Stammtisch. Sie stecken bis zum Hals in der Geschichte drin und wälzen alles auf meinen Großvater ab.«

»Was für eine Geschichte?«

»Na, die Geschichte mit dem Vater von Ina Zugl.«

»Ina Zugl … Der tragische Tod des Mädchens, das vor vier Jahren in dem eisigen Winter erfroren ist?«

»Es war genauso wenig ein tragischer Tod wie der Tod Emma Bratschneiders. Es war Mord.«

»Und was haben Wegener und Gruber damit zu tun?«

»Sie haben dem Vater Inas Geld geliehen, dass er einen Journalisten bezahlen konnte, der sich als Privatdetektiv ausgab.«

»Wozu?«

»Um den Täter zu finden. Inas Vater war davon überzeugt, dass seine Tochter ermordet worden war. Auch wenn die Polizei keine Hinweise fand, er glaubte den Recherchen dieses Journalisten. Jakob Mulder ließ sich von ihm den Hintern vergolden. Zugl hatte keinen Cent mehr, seine Frau landete in der Psychiatrie und er mit dem Kopf in der Kreissäge. Allgäuer Idylle.«

»Wenn dir jemand in der JVA Fragen stellen sollte, so antwortest du nicht. Überlass mir das Reden. Dieser bürokratische Mist ist kompliziert.«

»Verstehe«, gab Alice kleinlaut von sich.

Irgendetwas war faul an der Sache. Sie hatten die Hauptstraße nach Hindelang schon erreicht, als der Kommissar das Radio einschaltete. Alices Schweigen schien ihn zu stören, oder der

Kommissar gehörte zu der Sorte von Mensch, für die Stille noch schlimmer als Dauerlärm war.

»Sie glauben nicht daran, dass es einen Serienmörder in Hintereck gibt«, sagte Alice ohne Vorwarnung. »Sie glauben nicht, dass es in Hintereck jemanden gibt, der seit Jahren Menschen tötet, ohne dass es jemand merkt.«

»In der Kriminalistik wäre dies in der Tat eine Ausnahme. Die meisten Serienmörder wollen, dass man ihre Opfer findet. Sie genießen ihre anonyme Berühmtheit in der Presse. Sie haben es gesellschaftlich zu etwas gebracht, sie sind jemand, selbst wenn sie nur von allen gehasst werden. Sie schwelgen in ihren Bluttaten und vergrößern mit jedem Mord ihre Geheimnisse. Der Killer in ihnen wird zu einer Persönlichkeit. Und die Presse und das Leid und der Kummer der Menschen sind wie eine Bestätigung für die Existenz ihrer dunklen Hälfte. Ihre bürgerliche Existenz ist nur eine Scheinwahrheit, eine Art Tarnung. Erst wenn sie morden, fühlen sie ihre Existenz. Die Aufmerksamkeit, die ihnen die entsetzte Welt plötzlich schenkt, ist wie eine verspätete Anerkennung für das, was sie in Wirklichkeit sind. Geniale Menschen. Nicht normal und durchschnittlich, nein, sie halten sich für die absolute Elite der Menschheit. Sie sind Grenzgänger. Serienmörder haben den Abgrund ihrer Taten nicht in sich. Sie sind keine psychologisch determinierten Tötungsmaschinen, die instinkthaft morden. Sie leben vielmehr am Rand der Erkenntnis, dass man ein Mensch sein kann, der jenseits aller menschlichen Gefühle lebt. Ein Serienkiller, der über Jahre seine Taten verschleiert, ist kriminalistisch nicht belegt. Es ergibt auch psychologisch gesehen wenig Sinn, denn jeder Mord, und wenn er auch noch so sinnlos erscheint, hat ein Motiv, und ein Mörder, der einem Ritual folgt und der seine Opfer noch ausstellt, der will Anerkennung für seine Taten.«

»Es gibt ihn trotzdem«, erwiderte Alice. »Die Tatsache, dass man lange Zeit keine schwarzen Schwäne kannte, bedeutete noch lange nicht, dass es keine gab.«

»Du hast wohl immer das letzte Wort.«

»Ich will ja schließlich nicht schuld sein, dass Sie eines Tages dumm sterben.«

»Sehr komisch. Aber von Kriminalistik verstehe ich mehr als du, kleine Dame.«

Alice schnaubte. »Na, jedenfalls haben Sie nur eine Sorte von Serienmörder erwähnt. Die Künstler oder die Eitlen. Sie suchen die Anerkennung wie zum Beispiel Ted Bundy. Aber es gibt noch andere, wie John Wayne Gacy, dem die öffentliche Anerkennung herzlich egal war. Ihm ging es nur um die Lustbefriedigung bei seinen Morden. Er hat seine Opfer verscharrt. Er wollte nicht gefunden werden.«

»Und um was für einen Mörder handelt es sich in Hintereck?«

»Um jemanden, der keine soziale Anerkennung sucht, sondern den ein anderes Motiv antreibt. Es ist jemand, der schon eine hohe Anerkennung genießt und der ein Doppelleben führt.«

»Mit den üblichen Faktoren, die aus einem normalen Menschen einen Serienmörder machen. Einer übermächtigen Mutter, die zudem noch gewalttätig ist, einem Vater, der abwesend oder eine schwache Persönlichkeit ist und der eventuell selbst sein Kind missbraucht. Frühen traumatischen Erlebnissen sexueller Natur mit Verwandten, Eltern oder Geschwistern, Sodomie, Gewaltspielchen. Oder die Mörder mit angeborenen Gehirnfehlern oder späteren Kopfverletzungen. Gehirnschädigungen aufgrund von Metallvergiftungen oder Drogenmissbrauch ...«

»Kann schon sein, aber es gibt viele Menschen, die eine Gehirnschädigung erlitten und nicht zu Serienmördern geworden sind, und nicht jeder Drogensüchtige wird zur Tötungsmaschine. All das stellt nur den Hintergrund dar, vor dem sich eine solche mordende Bestie entwickelt. Was genau den Ausschlag gibt, das weiß kein Wissenschaftler.«

»Hast du dieses Wissen über Serienmörder von deinem Großvater?«

»Was meinen Sie damit?«

»Nun, wir haben in seinem Haus viele Bücher gefunden, und eine ganze Reihe davon waren Bücher über Verbrechen, Mord, Polizeiarbeit ...«

»Großvater interessierte sich dafür, aber das macht ihn noch nicht zum Verdächtigen.«

»Es ist nur ein Steinchen im Gesamtpuzzle. Jemand, der Bücher über die Ermittlungsarbeit der Polizei liest, könnte daran interessiert sein, seine Spuren perfekt zu verwischen.«

»Dann ist jeder, der sich mit Terrorismus beschäftigt, auch schon ein potenzieller Terrorist. So ein Schmarrn.«

»Ich will dir und deinem Großvater helfen«, sagte Engelhardt, nachdem sie eine Weile geschwiegen hatten. Monoton zog die weiße Landschaft vorüber. Im Radio hörte Alice plötzlich die Stimme der Journalistin und dann ihre eigene. »Das gibt's doch nicht«, entfuhr es ihr. »Die hat einfach das Gespräch mitgeschnitten.«

Ich war sieben, als das mit ihr passierte ... Das war vor vier Jahren.

»Die Einwohner von Hintereck stehen unter Schock. Die Polizei geht von einem Gewaltverbrechen aus.«

»Vor vier Jahren starb schon einmal ein Mädchen unter mysteriösen Umständen in Hintereck, und am selben Datum starb auch die Mutter eines Mädchens, das heute elf Jahre alt ist.«

Darüber will ich nicht reden ...

»In Hintereck liegen die Nerven blank ... Keiner kann sagen, wie das Mädchen diesen Schock überstehen wird, was aus ihm später einmal wird.«

»Bis die Polizei den Täter gefasst hat, regiert die nackte Angst in Hintereck.«

»Was für eine dämliche Zicke!«, sagte Alice laut und drehte das Radio ab.

»Kennst du diese Journalistin?«

»Sie hat mit mir gesprochen, und jetzt, zwanzig Minuten später, hat sie meine Sätze so zusammengeschnitten, dass sich das Ganze wie ein Horrormärchen anhört.«

»So ist die Presse. Sie will Aufmerksamkeit, Quoten, damit ihre Zeitungen attraktiver als Werbeplatz werden. Letztendlich geht es ihnen gar nicht um die Toten in Hintereck, nicht um dich, sondern nur darum, dass die Konzerne ihren neuesten Mist unter die Leute bringen.«

Die vorbeiflirrende Winterlandschaft hatte auf Alice wie eine Schlaftablette gewirkt. Irgendwann war sie eingeschlafen. Sie erwachte erst wieder, als der Wagen still stand und sie auf eine rote Backsteinmauer blickte. Der Parkplatz der Justizvollzugsanstalt befand sich außerhalb. Hier wird also Justiz vollzogen, dachte Alice. Doch was an ihrem Großvater vollzogen wurde, hatte in ihren Augen nichts mit Justiz zu tun. Da waren die Guten, die gegen das Böse kämpften, gegen Mörder, Diebe und Betrüger. Hinter den vier Meter hohen Backsteinmauern mit Stacheldrahtverhau, den Wachtürmen mit bewaffneten Wächtern und den Videokameras verwahrte man das Böse. Einen großen Unterschied zur psychiatrischen Klinik gab es kaum, nur dass es im Irrenhaus weniger Wachtürme gab. Ihr Großvater hatte hier nichts zu suchen. *Du hast auch nichts in der Klapse zu suchen, Alice. Trotzdem steckt dich dein Vater ins Irrenhaus.*

Engelhardt hatte keine Schwierigkeit, die Kontrollposten zu

durchlaufen. An den ersten Metalldetektoren ging der Alarm los. Engelhardt musste seine Waffe abgeben, Alice ihr Handy und ihren Schlüsselbund. Fünf Minuten später wartete sie in einem kahlen Raum mit einem Tisch und zwei Stühlen.

34.

Ihr Großvater sah schlecht aus. Er lächelte gezwungen, und hätte Alice ihn nicht einfach umarmt, hätte er sie einfach per Handschlag begrüßt, so als wäre sie eine Fremde. Er wirkte abwesend, als wären die Vorwürfe gegen ihn nur eine schlecht gespielte Komödie.

»Was machst du denn hier?«

Alice konnte es nicht vermeiden, Tränen liefen ihr an den Wangen herunter. Sie wischte sich flüchtig über die Wange. Keiner hatte es bemerkt. Sie blickte an die Decke. Eine schwarze Rundumlinse. Man beobachtete sie also, und sicherlich war Engelhardt in einem Nebenraum und hörte jedes Wort.

»Ich musste dich sehen.«

»Dein Vater reißt mir den Kopf ab.«

»Ist ja nicht deine Schuld. Ich bin aus freien Stücken hierhergekommen.«

»Wer hat dich hergebracht?«

»Kommissar Engelhardt.«

»Der Preiß …«

»Ja, der Preiß …« Alice grinste in das Kameraauge über ihr. »Der würde mich am liebsten einsperren und den Schlüssel wegwerfen.«

»Er glaubt nicht, dass du es warst. Keiner tut das.«

»Wenn das so wäre, dann wäre ich nicht mehr hier.«

»Es sind nur Indizien … und Zeugenaussagen.«

»Was für Zeugenaussagen?«

»Ich kann dir nur sagen, was Engelhardt mir erzählt hat.« Sie fasste kurz den Anschlag auf Tom zusammen, dass er im Koma lag und der Hausmeister des Hotels im Leichenschauhaus. Als sie Wegener und Gruber erwähnte, zogen sich die Augen des Großvaters zu Schlitzen zusammen.

»Das ist ja wie im Krieg, damals in Russland. Die Ostfront ...«

»Keine Geschichten aus Russland, Opa. Dafür haben wir keine Zeit. Wir müssen deine Unschuld beweisen.«

»Wegener, diese Drecksau, und der Gruber, von dem brauch ich erst gar nicht zu reden. Die wollen sich ihr Gewissen reinwaschen.«

»Hast du dem Kommissar von den beiden erzählt?«

»Hatte noch keine Gelegenheit dazu.«

»Hast du den Hausmeister des Hotels gekannt?«

»Ja, wie man halt die Leute in Hintereck kennt, die nicht aus Hintereck kommen.«

»Hast du ihn gekannt?«

»Die im Hotel sind die im Hotel, und die im Dorf sind die im Dorf. Warum sollte ich den Hausmeister kennen?«

»Vielleicht vom Stammtisch, oder vielleicht hat er euch beim Maibaumaufstellen geholfen.«

»Maibaum? Es reicht schon, wenn seit kurzem die Deppen aus Hindelang bei der Einweihung dabei sind. Für die ist alles nur Folklore. Die rennen den ganzen Tag rum und fotografieren.«

»Du kanntest ihn also nicht?«

»Wen?«

»Den Hausmeister vom Hotel.«

»Woher sollte ich den kennen?«

»Schon gut ...«

»Alice, du solltest nach Hause gehen und deine Schulaufgaben machen.«

»Es sind noch Ferien, und morgen ist Silvester.«

»Die werden mich sicher nicht rauslassen.«

»Keine Sorge, Opa, ich nehme das in die Hand.«

»Möchte wissen, von wem du dieses helle Köpfchen hast. Sicher nicht von deinem Vater.«

»Von dir …«

»Nein, ich bin nicht g'scheit, ich habe nur viel gelesen.«

»Hast du eine Ahnung, warum Gruber und Wegener erzählen, dass du den Hausmeister gekannt hast?«

»Weil sie lügen wie gedruckt.«

»Die Polizei denkt, du hast gemeinsame Sache mit dem Hausmeister gemacht und dass es mehr als nur einen einzigen Täter gibt.«

»Seit dem Tod von Georg Zugls Tochter haben die beiden sich verschworen. Wenn die Polizei sich mal die Mühe machen will, dann soll sie doch mal die Finanzen der beiden prüfen. Wegener hat die Waldhütte, den Wald und noch andere Grundstücke von Zugl ergaunert. Ebenso der Gruber. Sie haben dem Zugl Geld geliehen und sich dafür die Grundstücke überschreiben lassen.«

»Zugl hatte einen Detektiv beschäftigt, der auf eigene Faust nach dem Mörder seiner Ina suchen sollte.«

»Ja, dieser schmierige Typ aus Kempten. Ich weiß gar nicht mehr, wie der geheißen hat.«

»Jakob Mulder.«

»Genauso hieß er. Der Teufel soll ihn holen.«

»Hat er … an der Grüntenwand. Abgestürzt. Allerdings wird es nicht ganz unfreiwillig geschehen sein. Das meint jedenfalls seine Journalistenkollegin.«

»Ich dachte, der war Detektiv?«

»Hauptberuflich war er Journalist, aber nebenberuflich gab er sich als Detektiv aus.«

»Und der Zugl hat alles geglaubt. Ich habe ihn immer gewarnt, dass die ihn nur ausnutzen wollen.«

»Wegener und Gruber?«

»Die haben ihn ausgesaugt, bis er nichts mehr hatte. Sogar das Haus seiner Frau hat er versetzt. Sie haben es geschafft, dass sie als Haupterben in Zugls Testament erscheinen.«

»Und als Zugl seinen Unfall hatte, da fiel alles an die beiden.«

»So ist es.«

»Du glaubst, dass die beiden nachgeholfen haben?«

Ihr Großvater schüttelte den Kopf. »Die beiden Deppen sind zwar durchtrieben, aber umbringen können die niemanden. Die sind einfach zu deppert, um jemanden umzubringen.«

»Glaubst du an einen Unfall?«

»Niemals. Der Zugl mit dem Kopf in die Kreissäge. Und es bringt sich auch keiner so um. Die Abdeckung hat gefehlt. Seit Jahrzehnten sägt der Zugl sein Holz mit der Kreissäge, und da soll er ausgerechnet die Schutzvorrichtung abgemacht haben und mit der Stirn aufs Sägeblatt gefallen sein?«

»Jemand hat ihn umgebracht.«

Er nickte. Alice lief aufgeregt in dem Zimmer umher, das genau vier Schritte lang und drei Schritte breit war. Eine Erkenntnis, die so viel wert war wie die Anzahl der Steine in der Chinesischen Mauer. Das meiste Wissen, das man als Allgemeinwissen beherrschen sollte, war nutzlos. Damit stopfte man die Köpfe der Menschen zu, damit sie nicht auf eigene Gedanken kamen. In der Schule bringt man den Leuten alles bei, nur nicht das Denken, hatte Wittgenstein zu ihr gesagt. Ein Staat aus lauter denkenden und kritischen Bürgern wäre ja unkontrollierbar.

»Sicher hat da jemand nachgeholfen.«

»Und wer hat das getan?«

»Ich weiß es nicht. Aber ich glaube, dass der Wegener und der Gruber es wissen. Sie hätten damals der Polizei Hinweise geben können. Das hat mir der Schrott-Gruber einmal im Suff gesagt. Der Gruber kriegt sein Maul sowieso nur im Suff auf, aber da ihm eh keiner zuhört, ist das eh egal.«

»Sie wussten, wer die Ina umgebracht hat?«

»Sie hatten zumindest Hinweise, so dass die Polizei damals die Ermittlungen nicht eingestellt hätte. Aber wenn die Polizei ermittelt hätte, dann hätte Zugl nicht diesen Detektiv engagiert, dann hätten sie ja nicht den großen Reibach gemacht.«

»Hast du sie deshalb vor der Kirche so angefahren?«

»Ich habe dem Wegener und dem Gruber gesagt, dass sie den Mörder decken, weil sie der Polizei damals nicht geholfen haben. Ich sagte ihnen, sie müssen zur Polizei, aber sie haben Angst, dass man ihnen die Häuser wegnimmt oder dass sie wegen Betrug dran sind. Deshalb halten sie das Maul.«

»Kannst du etwas beweisen?«

»Nein. Ich hätte damals zur Polizei gehen sollen, stattdessen habe ich mit deiner Mutter und deinem Vater gesprochen. Dein Vater meinte, dass ich nichts davon beweisen kann. Und deine Mutter …«

»Sie hat selbst recherchiert. Sie hat den Detektiv gefunden, und sie hat von Inas Mutter etwas erfahren. Und zwar mit wem Ina in den letzten Stunden zusammen war. Es hatte etwas mit der Schule zu tun. Genaueres wollte mir deine Mutter am Abend erzählen. Doch dazu kam es nicht mehr.«

»Er hat sie vorher getötet.«

Ihr Großvater verzog die Augenbrauen, als schmerzte ihn der Gedanke.

»Es war ein Unfall, haben die Grünkittel behauptet. Diese

Dünnbrettbohrer von der Polizei. Keine äußere Gewalteinwirkung … einfach erfroren, hundert Meter vom Haus weg. Am 23. Dezember …«

»Hast du das der Polizei damals gesagt?«

»Tausendmal. Doch die wollten nichts hören von einem Dritten. Für sie war es einfach ein tragischer Unfall. Die Temperatur war in dieser Nacht 25 Grad unter null gesunken. Das reichte diesen Idioten.«

»Ging Mama nicht zur Polizei?«

»Sie wollte es deinem Vater sagen …«

»Habe ich dir gesagt, dass ich Fotos gefunden habe, die Mama gemacht hat, von der Kirchenpforte, den Schmierereien.«

»Dieser Schmarrn mit dem Tierblut und der 11 auf der Kirchenpforte …«

Alice blickte ihren Großvater entgeistert an, als dieser loslachte.

»Ich weiß immer noch nicht, was es mit der 11 auf sich hat.«

»Das braucht auch niemand.« Wieder lachte ihr Großvater. »Anfangs dachten alle, die beiden Söhne vom Oberschrat hätten diesen Unsinn gemacht. Aber ich habe ihn selbst gesehen … stinkbesoffen. Wie im Delirium, ich würd fast sagen, vom Teufel besessen, wenn es nicht der Pfarrer gewesen wäre …«

»Pfarrer Bez hat seine eigene Mauer beschmiert?«

»Sicher, und er hat dabei ständig das Vaterunser gebrabbelt. In Latein. Als ob in Hintereck jemand Latein verstünde … Der war zu wie eine Haubitze.«

Wer versteht schon Latein in Hintereck außer dem Pfarrer und dem Lehrer … Lehmko?

»Doch warum die 11?«

»Das weiß der Pfarrer wahrscheinlich selbst nicht. Schmiert seine eigene Pforte voll und die Friedhofsmauer. Dem ist entweder Hintereck nicht bekommen … der hat den Hinterecker

Koller. Der Pfarrer lebt nicht nur in Hintereck, er nimmt den Hinterecklern auch noch die Beichte ab.«

»Du glaubst, er weiß, wer Ina und Emma umgebracht hat?«

»Sicher weiß er es. Er weiß es, bevor es geschieht. *Ego te absolvo*. Er kennt den Namen des Verrückten, aber seine Lippen sind durch das Beichtgeheimnis versiegelt.«

»Deshalb die Schmierereien?«

»Ein versteckter Hinweis …«

»So versteckt, dass man schon ein Säuferhirn braucht, um zu verstehen, was der meint. Aber vielleicht sind es auch nur die Anwandlungen eines Alkoholikers. Der Haas geht manchmal im Schlafanzug in den ›Schwarzen Bichl‹, so hat der zu Hause schon getankt. Ich weiß nur, dass jemand genau wusste, was er tat, als er den Detektiv und deine Mutter verschwinden ließ. Er hat sie eiskalt umgebracht, weil sie ihm auf der Spur waren.«

»Verstehst du Latein?«

»*Ego te absolvo*. Das ist alles. Heißt so viel wie: Ich vergebe dir. Das habe ich noch aus meinem Kommunionunterricht. Vor dem Krieg. Aber sonst versteht doch kein Mensch Latein in Hintereck.«

Nicht alle …

»Habe ich dir eigentlich gesagt, dass jemand auf Mamas Grab Rosen gelegt hat?«

»Deine Mutter hasste Rosen. Damit hat er ihr sicher keinen Gefallen getan. Wann war das?«, fragte ihr Großvater.

»Vor ein paar Tagen. An Weihnachten.«

»Wer legt schon im Winter Blumen auf ein Grab?«

»Ich dachte erst, dass du es warst.«

»Na, hältst du mich schon für so senil?«

»Nein, aber ich habe einen Fußabdruck von deinem Stiefel gefunden.«

»Aha, mein Stiefel?«

»Ja, der rechte Stiefel.«

»Und du glaubst, ich habe deiner Mutter Rosen aufs Grab gelegt, mitten im Winter?«

»Nein, aber es war dein Stiefel.«

»Du meinst, die alten Latschen, die schon kaputt sind.«

»Genau die meine ich.«

»Das ist seltsam. Weil jemand so kurz vor Weihnachten meine gesamte Waldausrüstung geklaut hat. Schuhe, Mantel, Hut, Handschuhe … Erst habe ich mich geärgert, weil mir noch nie jemand etwas aus der Garage geklaut hat. Und da klaut man mir alte Klamotten, alte Schuhe und lässt das wertvolle Werkzeug liegen. Doch vor ein paar Tagen lag alles wieder auf seinem Platz. Jemand hatte es sich ausgeliehen. Hätte auch fragen können, dann hätte ich es ihm gegeben.«

»Außer jemand wollte nicht, dass du es weißt. Jemand, der vielleicht gesehen werden wollte und den man dann mit dir verwechselte.«

»Das ist mir zu hoch.«

»Derselbe, der dir auch die Sachen von dem toten Mädchen ins Haus gelegt hat und der in deinem Haus war und der Haare oder sonst etwas von dir mitgenommen hat.«

»Was will er damit?«

»DNA-Spuren hinterlassen, um dich zu belasten.«

»Wer sollte sich so etwas ausdenken?«

»Jemand, der weiß, dass ich ihm auf der Spur bin.«

»Alice, du solltest dich da raushalten. Überlass das der Polizei!«

»Ich werde den Beweis erbringen.«

»Einen Scheiß wirst du tun«, erwiderte ihr Großvater. »Du gehst nach Hause.«

Sie nickte und dachte an Tom. Irgendjemand musste den

Mörder stoppen. Er hatte ihre Mutter getötet, weil sie ihm zu nahe gekommen war. Wenn sie nichts tat und nur abwartete, dann würde er sie umbringen, genauso wie all die anderen. Wer wusste, wie viel der Unfälle auf sein Konto gingen.

Ihr Großvater war auf dem Stuhl zusammengesunken. Er war eingenickt. Am liebsten würde sie ihm jetzt einen Tee machen und ihm dann eine Decke auf die Beine legen. Stattdessen öffnete sich die Tür. Ein uniformierter Beamter betrat das Zimmer.

Wenn Lehmko ihre Mutter getötet hatte, ihre Mutter und die Mädchen, den Journalisten … Wie konnte sie ihn aufhalten? Sie kam sich plötzlich klein vor und verletzlich. Und als der Kommissar sie durch das Schneegestöber nach Hause fuhr, begriff sie, dass der Tod nicht nur ein Wort war. Er war einfach das Ende von dem, was sie jetzt war, und zwar für immer.

35.

Vorsichtshalber verriegelte Alice jeden Fensterladen von innen, auch die im Obergeschoss. Doch wer es darauf anlegte, den Riegel von außen hochzuschieben, der brauchte nur ein Taschenmesser. Die Fenster waren auch alles andere als einbruchssicher. Ein Satz von Sunzi, dem chinesischen Militärstrategen und Philosophen, der vor 2500 Jahren gelebt hatte, fiel ihr ein. *Was nützt die mächtigste Festung und die dicksten Mauern, wenn die Tore offen stehen.* Doch würde Lehmko es wagen, in ihr Haus einzubrechen? Dr. Adibert Lehmko, der gebildetste Mann in Hintereck? Sie konnte es immer noch nicht fassen, dass er die Mädchen getötet und dass er jeden beseitigt hatte, der ihm zu nahe kam. Lehmko, der Mörder ihrer Mutter. Hatte er seine Mordpläne schon gefasst, als ihre Mutter am Jahresende zum Elternsprechtag in die Schule gekommen war? Wer dachte schon daran, wenn man vor dem Klassenlehrer seines Kindes stand, dass man in dessen Augen schon tot war. Die Wahrheit zwischen Leben und Tod resümierte sich für Alice auf die einfache Wirklichkeit, dass es Lebende gab, die auf der Erde herumliefen, Pflanzen und Tiere aßen, in die Schüssel kackten und den lieben langen Tag redeten. Dazwischen bauten sie Häuser, Straßen und brachten andere Menschen um. Die anderen, das waren die Toten. Sie starben an Krankheiten, weil sie zu alt waren oder weil jemand dafür sorgte, dass sie unter die Erde kamen. Von ihnen blieb nicht mehr als ein paar Knochen, die in drei Meter Tiefe in der kalten Erde verrotteten.

Alice versperrte die Kellertür und schob den Wäscheschrank vor die Tür. Mehr Zugänge gab es nicht. Vielleicht wäre es noch ganz gut, wenn sie ein Messer aus der Küche in ihr Zimmer nähme? Doch was nützte ihr das Messer, wenn sie nicht damit umgehen konnte? Die Idee, sich plötzlich bewaffnen zu müssen, nur weil sie für Gerechtigkeit sorgte, gefiel ihr nicht. Noch weniger gefiel ihr, dass Lehmko, ein Mann, der Goethe und Platon las, solch ekelhafte Verbrechen begehen konnte. Doch was hatte sie schon gegen ihn in der Hand? Kein Staatsanwalt würde auch nur einen Augenblick zuhören, wenn Alice ihnen erklärte, dass die Position der erstarrten Leichen exakt der Position der Frauen entsprach, die auf den Fotos in Lehmkos Haus hingen. Und dass ein betrunkener Pfarrer das Vaterunser auf Latein sprach und seine eigene Kirche vollschmierte, das waren alles keine Beweise. Bez hatte nicht einmal einen Hinweis gegeben, warum es gerade eine 11 war, blutrot und mit Schweineblut geschrieben. Was ging nur im Kopf des Pfarrers vor? Wie lange wusste er schon von Lehmko?

Ganz anders verhielt es sich mit den Aufzeichnungen aus der Beichte. Der kleine Lauschangriff. Das waren Geheimdienstmethoden. Es gab eben Situationen, in denen man Ausnahmen machen musste. Doch selbst wenn die geheime Aufzeichnung im Beichtstuhl als Beweis gegolten hätte, sie besaßen sie nicht mehr. Und Tom hatten sie fast das Leben gekostet. Toms Handy-Lauschangriff war vielleicht doch nicht so unauffällig gewesen. Lehmko hatte nicht gezögert. Er hatte Alice getroffen und sie zu sich eingeladen. Sie hatte ihm nichts angesehen, keinen Stress, er war wie immer ein zuvorkommender, an Höflichkeit glänzender Lehrer gewesen. Als er aus dem Haus ging und noch etwas zu erledigen hatte, da ging er zur Beichte. Sie erinnerte sich an den Anruf, den Stephan erhalten hatte, während er ihr das Haus zeigte, und an die leichte Veränderung in seinem Gesicht. Doch sie konnte sich täuschen. Sie hatte sich nicht bedroht gefühlt, als sie bei Lehmko im Haus gewesen war.

Und wenn er dir den Keller gezeigt hätte?

Sie war hin und weg von den Büchern. Sie dachte, jemand, der so viel Bücher besaß, konnte kein schlechter Mensch sein. Erst als sie den Weißclown im Haus gesehen hatte, da hatte sie das Gefühl gehabt, in ihre eigene Welt gefallen zu sein. Schließlich begegnete nicht jeder den Autoren, die er las. Der Clown war jedoch kein Autor, sondern eine Gestalt aus einem der Vampirbücher, die Lehmko unter Pseudonym geschrieben hatte. Zwischen Autor und Figuren in einem Buch musste ein engerer Zusammenhang bestehen, als sie dachte. Ein geheimes Band, das sie noch nicht begriff und das ihr auch Wittgenstein nicht erklären konnte. Wie sollte Wittgenstein ihr das auch erklären? Wittgenstein war Wittgenstein. Es gab keine Figuren in seinen Büchern, sondern nur Sätze aus Logik, die wie eine Fuge von Bach ineinanderpassten. Was man von Wittgenstein las, war Wittgenstein. Er war seine eigene Figur.

Alice ging noch einmal das ganze Haus durch, überlegte, ob sie die Hauseingangstür verbarrikadieren sollte, was besonders ihren Vater freuen würde, wenn er vom Spätdienst nach Hause kam. Sie war im ersten Stock und putzte sich die Zähne, als das Telefon im Erdgeschoss klingelte. Sie spuckte aus und rannte nach unten.

»Es wird heute spät. Geh nicht so spät ins Bett.«

Ihr Vater telefonierte aus dem Auto. Im Hintergrund waren laute Stimmen zu hören. Die Sirene der Feuerwehr, Notarzt, das ganze Aufgebot wie im CSI-Krimi. Nur dass die ermittelnden Beamten und Einsatzkräfte keine durchtrainierten Typen waren, sondern bierbäuchige Langsamschauer. In Hintereck gab es wenigstens eine Feuerwehr. Würde man auf die Feuerwehr in Hindelang warten, würde bei einem Brand das ganze Dorf samt Berge verbrennen, bevor sich auch nur ein Einsatzwagen gezeigt hätte. Die Langsamkeit war eine Erfindung aus Hintereck, wie der Stumpfsinn …

»Ich werde lesen und dann ins Bett gehen. Was ist denn passiert? Wo bist du?«

»In Hindelang gab es einen Anschlag. Wir müssen das Areal abriegeln.«

»Was für einen Anschlag?«

»Ein Verrückter hat Feuer in einem Kaufhaus gelegt.«

»Das ist doch Sache der Feuerwehr?«

»Das wäre halb so schlimm, wenn der Brandstifter nicht vorher alle Sicherheitsausgänge verriegelt hätte. Er wusste, dass eine Panik ausbrechen würde. Es gab vier Tote, davon zwei Kinder.«

»Gibt es einen Verdächtigen?«

»Noch nicht … Sag mal, ist Amalia schon zu Hause?«

»Nein, sie ist noch bei ihren Evolutionsspielen.«

»Was für Spielen?«

»Evolution … Sie spielt Evolution, oder die Evolution spielt mit ihr. Das habe ich bisher noch nicht herausgefunden.«

»Sie wollte um neun Uhr abends zu Hause sein. Ruf mich an, wenn sie da ist.«

»Amalia ist erwachsen.« Plötzlich hatte sie das Bedürfnis, Amalia anzurufen, ihr alles über Stephans Vater zu erzählen, die Familienfotos, das lateinische Vaterunser, über die seltsame 11 an der Pforte und über die abgehörte Beichte ... Wenn Stephans Vater hinter den Morden steckte, dann war Amalia in größter Gefahr. Jemand musste Amalia und Stephan da rausholen.

»Kannst du nicht einmal nur das tun, worum ich dich bitte?«

»Ja, schon gut. Du musst etwas unternehmen.«

»Hast du die Haustür abgeschlossen?«

Ich habe aus dem Haus eine verdammte Festung gemacht ... Warum sieht keiner, was ich sehe ... Ohne Beweis bleibst du eine Verrückte mit zu viel Phantasie.

»Hörst du mir überhaupt zu, Papa?«

»Ich habe jetzt keine Zeit. Erzähl es mir später. Ich muss los. Es ist ein Chaos hier.«

Wittgenstein erklärte ihr: *Alles, was wir sehen, könnte auch anders sein. Alles, was wir überhaupt beschreiben können, könnte auch anders sein.*

Keiner wird dir glauben, Alice. Lehmko hatte es von Anfang an darauf angelegt. Über Amalia hatte Lehmko Zugang zu ihrem Vater. Stephan redete Amalia ein, dass Alice nicht alle Tassen im Schrank hatte. Und Amalia, diese Pflanze, glaubte alles.

Alice las ein paar Zeilen in Wittgensteins Tractatus. Doch sie konnte sich nicht konzentrieren. Jedes Geräusch im Haus ließ sie auffahren. Sie schaltete den Fernseher ein. Eine Weile schaute sie sich »Wetten, dass?« an. Sie musste an Inas Mutter denken, die in der Psychiatrie in Kempten saß. Das Einzige, was sie von sich gab, war: »Top, die Wette gilt...« Sie hatte wortwörtlich den Verstand verloren, als sie die Nachricht vom Tod ihres Kindes bekam. Es war abends. Sie schauten gerade »Wetten, dass?« im Fernsehen. Eine der Sendungen mit dauergrinsenden Moderatoren, die vor einer Horde klatschender Affen Unterhaltung simulierten und dafür sorgten, dass keiner auf die Idee kam, über den Sinn und Zweck dieser billigen Abendunterhaltung nachzudenken.

Für Inas Mutter war es zu spät. Mit der Nachricht vom Tod ihrer Tochter, die ihr eine junge Psychologin überbracht hatte, fror ihr Gehirn mit dem Satz ein: »Top, die Wette gilt …« Danach gab es keine Ina Zugl mehr. Ihre Identität implodierte, und zurück blieb ein schwarzes Loch, das nur in einem Satz weiterexistierte.

Ein Geräusch ließ Alice aufschrecken. Sie drehte sich um. Ihr Handy surrte. Auf dem Display leuchtete Toms Name in Großbuchstaben. Tom rief sie aus dem Koma an …

Sie nahm den Anruf an und hielt sich das Handy ans Ohr.

36.

Alice sagte nichts und wartete. Wer da auch auf der anderen Seite war, es war nicht Tom. Sie hörte Schritte, die durch harten Schnee stapften, Wind, und sie hörte ihn atmen. Sie erlag der kindlichen Reaktion und sagte brav: »Hallo, hier ist Alice Pokel«, so wie ihr Vater es machte, wenn er ans Telefon ging. Sie hatte nie verstanden, warum ihr Vater zuerst seinen Namen sagte und dann darauf wartete, dass der andere sich vorstellte. Sie wollte schon das Telefonat beenden, als sie ihren Namen hörte. Er kam aus dem Lautsprecher, und es war nicht Tom, nicht ihr Vater und nicht ihr Großvater. Die Stimme war von lautem Atmen unterlegt.

»Du warst ein kluges Mädchen, Alice.«

Lehmkos Stimme klang brüchig, sie war eins mit dem eisigen Wind, dem brechenden Schnee unter seinen Schritten. Hatte er »war« gesagt? So als wäre sie schon nicht mehr?

»Sie waren es … Sie sind das Monster.«

»Alice«, seufzte er lang gezogen, als wäre ihr Name ein langes Wehklagen. »Ich muss tun, was ich tun muss. Ohne Korrekturen wäre die Welt ein Chaos.«

»Sie haben meine Mutter umgebracht.«

»Ich habe sie nur daran gehindert, sich um Angelegenheiten zu kümmern, die ihre kleine Vorstellungswelt völlig übersteigen. Korrekturen waren notwendig.«

»Korrekturen? Sie sind krank … irrsinnig …«

»Da bist du die Einzige, die das so sieht. Soviel ich weiß, hat dein Vater für dich einen Aufenthalt in der Psychiatrie geplant.«

»Ich werde dafür sorgen, dass man Sie für immer wegsperrt.«

»Du verstehst immer noch nicht. Es gibt nur den Lehrer Lehmko. Mich gibt es gar nicht. Von meiner Existenz und meinen Korrekturen wird niemals jemand erfahren. Und dass dies so bleibt, dafür werde ich sorgen.«

»Sie sind krank, Sie sollten sich helfen lassen. Sie haben einen Sohn, denken Sie doch an ihn. Was wird er von Ihnen halten, wenn er erfährt …«

Lehmko lachte laut, was im Lautsprecher des Handys Störwellen hinterließ, die sich überlagerten. Die Schritte im Hintergrund flachten ab.

»Ich hätte wirklich gewollt, dass dir das erspart bleibt, dass du selbst einmal Kinder haben wirst. Dann würdest du es verstehen. Aber dazu wird es nicht mehr kommen. Du bist ein Element auf dieser Welt, das den korrekten Ablauf der Dinge stört.«

»Wenn das, was Sie tun, korrekt ist, dann sind Sie noch irrer, als ich dachte …«

»Die Welt, in der du gelebt hast, Alice, ist keine vorgegebene

Wirklichkeit, sondern sie ist das Ergebnis ständiger Entscheidungen. Mit unseren Entscheidungen korrigieren wir den Lauf der Dinge. Je mehr man weiß, desto präziser kann man seine Entscheidungen gestalten und damit den Lauf der Dinge.«

»Und dafür ermorden Sie kleine Mädchen und unschuldige Menschen …«

»Die Korrekturen wirken unscheinbar, vielleicht sogar banal, krank für den einfachen Geist, doch wer den großen Plan kennt, der versteht auch, warum jedes Steinchen auf einen bestimmten Platz gehört und warum man andere wegnehmen muss.«

»Die Polizei weiß schon über Sie Bescheid. Ich habe Ihnen Beweise geliefert.«

»Hast du nicht«, sagte Lehmko, »sonst hätte mich die Polizei ja verhaftet, und ich säße jetzt da, wo dein Großvater sitzt, im Knast, mit einem Haufen schwerwiegender Indizien gegen ihn.«

»Das haben Sie auch eingefädelt.«

»Die Korrektur war notwendig, doch die Beichte gläubiger Menschen abzuhören, das ist unanständig. Höchst unanständig. Menschen haben ein Recht auf ihre Geheimnisse. Weißt du, dass die Freiheit der Menschen darin besteht, dass sie Geheimnisse haben? Ohne Geheimnisse keine Freiheit.«

Sie lauschte weiter auf den Hintergrund. Die Schritte und die Windgeräusche waren verschwunden. Das Geheimnis – und sei es auch noch so schrecklich – war für Lehmko wichtiger als Mord. Und irgendwie gab ihm Bez mit seinem Beichtgeheimnis auch recht.

»Dann haben Sie ganz allein dafür zu sorgen, dass niemand von Ihrem Geheimnis erfährt. Ein Recht auf so widerliche Geheimnisse haben Sie nicht … Sie sind ein Monster, und Monster brauchen keine Geheimnisse. Monster sperrt man in den Kleiderschrank und wirft den Schlüssel weg.«

Und so ist es auch eine der wichtigsten Tatsachen, dass sich die Wahrheit oder Falschheit der nicht-logischen Sätze nicht am Satz allein erkennen lässt.

Alice wünschte sich, dass Wittgenstein jetzt bei ihr wäre. Doch sie war allein im Haus, allein mit dieser Stimme, die nur noch ein unregelmäßiger Atem war.

»Hättest du und dein pummeliger Freund nicht gelauscht, hättet ihr euch nicht um das Geheimnis gekümmert, das euch nichts angeht, dann hättet ihr noch ein paar Jahre weiterleben dürfen. So aber muss ich eingreifen. Der Rotstift, verstehst du, wie in der Schule. FALSCH, gestrichen, korrigieren bitte. Ihr habt mir keine Wahl gelassen. Dein Freund hatte Glück, dass er noch lebt. Aber diese Korrektur nehme ich noch vor …«

»Sie vergessen, dass mein Vater Polizist ist.«

»Tja, das hat deiner Mutter auch nichts genutzt. Und dein Vater glaubt ja immer noch, dass es ein Unfall war. Er ahnt nicht, dass seine verrückte Tochter der Wahrheit gefährlich nahe gekommen ist. Zu nahe, meine kleine Alice. Ich bedaure das sehr. Das musst du mir glauben. Ich mache das nicht gerne.«

»Mein Vater wird Sie erschießen…«

Doch ihr Vater war nicht da. Er war in der Stadt, er riegelte den Tatort ab, sicherte Beweisstücke … der Brandanschlag im Kaufhaus.

»Nicht heute«, sagte Lehmko selbstzufrieden, »dein Vater hat Wichtigeres zu tun. Er ist in der Stadt, es gab einen Anschlag. Leider findet sich niemand in dieser Nacht in Hintereck, der dir helfen kann. Dein Großvater ist im Gefängnis, dein Vater ist im Einsatz.«

»Sie haben den Brandanschlag im Kaufhaus organisiert, um …«

»Korrekturen … Nur wer den ganzen Plan kennt, versteht.«

Wieder Schritte im Hintergrund, dann ein metallisches Klacken und ein Geräusch, das sich wie splitterndes Holz anhörte. Doch das Geräusch kam nicht aus dem Handy. Oder sie hörte es im Lautsprecher, doch gleichzeitig … Verdammt, er war hier, irgendwo am Haus und gerade dabei, einzubrechen. Er hatte sie abgelenkt. Sie unterbrach die Verbindung, warf das Handy auf die Couch und rannte zur Hintertür. Ein kalter Luftzug kam ihr entgegen. Die Tür stand sperrangelweit offen, Schneeflocken stoben in den dunklen Gang. Das Schloss oder die metallischen Reste davon standen verbogen aus dem Holzrahmen.

Alice drehte sich um, als sie den Schatten neben der Waschmaschine bemerkte, der sich aus der kalten Luft und den Schneeflocken zu einer Gestalt zu formen schien. Ein weißes Gesicht. Alice musste an den Clown denken. Als sie näher kam, erkannte sie Lehmko, der langsam auf sie zuschritt. In einer Hand eine Spritze. Ein Lächeln lag auf seinen Lippen.

Alles wird gut, kleine Alice, wenn du erst einmal tot bist.

Er hatte die ganze Zeit gewusst, dass sie allein zu Hause war. Wie ein Schachspieler hatte er seine Züge vorbereitet. Ein Brandanschlag in einem Kaufhaus, wohl wissend, dass ihr Vater zu diesem Einsatz gerufen worden war. Und Amalia war bei Stephan. Einfältig hatte sie geglaubt, sie könnte ihn einfach aussperren. Der Anruf war ein Ablenkungsmanöver gewesen. Solange sie mit ihm redete, achtete sie nicht auf Geräusche im Haus, und sie hatte keine Zeit, ihren Vater anzurufen. Ob die Spritze sie nur betäuben würde oder gleich töten, war unwichtig, weil es für sie kein Danach mehr gäbe. Am nächsten Tag würde man sie erfroren in der Nähe der Kirche oder vor einer der Marienstatuen zwischen Hintereck und Hindelang finden.

Alice konnte sich nicht vom Fleck rühren. Ihre Beine waren erstarrt. Lehmko kam langsam auf sie zu, Bewegungen wie ein Taucher in großer Tiefe. Lehmko war nur noch drei Schritte von ihr entfernt, als sie etwas seitlich am Ohr traf. Es war schwer und haarig. Hobbes. Der Kater hatte auf einem Wäschehaufen geschlafen und war Alice auf die Schulter gesprungen. Plötzlich war Alice hellwach. Sie spürte ihre Beine, und dann rannte sie. Durch das Erdgeschoss zur Haustür.

Die Tür war verriegelt. Wie sollte es auch anders sein, sie hatte sie selbst abgesperrt. Der Schlüssel am Brett neben dem Telefon. Lehmko war zu nahe. Sie wäre nicht einmal in die Nähe des Schlüssels gekommen. Im ersten Stock hatte sie auch alles verriegelt. Alice hatte an die Leiter gedacht. Woher sollte sie wissen, dass er durch die Tür der Waschküche kam. Sie hörte seine Schritte auf der Treppe. Er ließ sich Zeit. Sie schlug die Deckenbeleuchtung im Flur kaputt. Der Gang im ersten Stock war dunkel. Doch sie kannte jeden Winkel in diesem Haus. Ein Vorsprung von ein paar Sekunden. Ihr Herz raste. Die Angst war übergekocht, sie spürte sie nicht, sie war ein Teil von ihr geworden.

Im Halbdunkel ihres Zimmers erkannte sie Wittgenstein. Er stand da und zeigte auf das Fenster. Ich bin im ersten Stock … Die Schritte Lehmkos kamen näher. Alice öffnete die Fensterläden und das Fenster. Kalte Nachtluft, eisige Schneeflocken wehten ihr aus der Dunkelheit entgegen. Dann sprang sie. Der freie Fall war kürzer, als sie dachte, und auch der Schneehaufen war lange nicht so weich, wie er von oben ausgesehen hatte. Oben am Fenster sah sie Lehmko. Alice rannte quer über das Feld zum Berghang. Sie hatte nicht einmal Schuhe an. Sie spürte die Kälte nicht.

Ihre Füße sanken in den lockeren Schnee. Sie drehte sich kurz um. Ihr Haus lag jetzt schon tiefer. Im ersten Stock brannte noch Licht. Von Lehmko war weit und breit nichts zu sehen. Die Kälte drang durch ihre Socken, und der eisige Wind, der von den Gipfeln herabstürzte, ließ sie frösteln. Lange würde sie ohne Schuhe und ohne Jacke nicht überleben. Nicht in den Bergen, nicht im Winter, nicht in dieser eisigen Kälte. Die Temperatur sank in dieser Nacht bis zu dreißig Grad unter null. Warum hatte sie im Haus nicht wenigsten die Schuhe angelassen? Lehmko hatte alles geplant. Wo war er nur? Warum hatte er sie entkommen lassen?

Sie wartete und dachte, ob sie einfach wieder zum Haus gehen sollte, um wenigstens ihre Schuhe und ihren Anorak zu holen. Dicke Schneeflocken trieben durch die eisige Luft. Das Haus verschwand hinter den dichten weißen Schleiern. Ungefähr fünfzig Meter über ihr war das Haus ihres Großvaters. Um diese Zeit brannte bei ihm normalerweise Licht im Wohnzimmer, und Großvater saß über einem Buch im Schein einer Stehlampe.

Alice stapfte weiter in Richtung Berghang. Sie konnte nicht zurück. Er wartete auf sie ... Dann sah sie ihn. Er stieg gleichmäßig, als wäre er auf einer Bergwanderung, die Anhöhe empor.

Alice musste an die Spritze denken. Er hatte seine Opfer erst betäubt, bevor er sie gelähmt erfrieren ließ. Er richtete sie her wie Puppen, wie Gestalten auf seinen Familienfotos.

Lehmko war langsamer, dafür trug er Schuhe, und er hatte Zeit, denn sie hatte den Weg zum Berg eingeschlagen, und der war im Winter eine Sackgasse. Zu spät erkannte Alice ihren Fehler. Es gab nur einen Weg zurück, und auf diesem Weg folgte ihr Lehmko. Warum war sie nicht ins Dorf gelaufen? Sie hätte um Hilfe schreien oder in den »Schwarzen Bichl« laufen können. Auch wenn sie keinem der Saufköpfe im »Bichl« traute und auch sonst kein Einwohner in Hintereck einer elfjährigen Beachtung schenkte, sie hätte einer Straße folgen können, stattdessen ragten jetzt vor ihr grauschwarze Wände auf. Der einzige Weg war der Pfad zu ihrer Aussichtsplattform bei der verkohlten Marienstatue. Sie rannte weiter. Alle drei Schritte blieb sie stehen und schaute, ob Lehmko tatsächlich hinter ihr war.

Nein, du befindest dich nicht in einem Traum. Die Kälte, die jetzt wie Nadeln in ihre Füße stach, die Schritte Lehmkos, all das war Realität.

Nach zwei weiteren Biegungen erreichte sie die Plattform. Der Weg endete an einer senkrechten Wand. Zwei Minuten später tauchte Lehmkos Kopf auf.

Die verkohlte Marienfigur schien sich in den treibenden Schneeflocken zu bewegen. Alice war bis ans Ende des Weges gelaufen. Der Boden fiel schon leicht ab. Sie fand kaum Halt mit ihren Socken. Wenn sie ins Rutschen geriete, dann gäbe es keinen Halt mehr. Fünf Meter und dahinter war die Kante, zwanzig Meter steiler Felsen. Der gesperrte Weg würde sowieso irgendwann einmal ganz wegbrechen, hatte Tom gemeint, samt der Marienstatue und den Resten der Ruine. Zurück bleiben würde ein Geröllhaufen, der sich für die nächsten hunderttausend Jahre nicht verändern würde.

Lehmko hatte die Plattform erreicht. Er zog seine Handschuhe aus und holte die Spritze aus der Tasche. Alice schüttelte ungläubig den Kopf. Ihr Tod war noch zehn Schritte entfernt, und er kam durch ihren Lehrer, der ihr noch vor zwei Jahren ein Fleißbildchen mit dem Ulmer Münster gegeben hatte, weil sie ihr Heft so schön geführt hatte. Ohne Tintenflecken, mit ihrer kindlichen Schrift und kleinen Zeichnungen am Rand. *Was sauber im Heft ist, ist sauber im Kopf.* Lehmko war voll von Lebensweisheiten und Philosophie gewesen, mit denen die wenigsten ihrer Klassenkameraden etwas anfangen konnten. Mit dem Höhlengleichnis Platons konnte auch Tom nichts anfangen. »Völlig space«, hatte er in der Pause zusammengefasst, »das Zeug mit den Typen, die ihr Leben in der Höhle eingesperrt waren und die ihre Schatten für reale Gestalten hielten.« Dann die Ausflüge in den Wald, als Lehmko ihnen erklärt hatte, wie jedes Lebewesen ums Überleben kämpfte. Jetzt war sie es, die nur eines wollte: leben.

Acht Schritte. Sein Gesicht verschwamm hinter dem dichten Schneegestöber. Sieben, sechs … Sie konnte Lehmkos zufriedenen Gesichtsausdruck sehen.

Alice machte einen Schritt vom Weg. Ihr Bein rutschte, dann sank die Ferse ein. Der Schnee verhinderte, dass sie weiterrutschte. Sie war leicht, und solange sie nicht in Bewegung geriet, war alles in Ordnung. Das Gewicht auf den Bergfuß verlagern.

»Hier ist Endstation, Alice«, rief Lehmko. Der Wind verzerrte seine Stimme. Alice war jetzt nur noch zwei Schritte von der Kante entfernt. Im Mai standen hier die Schleifenblumen mit ihren weißen Köpfen. Nur nicht rutschen!

»Wir können hier jetzt warten, bis du dort erfrierst, oder du kommst her, und ich lasse dich einschlafen. Ganz sanft. Du spürst nichts, glaub mir.«

Lehmko hatte einen warmen Anorak an und Winterstiefel. Er konnte einfach warten. Doch er schien nervös zu sein. Er tastete sich vorsichtig über den Weg auf die Schräge vor. Seine Stiefel drückten fest in den Schnee.

»Warum machst du es dir so schwer?« Seine Stimme klang jetzt bedrohlich näher. »Du kannst nichts mehr daran ändern. Du kannst nur noch entscheiden, wie es geschehen soll. Der Tod ist nicht schlimm. Wir müssen alle sterben, früher oder später.«

Sein Standbein rutschte leicht. »Verdammtes Miststück, komm jetzt her«, zischte er.

Alice bewegte sich nicht. Sie grub ihre klammen Finger in den Schnee, bis sie etwas Hartes spürte. Eine Wurzel oder einen gefrorenen Erdklumpen. Was es auch war, es verschaffte ihr mehr Halt als der lockere Schnee.

Lehmko keuchte. »Du musst verstehen, dass ich dich nicht leben lassen kann. Nicht nach alldem, was du weißt. Und dann habt ihr auch noch die Beichte belauscht ... Du und dein degenerierter Freund, ihr seid zu weit gegangen. Ihr habt in den Geheimnissen anderer gestöbert. Das ist verboten ... Geheimnisse sind heilig ... Briefgeheimnisse, Beichtgeheimnisse, Bankgeheimnisse ... Darauf steht ... die Todesstrafe. Wenn ich dich leben lasse, dann erzählst du es irgendwann deinem Vater oder diesem neugierigen Kommissar, der anfängt, Fragen zu stellen. Deshalb muss ich die Realität korrigieren. Es ist wichtig, dass niemand ...« Lehmko hatte den Satz nicht ausgesprochen, als sein Standbein wegrutschte. Die Spritze entglitt seinen Fingern und fiel vor Alice in den Schnee. Lehmko fiel mit dem Rücken auf harschen Eisboden. Die lockere Schneeschicht über dem Eis rutschte über die Kante. Stöhnend rappelte er sich wieder auf. Sein Gesicht war eine Fratze des Hasses. Alice fühlte Lehmkos Finger an ihrem Fußgelenk.

»Korrektur ...« Das war alles, was aus seinem Mund kam, als sein schwerer Körper auf dem Schnee in Bewegung geriet. Plötzlich fühlte sie den Druck an ihrem Fußgelenk. Je weiter Lehmko abrutschte, desto fester wurde sein Griff um ihren Fuß.

Sie versuchte, ihr Bein anzuziehen, doch Lehmko war zu schwer. Ihre Finger klammerten sich um die Wurzel unter dem Schnee. Mit der anderen Hand griff sie nach der Spritze vor ihr. Ihre Finger waren so klamm, dass sie sie kaum mehr schließen konnte. Mit ihren Zähnen zog sie die Plastikhülle von der Nadel und schlug mit der Spritze in die Richtung, wo ihr Fußgelenk war. Lehmko schrie kurz auf, als er die abgebrochene Nadel in seiner Hand sah, und erst zwei Sekunden später begriff er, dass er losgelassen hatte und sein Körper ins Rutschen geraten war. Alice sah nur die hasserfüllten Augen, wie sie im Schneegestöber verschwanden und wie dann jenseits der Kante nichts mehr war als Stille.

Sie zog sich auf den Weg zurück. Auf dem Weg fand sie Lehmkos Handschuhe, die er ausgezogen hatte, um die Spritze aus seiner Jacke zu holen. Sie schlüpfte mit ihren Füßen in die Fäustlinge und begann den Abstieg aus der Nacht, hinunter zu den Lichtern, zum Leben.

37.

Alles war weiß, dann kam der Schmerz, und sie wusste, dass sie nicht tot war. Tote spüren keinen Schmerz. Sie öffnete ihre Augen und stellte fest, dass sie bereits offen waren. Das Weiß bekam Konturen und Flecken. Eine Zimmerdecke, grelles Sonnenlicht, das von draußen ins Zimmer fiel. In ihrem Arm steckte eine Nadel. Ein Schlauch verband sie mit einer Infusionsflasche. Mit den Konturen kamen auch die Erinnerungen wieder. Der Schneesturm, Lehmko, die Kälte ... Sie wusste nicht, wie sie es geschafft hatte, den ganzen Weg bis zum Haus zurückzulaufen. Eine Krankenschwester wechselte die Infusionsflasche, verließ dann das Zimmer und kam kurze Zeit später wieder. Ihr Vater stand am Fußende des Bettes. Sein Augen hingen tief in den Höhlen. Ein anderer Mann kam ins Zimmer. Engelhardt. Auch er wirkte ernst.

»Wie komme ich hierher?«

»Ich habe dich gestern Nacht auf dem Fußboden gefunden. Du hattest Fäustlinge um deine Füße gewickelt, und du hattest leichte Erfrierungen an den Fingern. Ich weiß nicht, was ich sagen soll, Alice. Es tut mir alles so leid.«

»Was tut dir leid?«

»Dass ich dir nie zugehört habe, dass ...«

»Schon gut. Es ist ja nicht immer einfach, so eine kluge Tochter zu haben.«

»War gestern noch jemand bei dir?«

»Ich war gestern alleine.«

»Ich meine nur«, sagte ihr Vater, »als ich dich ins Krankenhaus brachte, da hast du die ganze Zeit einen Namen genannt. Wittenstein ... Du hast mit ihm gesprochen, als stünde er neben dir.«

»Wittgenstein«, verbesserte Alice.

»Wer ist dieser Wittgenstein? Ein Schulfreund von dir?«

»Ein Freund von mir.«

»Sollte ich nicht über deine Freunde Bescheid wissen? Ist er älter als du?«

»Um einiges.«

»Was macht er? Was arbeitet er? Alice, habe ich dir nicht immer gesagt, dass du nicht mit älteren Männern sprechen sollst, die du nicht kennst.«

»Wittgenstein ist 1951 gestorben.«

»Ich verstehe nicht?«

»Wittgenstein ist Philosoph.«

»Ach ja, Philosoph, und du redest mit ihm?«

»Andere reden mit einer Figur an einem Holzkreuz, mit einer Marienstatue oder einem unsichtbaren Gott, und ich rede mit Wittgenstein.«

Ihr Vater seufzte. Er sparte es sich, mit Alice um das letzte Wort zu ringen. Etwas Wichtigeres schien ihm auf der Zunge zu liegen.

»Hast du Amalia gesehen?«

Alice schüttelte den Kopf.

»Sie ist gestern Nacht nicht nach Hause gekommen. Wir haben die Berghänge nach ihr abgesucht, weil wir anfangs dachten, sie sei vielleicht mit dir nach draußen gegangen, aber wir haben sie nicht gefunden.«

»Sie wird bei ihrem Freund sein.«

»Stephan Lehmko haben wir bereits befragt. Er hat sie seit gestern Nachmittag nicht mehr gesehen.«

Eine Weile hielt sich eine Stille, in der nur die elektronischen Geräte am Kopfende des Bettes zu hören waren.

»Was ist mit Lehmko?«, fragte Alice und schaute dabei den Kommissar an. Engelhardt trat an ihr Bett. »Wir haben ihn heute Morgen am Fuß des Felsens gefunden oder das, was von ihm übrig war. Was ist da oben geschehen?«

»Lehmko hat versucht, mich umzubringen, das ist passiert.«

»Das gibt's doch nicht«, entfuhr es ihrem Vater.

»War er es, der die Hintertür in eurem Haus aufgebrochen hat?«

Alice nickte. »Ich konnte vor ihm fliehen. Aber ohne Schuhe und Jacke bin ich nicht weit gekommen, außerdem rannte ich in die falsche Richtung.«

»Zu der gesperrten Stelle?«

»Dort kam ich nicht mehr weiter. Lehmko rutschte und stürzte ab.«

»Hatte er eine Waffe?«

»Eine Spritze. Damit wollte er mich betäuben oder umbringen, ich weiß es nicht …«

»Wir haben eine Spritze nahe der Absturzstelle gefunden«, sagte Engelhardt. »Was genau in der Spritze war, das werden wir erst nach dem toxikologischen Gutachten wissen.«

»Das ist so etwas von absurd«, sagte ihr Vater. »Warum sollte Lehmko …«

Ihr Vater glaubte ihr nicht. In seinem Kopf war Adibert Lehmko ein ehrenwerter Lehrer. Dr. Adibert Lehmko war das, was ihr Vater niemals sein konnte: ein intellektueller Mensch, ein Mann der Bücher … jemand, der sich nicht mit dem Niederen abgab und schon gar keine Kinder tötete.

»Wir haben sein Haus durchsucht«, sagte Engelhardt. »In seinem Arzneischrank fanden wir größere Mengen von Thiopental, einem Schlafmittel, das rasch wirkt. Man verwendet es auch in den USA zur Hinrichtung durch letale Injektion. In größeren Mengen verabreicht ...«

»Müssen wir das vor meiner Tochter diskutieren?«

»Ich glaube, Ihre Tochter kennt sich bestens aus.«

»Papa, dein braver Lehrer hat versucht, mich umzubringen. Er war ein perverses Schwein. Er hat weiß Gott wie viele Menschen auf dem Gewissen.«

»Das werden die Ermittlungsergebnisse zeigen. Zuerst müssen wir Amalia finden. Hat sie irgendetwas gesagt, wo sie hingeht?«

Alice schüttelte den Kopf. »Wo ist Stephan Lehmko?«, fragte sie.

»Zu Hause ... Er hat einen Schock erlitten. Unsere Psychologin betreut ihn. Er wollte ins Krankenhaus kommen, sobald du wach bist. Ach ja, eine gute Nachricht. Seit ein paar Stunden ist Tom aus dem Koma erwacht. Ihm geht es gut.«

»Was ist mit Stephans Mutter?«

»Seit Jahren schon tot«, antwortete Engelhardt, »ein Verkehrsunfall. Ich habe die Akten angefordert. Ich glaube kaum, dass uns das weiterbringt.«

»Wo ist es passiert?«

»Ich glaube, hier im Dorf. Warum?«

»Ich bin mir nicht ganz sicher, aber vielleicht hat es etwas mit dem Straßenkreuz zu tun, nach der letzten Kurve, bevor man zur Kirche kommt.«

»Mir ist nichts aufgefallen«, sagte Engelhardt.

»Dort steht tatsächlich ein Straßenkreuz«, sagte Alices Vater, »allerdings ohne Namen.«

»Trotzdem legt jemand dort immer Blumen ab«, sagte Alice.

Und zwar Rosen wie am Grab ihrer Mutter …

»Gut, Blumen, Straßenkreuze … Das bringt uns nicht weiter. Wir müssen Amalia finden.« Engelhardt zog eine Packung aufgeweichter Zigaretten aus der Tasche. Schon der Versuch, sie anzuzünden, schlug fehl. Das feuchte Papier schmorte nur und hinterließ einen unangenehmen Geruch.

»Sie müssen Lehmkos Haus durchsuchen«, sagte Alice.

»Wir haben unsere Kriminalpsychologin bei Lehmko. Ihr wäre sicherlich etwas aufgefallen. Sie kümmert sich um den Sohn. Der Tod seines Vaters hat ihn ziemlich mitgenommen. Die Psychologin ist sehr kompetent. Sie meinte, dass Stephan die Nachricht mit Fassung aufgenommen habe. Er sei erstaunlich reif für sein Alter.«

»Können Sie Ihre Mitarbeiterin anrufen?«

»Wozu?«

»Bitte, versuchen Sie, sie zu erreichen, ich muss etwas wissen.«

Engelhardt wählte eine Nummer auf seinem Handy. Achselzucken. »Sie geht nicht ran.«

»Ich muss Tom sehen.«

»Alice, du darfst noch nicht aufstehen«, rief ihr Vater und packte sie an den Schultern.

»Wenn du Amalia lebend sehen willst, dann solltest du mich jetzt loslassen.«

Alice zog die Kanüle aus ihrem Arm und drückte ein Papiertaschentuch auf die Wunde. Ihre Füße waren eingebunden und schmerzten, als sie auftrat. Toms Zimmer lag ein Stockwerk über ihnen. Eine Spezialabteilung für Komapatienten. Eine Krankenschwester betrat gerade das Zimmer, in dem Tom lag.

»Was für ein Großaufgebot an Besuchern! Ich muss erst einmal mit dem Arzt sprechen, ob unser junger Patient schon Besuche empfangen kann.«

Auf einem der Plastikklappstühle an der Wand saß eine zusammengesunkene Gestalt. Alice hätte sie fast nicht wieder erkannt, was daran lag, dass sie Jeans trug und eine Winterjacke und keinen Talar. Pfarrer Bez hielt beide Hände vor seinem Gesicht.

»Hey, Sie können nicht einfach, ohne Erlaubnis …«

»Doch das kann ich«, sagte Engelhardt und trat an Toms Bett. Es war das erste Mal, dass Alice ihren Freund sah. Sein Kopf war verbunden. In seiner Hand steckte ein Minicomputer.

»Total zurückgeblieben, diese Hütte, nicht einmal ein WLAN-Anschluss. Nur die Privat-Connection eines Arztes.« Er grinste. Als er Alice sah, lief ihm eine Träne über die Wange. Sie beugte sich über sein Bett und umarmte ihn.

»Die Aufzeichnungen«, flüsterte er.

Alice schüttelte den Kopf. »Lehmko hat dein Handy gefunden. Alles weg.«

Die Krankenschwester legte eine Schachtel Pralinen auf das Tischchen neben dem Bett.

»Ein Geschenk des Krankenhauses?«

Sie schüttelte den Kopf. »Das sind teure Pralinen, handgemacht …«

»Von wem sind die?«, fragte Alice.

»Von dem jungen Mann, der gerade noch neben dem älteren Herrn saß … Moment. Er ist schon weg.«

»Wie sah der jüngere Mann aus?«

Die Krankenschwester schien weniger mit der Frage überfordert zu sein als mit der Schwierigkeit, ein Gesicht in Worten wiederzugeben.

»Na, ein noch junger Mann eben. So wie die heute alle ausschauen. Die Haare hängen ins Gesicht. Schlaksig … Was mir noch auffiel: seine kalten Augen.«

»Wie alt war er?«

»Sechszehn oder siebzehn.«

»War er in Begleitung eines jungen Mädchens?«

»Das wäre mir aufgefallen. Er hatte mit dem älteren Herrn geredet, der im Gang sitzt.«

»Er hat mit mir gesprochen«, sagte eine tiefe Stimme, die vom Eingang kam.

»Pfarrer Bez?« Alices Vater war überrascht. »Ich habe sie fast nicht erkannt.«

Der Pfarrer ging auf Toms Bett zu. Er bekreuzigte sich. Seine Haltung hatte etwas Theatralisches. Alice blickte sich in dem Raum um, als draußen Wolken über den Himmel zogen. Noch etwas anderes verdunkelte das Zimmer. Dann sah sie ihn. Der Weißclown stand am Fenster und beobachtete den Pfarrer. Alice wollte schreien, doch es war wie unter Wasser. Kein Laut drang aus ihrer Kehle.

Der Clown existiert nur in deiner Einbildung. Schließ die Augen, und er verschwindet.

Doch er verschwand nicht. Er stand am Fenster und verdunkelte den Raum. Doch sie war die Einzige, die ihn sah. Sie lehnte sich zu Tom über das Bett, der irgendetwas sagte und nach der Schachtel Pralinen griff.

Alice löste sich von Tom, griff nach einem Kissen des leeren Nachbarbettes und warf es in Richtung des Clowns. Das Licht kehrte zurück. Sie schlug mit ihrer Hand auf Toms Arm.

»Nicht!«, schrie Alice. Die Schachtel mit den Pralinen fiel auf den Boden.

Der Pfarrer bekreuzigte sich.

»Stephan Lehmko saß neben mir … er wollte Tom besuchen.«

»Wie ist das möglich?«, sagte der Kommissar. »Er ist in Hintereck bei meiner Kollegin … Das kann doch gar nicht sein.«

»Vater vergib mir«, hörte Alice den Pfarrer murmeln, als dieser sich bückte und nacheinander die Pralinen in seinen Mund stopfte.

»Hey, das sind meine Pralinen, handgemacht, weiße Schokolade … Sie könnten mir wenigstens ein paar übrig lassen. Alice, rette mir ein paar …«

Bis der Kommissar begriff, was sich vor ihm abspielte, hatte der Pfarrer schon fast die ganze Packung Edelpralinen aufgegessen. Speichel tropfte aus seinem Mund, und seine Lippen waren von Schokolade verschmiert. Alices Vater schüttelte den Kopf. Stephan Lehmko, der plötzlich im Krankenhaus aufgetaucht war. Ein Pfarrer, der sich wie ein Tier über Toms Geschenkpralinen hermachte. Die Welt war verrückt.

Tom griff nach der leeren Packung. »Nicht einmal ein Krümel übrig. Das sind nicht einmal Schnapspralinen …«

Tom hatte noch nicht ausgejammert, als Bez plötzlich blau anlief. Speichel trat vor seinen Mund.

»Verdammt«, entfuhr es Tom.

Die Krankenschwester steckte Bez ihren Finger in den Mund und drehte ihn zur Seite. Sie drückte den Notfallknopf an Toms Bett. Doch der Arzt konnte nur noch den Tod feststellen. Der Assistenzarzt legte mit zwei Pflegern den Leichnam von Bez auf ein mobiles Bett.

»So wie es aussieht, starb dieser Mann durch ein Gift, das sehr schnell wirkt.«

Engelhardt wurde bleich. Tom warf die Packung weg.

»Wenn ich sie jetzt gegessen hätte, dann wäre ich …«

»Tot«, ergänzte Alice. »Der Pfarrer wusste von Anfang an, wer die Morde begeht. Wir könnten es beweisen, wenn wir die Aufzeichnungen hätten. Kannst du dich an etwas erinnern, Tom? Hast du gesehen, wer dich niedergeschlagen hat?«

»Nein, ich habe ein Geräusch gehört, und dann bin ich hier im Krankenhaus wieder wach geworden.«

»Der Hausmeister hat ihn gesehen«, sagte Engelhardt, »und hat dies mit seinem Leben bezahlt.«

»Der Hausmeister ist tot?«, sagte Tom und schüttelte den Kopf. »Und dies nur wegen der abgehörten Beichte.«

»Leider alles futsch«, sagte Alice. Der Anblick des toten Pfarrers machte ihr zu schaffen. Er schien es gewusst zu haben. Er hatte gewusst, was Stephan Lehmko vorgehabt hatte. Deshalb war er hier gewesen. Nur fühlte er sich an sein Beichtgeheimnis gebunden. Wie viel Jahre hatten ihn Lehmkos Geheimnisse von innen aufgefressen? Hatte Lehmko ihm die Morde gebeichtet, bevor oder nachdem er sie begangen hatte? Wenn aber Stephan Lehmko die Morde begangen hatte und nicht der Vater, warum wollte ihr Lehrer sie dann töten?

»Die Aufzeichnungen sind nicht weg«, erwiderte Tom, »sie waren nur provisorisch auf dem Handy gespeichert. Aber auf der Karte ist zu wenig Platz gewesen. Das Telefon war nur das Interface. Die Aufzeichnungen wurden auf einem Server gespeichert.«

» Stephan Lehmko wollte auf Nummer sicher gehen«, sagte Alice. »Er wusste nicht, was du weißt. Sein Vater wollte mich aus dem Weg räumen. Doch der Anschlag auf dich war nicht geplant. Eine überstürzte Aktion.«

»Zum Glück, sonst sähe ich jetzt die Radieschen von unten.«

»Bei mir hatte sich Lehmko schon mehr Mühe gegeben. Er hatte es geschafft, dass mein Vater aus dem Haus war.«

»Wie das denn?«, meinte ihr Vater. »Den Braten hätte ich auf zehn Kilometer Entfernung gerochen.«

»Der Brandanschlag im Kaufhaus. Lehmko rechnete damit, dass du zu so einem Großeinsatz gerufen würdest.«

»Du meinst, er hat ein Kaufhaus angezündet und das Leben von unzähligen Menschen riskiert?«

»Ja, um von seinem eigentlichen Ziel abzulenken. Er wollte

mich aus dem Weg räumen. Ich hatte mit Tom die Leiche von Emma Bratschneider im Wald gefunden. Es sollte wie ein Unfall aussehen. Da wir die Leiche schon vorher gefunden haben, war es schwieriger, es wie einen Unfall aussehen zu lassen.«

Engelhardt telefonierte und schickte zwei Streifenwagen zu Lehmkos Haus. Er hielt den Hörer kurz weg vom Ohr und blickte Alices Vater an.

»Kennen Sie die genaue Adresse von Lehmko?«

»Nummer 11. An der Ecke Talstraße, Kirchstraße.«

»Welche Straße?«

»Ist egal. Es gibt nur eine Nummer 11 in Hintereck. Die Straße dazu finden sie.«

Es gab nur eine Nummer 11 in Hintereck. Alice glaubte sich verhört zu haben. Warum war sie nicht selbst auf diese Idee gekommen? Der Pfarrer wusste es schon lange. Das Beichtgeheimnis hatte ihn geknebelt. Bez war an seinen Glauben gefesselt. Seine Schmierereien waren wie eine Flaschenpost in der Hoffnung, jemand würde hinter das Geheimnis sehen, jemand, der Fragen stellte. Bez selbst konnte den Mörder nicht verraten. Er ging allein in den dunklen Wald, aber er streute Brotkrumen aus.

»Wir müssen schnell handeln«, sagte Engelhardt. »Wie lange brauchen Sie, um nach Hintereck zu kommen?«

Alices Vater schien plötzlich hellwach zu sein. »Bei dem Schnee sind wir in einer Dreiviertelstunde da.«

»Schaffen Sie es auch schneller?«

Alice kramte in Toms Schrank nach Kleidern.

»Hey, erst isst jemand meine Giftpralinen, und jetzt klaut man mir noch die Klamotten.«

»Du bekommst sie wieder«, sagte Alice und schlüpfte in die Schlotterjeans.

»Du siehst aus wie ein Clown in meinen Klamotten.«

Sie griff kurz nach seiner Hand, zog die Pudelmütze über ihren Kopf und rannte Engelhardt und ihrem Vater hinterher. An der Treppe holte sie die beiden ein.

»Du bleibst hier«, wies ihr Vater sie knapp zurecht. Polizistenton. *Fahren Sie rechts ran!*

»Wie willst du ohne mich Amalia finden?«

Zwei Minuten später rasten sie mit dem Geländewagen ihres Großvaters über die schneeverwehten Straßen. Vereinzelt krachten schon verfrühte Feuerwerkskörper. Das neue Jahr begann in ein paar Stunden. Keiner sprach im Wagen. Engelhardt versuchte seine Kollegin zu erreichen, doch die Kriminalpsychologin antwortete nicht. Alice konnte im Gesicht des Polizisten ablesen, dass er Angst hatte, Angst, eine falsche Entscheidung getroffen zu haben. Und Alice schwor sich, nie wieder Amalias Haare mit Kleber zu verunstalten, wenn sie sie rechtzeitig fanden. Was zum Teufel hatte Stephan mit ihr vor? Es war immer Stephan … Als Adibert von Korrekturen sprach, dann meinte er damit, Spuren und Zeugen beseitigen, die sein Sohn hinterlassen hatte. Die Realität korrigieren, die sein Sohn als Eismörder festgeschrieben hatte. Hatte er versucht, seinen Sohn daran zu hindern, all diese Morde zu begehen? Warum mordete Stephan, und dies seit Jahren? Wenn die Liste stimmte, die Mulder aufgestellt hatte, dann mussten die ersten Eismorde vor zehn Jahren geschehen sein. Da war Stephan gerade mal sieben Jahre alt. Wenn Stephan schon mit sieben getötet hatte, dann hatte Adibert Lehmko nur die Wahl: entweder seinen Sohn für den Rest seines Lebens in einer Psychiatrie besuchen zu können oder die Morde zu vertuschen. Das war der Preis für ein normales Leben. Adibert Lehmkos Korrekturen.

38.

Nummer 11. Vor dem Haus stand der Wagen der Polizeibeamtin. Engelhardt klingelte, dann klopfte er mit der Faust an die Eingangstür. Kein Ton.

»Verdammt, wie kommen wir ins Haus? Überall Gitter. Die Türen stahlverstärkt. Da hat sich jemand von der Außenwelt abgesichert.«

Alice blickte unter dem Fußabstreifer nach. Schließlich war es möglich, dass noch mehr Großvaters Theorie anwandten. Unter dem Fußabstreifer war nichts. Das einzige Fenster, vor dem kein Gitter war, war das Klofenster neben dem Eingang. Gitter waren nicht nötig, da ein Erwachsener niemals durchpassen würde. Ihr Vater verstand als Erster, und einige Sekunden später schlug Alice mit einem Stein das Fenster ein. Es dauerte, bis sie die scharfen Stücke aus dem Rahmen geschlagen hatte, dann kroch sie hinein. Sie stieg auf die Kloschüssel. Von innen entriegelte sie die Haustür.

Im Bad fanden sie die Kriminalpsychologin, die sich um den traumatisierten Jungen kümmern wollte, der gerade seinen Vater verloren hatte. Sie saß mit heruntergelassener Hose auf der Toilette des großen Badezimmers. Die Badezimmertür ließ sich nicht von innen verriegeln, so dass Stephan sie wohl mitten in ihrem Geschäft erwischt hatte. Ihre rechte Hand hing schlaff herunter, in der linken hielt sie Klopapier zwischen ihren Beinen. Ihre Haare waren klebrig, getrocknetes Blut in ihrem Nacken. Im Waschbecken lag eine schwere Holzstatue, eine Eule, auf deren Sockel *Minerva* geschrieben stand. Minerva war die Schutzgöttin der Dichter und Lehrer. Es war kein Zufall, dass sie zugleich die Göttin der Weisheit, der Kunst, die Hüterin des Wissens und die Göttin der taktischen Kriegsführung war. In erster Linie war sie einfach ein schwerer Gegenstand, den Stephan zur Hand hatte, als er im Bad die Psychologin überraschte.

Engelhardt fühlte ihren Puls. Die Psychologin lebte. Er rief einen Krankenwagen und gab gleichzeitig eine Fahndung nach Stephan Lehmko durch.

Alices Vater und Engelhardt legten die junge Frau vorsichtig auf den Boden und zogen ihr die Hose hoch.

»Was für ein gestörtes Schwein!«, entfuhr es Engelhardt.

»Wir müssen Amalia finden … bevor es zu spät ist.«

Sie teilten sich auf. Die beiden Männer suchten die oberen Stockwerke ab. Alice nahm sich das Erdgeschoss vor, obwohl ihr Vater sie aufgefordert hatte, bei der verletzten Kriminalpsychologin zu bleiben. Und wenn Lehmko hier irgendwo auf sie wartete? Es war unwahrscheinlich, dass er den Weg vom Krankenhaus schneller geschafft hatte. Zudem wusste er, dass man ihn hier erwartete. Doch wer konnte schon in den Kopf eines Ted Bundy oder eines Stephan Lehmko schauen?

Alice erreichte die Tür zum Keller. Stephan hatte ihr den Keller zeigen wollen. Ja, er war sich so sicher gewesen, Alice in die Falle locken zu können. Wie eine Spinne, die geduldig in der Mitte ihres Netzes wartete.

Der Kellerabgang war dunkel. Der Geruch von Äpfeln und feuchten Säcken und von etwas anderem, das Alice nicht identifizieren konnte, lag in der Luft. Ein Drehschalter ließ in der Tiefe eine Glühbirne aufleuchten. Es war unglaublich! Stephan hatte Amalia verführt. Er hatte sich mit ihr am selben Tag getroffen, als sein Vater versuchte hatte, Alice aus dem Weg zu schaffen. Adibert Lehmko wusste, dass Alice früher oder später Stephan auf die Spur gekommen wäre. Sie war eine Gefahr.

Wenn er sein Kind schützen wollte, dann schützte er auch gleichzeitig einen Serienmörder. Es war die Logik eines Raubtiers. Ob Adibert Lehmko deshalb die Wirklichkeit korrigieren musste, um seinem Sohn die geheime Existenz eines Raubtiers zu ermöglichen? Die Antwort darauf kannte vielleicht nicht einmal Adibert Lehmko selbst. Adibert Lehmko war zu dem geworden, was sein Sohn aus ihm gemacht hatte. Konnte jemand sein Kind so sehr lieben, dass er ihm alles verzieh und es um jeden Preis beschützte? Das Gewissen musste ihn geplagt haben, sonst hätte er nicht den Beistand von Pfarrer Bez gesucht. Geteiltes Wissen war leichter zu tragen, und Bez trug die letzten Jahre das dunkle Wissen Hinterecks.

Der Geruch verstärkte sich, als Alice die letzte Stufe der Kellertreppe erreicht hatte. Pfützen standen auf dem unebenen Boden. Der Keller war ein Labyrinth aus Verschlägen. Nackte Glühbirnen warfen ein gelbes Licht in die staubige Luft. Alice bog um eine Ecke, und kurz glaubte sie, dass ihr Herz aussetzte. Nur ein Stuhl stand in der Mitte des Verschlags, und auf dem Stuhl hockte eine geknebelte Gestalt, die sich offenbar lange nicht gewaschen hatte. Es war Amalia. Ihre Hände waren mit Draht auf dem Rücken gefesselt. Unter ihrem Stuhl hatte sich eine Urinlache gebildet. Doch was Alice noch mehr als alles anderes schockierte, waren Amalias Haare. Sie waren komplett geschoren wie auf den Bildern, die Alice von der Befreiung Auschwitz' gesehen hatte. Kahlgeschorene Skelette mit toten Augen.

Alice nahm Amalias Hände und drehte den Draht vorsichtig auf. Kaum waren die Fesseln gelöst, kippte ihre Schwester nach vorn. Alice konnte sie gerade noch halten. Sie war zu schwer, um sie allein nach oben zu bringen. Amalia öffnete die Augen. Dann griff Alice ihrer Schwester unter den Arm, und sie gingen die ersten Schritte, bis sie die Treppe erreichten. Da kam auch schon ihr Vater herbeigeeilt. Bevor er sie hochtrug, blickte Amalia zu Alice. Sie streckte ihre Hand aus, und ihre Finger berührten sich. Es dauerte nur eine Sekunde, und es sollte auch das einzige Mal in ihrem Leben bleiben, dass sie sich so nahe waren.

Der Notarzt kümmerte sich um die verletzte Kriminalpsychologin. Die Göttin der Dichter und Lehrer hatte ihr eine üble Platzwunde am Kopf verpasst, die allerdings schlimmer aussah, als sie war. Die Wucht des Schlages hatte jedoch eine Gehirnerschütterung verursacht. Der Notarzt hatte ihr ein Beruhigungsmittel gespritzt. Als sie aus der Bewusstlosigkeit aufgewacht war, fiel ihr Bericht knapp aus. Sie hatte auf dem Klo gesessen, als Stephan in das Bad gestürmt war. Er hatte sich das Gesicht weiß geschminkt und wie ein Irrer gekreischt. Noch bevor sie ihre Hose hochziehen konnte, schlug er mit etwas Schwerem auf sie ein. Danach konnte sie sich an nichts mehr erinnern. Nur an diesen starren Blick Stephan Lehmkos, bevor sie fiel. Sein Gesicht war verzerrt gewesen. Er hatte völlig verändert ausgesehen.

Amalia zitterte am ganzen Leib. Aus ihr war kein Wort herauszubekommen. Im Krankenwagen bat sie den Sanitäter, dass er sie bitte nicht auf der Liege festschnallte. Auch wenn es Vorschrift war. Engelhardt sprach kurz mit ihr.

»Wo finden wir Stephan Lehmko?«

Amalia schüttelte nur den Kopf. »Ich gehöre jetzt zur Familie, hat er mir gesagt. Ich gehöre jetzt zur Familie … Ich konnte doch nicht wissen, was er damit meinte … Ich konnte es doch nicht wissen.«

Der Sanitäter schloss die Tür. Der Krankenwagen fuhr los.

»Ich habe gerade mit dem Staatsanwalt gesprochen«, sagte Engelhardt. »Die Anklage gegen deinen Großvater wird fallen gelassen. Es sieht ganz danach aus, als ob dein Opa Opfer einer perfiden Intrige geworden ist.«

»Sie wollten ihn als Sündenbock für die Morde. Und beinahe hätten sie es geschafft«, sagte Alices Vater. »Doch am Schlimmsten ist nicht, dass man ihn beschuldigte, sondern dass ich an ihm zweifelte.«

»Wir haben uns alle getäuscht, und diese Lehmkos bleiben ein Geheimnis …«

»Was für ein Geheimnis?«, wollte Alices Vater wissen.

»Nun, jeder glaubte, den Lehrer und seinen Sohn zu kennen. Jeder im Dorf schätzte Lehmko. Ein Mann der Bücher, der gebildet war, der als Lehrer einen guten Ruf genoss und dem die Eltern ihre Kinder blind anvertrauten … Es gab nichts, was auch nur im Entferntesten andeutete, was Stephan Lehmko in Wirklichkeit war«, sagte Engelhardt.

»Sein Vater wusste es«, sagte Alice, »von Anfang an. Ich weiß nicht, wann Stephan Lehmko mit dem Töten begonnen hat. Wer weiß, wie viele Katzen er gequält oder umgebracht hat. Er war noch klein, als es begann, und wenn die Liste des Journalisten richtig war, dann hat Stephan Lehmko schon mit sieben Jahren seinen ersten Mord begangen. Mulder hatte eine Karte gezeichnet, auf der man die Verteilung der Opfer sehen kann. Sie lagen alle nahe der Ostrach, in der Nähe von Kapellen oder Wegkreuzen. Und Stephans Vater wusste von der heimlichen Mordleidenschaft seines Sohnes, doch anstatt ihn einsperren zu lassen, hat er ihn gedeckt und geholfen, seine Spuren zu verwischen. Das ging so weit, dass Adibert Lehmko Zeugen beseitigte und Leute, die der Wahrheit zu nahe kamen.«

»Und wie kommt ein Siebenjähriger dazu, einen Mord zu begehen?«, wollte Alices Vater wissen.

Engelhardt schwieg, was für Alice so viel hieß wie, dass man ihren Expertenrat wünschte.

»Der Serienmörder Ted Bundy hat getötet, weil er seine Opfer besitzen wollte. Nicht nur besitzen, er wollte sich ihre Seelen einverleiben. Für Bundy war es ein ungeheuerliches Gefühl der Macht. Es gibt sogar Meinungen von Kriminologen, die sagen, dass es sich um eine Art primitiven Reflex handelt, der zur Folge hat, dass der Sieger sein Opfer verspeist.«

»Stephan hat sie betäubt und dann erfrieren lassen. Das wird wohl kaum eine moderne Art von Kannibalismus mit Gefriertruhen-Reflex sein.« Ihr Vater hatte wieder diesen superklugen Ton, den sie an ihm nicht ausstehen konnte.

»Stephan wollte ungestört töten … ohne Schnüffler, ohne Wachhunde … einfach alleine in der Nacht. Deshalb hatte er in der Nacht vor dem Mord an Emma alle Hunde in Hintereck getötet. Alle Hunde, die er draußen antraf. Dann hat er sich an sein Werk gemacht.«

»Ich glaube nicht, dass Stephan Lehmko einen Plan hatte«, sagte ihr Vater. »So ein Vorgehen sieht nach einem Irrsinnigen aus. Sein Plan war ein dumpfer Instinkt.«

»Kein Mord geschieht ohne Grund. Und bei einem Hochbegabten wie Stephan Lehmko hat die Art und Weise der Tat etwas mit seinem Motiv zu tun. Es war kein Zufall, dass die erfrorenen Opfer alle in derselben Position gefunden wurden. Es ist dieselbe Haltung wie auch auf den Familienfotos in Lehmkos Haus.«

»Das ist mir zu abgedreht«, sagte Alices Vater und schüttelte den Kopf. »Ich hoffe nur, dass wir ihn bald finden.«

»Nichts für einen logisch denkenden Menschen«, fügte Engehardt hinzu.

»Man kann verrückt sein und trotzdem logisch denken«, sagte Alice.

Du bist ja das beste Beispiel, Alice. Zu dir spricht Wittgenstein, ein Philosoph, der seit über 60 Jahren tot ist. Und du hast Aristoteles am Skilift gesehen … Ihre Wahrheit wird deswegen nicht falscher.

»Innerhalb seiner Welt«, setzte Alice fort, »ist Stephan Lehmkos Denken logisch. Amalia hat nicht viel gesagt, als ich sie gefunden habe. Nur einen Satz: ›Er sagte, dass ich jetzt zur Familie gehöre …‹ Stephan Lehmko hat getötet, um eine Familie aufzustellen, wie er sie auf den Ahnenfotos seines Vaters gesehen hatte. Stephan wuchs ohne Mutter und Großeltern auf. Da war nur sein Vater und eine Ahnengalerie.«

»Wenn der Journalist Mulder recht hat, dann mordete Stephan schon seit zehn Jahren, um sich wie ein Kind eine Art Puppenstube einzurichten.«

»Deshalb hat er alle Mädchen erst betäubt, um sie dann seelenruhig in die Position zu bringen, wie er sie von den Familienfotos kannte. Die Ahnenfotos waren für ihn eine Art Mausoleum, das er nachbaute.«

»Wir wissen nicht viel über die Lehmkos. Am wenigsten wissen wir über die Mutter Stephans. Bis auf den Unfallbericht, den ich endlich aus der Zentrale habe. Sie starb durch einen Unfall. In der Nacht vom 23. auf den 24. Dezember.«

»Er hat seine Opfer alle am 23. getötet.«

»Es war ein Unfall mit Fahrerflucht«, fügte der Kommissar hinzu. »Nach dem Polizeibericht wurde sie von einem Wagen erfasst und zu Boden geschleudert. Sie hätte den Unfall überlebt, wenn der Fahrer angehalten hätte. Doch blieb Stephans Mutter in dieser Nacht im Straßengraben liegen und erfror.«

»Es ist so, als wollte er den Tod seiner Mutter jedes Jahr neu inszenieren«, sagte Alice. »Er wird nicht damit aufhören.«

»Wenn wir ihn nicht vorher finden«, sagte ihr Vater.

»Für Stephan nehmen die Toten seiner Familie alle die Haltung ein, die man auf den Familienporträts sieht.«

»Aber nicht jeder, der einen Menschen so tragisch verliert, wird zum Psychopathen«, sagte Engelhardt. »Stephan Lehmko tötete Mädchen. Und sein Vater beseitigte Zeugen und all diejenigen, die der Wahrheit zu nahe kamen. Ich frage mich nur, warum sie nicht versucht haben, herauszufinden, wer Stephans Mutter in jener Nacht im Straßengraben hatte sterben lassen.«

»Vielleicht haben sie es gewusst«, fügte Alice hinzu.

»Und nichts unternommen?«

Alice lehnte sich gegen eine Wand.

»Bis wir ihn gefasst haben, gehst du nicht mehr alleine aus dem Haus«, sagte ihr Vater, doch Alice war mit ihren Gedanken bereits woanders. Zurück in jener Nacht, in der das Böse nach Hintereck gekommen war. Dann sah sie zu Engelhardt, der sich am Kopf kratzte.

»Stephan Lehmko und sein Vater hatten einen Plan … Stephan hatte ein Jahr nach dem Tod seiner Mutter seinen ersten Mord begangen. Vielleicht war er vorher ein ganz normaler Junge. Ich hatte bisher aber nicht verstanden, warum Georg Zugl so überzeugt war, dass seine Tochter ermordet worden war, obwohl die Polizei eindeutig von einem Unfall ausging. Was hatte er davon, sein ganzes Hab und Gut in die Aufklärung der Umstände des Todes seiner Tochter zu stecken? Das ergibt doch erst einen Sinn, wenn Georg Zugl wusste, dass seine Tochter nicht durch einen Unfall ums Leben gekommen war. Er wusste es, weil er von einem Racheakt ausging. Er wusste, wer dahintersteckte, konnte es jedoch nicht beweisen. Er wusste, dass entweder Stephan Lehmko oder dessen Vater seine Tochter auf dem Gewissen hatte. Nur beweisen konnte er es nicht. So wie niemand beweisen konnte, dass er Jahre vorher den Wagen gefahren hatte, der die Mutter Stephan Lehmkos in den Straßengraben schleuderte. Die Lehmkos ahnten, was er getan hatte.«

»Wie haben sie es herausgefunden, wenn selbst die Polizei den Unfallflüchtigen nicht ermitteln konnte?«

»Sie wussten es nicht ... Sie warteten ab, bis sich einer verriet. Sie töteten und ließen es wie einen Unfall aussehen. Merkwürdige Unfälle ... und derjenige, der nicht an einen Unfall glaubte, der geriet ins Fadenkreuz der Lehmkos. Er wurde verdächtig, weil er glaubte, dass es sich um Rache handelte.«

»Und warum gingen die Morde dann nach dem Tod von Ina Zugl und Georg Zugl weiter?«, warf der Kommissar ein.

»Weil es kein hundertprozentiger Beweis war ... Stephan Lehmko machte weiter, weil er noch immer glaubte, dass der Mörder seiner Mutter noch lebte, irgendwo da draußen.«

»Es gibt keine hundertprozentigen Beweise, schon gar nicht bei Verbrechen. Selbst Geständnisse sind nie vollständige Beweise.«

»Das hat Stephan getrieben, immer weiterzutöten.«

Der Kommissar hob die Schultern und ließ sie wieder fallen. »Ob es sich so abgespielt hat, das weiß nur Gott«, erklärte er.

»Vielleicht Gott, aber sicher wusste es Pfarrer Bez, und noch jemand wusste Bescheid«, sagte Alice.

Engelhardt wirkte müde. »Das werden wir niemals beweisen können.«

»Ich glaube nicht, dass Georg Zugl so viel Geld bezahlt hat«, sagte Alice, »um den Mörder seiner Tochter zu finden. Dass er Wegener und Gruber als Erben eingesetzt hat, war nicht ganz freiwillig.«

Alices Vater blickte seine Tochter stirnrunzelnd an. »Du glaubst, dass die beiden ...?«

»Ja, ich glaube, dass Gruber und Wegener wussten, dass Georg Zugl der Unfallfahrer war, und sie erpressten ihn deshalb. Nur werden wir das nicht mehr beweisen können.«

»Und Großvater wusste davon?« Alices Vater schüttelte den Kopf. »Das hätte er niemals mitgemacht.«

»Er kannte wahrscheinlich nur die Geschichte, die Zugl erzählte … dass er Geld brauchte für die privaten Ermittlungen und so weiter.«

»Dann ist es möglich«, sagte ihr Vater, »dass der Journalist ebenfalls an der Erpressung beteiligt war. Er hatte von dem Unfall erfahren, als er über die Todesfälle am 23. Dezember recherchiert hatte.«

»Geld haben sie alle von Zugl bekommen. Was nun jeder Einzelne gewusst hat, das werden wir niemals mit Sicherheit sagen können. Nur eines weiß ich: Stephan Lehmko wird weitermachen, wenn ihn niemand stoppt.«

39.

Silvester im Krankenhaus. Eine Vorstufe zum Irrenhaus, dachte Alice. Mit dem Unterschied, dass im Krankenhaus die Türen automatisch aufgingen und im Irrenhaus automatisch zu. Warum hatte ihr Vater nichts davon gesagt, dass ihr Aufenthalt in der Klapse hinfällig geworden war? Warum sagte er ihr nicht: Alice, es tut mir leid, ich hätte dir glauben müssen? Du hattest recht … es war Mord .. du spinnst nicht, wir hatten einen Serienmörder mitten unter uns. Ohne dich …

Übertreiben brauchte er es ja nicht, aber er hatte nichts erwähnt. Dies hieße, nach Silvester schickte er sie trotzdem in die Psychiatrie, zu Dr. Schreber … Aber so verrückt wie die Wirklichkeit war, konnte sie gar nicht sein.

Tom ging es schon besser, vor allem nachdem er den Privat-Internet-Zugang des Chefarztes geknackt hatte und nun fleißig surfen konnte.

Am frühen Abend glitt der schwarze Leichenwagen lautlos durch Hintereck. Auf seiner Ladefläche hinter den dunkelvioletten Vorhängen lag die verkrümmte Leiche des Gruber. Der Gangerl hatte ihn noch im alten Jahr geholt. Sein Herz hatte ausgesetzt. In seiner Hand hielt er ein Sparbuch der Volksbank. Der Leichenwagen folgte der Talstraße, wie es vorher der Leichenwagen mit den zerschmetterten Überresten von Adibert Lehmko getan hatte. Die Bergwacht hatte den Leichnam des Lehrers am Fuße der senkrechten Wand geborgen. Der Anstieg war felsig und durch den vielen Schnee unzugänglich, so dass die Bergrettung und Engelhardt mit zwei trainierten Polizisten zu dem Felsen stiegen. Von Wegener war nichts zu sehen. Er hatte sich in seinem Haus verschanzt. Oberschrat hatte ein paar Blumen vor der geschlossenen Kirche niedergelegt. Er ging zu seinem klapprigen Mercedes, auf dessen Beifahrersitz seine Frau saß. Auf der Rückbank hockte Haas, der seiner Schwester die Hand auf die Schulter legte. Sie lächelte und meinte zu ihrem Mann, dass die Blumen schön wären. Er würde sich daran gewöhnen, dass sie vergaß, wer er war und wie er hieß. Der schwarze Leichenwagen beunruhigte sie nicht. Oberschrat hatte sie aus dem Heim geholt, nach Hause, in das Dorf, das ihr jeden Tag aufs Neue fremd sein würde. Er würde sie nicht mehr ins Heim geben.

In Hintereck läuteten zum ersten Mal keine Glocken. Als der Leichenwagen das Dorf verließ, hinterließ er nur eine weiße Stille.

Gegen Mitternacht – die ersten Böller donnerten schon durch das Tal, Raketen zerplatzten zu bunten Sternen – saßen Alice, Tom und Amalia nebeneinander auf dem Dach des Krankenhauses. Alice legte ihre Hand auf Toms Schulter.

»Sind wir jetzt verlobt?«, fragte er.

Alice zeigte mit dem Finger auf eine rotblaue Rakete. Sie explodierte fast über ihren Köpfen.

»Siehst du«, sagte sie, »so ist es mit dem Verloben. Zischhhhh und Pengggg. Alles nur Rauch. Ich frage mich, warum die Menschen so gerne an Worte glauben.«

Amalia schützte reflexartig ihre Haare, und als sie feststellte, dass sie keine Frisur mehr hatte, sondern einen geschorenen Kopf, da begann sie laut zu lachen.

Je kälter es wurde, desto näher rückten sie auf dem Dach zusammen, bis die letzte Rakete am Himmel erloschen war.

Als sich die Nacht und ihre klirrende Kälte über ihnen zusammenzogen, standen sie auf. Alice blickte unten auf den Parkplatz des Krankenhauses. Ein einsamer Mann stand dort, die Hand am Kinn. Von oben hätte sie Wittgenstein fast nicht erkannt. Sie winkte ihm. Amalia und Tom sahen nach unten.

»Wem hast du gewinkt?«, wollte Tom wissen.

»Wittgenstein.«

Tom schaute noch einmal auf den Platz, als er jedoch nichts da unten sah, warf er ihr einen fragenden Blick zu. Sie winkte dem hageren Philosophen, der sich umdrehte und in der Nacht zum Jahreswechsel in einer dunklen Gasse verschwand.

Neujahr. Amalia hatte sich in ihr Zimmer eingesperrt und telefonierte. Tom hatte Silvester bei Alice im Gästezimmer verbracht. Ihr Vater hatte die Rollläden geöffnet, und die Sachen ihrer Mutter in den Keller geschafft. Tom war der Erste, der auf der Couch saß, auf der ihre Mutter ihre Bücher aus der Leihbibliothek gelesen hatte.

Das neue Jahr begann mit einer Nachricht. Ihr Vater hatte sie angerufen. Sie hatten Stephan Lehmko die ganze Nacht gesucht, bis sie seine Spur gefunden hatten. Es musste in der Zeit geschehen sein, als sie das Feuerwerk angesehen hatten. Die Temperatur hatte in dieser Nacht zum Neujahrstag mehr als

25 Grad unter null betragen. Es gab nichts, was bei dieser Kälte nicht gefror. Lehmko hatte den Weg in die Berge eingeschlagen. In der Nacht war er zurückgekehrt zu der Stelle, an der die Polizei die Leiche seines Vater gefunden hatte. Stephan Lehmko hatte sich hingesetzt, die Arme verschränkt und den Blick in den Himmel gerichtet. Er war der letzte Eistote, von dem man in Hintereck gehört hatte.

Vor das Holzkreuz in der Kurve nach Hintereck hatte jemand frische Rosen gelegt.

Über die »Eistoten« – ein Interview

Herr Buder, Sie sind von Hause aus Philosoph, haben über Hegel in Paris promoviert – wir kommt es, dass Sie einen Thriller schreiben?

Philosophen versuchen die Wirklichkeit in Begriffen darzustellen. Sie reduzieren Veränderung, Bewegung auf denkbare Einheiten. Die Literatur geht den entgegengesetzten Weg. Sie bringt Bewegung dorthin, wo wir glauben, Dinge verstanden zu haben. Der Krimi und der Thriller sind ein Genre, das genau dieses Verwirrspiel des Lesers ermöglicht. Anfangs ist die Welt noch, wie wir sie verstehen, alles ist in Ordnung, doch an irgendeiner Stelle bricht etwas Dunkles in die Ordnung unserer Welt. Etwas, wofür wir keine Worte haben und was sich unserem Verstand entzieht. Der Thriller ist nichts anderes als eine Kriminalliteratur, bei der nicht nur das Rätsel im Vordergrund steht und natürlich dessen Lösung, sondern wir leiden mit dem Helden. Wir kämpfen an seiner Seite gegen die Mächte, die im Dunkeln bleiben wollen. Beim Schreiben baue ich eine heile Welt, in die ich dann Unordnung bringe. Dies muss aber so geschehen, dass ich selbst auch noch nicht genau weiß, wohin die Reise geht. Ich weiß es ungefähr, aber letztendlich verbindet mich mit der Hauptfigur der Wille zur Wahrheit.

Ich habe in Deutschland mit Philosophie und neuer deutscher Literatur begonnen. Dann stieß ich auf die Philosophie und das Denken des französischen Philosophen Jacques Derrida. Ich ging nach Paris, um dort Philosophie zu studieren. Bei Derrida entdeckte ich eine Form des Denkens, die nicht nach klaren Antworten suchte, sondern er betrieb so etwas wie eine Rekonstruktion der Fragen, die wir uns nie gestellt haben, aber deren Antworten wir zu wissen glauben. Diese archäologische Wühlarbeit hat mich beim Schreiben von Thrillern stark geprägt. Es geht eben nicht nur darum, die Frage zu beantworten: »Wer war der Mörder?«, sondern der »Mörder« ist nur Teil einer tiefer gehenden Frage. Seine Identität erlöst uns nur für kurze Zeit, wenn wir glauben, dass er einen Einzelfall darstellt. Doch dies ist fast nie der Fall. Nicht in meinen Thrillern und auch nicht in der Wirklichkeit.

Ihre Hauptfigur Alice ist ein sehr besonderer Charakter. Wie kamen Sie auf diese Figur? Gab es Vorbilder?

Alice ist besonders, weil ihre Entstehung mit der Geburt meiner Tochter einhergeht. Ich glaube nicht, dass man gute Figuren nach Plan konstruieren kann. Über Figuren stolpert man. Ich suche nicht nach ihnen, ich finde sie. Ein elfjähriges Mädchen als Hauptfigur ist ja keine literarische Neuheit. Lewis Carrolls »Alice im Wunderland« hat mich seit meiner Kindheit fasziniert. Ihren Namen verdankt »Alice« in meinem Roman dieser großartigen Vorlage. Die Idee jedoch, ein Kind zur Hauptfigur zu machen, hatte einen anderen Grund. Es sind die Fragen, die Kinder stellen. Fragen, die manchmal von solch banaler Einfachheit sind, dass sie gar nicht mehr in unsere Welt passen. Sie lassen uns plötzlich Dinge sehen, die wir vergessen oder nie gesehen haben. Als ich »Alice« als Figur im Kopf hatte, war sie ungeschliffen. Meine Tochter war noch kaum ein paar Monate alt. Ich dachte mir also: Wie wird sie einmal sein, in ein paar Jahren? Welche Fragen wird sie stellen? Welche Antworten finden? Die Kunst, Fragen zu stellen und vor allem Fragen zu finden, haben Kinder noch ganz natürlich. Philosophen haben eine ähnliche Herangehensweise. Leider verlieren viele im Laufe ihres Studiums die Gabe, einfache Fragen zu stellen, weil sie glauben, wer etwas verstanden hat, der muss sich kompliziert ausdrücken. Alice durchbricht das alles. Sie lässt sich nicht täuschen. Aber Alice geht nicht philosophierend durch die Welt, sie schleudert auch keine Weisheiten um sich, sie sieht die Welt nur mit anderen Augen. So wie das Philosophen (die was taugen) auch tun. Nur haben Philosophen es seltener mit der Aufklärung von Morden zu tun, was eine besondere Leidenschaft Alices ist.

Unmittelbare Vorbilder habe ich nicht. Am stärksten beeinflusst hat mich sicher Friedrich Dürrenmatt. Fasziniert haben mich auch die Romane von Juan Carlos Somoza und China Miéville. Besonders Somoza und seine verzwickten philosophischen Plots waren Maßstäbe für mich, was man im Roman und besonders im Genre Thriller alles umsetzen kann. Ich denke, dass dieses Genre noch völlig unterschätzt wird, weil man ihm einen reinen Unterhaltungswert zuschreibt.

Erzählen Sie uns etwas über Ihre Arbeitsweise. Was ist zuerst da – die Figuren oder der Stoff?

Manchmal die Figur, manchmal eine vage Idee. Doch eine Idee ist noch keine Geschichte, genauso wenig wie eine Figur allein eine Geschichte ausmacht. Im Falle von Alice war die Figur zuerst da.

Normalerweise skizziere ich Figuren und Plots sehr schnell, manchmal in ein paar Stunden oder Tagen. Ich schreibe sie in

Notizhefte, die manchmal so unleserlich sind, dass ich sie selbst nicht mehr entziffern kann. Ich beschreibe die Hefte von beiden Seiten. Meist entwerfe ich mehrere Variationen der Geschichte. Im Laufe dieses Prozesses tauchen viele Figuren und Ideen auf. Die meisten streiche ich wieder. Dann skizziere ich den Plot. Ich lasse ihn ein paar Tage liegen und schreibe den Anfang. Das Ende schreibe ich nur, um eines zu haben. In den seltensten Fällen ist das Ende auch das Ende, das dann stehenbleibt. Die Geschichte erzähle ich selten linear. Also ich beginne manchmal mit der ersten Zeile, springe dann aber in die Mitte und erzähle rückwärts. Dies ist möglich, weil ich die Gesamtstruktur im Kopf habe. Da es mehrere Variationen gibt, gibt es auch mehrere ausgearbeitete Geschichten.

Wichtig ist am Ende der Streichprozess. Was Dürrenmatt fürs Theater sagte, gilt auch für mich: Was gestrichen ist, fällt nicht durch.

Die Architektur der Geschichte baue ich so auf, dass der Leser allmählich in das Rätsel eintaucht. Für mich müssen Romane spannend sein. Etwas muss mich darin zum Weiterlesen reizen. Die Spannungsmomente lege ich schon in der Architektur der Geschichte fest. Die Sprache muss ohne Schnörkel sein, aber bildhaft.

Welche Beziehung haben Sie zu Wittgenstein? Er, der tote Philosoph, ist ja eine sehr lebendige Figur im Roman.

Wittgensteins Philosophie hat mich anfangs abgestoßen. Zu logisch, zu weltfremd. So als wären alle Probleme nur Probleme in der Sprache. Später in Frankreich entdeckte ich Wittgenstein über den Psychoanalytiker und Philosophen Jacques Lacan neu. Sprache ist nicht nur ein Beiwerk zum realen Leben, sondern aus ihr setzt sich unsere eigentliche Welt zusammen. Wir sind Sprachwesen, und Wittgenstein hat sehr wohl erkannt, dass viele unserer Probleme aufgrund fataler Denkfehler entstanden sind. Für die Konzeption des Romans konzentrierte ich mich absichtlich nicht auf die Philosophie Wittgensteins. Die Versuchung für Philosophen ist sonst viel zu groß, in den Ton einer Abhandlung zu verfallen. So ist Wittgenstein in meinem Roman zwar Wittgenstein, aber er ist es auch nicht. Zumindest ist es ein Wittgenstein, den wir nicht kennen. Zum Teil habe ich ihm eigene Zitate in den Mund gelegt. Zum Teil habe ich ihm aber auch Thesen und Ideen zugeschrieben, die er niemals gesagt hat und wahrscheinlich auch niemals gesagt hätte. Wenn es darum ging, philosophisch genau zu arbeiten oder spannend zu erzählen, habe ich mich immer auf die Seite der Spannung geschlagen. Auch für die hochinteressante Biografie Wittgensteins blieb wenig Platz. Das hätte den Rahmen des Romans gesprengt und ihn langatmig werden lassen. Es blieb aber ein Wittgenstein, wie ich ihn mir vorstelle: schwermütig, reizbar, launisch, mit abgetragenen Klamotten und schlecht gekämmt.

Sie sind in Memmingen im Allgäu geboren. Ihr Roman ist ja kein Regionalkrimi, aber wie viel Heimat ist in die Figuren eingeflossen?

Ja, ich bin in Memmingen im Allgäu geboren. Ein Regionalkrimi ist der Roman dennoch nicht. Die Erfolge des Autorenduos Kobr/Klüpfel haben die Memminger Literaturszene richtig bekannt gemacht. Ich habe mich gewundert, wie viele Autoren aus Memmingen kommen. Doch trotz dieser Welle habe ich keinen Regionalkrimi geschrieben. Die Geschichte spielt sich in einem fiktiven Dorf in den Allgäuer Alpen ab. Ich wählte das

Allgäu, weil ich mich dort ganz gut auskenne. Auf Hintereck kam ich auf dem Rückweg einer Bergwanderung. Es war schon fast Nacht, und wir fuhren durch ein Dorf, von dem ich mir dachte: Das könnte die Kulisse eines düsteren Romans sein.

Natürlich fließt immer ein Stück Heimat in die Figuren mit ein. Ich bin dort aufgewachsen. Menschen und Landschaft haben mich sicherlich geprägt – im Guten wie im Schlechten. So ist das.

Dennoch möchte ich mich nicht regional festlegen. Ich kenne mich mindestens genauso gut in Paris aus wie im Allgäu. Meine Pariser Zeit war sehr intensiv, so dass Paris auch meine Heimat ist. Wer weiß, wie sich dies im Schreiben ausdrückt.

Planen Sie weitere Romane mit Alice?

Natürlich. Alice ist keine Figur, die man einfach in einem Roman abhandeln kann. Ich habe den Roman mit Alice als Folgeroman angelegt. Ich wollte eine Figur haben, die wie ich selbst einen gewissen Erkenntnisweg gehen muss. Alice hat das Talent, in düstere Ecken zu blicken, dorthin, wo sonst keiner hinschaut. Das habe ich mit ihr gemeinsam. Ich habe vor, jedes Jahr ungefähr zwei Romane zu schreiben. Einen mit Alice und einen anderen Krimi oder Thriller. Dies verhindert einen gewissen Schreibtrott, in den sonst viele Serienschriftsteller verfallen.

Die Fragen stellte Reinhard Rohn

Nachwort

Das Dorf Hintereck gibt es nicht. Ich habe es wie all die anderen Personen und Örtlichkeiten frei erfunden. Hindelang und Sonthofen, die ich in der Nähe von Hintereck ansiedelte, existieren natürlich, genauso wie das Allgäu. Hintereck hätte ich auch in einer anderen Bergregion spielen lassen können. Ich wählte das Allgäu, weil ich in dieser Region aufgewachsen bin und ich mich trotz meiner langen Aufenthalte im Ausland mit der Landschaft und den Leuten dort verbunden fühle.

Das Schöne an der Fiktion ist, dass sie von einer Realität erzählt, die sich überall und nirgends abspielen kann. Jeder Leser kann sein Hintereck für sich entdecken. Es kann das Nachbardorf sein, ein Ort, von dem man geträumt hat, oder ein Ort, durch den man eines Nachts in den Bergen gefahren ist und man still hoffte, dass einem der Wagen dort nicht liegenbleibt. Lokalkrimi-Leser, die neben dem Lesen auch noch die fiktiven Tatorte aufsuchen, werden im Falle Hintereck nicht fündig werden. Tun sie es doch, so war dies von mir nicht beabsichtigt und rein zufällig. Gleiches gilt für Personen, die in dem Roman auftauchen.

Nur Ludwig Wittgenstein mag mir verzeihen, dass ich ihm Sätze in den Mund gelegt hatte, die er so nie gesagt hatte. Dies geschah in bester künstlerischer Absicht.

Ludwig Wittgenstein ist keine erfundene Romanfigur. Es gibt einige sehr gute Biographien über das Leben des Philosophen

Wittgenstein und weitaus mehr Schriften über sein philosophisches Werk.

Allein über Wittgensteins Leben könnte man einen ganzen Roman verfassen. Wittgensteins Charakter wird oft als schwermütig und grüblerisch beschrieben. Doch diese Bezeichnungen sagen nicht viel aus über einen Menschen. So soll Wittgenstein manchmal auf Fragen seiner Studenten minutenlang nicht geantwortet haben, sondern in schweigendes Grübeln verfallen sein, bevor er antwortete. Die Menschen leiser Töne, die einem Tagtraum folgen oder lieber nachdenken, hatten es zu Zeiten Wittgensteins schwer, und daran dürfte sich bis heute nichts geändert haben. Wittgenstein legte keinen großen Wert auf materielle Dinge. Er verschenkte sein geerbtes Vermögen an seine Geschwister und an einige junge Künstler und arbeitete für kurze Zeit als Gärtnergehilfe in einem Kloster. Später kehrte er abermals an die Universität Cambridge zurück, um sich wieder der Philosophie zu widmen. Die Figur Wittgensteins in meinem Roman hält sicher keiner biographischen Untersuchung stand und soll es auch nicht. Gleiches gilt für die Sätze, die ich Wittgenstein in den Mund gelegt habe. Zwar habe ich mich durch seinen Charakter inspirieren lassen, und der Wittgenstein-kundige Leser findet auch authentische Satzfetzen wieder, doch handelt es sich hier um einen Roman und keine philosophische Abhandlung oder wirklichkeitsgetreue Biographie. Wo immer ich zwischen Romanaufbau und philosophischer oder biographischer Echtheit zu entscheiden hatte, entschied ich mich für den Roman. Leser, die sich mehr mit Wittgensteins Biographie oder mit analytischer Sprachphilosophie beschäftigen wollen, verweise ich auf die reiche Fachliteratur, die die Wittgensteinforschung hervorgebracht hat.

Danksagung

Ohne den Leser gäbe es keine Autoren und ohne Autoren keine Leser. Der Erste, dem ich an dieser Stelle daher danken möchte, sind Sie, mein verehrter Leser. Wenn Sie mir etwas über das Buch schreiben wollen, so freue ich mich über jede Nachricht. Ich werde versuchen auf jede Email zu antworten. Schreiben Sie mir an die Emailadresse: *eistoten@christianbuder.de*

Sie können mich auch auf meiner Internetseite besuchen: *www.christianbuder.de*

Meinem Literaturagenten Holger Kuntze danke ich, dass er von Anfang hinter mir gestanden hat.

Reinhard Rohn sei gedankt, dass er sich für die »Eistoten« gleich begeistern konnte.

Frank Helfer danke ich für die langen Gespräche über das Schreiben und wie sich Kunst und Leben begegnen. Danke, dass du dir die Zeit genommen hast, meine Manuskripte zu lesen.

Schließlich gilt großer Dank meinen Eltern, die meinen Weg von Paris nach Chicago, von der Philosophie bis zum Schreiben auf jede erdenkliche Weise unterstützt haben.

Meiner Frau Félicie kann ich gar nicht genug danken. Du weißt, wie wichtig du für mich bist.

Und am Ende danke ich noch meiner Tochter Manon.

Leseprobe aus:

Gabriela Gwisdek

Nachts kommt die Angst

Psychothriller

Broschur
318 Seiten
ISBN 978-3-7466-2919-3

2.

Der Himmel musste sich entschlossen haben, den ausgebliebenen Regen der letzten Wochen genau in dem Moment auszuschütten, als Alexandra den Bahnsteig von Eberswalde betrat. So war sie bereits bis auf die Haut durchnässt, als sie, am letzten Waggon angekommen, lautstark gegen die Tür hämmerte. Zu ihrem Erstaunen wurde sie prompt geöffnet, und ein freundlicher Bahnbeamter kletterte umständlich mit Alexandras Fahrrad auf den Bahnsteig. Der Weg zurück gestaltete sich schwieriger als gedacht, denn viele der Fahrgäste schienen schon ungeduldig erwartet worden zu sein, so dass der schmale Bahnsteig restlos überfüllt war. Alexandra hatte Mühe, sich mit dem Fahrrad einen Weg durch die Menge zu bahnen.

Vor dem Bahnhof dagegen herrschte gähnende Leere. Eigentlich hatte sie vorgehabt, die letzten Kilometer mit dem Fahrrad zurückzulegen, aber da war sie noch davon ausgegangen, am späten Nachmittag anzukommen. Jetzt war es kurz nach acht, es regnete in Strömen, und in spätestens einer halben Stunde würde es stockdunkel sein. Die vierstündige Verspätung hatte ihr einen Strich durch die Rechnung gemacht. Verdrossen sah sie sich um. Die gewohnte Schlange unterschiedlich großer Taxis gab es nicht, einzig zwei normale Taxis standen in einiger Entfernung und warteten auf Gäste. Diese allerdings, so befürchtete Alexandra, würden sicher die Mitnahme eines Fahrrades verweigern. Sie wollte es trotzdem versuchen. Zielstrebig ging sie auf den ersten Wagen zu, blieb aber kurz davor wie vom Donner gerührt stehen. Irgendetwas fehlte! Ihr Gepäck! Sie musste es auf dem Bahnsteig vergessen haben, als sie ihr Fahrrad in Empfang genommen hatte. Leise fluchend machte sie kehrt. Sicher würde, wenn sie zurückkam, kein Taxi mehr da sein.

»Hinterwäldlerisches Kaff!«, murmelte sie verstimmt, während sie sich durch den Gegenstrom der letzten Fahrgäste schlängelte.

Nina, die überzeugte Großstädterin, hatte sie gewarnt. »Es ist das Ende der Welt! Felder, Wiesen und Seen, wohin man blickt, Arbeitslosigkeit, Osten! Eigentlich schon Polen!«, hatte sie, nach kurzer Überlegung, lakonisch hinzugefügt. Für die Freundin war es schier unvorstellbar, dass Alexandra genau das suchte. Abgeschiedenheit, Ruhe, den weiten Blick über das Land.

Der Bahnsteig war inzwischen verwaist. Alexandra konnte schon von weitem erkennen, dass ihr Koffer nicht an der erwarteten Stelle stand. Sie wollte sich gerade auf ihr Rad schwingen, um die knapp hundert Meter bis zum Ende des Zuges schnell zurückzulegen, als ihr jemand von hinten auf die Schulter tippte.

»Na da ham Se aber Glück, dass es mich gibt!«, hörte sie eine tiefe Stimme in ihrem Rücken. Überrascht drehte sie sich um und sah in das freundliche Gesicht eines alten Mannes. »Ich hab Sie beobachtet!«, fügte er hinzu, stockte aber, als er ihre erschrockenen Augen sah. »Ich wollt sagen, ich hab zufälligerweise gesehen, wie Sie Ihr Gepäck abstellten, um sich Ihr Fahrrad geben zu lassen.«

Er hielt ihr am ausgestreckten rechten Arm den schweren Koffer hin, während er mit der Linken in seiner Jackentasche kramte. Als er gefunden hatte, wonach er suchte, streckte er auch noch den linken Arm aus und offerierte stolz seine Visitenkarte. Alexandra wusste nicht, wonach sie zuerst greifen sollte, zögerte und musste plötzlich lachen. Das Bild, welches er abgab, war einfach zu komisch. Der Bann war gebrochen, nun lachte auch er.

»Entschuldigen Sie, Fräulein.« Er stellte den Koffer ab, ergriff Alexandras Hand und schüttelte sie kraftvoll. »Fuhrunternehmen Beyer, Josef Beyer! Ganz zu Ihren Diensten!«

»Alexandra Fischer«, antwortete sie höflich und musterte ihn mit unverhohlener Bewunderung. Sie schätzte ihn auf knapp siebzig, er war klein, etwas untersetzt, und unter seinem Hut schauten kaum noch Haare hervor. Dafür waren seine Augen die eines Dreißigjährigen, wach, neugierig und aufgeschlossen. Die Kraft, mit der er am ausgestreckten Arm zwanzig Kilo zu halten vermochte, war ihm nicht anzusehen. Was hatte er gesagt? Fuhrunternehmer? Vielleicht sollte sie ... Noch bevor Alexandra den Gedanken zu Ende führen konnte, griff er wieder nach ihrem Koffer und machte auf dem Absatz kehrt.

»Wissen Se was, ich bring Sie!«, sagte er im Weggehen. »Die Taxis da draußen können Sie vergessen, die transportieren keine Fahrräder.«

Alexandra stand noch immer an der gleichen Stelle.

»Wohin?«, rief sie ihm nach.

»Na da, wo Se hinwollen!«, antwortete er, ohne sich nach ihr umzudrehen.

Während sie ihm nacheilte, versuchte sie sich diese Begegnung auf dem Frankfurter Bahnhof vorzustellen. Undenkbar, dass irgendein Mensch dort von ihr Notiz genommen, geschweige denn ungefragt seine Hilfe angeboten hätte. Nun gut, sie war auf dem Land, hier schien alles anders zu sein. Sie hatte ihn inzwischen eingeholt und versuchte mit ihm Schritt zu halten. Der alte Mann steuerte mit ungeheurem Tempo dem Ausgang entgegen und blieb erst wieder neben einem uralten Lieferwagen auf dem Parkplatz stehen. Mit Schwung hob er ihren

Koffer auf die Ladefläche, schob ihr Fahrrad daneben, zog eine Plane darüber und grinste dann über das ganze Gesicht. »So, wo soll's hingehen?«

Alexandra zögerte. Ganz sicher ging er davon aus, sie drei Straßen weiter absetzen zu können. Dass es hingegen achtundzwanzig Kilometer sein würden, war ihr mehr als peinlich. »Nach Lunow«, sagte sie zaghaft.

Er schien kurz nachzudenken, nickte dann und schloss die Beifahrertür auf. »Bitte schön!«, sagte er freundlich und machte eine einladende Handbewegung.

»Das sind knapp dreißig Kilometer!«, fügte Alexandra hinzu. »Ich kann unmöglich von Ihnen verlangen, dass Sie mich …«

Weiter kam sie nicht, denn Herr Beyer schob sie kurzerhand auf den Beifahrersitz und knallte die Tür hinter ihr zu. Dann lief er kopfschüttelnd um die Kühlerhaube und öffnete die Fahrertür.

»Nu machen Se sich mal keine Sorgen, ob Se was verlangen können oder nicht. Natürlich können Se das von niemandem verlangen. Das tun Se doch auch nicht, ich überrede Sie dazu!« Er schwang sich auf den Sitz, als wäre er zwanzig, grinste noch einmal und startete den Wagen. »Also Lunow! In Ordnung. Halbe Stunde.«

»Na ja, das Haus steht nicht in Lunow, sondern irgendwo zwischen Oderberg-Neuendorf und einem Kieswerk.«

»Irgendwo ist eine sehr vage Beschreibung«, brummelte Herr Beyer. »Geht es vielleicht ein bisschen genauer?«

Gerade bog er in rasantem Tempo in die Hauptstraße ein. Alexandra bezweifelte plötzlich, dass es richtig gewesen war, in das Auto eines wildfremden alten Mannes mit Rennfahrerambitionen einzusteigen.

»Früher war es mal ein Bahnhof. Kann aber auch sein, dass

ich da völlig falschliege«, murmelte sie und warf ihm einen unsicheren Blick zu.

»Hab davon gehört. Finden wir schon!«, antwortete er und grinste wieder.

Eine Weile herrschte Schweigen. Alexandra suchte das Innere der Fahrerkabine nach einem Hinweis auf eine Familie ab. Aber da war nichts, kein Foto von Kindern oder einer Ehefrau. Der alte Mann schien ihr mit einem Mal nicht geheuer.

»Warum tun Sie das?«, wollte Alexandra das Gespräch wieder in Gang bringen, solange sie sich noch innerhalb der Stadtgrenzen befanden.

»Was?«

»Fremde Personen am Bahnhof einsammeln und von A nach B bringen.«

»Weil ich sonst nichts zu tun hab«, brummte er und bekam dabei einen merkwürdigen Ausdruck im Gesicht. »Aber nicht jeden. Nur solche wie Sie.«

Er schaute kurz zu ihr, verzog den Mund zu einem gequälten Lächeln und sah dann wieder geradeaus.

»Sie meinen … Frauen?«, fragte Alexandra und hoffte dabei inständig, seine Antwort wäre ein Nein.

Er nickte. »Ja, nur junge Frauen.«